【月照】

鍾偉民

目錄

楔子

「當塵世荒莽，風雨如晦，文字，就成了家園；對於有過的微溫、細節、終要化無的小事，寫作，不僅是記憶，還是抵禦遺忘的院牆；三十五面牆，潑上了星月。」

PONTE-CAIS DE

第一面：椅精來了

馬奎斯的老婆是一隻椅精，左鄰右里都知道的。一九一二年，虎列剌（Cholera）一類人瘟，鬧了幾個月，七月疫病過去，死了七百餘人。推究是地小人稠，華洋相雜。椅精的生母，就隨大流死在對岸灣仔的華人醫院。她爸托人薦她到爛鬼樓一家小旅館，謀個雜役粗活。趕上市道轉旺，館舍疊屋架床，爭相改成妓寮。老闆瞧她妖嬈，認定是做妓女的料，一意攛掇她下海。礙於未滿十八歲，不得當娼，僱用叫琵琶仔的雛妓犯法，澳門政府連罰則草擬了，才多有顧忌。

椅精這天生日，農曆的七月十五，盂蘭節，過了這一節，就適宜貨腰。糟心事多，日子過着膩味。她睡不好，兩眼惺忪，旅館後門出來，晌午日頭下，一個瘦子背着婦人經過。婦人臉上蠟白，穿戴卻新簇簇的桃紅柳綠，看來死去已一兩天。屍氣不張揚，自己也沒個去處，就無情無緒跟着。這情景不罕見，實在到一九一八年九月，華政廳才規定人死了，醫生局給出「人情」，屍骸才可以不入棺材，不擱上帆布床，逕直提攜過了大街小巷，送鏡湖醫院暫厝。這人情大概是一紙公文，不收費；但沒人情，即違官令，要懲治的。

這會子，隨便背個死人上路，好在還行得通。她尾隨着，新馬路騎樓下走了一程，踅到內港火船頭街，那負屍的越走越急，要趕在腐化前奔到殮房似的。空落落長街，一生一死在連續的魚欄陰影裡淡退。她停下腳步，堤岸上，濺地流光，入海階石前，金燦燦的竟墩着一張椅子。她從沒見過這樣的椅子，棗紅橢圓牛皮人靠背，鎏金的鑲邊，靠背上小圓頭枕，靠背下同色大圓椅墊，鉚眼像十幾個酒窩，窩着笑迎人，連一對手枕也綳了牛皮，兩邊鎏金把柄承着，椅墊下一副大銅砧板，下接圓柱子圓底座，都藤纏花繞，黃油油的養眼。

難得擱小腿肚的軟墊下，還伸出兩個腳踏，黃銅板面蝕刻了錦雞寶鴨，光看腳下風物，不覺神馳。那椅子彷彿有重重機關，扳下椅背就一架大梯子，鑲金嵌玉，是皇帝老兒踩着賓天的。在福隆新街一家酒館，見過有這等氣派，就沒這規模，也不會旋轉升沉，可斜可正。忽然夏末了，要她去賣春的逼得緊，勸得急，散心散不開她真想過去投海，這分明是投海的好地方。但窮途上邂逅這椅子，卻像遇見一隻救生筏。

「什麼人訂的這顯赫東西？」她有理由推斷，那是個品味過人的非常人，對怎麼坐得舒坦，非常講究；而且，椅子一樣，綳着一張溫軟的皮。這想法讓她安心，看到模糊但飽滿的未來，怎麼說，都比眼前這絕境好。沒見人留守，她爬到椅上，大剌剌歪着。那厚墊子摸上去牛肚子一般，扒光衣服，屁股鎮在那一個個笑窩上頭，那真是接古通今，有滋有味。塌下身來，往地上一踹，椅子滴溜溜轉着，渾沒消停意思，待要吐了，摸到墊下銅砧板伸上來銅頭小杆，一扳扯竟煞住了，卡在最好的景致上。

那年對岸灣仔水濱，漁帆像青山抖落的乾蒲葉。另一杆長的，揪一下椅背逕往後倒，確是肉隨砧板上。偏生這樣臥看浮雲舒卷，也真爽利得嘴巴攏不上。海風熏人，半晌，打了個盹兒，在那堤邊做了一夢。夢見一隻紅燒元蹄半空浮晃，擋住了日頭，淋漓醬汁，點點滴滴落入嘴裡。想是餓了，吃得飽，該夢見自己在撲蝶，像廣告畫裡的人物。原來這椅子，剃頭用，黃榕耗了他爸全副家當換的。他托經營貿易的舅舅在香港物色，輾轉知道中環一家上海理髮店結業，能讓出這件二手貨。盼了半月，總算從香港運來。

黃舅舅碼頭等船卸載，見那東西笨重，僱車送倉庫暫存也轉折，趁天色尚好，請人搬到泊位十幾碼外，由它鎮在水邊。本來塞了撮小錢，着一個小毛頭看守，那廝轉眼挾資吃喝去了。誤了船期，去找能到路環的貨艇，不巧肯載貨的蜑民船家，都上了岸去盂蘭盆會布施。地府開門，諸鬼擁出來聚餐，不普渡，要興風浪的。瘟疫才過，祭新鬼者眾，都擠到道壇誦經設食。黃舅舅在司打口轉悠，滿頭大汗，就是找不到肯渡一張銅皮大椅的。

「都渡鬼去了。」悻悻然回到水邊，椅子上卻躺了個妞兒，日影下，含了笑在歇晌。近看一色茜草紅洋裝，通花杏領，無袖束腰過膝裙子，四肢海蜇般滑溜。他傻了眼，吞着涎沫，暗想：莫非鬼門關開，連這種洋式舊椅子，也招聚了妖怪？妖怪在椅墊屁氣裡悶着，趁沒人，竟爾現身出來？「好一隻陳年——椅精！」他嘀咕着。那妞兒警醒，聞聲睜開了眼，奇問：「欸？你誰啊？怎麼知道我名字？」「我……」黃舅舅瞧她半瘋不癲的，也沒了主意：「我知道你啥名字了？」「就陳綺貞。你不喊名，我能醒？」瞜了他一眼，年事偏高，也猥瑣，「椅子你的？」她一臉沮喪，撐着扶手要下來。

「我外甥的。」他說。「那還好。」她舒了口氣，安心歪着。「你外甥脊樑柱斷了？買這床椅子休養？」她試探着，唯恐是個病夫。「他不坐，給人家坐的。」「好客！」有這等善心人？她心神嚮往：「就怕成家了？」「還一光棍。」黃舅舅說。「光棍好。」她把那銅杆一掀，人隨椅背直了。這時，一條無篷小舟駛近，黃舅舅認得船伕，去招呼過來。「東西送哪兒？」船伕問。「路環。」黃舅舅答。光棍椅子要漂洋，綺貞但覺不捨。船家也是不情願，說水程遠，不安全。「這天兒，不像有風浪。」他早通知外甥今天貨到，怕他渡頭白等，多付錢，要開船的犯險。

綺貞沒去過路環，推想那不算窮鄉，也是塊僻壤。年初，就聽說有葡國罪犯流放到島上。澳門街熙攘，拐角裡，細菌一嘟嚕，一嘟嚕盪着，大得擲地有聲；那路環，卻瘟神不去落戶，政府要減年稅，少收幾十元好留住做營生的。流放地，人畜外逃，那光棍反而迎攬大椅子，難不成擱田壟上，用來打穀？曬鹹魚？這麼想着，仍不忘一磕一碰，幫着出死力搬挪。好容易扶下階石，舢舨中間擺弄穩了，見船頭還容得人，她一步跨過去坐定。「有頭有尾，平衡了，你這船不沉。」綺貞堆笑，說是要押貨回家。此刻，路環這島名，代表苦海裡浮起的一副大木魚，嗑不動，卻是身心所寄。

黃舅舅傍着海濱小跑，一路揮手幾送出了內港航道。船上極目，伶仃洋開豁，船艄馬達啪嗒啪嗒響了小半個時辰，脫離珠江口泥沙玷染，海面由黃入青，砉然割出的一條虛線上，真像漂着塊箬葉，蹲了個金甲蟲。水變了色，天也從白轉暗。「要下雨了。」船家怪自己錯判形勢。橫豎兩頭不靠岸，由得那烏雲壓海，他只昂起頭唱誦：「山河破碎風飄絮，身世浮沉雨打萍；惶恐那個灘頭說惶恐，零丁洋裏啊，嘆零丁。」船頭吃風，本來解翳，但無遮無掩，直撼向黑壓壓一牆雲雨，開船的，又一個勁兒地感懷，那是凶多吉少。

「明擺着一條不歸路。」綺貞心中叫苦。好在過了氹仔島，暴雨才瀉下。人濕透了，還得替船殼撥去積水。狼狽一場，面前蒼翠邀人，船家說，那是荔枝碗。一碗的荔枝，想着心甜，碼頭忽已在望。雨幕裡，一條青石坡道伸延入海。天地迷濛，一個男人杵在渡頭，似乎知道她要來，候在那裡。看那疲態，蔫溜溜，就怕不耐放。橘黃的油紙傘，電影裡見過的洋髮式，一身灰褐濕浞浞黏搭着，骨架子透露出來算個勻稱。畢竟，她是渡過苦海劫波，到這彼岸來的，連個浮泡抓不住，那是全賠。待顛簸着近前，看相貌，是差一小截，不似戲裡角兒。但窮則變，臨急她變換了設想：等船泊定再看，再看看，八成就看順眼了。

正逢潮漲，靠岸順遂。男人把傘遞給她擋雨，自去和船家把椅子移離舢舨，撂到水邊青石板上。男人自報姓馬，名什麼屍。船家說，貨是給姓黃的。「前幾天，我叫黃榕。」他這是「姓隨店轉」，解釋完，借來兩根竹槓，抵住椅子兩側手枕綁牢，一前一後抬着，儼然堂皇一頂轎子。綺貞不即不離跟着，遙想新娘子出嫁，為防撞邪，下轎了媒婆會用紅傘遮掩。女兒家親自打傘，追逐轎伕，真是不倫不類一派新氣象。前頭馬奎斯一邊頂住風雨，一邊不忘酸溜溜回頭覷她，暗羨那開船的，腰長腳短，一副猴相，偏生服服帖帖，膩着水靈靈一個女子。「划船，原來最划算。」他咕噥着。

從船人街過來，到「Barbearia Marques」，兩三百步的腳程。綺貞站在水鴨街相併的三楹屋前，對面鋪子的葡文招牌，意為「馬奎斯理髮店」，她覺得不知所云，倒喜歡門楣上釘的大黃銅「8」字，明光鋥亮，導電好，一個霹靂下來，一了百了。椅墊早浸得赭黑，椅子還是像她一樣，進退無憑。兩人推擠半日，勉強納入店門。那船家笑淫淫的，誇他會疼老婆，另取了苦力錢，趁雨漸歇急步去了。馬奎斯大鏡子前呆着，一直瞻仰那冒着水氣的寶貝，良久，想起該取幾條毛巾抹水，卻見女人兀自亭亭立在門外，不遠不近，傘下一臉淒惶地看他。馬奎斯有點迷糊，只問她：「怎麼不隨你先生回去？」「犯傻了你？我是你老婆。那廝不也這麼說了？天愁地慘的，你要我死哪兒去？」挑了這不歸路，她就鐵了心，賴在路盡頭。

事情就這樣定下來了。椅子來了，椅精，也依附着入了門。馬奎斯沒想過，剃頭水沒燒開，這事業就為他帶來一個做夢，也沒敢去夢的女人。那夜，她圍了理髮用的藍斜布蔽體，那身濕衣裙晾起來，他才發現，瀝乾了正是紅封包的顏色，是他開張的賀禮。雖然綺貞是先看上那椅子，再看上他馬奎斯的，但他不吃醋，到底是椅子把她吸引過來。她告訴他名字那一刻，他也真以為中元這日，椅中精怪作祟。但是人是妖，實在無暇考究，連續幾個月，兩人旦夕忙着在椅子上歡好，一般是閂鋪後，有時開店前也要在墊上暖身。

那椅子適宜理髮，也迎合五花八門，他倆能想到的態勢。除了牽線為媒，載來伶仃洋的雲雨，門扇一掩，還知道推波助瀾，算個篤實的房中塾師。不過，即使這樣蠻幹，綺貞還是第二年才懷上黃裕。半夜裡，接生婆在理髮店閣樓拽這小子出來，已是一九一四年初夏，那娃兒嗓門大，呱呱叫得一街夢碎。因為異常的喧噪，那閭里都認為他能長大，一準是個響噹噹的人物。推本溯源，該是十個月前，一九一三年八月十七號的事。那天，颱風的勢頭，澳門歷來罕見。攻陷了磨刀門，再撲打得四鄰搖撼。渡船有吹到馬騮洲，有擱淺的，海道上浮屍隨濁浪而下，拍涯崩岸。街渡毀了，荔枝碗一海碗的泥水，連賣鹹魚蝦乾的也難逃淹漫。是年海盜猖獗，這日都偃旗息鼓，讓路與一島風聲。就是在這場橫暴裡，她結了這胎。

颱風來前有徵兆，能搬的東西，早搬上閣樓，理髮椅不好搬移，原地鎮着。翌晨嚴封了窗板，屋中幽晦不知日夜，吃飽了，兩人仍舊雜物堆裡廝纏。大概要遮掩怵人的風雨聲，抽送是格外的激動。到黃昏風靜，馬奎斯掀起樓板，沿木梯下來，發現店門讓洪澇撞開了，黃水退掉大半，理髮椅的銅支柱，彷彿從一片茫漠裡茁長起來。銅轉盤和椅墊的花萼上，有一隻兩拃寬細頸大肚瓶子，懷了一條黑材料製作的三桅帆船，黏牢在瓶底靛藍海浪上。

乍一看，還以為燒酒裡泡了隻蝙蝠，醉醺醺在那兒晾翼。玻璃瓶厚，沒在激流中破碎，也不知道從哪裡漂來，水退了，卻不偏不倚墩着，在濕軟的墊子上着床。原來綺貞受孕那會兒，椅子也懷上琉璃膜裡，絕緣的一胎帆影。過了數月，馬奎斯察覺三桅船頭，勒了個反白「裕」字，該是工匠的落款。天命難違，不管妻子日後誕下來什麼，他覺得，也是非取名黃裕不可。

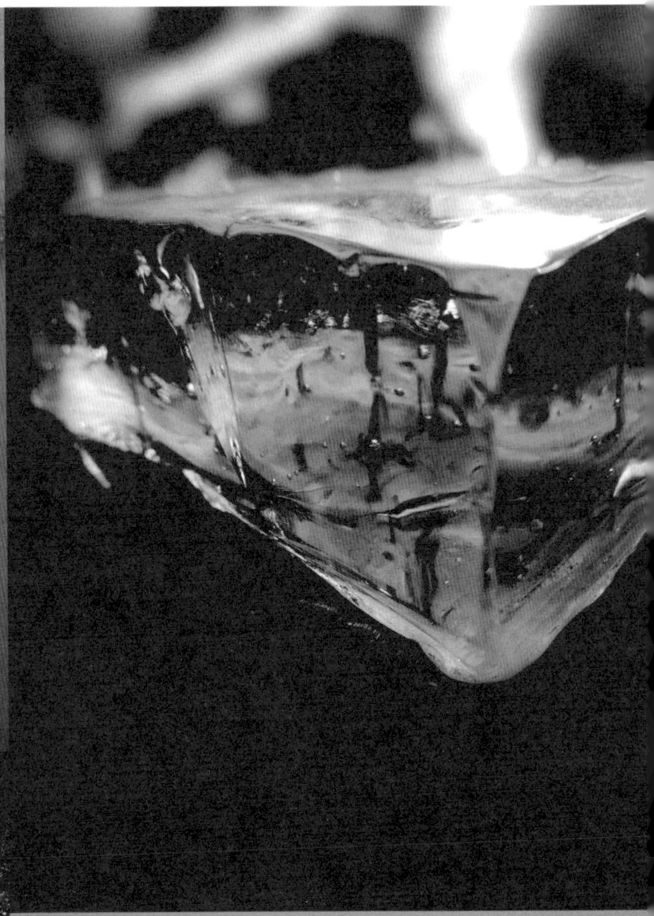

CAT
CATERPILLAR
026-0013
9

船鋪前地
LARGO DO ESTALEIRO
船鋪前地
LARGO DO ESTALEIRO

第二面：冰塊裡的貓

雪廠在枋阿密有記憶之前就在那裡。雪廠門口，正對着夾馬口，或稱夾馬海峽，是珠江十字門一部分。譚公廟對出一段最窄了，還不到三百公尺，感覺上，用彈叉射過去一粒石子，對面大橫琴島，沒準就有一隻鴨子倒下，然後，是一百年的雞犬不寧。大橫琴島歸珠海管轄，有幾條村，望路環這邊的，據說叫紅旗村，舊稱馬尿河村。事緣村裡有一條馬尿河入海，嫌馬尿不雅，都寫成馬料，一下子雅到毫巔。路環人怕雅得慢了，連那窄窄的水道也喊做馬料河。實在紅旗村的馬尿澄清，終年不絕。一九三七年，澳門市政廳在橫琴山腳，建了半圓形蓄水池，池壁鑿了西洋標誌，供澳門漁船去汲水應用。好景不常，對家懷疑澳門借題佔地，多有紛擾，水池毀廢了，人煙也似乎斷絕了。

若干年後，雪廠矗起來，對面山頭，仍舊空寂；暗夜裡，就透露一兩點微紅。等到水道上添了艘大陸炮艇，不舍晝夜巡邏，滴滴達達，反複劃着楚河漢界，雪廠已約莫存在了十年。廠址旁那塊地，過了好久，才叫船舖前地。然後，藍字白瓷路牌，像一幅脫苦海貼上附近屋牆，雪廠卻倒閉了。枋阿密隔着圍網，回溯一九六九年那個夏天的時候，蓬蒿裡垛起的，只是生了鏽的模具和鐵皮。他記得廠房鐵皮一色墨綠，稱得上巍峨。當年，圍網上纏了藤蔓和牽牛花，掩護得嚴密，只看見雪廠的房頂，凸起來那鋅鐵棚子，真的跟他自取的諢名枋阿密一樣，上的綠漆背着日頭看，黑壓壓，像座大枋子；枋子，就是棺材。相隔約七分鐘，棺材就吐出來一塊大冰磚。他會先聽到鐵皮裡，嘎隆嘎隆一疊噪響，然後，慢慢的，那塊冰在陽光下露出一角。那一刻，真箇扎眼得難以仰視。陡地，冰塊斜斜地挾着冰風俯衝，衝到面前，轟轟烈烈急轉了彎，人還讓一團雪霧籠蓋，冰塊早過了幾重山，在牆後呼嘯着磕在地堂上。

他翹課從來比上學時日要多，那年上的是小二小三？不好深究。總之，翹課的午後，枋阿密就去看冰塊，這樣轟鳴着飛行的水晶，雪廠一天能出過百磚。他獨個兒榕蔭裡候着，脖子仰得僵硬，等下一塊冰吐露的光陰漫長。幾十步外，計單奴街賈家開的照相館，館主長子賈崇榮，後來也推算出，路環的時辰鐘，的確較別的地方遲鈍：尤其牽涉到等待，更慢得這一樹蟬鳴，黏住另一樹蟬鳴，知了掉下來曬成煤炭，一塊大冰，才聳現額前廣漠的藍天下。「等待，都是值得的。」沒等過一塊冰，等過朝生暮化這一磚堅凝的人，不會明白。

路環綠皮雪廠，是五十年代末，榮添、榮照倆鄧姓兄弟蓋的。那年頭，漁船沿岸停靠，魚獲多轉運香港，炎夏要一桶桶的碎冰鎮着保鮮。雪廠六百五十個鋼模罐，脫出來的冰塊，重約三百磅。製冰用鹽水等做冷卻介質，器材鏽蝕得快，待到廠房荒廢，瘡痍也就來得急。防腐用的冰粒，該不能吃。三伯園墳場麓下，流水潺潺，雖名大深坑，水沒一處過膝，暑熱天，毛頭們堆石截流浸浴，雪廠要是就近汲水，枋阿密總覺得，冰塊裡會鑲了泥鰍和四間魚。那簡直是靜止了的魚缸，一塊凝結的時間切片。正追本溯源，冰磚隨輸送帶到了滑梯邊緣，眼前一亮，那剔透晶瑩，竟似藏了一團白影。迴旋而下，一陣轟隆過去，他讓好奇心推送，挨着一網花葉踅到雪廠門牆下，滿地堂的冰磚，就不見有人。

窩藏了白影那一塊，早一磕一碰到了前排。搭手，冰面還會黏人，忍住指掌刺痛轉出另一面，乖乖不得了，怎麼會有一隻貓在裡頭？可樂瓶大小的貓，白毛藍眼，圓顱細耳的，四肢箕張着，要撲出來投靠他一般；然而，就是凍凝住了，嵌在模具孕育的一場嚴冬裡。「這是哪門子的死相？」他嘀咕着，轉念想到蜑家人來買冰塊，見了這一磚冰鎮白貓，八成奪了去解凍了清燉，細想心寒，總得設法善後，解救出來，抱到譚公廟後山坡葬了。但買一塊三百磅大冰的錢，夠他僱替槍完成一季暑期作業，實在手邊也緊絀，琢磨不如乘隙推冰塊出去，門外一段十月初五馬路，花崗岩路面凹凸，那是決計推不遠的。

唯有就近去找賈崇榮，着他到輝記召集楊大韶、楊細景，梁童學要在屠場前地家也叫上，自己直奔客商街頭找老頑童余天筋。事情十萬火急，一轉眼，枋阿密回到雪廠，「貓冰條」還在，推搡到閘門下，崇榮等四人已過來接應。天筋十八歲，比枋阿密和賈崇榮大十年，各人雖覺他老邁，倒也數他力氣最足，手皮厚凍不壞，到管事的追出來，提醒交易未付費，各人遮擋住冰裡餡兒，只攛掇他去周旋。然後，或推或扶挨近了堤邊，就街心圍了一圈，只蹲着等冰塊一點一滴融解。日頭落入夾馬口對面矮山之前，仍舊十分刺眼。鋪地麻石掀不起，天筋找來磚頭磕，磚頭先磕碎，也只得罷手，冒着汗看那雪中白貓，憨憨的一路朝人笑。

「以後多留神，看有沒封存別的東西。」崇榮說，他弟弟賈崇華一年前下課沒回家，一直沒找到人，就這樣不見了，彷彿途中變成一座大發達，不冷不熱的，豎在路邊。水泥瓶蓋下面，或者，還有對小眼看着師友們來去，可大家就是沒察覺這瓶大汽水，有一點氣息冒上來。最悲哀的是，橙色泥瓶子招眼，尋人啟事，也的確貼到瓶肚上了。疑團未解，崇榮會不會以為，胞弟也餡料一樣，釀入水晶凍餅裡，然後，從黑暗的鐵殼子崩出來？尋思半晌，冰塊才融了一重，白貓似笑非笑，兀自看人躁動。大韶細景覺得這貓詭異，有些不祥瑞，先坐不住，說回咖啡室幫忙揉麵，「有一個六呎長……硬豬，等咱去做，趕四月八，抬出去遊街。」話沒編完，溜了。

梁童學沒這心眼，一拍額頭，恍然說：「有個匣子，面上斗大『CAT』字，我爸當寶貝不肯丟，原來裝死貓的。」洋人體貼，紙棺材造得適體，也好看，說着起身：「我回家找了來，載這貓兒正好。」突然，就剩崇榮和天筋陪着，守在空曠處等一塊冰縮小。做頑童，天筋是偏老，但資格也老，記心過人，凡事搜羅打聽，縷述澳門街雪廠興衰之前，他察覺：「路環這邊的家貓，都不長這模樣。」然後，借題落墨，渲染出一段往事；枋阿密卻寧願，那純粹是一個故事：畢竟事發地點，是他家的隔壁。天筋推測：雪藏貓，該有點來頭，這雖死猶生，或者，不自覺已經往生的情態，讓他想到這是海姑娘養的，甚至壓根兒是海姑娘變的。

天筋說，她在屋裡穿的連衣裙，貓毛一樣雪白；而且，散發一樣的寒氣。枋阿密和外祖父母賃居水鴨街「1」號，三楹屋一脈相連，屋與屋，以板壁分隔。他住靠右一戶，居中和靠左兩楹，空置了有些年月。入住之前，一個大紅信箱，早釘在靠左空屋門框上，油漆剝落了，還辨得出個反白「1」字，於是，三家全歸到這號碼上。要細分，天筋說的海姑娘，其實在中間的「2」號屋現身，或者顯靈。那屋，有一株陰香樹探出房頂，蔭住兩鄰。屋門兩側，各一扇方窗，窗戶向來密掩，與世隔絕。幾年前，天筋和沙雞在陳勝記吃過夜消兒，捎了碗淨餛飩去電燈局，要慰勞值夜的三益。不想忘了鐘點，走到水鴨街，供電按時停了。但月色溶溶，倒照得一路明白。驀地，三楹屋居中那幢，灰慘慘塵封的兩框窗玻璃，添了顏色，而且，光影熒然。從破窗眼窺進去，海姑娘就坐在客廳一角杌子上，翻着琴蓋上的冊頁，似乎剛彈完什麼曲子。

那鋼琴天筋沒見過，一隻熏熟的黃楊木箱子，卻鑲了四隻腳。要不是頭尾偏短，在女人腕旁，露出半排牙齒般的琴鍵，怎麼看，都是副西式壽材。琴箱後面，兩旁高腳几各置了一盞煤油燈，罩裡跳着藍燄。「怪不得一斷電，就這屋熠耀。」他第二天去看，那屋的窗戶，又回復黑白底子。覷進去，是有個四腳箱子，蓋釘了，塵土壓住。廳後面一堵間隔牆，也不知倒了多少年。那一樹陰香，竟是從廚房灶邊，長到了樓上。「這樣玲瓏人物，天兒冷，露着白雪雪兩條胳膊，倏一聲沒了，變成一棵樹，屋裡也換了朝代似的。」天筋搖着頭，甚是不解。「烏燈黑火，還點了煤油敲那壽板，怎麼就沒聽到聲音？」枋阿密納罕。「燈早亮着，停電才變顯眼。」天筋說。實在那屋沒裝電錶，沒連電線。賈崇榮沒接腔，他沒趕上天筋的心思，從彈琴的白雪雪胳膊，到蜘網塵障，到撩向鄰家的濃綠，語無倫次，恐怕自己要到了青春期，才體會得了。

「我想說的是，海姑娘的存在狀態，有點像這隻貓。她急凍在一個模具裡：這模具，就是時間。」他解釋：那天夜裡，興許，海姑娘脫出了時間的模具，滑溜溜地，凝聚成會哭會笑一個冰人，在將融未融的光陰裡，不遲一點，不早一點，因為緣分，她和他，質料不同的兩個固體，竟遇上了。天筋這話讓人發毛，崇榮先懲不住，拿話噎他：「撞鬼，有撞得你這樣文皺皺的？」說着，面前冰磚已融掉大半，枋阿密覺得趁小貓裹着一重薄雪，沒濕漉漉，軟耷耷掉出來之前，最好借天筋的汗衫兜住，再找地方掩埋。天筋打着赤膊，不自在，喋喋說着雪廠歷史，枋阿密後來追記細節，還真費了些查核功夫。

據聞，十九世紀，澳門半島就有雪廠，一九〇八年的兩家，日出十噸雪。一九二四年，澳門雪廠開辦。一九三〇年，有叫陳七的，沙梨頭的中山冰廠開張，美國的製冰技術和機器，上海來的工程師，每日製冰，比路環鄧家的綠皮雪廠，多二三十塊，每塊同樣重三百磅。陳七靠魚欄買冰，投資凍過水，要兼做冰棍，賣雪糕，大家卻去吃牛奶公司的。四十年代，抗戰，香港的冰製品來不了，土產五色冰條趁機外銷珠三角，好景算維持了幾年。太平洋戰爭，小孩們照樣嗜甜，喜吃刨冰；熬到戰事結束，港澳人到底愛啖海魚，大冰塊，又再隆重登場。當然，冰塊裡藏了笑面貓，是僅此一家，翻遍史籍，都尋不着分店。這貓，枋阿密一路抱着，冷水一路滴下來。

等梁童學捧了「CAT」牌紙棺材趕到，三人已上了譚公廟後斜坡。細弱的喵喵聲傳來，草叢裡，卻沒見動靜。坡上相思林蔽日，埋人葬貓，看來一樣相宜。然而，就像天筋指天誓日，說吉屋見聞，半分不假；枋阿密也真想人家相信，這會子，貓兒在兜裡抖動，胎兒一樣，踢着要撲面而來的世界。他停了腳步，岩石上撂下包裹，揭開濕布，竟真看到小貓活過來了。大概着涼了，喵幾聲，就朝他一個勁兒打噴嚏。

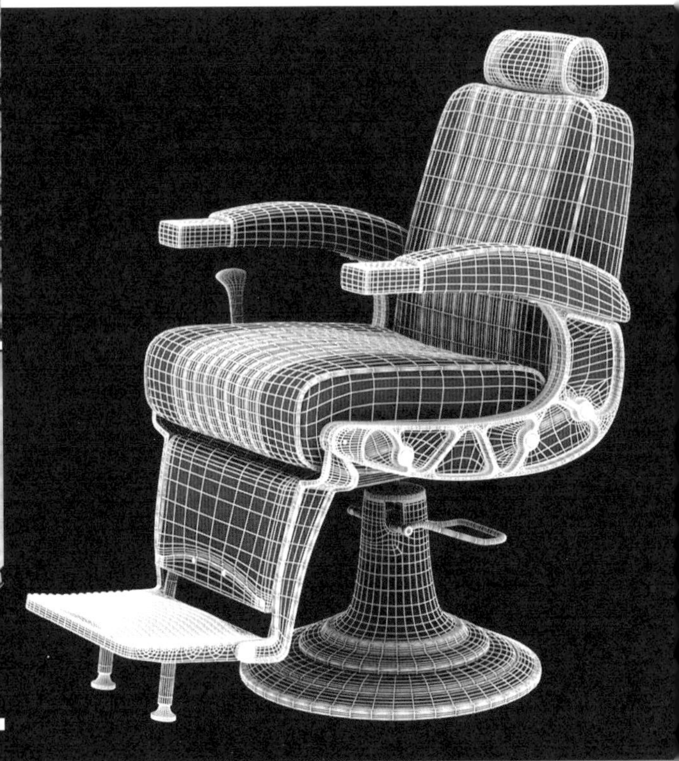

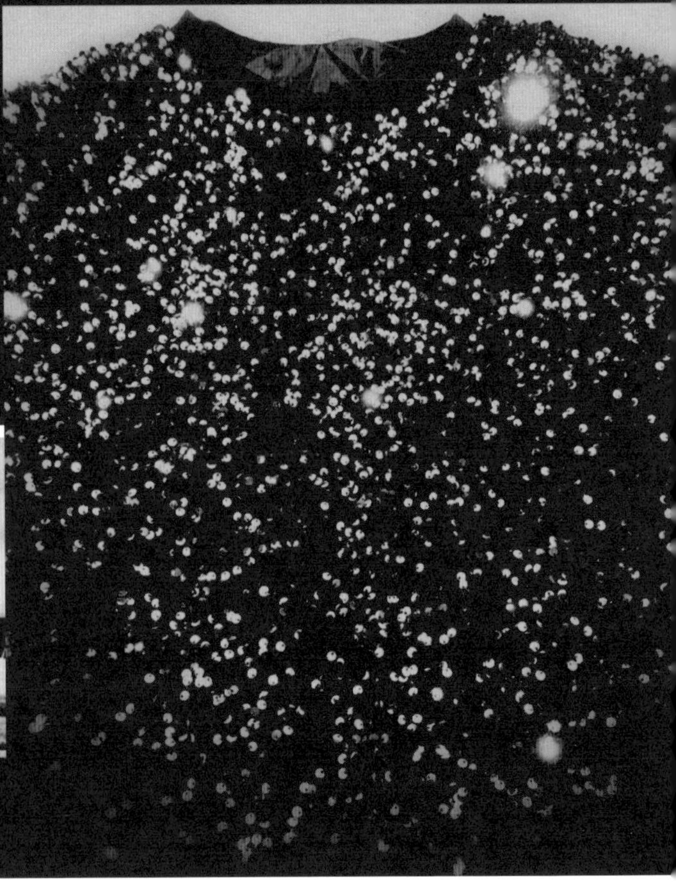

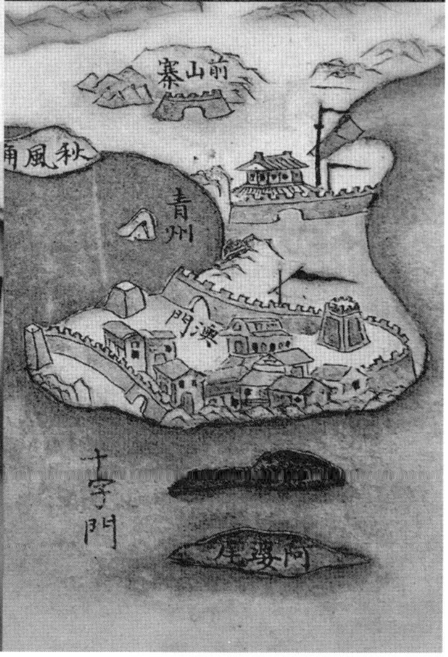
前山寨
青州
澳門
十字門
阿婆尾

ENTRE MACAU E ILHAS LTDA.
澳門海島市小輪有限公司

第三面：登月那一年的事

一九六九年七月那一個上午，杭思朗鑽出老鷹號登月艙，踩凹月球，台詞：「我這個人一小步，人類一大步。」由綠邨電台轉播出來的時候，枋阿密的白貓，正蹲在屋裡二樓窗台，俯瞰一隊戴紅袖章男女，走過白花花的碎石路。藍斜褲，白襯衫，榕影下偶然舉一下手中紅皮小書，不吱聲地漫逛。二十號夜晚，杭思朗和隊友踏上靜海，這邊滯後，到翌日十一點，才聽說留了腳印。腳印要沒讓殞石磕壞，人類消失之後，應該還在，像一個月餅模子嵌在那兒。腳印比人留得長久，影子也這樣嗎？會不會貼着月面伸出去了還一路蔓延？然後，隨一場黃梅雨落到檐瓦上？

收音機斷斷嘎嘎報告完，換回一窗蟬噪。居民學校搞遊行，楊細景怎麼也在隊裡？「人不夠，去湊個數。」後來，他告訴枋阿密，那是慶祝叫賀龍的一個元帥，在中國某醫院，剛給餵錯藥死了。毛主席有篇什麼五一六《通知》，說「赫魯雪夫那樣的人物，他們現正睡在我們的身旁。」細景去摻和，就是那赫魯雪夫不地道，要街坊提防；不然，半夜醒來，這雪夫身邊挺屍，可不是一腳踢得開的。雪藏貓住進水鴨街老宅月餘，渾身白毛，叫「雪夫」本來貼切；再打聽，知道雪夫做蘇共國家主席了，還領了個修正主義分子銜。看來不靠譜，就搭配那藍瞳，湊合取了洋名 **Lucky**。**Lucky** 意為走運，一隻貓得了狗名，未必折損福氣。

楊細景大枋阿密幾年，嫌搭船往返勞頓，正猶豫要不要去慈幼上中學。不想夏天到了，拱北那邊的革命洪流，有幾滴熱燙燙濺了過來。他見事有可為，那天，隨大流操過自家輝記咖啡室，操到三伯園墳場，趁沒人，喊了幾句打倒牛鬼蛇神；山野間，風颸颸回應。他項背一涼，心眼卻開了，立馬多添了個第二志願，就是革命；革命討不到活，再回到第一志願：隨他爸楊輝叔做好出爐麵包。這把革命種子，是剃頭匠馬奎斯播下的，播得也規律，每月細景的頭毛長了，來理髮，他就拿着牙剪播一次。

馬奎斯店裡，書報畫冊特多，幾十年積累，積得屋厚，人也積了些學問，好像做不了老師，他假扮剃頭去授業似的。歷史人物，馬奎斯最尊崇孫大炮，藍斜布脖子上一勒，邊角揳好，也不管毛頭們有沒呼吸，只絮絮講論大炮怎麼行事。一八九二年，大炮香港學醫，未入鏡湖，就治療澳門街倆紳士親屬。大炮搞革命，一九一七年，不忘去文第士街探大老婆，盧夫人說交房租吃力，隨行許崇智識趣，出資白銀三千，買下大屋相贈。一九一九年，澳門進口兩架柯蒂斯（Curtis）水翼飛機，時人稱鴨婆機，大炮打軍閥，要空軍，盧廉若又捐九千港幣，買了大的一隻送他。國民黨中國空軍，第一隻大鴨婆機，就在三灶島那邊練習起洛。

「喤喤喤！離了水面……」楊細景理髮椅上，耳食了革命的甜蜜，心癢癢的，某天，興頭上把枋阿密和賈崇榮喚來，聚在十月初五馬路。六個人，曾在那堤畔等一塊大冰磚消融。細景指住對面橫琴島，比劃着那柯蒂斯，怎樣掠過馬料河，為了讓歷史靠得近，他推斷水翼機，還拖泥帶水，在眼前河面起飛。喤喤喤繞半個圈，四個大螺旋槳，搧得沿河假菩提，撲簌簌的落葉，才飛上對面山頭，飛到虎門，歇歇再飛去廣州炸那督軍公署。什麼莫榮新、岑春煊這些軍閥，哪裡見過這長了鐵翅膀的大鴨？「丟你個漏嘢！鴨肚子釀一大炮，老子經不得嚇啊！」炸彈未下來，大鴨喤喤喤嘯着臨到頭上，都尿了褲子，抱頭潰散了一撥。軍閥踉蹌率了殘部，呱呱叫着，逃回廣西去了。

「這邊阿婆尾出的『鴨彈』，就是厲害！」細景是親眼目睹一般。一九二〇年，譚公廟前景物，自然不似今朝。飛機憑空而起的時候，沙灘旁曬鹽的，沒準都撒開手，茫茫白地裡看洋玩意的架勢。細景着眼大傢伙，對革命的副產品，譬如，趁亂添補的稚齡妻妾、秘書側室等，礙於年少，還未知道去嚮往。鹽田消失，到了另一黨鬧革命，但路環有自己的晨昏，紅袖章小隊遊到墓園，叫嚷過，對一隻螞蜂虛晃完紅皮小書，革命的火苗，算熄滅了。譚公廟同治年蓋起來，枋阿密有時到廟旁石磯上枯坐，看河口生起漩渦。路環有個老名字，叫迴瀾，興許是沖着這潮流改的。

除了飛機掠水，枋阿密的外祖母，人稱大偈福嬸的，還在那兒見過「澳門號」炮艦。炮艦裝英國部件，在九龍下水。據聞一九一〇年七月，僅有的一次，滿載士兵彈藥，駛到路環海面。一九四三年暮春，葡萄牙拮据，炮艦賣了給日本，那年彈如雨下，該沉到深淵去了。然而，福嬸總說，隔個十年八載，就見到那鐵船，船頭昂起，側面看像個老式熨斗。大概漩渦沒熨平，定期出來熨一下，在迴瀾上轉半天。「兩個高大煙囪，每趟見着，都噴的不同顏色煙霧。」那是親眼見，不是道聽途說。澳門號頭一回出現，她十八歲，沒當外婆，認識的喊她本名吳杏。那年，鐵船噴的是黑煙，沒讓漩渦留住，直駛到九澳那邊開炮打海盜；那一趟，是史實。

黑煙經年不散，鹽田都染了黑色，吳杏說。第二次是藍，藍得不深。發現炮艦的午後，磯上早杵着一個女人，年十七八，一身縞素。澳門號炮彈落在九澳村那天，她家房瓦給轟散了，人失了三魂。那負了罪一個大船殼，另有一段浮沉，它陪枉死村民，困在這漩渦裡，吃譚公廟飄送的氤氳。女人來祭那凶器，是一九二〇年的事。十年後，吳杏又在同一個地方遇見她。迴瀾上的鐵船，冒着蔥綠的煙霧，長堤也敷了翠色。然後是紫，是黃，黃煙淹漫的四十年代，好在鬼子鮮來，島上有田地能種莊稼，熬過風潮。到了一九五〇年，炮艦再浮現，煙是橘子的顏色。那時候，早沒人記得吳杏，都稱呼她大偈福嬸了。

炮艦，福嬸是偶然見着。打海盜給打掉家園的女人，福嬸喊她海盜姑娘，後來省掉盜字。海姑娘一般早到，好像知道鐵船什麼時候顯影出來，提早原地候着；而且，容色不改，苗條如故。「一直這模樣。」福嬸說得鄭重。一個人，讓藍煙熏過，綠煙熏過，紫煙熏過，黃煙熏過，橘煙熏過，怎樣說，都是個阿嬤了，怎可能還是從前顏色？「你投胎那一年，灘頭籠的紅霧。海姑娘也來了，那身衣服，炮仗一樣，沒見過人着這色血紅長衫。老花眼，霧裡沒辨出來；近看那臉，月份牌裡的，沒她標致。」福嬸有些不悅，覺得枋阿密質疑她的記心。

其實，過去兩年，福嬸的腦退化病徵明顯了。這病，也叫阿茲海默症，陪阿茲海默生個小病，聽起來洋氣。總之，新鮮事兒記不住，說過的反覆說，問過的不停問；但事情越久遠，說得越明白。「那還有假的？」她這口頭禪，枋阿密聽着安心。那時，隔壁一棵陰香樹，天井裡探頭，早高出屋頂。從灶間發芽滋長，到鑽縫過隙，泥牆後冒出來，枋阿密覺得那是一根秤杆，秤量着外婆記憶的分量。譬如，樹冠高出檐瓦，她記不起最近兩三天的事，然後是一個月，是半年。到枋阿密隨樹幹發育長高了，她能把一整年忘得乾淨。福伯去歲下世了，她卻總問他：「怎麼不見你外公回來？」要人到電燈局去催。福伯姓鄺，電燈局的頭兒，路環人喊他大偈福伯，好像他管的是一艘貨船。

轉眼間，陰香樹撐成一把綠傘，靠過來擋住小半幅星空。幻想，開始填湮福嬸記憶的缺漏。某天，白貓檐頭上嚼着肉桂味的嫩葉，監視這相連三楹老屋的瓦頂，福嬸笑瞇瞇向枋阿密透露：「你外公變成一隻貓了。」這話理據充分：「貓不是叫 Lucky 嗎？Lucky 就是福，就是福伯。」民初，她讀顯赫的利宵中學，識字夠多的。但法相莊嚴的大偈福伯，變成一隻小貓回來，也太傷情害理。「氣質不對。」他覺得，就沒變一台發電機，起碼成了一隻喘着大氣的風箱，才夠派頭。陰香，也叫月桂。枋阿密那洗澡間，本來也是觀星台，平白讓枝葉篩掉了萬顆星。該是美國人登月前幾天，星塵讓樹冠掃到一邊，看着偏狹，就和 Lucky 攀上自家牆頭，躡手躡腳，登陸隔壁傾仄的瓦頂。

他枕手靠在屋脊黑鱗上，繁星滿天；那滿，真是滿得擠磨出沙沙響，滿得不能從碗裡再挑出一顆，縫入黑絨布上。豔陽天，婦孺們常聚在簷影下做些細活，布條綴滿珠子，攢集了送還工頭，能換點小錢零花。滿海碗的透明顆粒，縫衣針撩出五六粒串着，不帶雙魚單鴨圖案的，一下午枋阿密能縫綴一小塊。六十年代，老屋破垣，但沿街的珠光寶氣。那星圖一樣的布幅，最終會在地球另一面，緊貼某個女人胸脯，或者依附挎包上，晃出濃縮的一場夜景。要說「天人合一」，這星塵，這人寰，俯仰之間，總算有一點點契合。

杭思朗三十八歲登月，枋阿密到那年紀，是三十年後的一九九九年，填海地上臨時蓋的玻璃棚裡，就像馬奎斯疊起剃頭用的舊藍斜布，葡萄牙人也摺好了自家的紅綠國旗，等燈滅了捎走。回想過去光景，枋阿密自覺也是在月面回望，迢遙，卻也清澈。他架起望遠鏡，孤寂地等路環轉過來面向他。他看到瓦頂上仰躺的自己，到底有點時差，那個晚上，鏡筒裡的小孩沒見着月亮，在繁星之間，卻有一顆亮點，從右到左穿行，約莫三分鐘，才慢慢沒入東邊的星叢。

枋阿密有個學長，叫李大漢，大漢的祖母某天傍晚，就在打纜街郵政局門前，見過樓頂有一隻大洗臉盤飄浮，銀光扎眼，但沒聲音，繞了半圈子倏地去了。那洗臉盤，沒理由還留在大氣層上。後來查明，一九五七年起，天上就有人造衛星，夜空明淨，肉眼可見。事實上，阿波羅十一號直奔月亮之前，曾繞地球一匝，靠引力提速甩自己出去；或者，阿波羅甩過這座島的時候，也真讓他及時看到了。屋頂觀天，他伸手摸到疊瓦上嵌了一帖窗，比巴掌稍大，他那邊屋有一樣的，白晝光柱子住滿浮塵。撿來落葉，擦了擦玻璃上泥污，Lucky 挨近埋頭看，看過了茫然瞪着他。窺進去，閣樓是無星無月的黑，適應了那幽晦，裡頭卻似乎有一盞燈，遠遠的一點橘紅，像油盡了，煤油燈棉繩上最後那一星殘餤。

幾十年沒人住，怎麼會有燈？貼臉再看，那點橘紅還在。怎麼會有弱而不熄的燈火？停電夜，余天筋見過屋裡有女人撫琴，有藍餤閃爍，那些鬼話，難道八九成真？天筋稱女人海姑娘，外婆煙障裡十年一遇的，也叫海姑娘；難道海姑娘，從來住在隔壁？唯獨他福星高照，始終沒見着？枋阿密渾身雞皮疙瘩，扶住兩邊筒瓦，支起身，仰望一九六九年的星空。他不知道那一刻，一切都過去了，那只是千萬年前的星光，1.28 秒前的月亮；幾十年前，海姑娘在閣樓點的燈，就像孫大炮中彈着火的鴨婆機一樣，最後，不過是為了讓人記住，偶然投映在夜幕上而已。

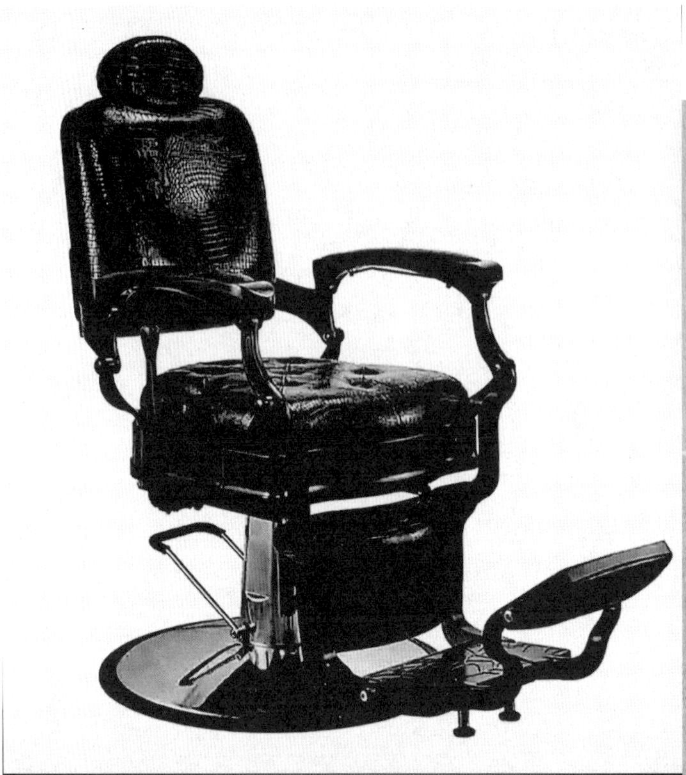

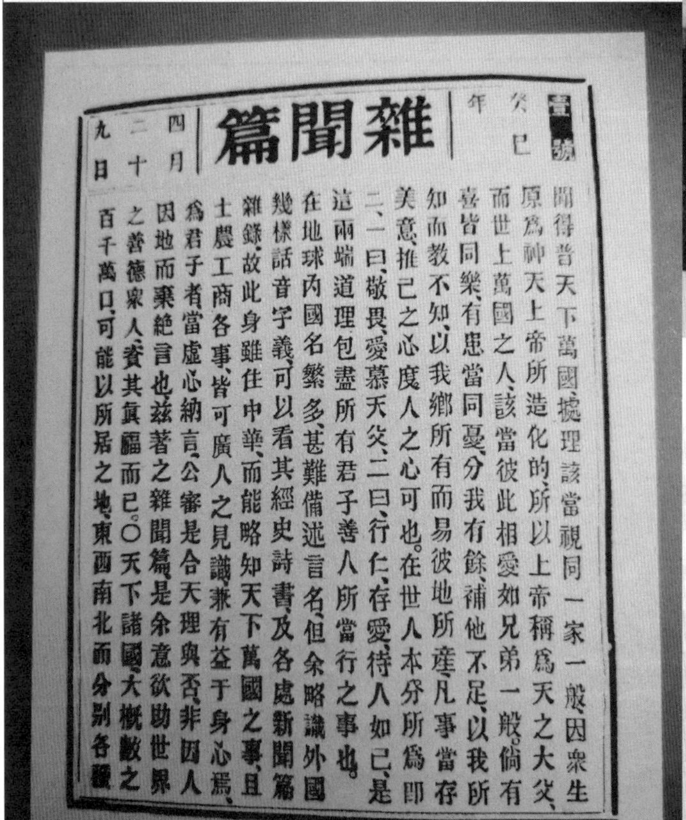

壹號 癸巳年

雜聞篇

四月二十九日

聞得普天下萬國據理該當視同一家一般因衆生原爲神天上帝所造化的、所以上帝稱爲天之大父、而世上萬國之人、該當彼此相愛如兄弟一般。倘有喜皆同樂、有患當同憂、分我有餘、補他不足、以我所知而教不知、以我鄉所有而易彼地所產、凡事當存美意、推己之心度人之心可也。在世人本分所爲即二、一曰、敬畏愛慕天父、二曰、行仁、存愛待人如己、是這兩端道理包盡所有君子善人所當行之事也。在地球內國名繁多、甚難備述言名、但余略識外國幾樣話音字義、可以看其經史詩書、及各處新聞篇雜錄、故此身雖住中華、而能略知天下萬國之事、且士農工商各事、皆可廣人之見識、兼有益于身心焉、爲君子者當虛心納言、公審是合天理與否、非因人因地而棄絕言也。茲著之雜聞篇、是余意欲助世界之善德衆人、資其眞福而已。〇天下諸國、大槪敎之百千萬口、可能以所居之地、東西南北而分別各種

1910 年葡兵攻打路环海盗战争场面

澳督马奎斯像

美士基打像

知新報第三十七冊目錄

上諭恭錄

問近時各省創設西學堂以爲儲材之策究竟中土人材能自振起否此其法之果善歟抑操之者別有其本歟

域外近事

法國

英國

德國

日本

俄國

農事

工事

商事

礦事

格致

全球大勢

醫會新章

引水溉田

知新

報

光緒二十三年

十月二十一日

第三十七冊

THE REFORMER

CHINA

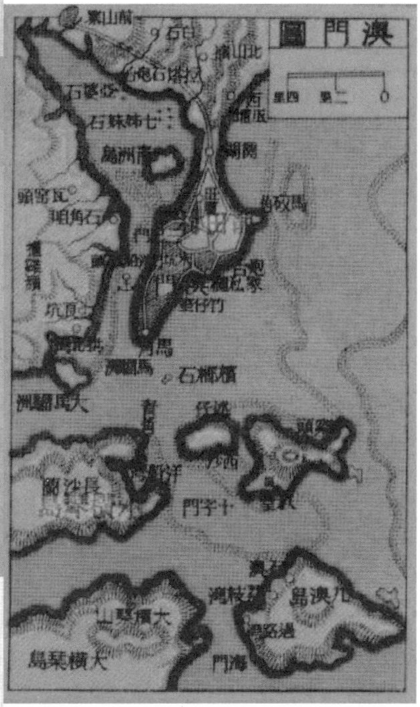

葡萄牙炮舰“祖国”号

澳門抓獲的海盜頭目
Chefe de piratas capturado em Macau.
Head of pirates captured in Macao.

《澳門之聲報》，1932年1月23日，第3頁。
A Voz de Macau, 23 de Janeiro de 1932, p. 3.
A Voz de Macau, 23 January 1932, p. 3.

每月收銀半元

鏡海叢報

CHING-HAI TS'UNG-PAO.

按月發單清收

大清光緒拾九年癸巳六月初六日　西紀壹千八百九拾三年七月十八日

禮拜式日　下環正街鏡海叢報南局刊印　新聞紙第壹號

目錄

代派紙之處

本局告白

創辦鏡海叢報條列利益佈啟

Jigsaw puzzles old de maca

第四面：馬奎斯理髮店

那天午後，理髮店褪色招牌下，馬奎斯兀自抖着藍斜布的髮碴兒。枋阿密等五個毛頭，抬了一顆炮彈，從戴紳禮街過來，就走不動了，店門外伸着舌頭喘氣。馬奎斯認出鐵丸，本來跟其餘三四十枚疊在馬忌士前地，煤球一樣黑，日頭烘半天，煤球一樣燙手。臨海打海盜紀念碑前，垛了幾十年，沒人動得了。這時，鐵丸兜在漁網裡，兩根竹槓架着，馬奎斯沒開口，前面抬擯的梁童學就老實告訴他：「捉飛行棋，缺這一顆彈珠。」「好大一盤棋！」馬奎斯暗驚：這毛頭家，廳心有一口井，鐵丸碾過大格子磚，磕上井口圍欄，也真像回歸棋枰終點，轟一響，沒有不玉石俱碎的。六十年前，一樣的炎夏，不同棋局裡，同一樣的黑鐵丸，一顆顆落在九澳村。炮火最密集那天，有一枚，據傳，還誤中老街市托斯卡納風的石柱。

馬奎斯癟了二十幾年，鄰里喊他黃榕叔；嘴欠的，背後稱他跛榕。他齊刷刷一頭銀短髮，暑天鬆垮垮一身黑莨綢，精神算健旺，卻畢竟八十歲了，記憶，不擔保靠得住。過去自號馬奎斯，取一個總督名字，純粹覺得「Marques」發音，較歷任督憲氣派。門楣橫匾寫的「Barbearia Marques」，街坊沒一個曉得葡文意思，卻有葡兵和西洋鬼知道進去剃頭。懸了這楠木招牌，就算得一張理髮椅子，卻比後來客商街英忠理髮店，計單奴街他親戚黃日照經營的麗新，雅憩餐廳老闆黃耀東開的大髮院，更能招聚八荒來客。至於一九〇九年上任，翌年，即派兵攻島的總督馬奎斯（Eduardo Augusto Marques），講用兵調度，倒不像剃頭的懂得游刃，一出手，刀頭都是血。

七月十二日凌晨，上尉阿吉阿爾（Aguiar）奉命率陸軍四十五人，會合中尉阿爾比諾（Albino）離島小分隊，摸黑登陸路環。戴闊邊大圓帽的大鬍子，一味盲攻，沒頭沒腦撲進三聖灘岩叢，就向黑影開火。海盜覆巢裡出來，餳着眼高喊：「呢鋪大鳩鑊啦！」只穿條睡褲抵抗，竟打死幾個來犯的，還佔了炮台。馬奎斯聞訊，鳥毛直豎，又派去一個炮兵部隊。「澳門號」炮艦也出動了，另一個上尉，再率了過百巡捕去增援。一時堂廡綠蔭之間，彈下如雨。結果，葡兵又敗陣了，死傷枕藉。事緣開戰前兩個月，路環海盜梁義華和黨羽，綁架了新寧縣三鄉十八個學童，勒索贖金三萬五千。兩廣總督袁樹勛聞報，卻因為「澳界尚未勘定，既不能照會澳督往拿，承認為彼之屬地，又不便派兵往緝，致啟交涉」，正左右為難，事主連接三封勒索信，也是慌不擇路，擔心：「遲了放出來，功課追不上。」偕鄉親父老，找上澳督，稟求他去拿人。

一場混戰，棋盤上的總督馬奎斯，彷彿讓鐵丸碾了腳，痛極大呼：「讓賊人連吃數子，這怎麼成？」連忙調遣水陸各軍狂攻。村民或讓海盜挾持，或腳底生了根，眼見鐵丸亂落，偏是不肯遷避。七月十三號，劫火更旺，損傷人物不可勝數，枉死者，有說三十八人。那年，黃榕十八歲，早在大偈福伯之前，租住水鴨街「1」號。那楹泥磚屋，大門一側有木梯上通閣樓，他爸住樓下，是個鐵匠。打鐵坊開在斜對面，用厚銅片打了一個葫蘆大「8」字，釘門楣上當標記。那鋪面朝西，是他馬奎斯理髮店的前身。但不管是打鐵，是剃頭，日頭半落，那都是塊金漆招牌。五十餘年過去，「8」迴光返照，還不時透窗而入，投上枋阿密閣樓的椽樑，照出一屋金燦燦斜暉。

一九一〇年七月十七號，唐娜阿美利亞號巡洋艦，黃榕印象裡，還改了航道，駛到船人街盡頭，貼着十月初五馬路海濱過了迴瀾，才繞向九澳灘頭。艦上載了百多人，據報由中尉卡洛瓦（Carvalho ）率領，卻有十幾個圓帽大兵掉隊了，不知從哪兒上了岸，喊着胡話，趔趔趄趄，走過他窗下。他記得有一隻大白鵝，喙基上，肉瘤燭紅，在龍眼樹還沒栽植的恩尼斯前地，拍着寬闊翅膀，追逐滯後的一個兵頭。那兵頭一路給撲打，啄咬，慌惶裡掄起長槍，槍柄朝鵝頭猛砸。鵝脖子看來受創，不纏鬥了，鴨鴨鴨拐向屠房前地那邊。那兵頭不忿，竟追過去瞄準了，放了一槍。在後來矗起提子汽水的地方，大白鵝中彈滾到屋牆下。畢竟那是一隻鵝，肥碩肉軟，不能放着不管，黃榕銜尾去善後，但見白鵝，化成朦朧一團白影，竄入旁邊　株假菩提的樹洞裡。

那樣的大白鵝，很久以後，枋阿密在電燈局機房階下見過。高矮肥瘦，馬奎斯聽他描述完，肯定地說：「是同一隻鵝。」算這家禽能活六十年，喙頂燭紅肉瘤，按年增長，早該有橙子大。「這遊蕩的，一顆瘤，像李子。」他有點常識。「這就對了，就中彈那天的樣子。」馬奎斯引申：「人死了，照樣不長頭毛。」這光景，到底傷情。等日子到頭，綺貞領他歸西，他說，老婆也不會變一個阿嬷回來。「就中彈那天的樣子。」再說，話卻沙啞了。死者有個特權，就是不會在塵世變老。這場海陸混戰，鎮上死了一隻白鵝。但一對紅鵝掌的腳程之外，十八號那天，路環經歷的，卻是真正的大陣仗。唐娜阿美利亞號，聯同祖國號，澳門號，三艦一同炮轟海盜陣地。

轟到第二日，剿匪大軍，終於攻陷了九澳。除了救出十八個學生，還有四十幾個做了人質的村民。事實上，當大軍在三聖廟周圍，下飛行棋似地，鐵棋子飛越枯藤老樹，轟碎一條村的時候，海盜頭兒梁義華，早帶同一眾爪牙，在前一夜的暴風雨裡竄逃，八成退回横琴島，隔岸觀火去了。十一月，開庭審判抓到的，四十幾號人，按綁架罪，過半判了二十年的流放拘囿。興許不好意思由九澳村流幾公里，流到路環鎮上，於是倒過來，或流去帝汶，或流到印度。「臨刑」還拍了照，有蹲有站，入鏡十二個所謂的海盜，都紮豬尾辮子，刮半邊頭。馬奎斯倒忘了照片刊在《申報》《香山旬報》，抑或，誇讚葡國革命軍像水獺的《鐵城報》；而三百多非洲水獺黑兵，隨後也真調到路環島上來。

馬奎斯搜羅書報，連專門登載山鋪票經，盧廉若辦的《澳門通報》也備着。一八二二年古董《蜜蜂華報》他藏了幾頁，一八三三年馬禮遜創辦《雜聞篇》，宣教材料，首次用上中式木刻雕板印刷術。澳門這第一份中文報刊，他有法子搜來「癸巳年壹號」，創刊頭一頁，還裁下鑲烏梅木框裡。一帖黃紙黑字，尋常書頁大小，高懸東壁洗臉盆上，真是古雅得不得了。「茲著之雜聞篇、是余意欲助世界之善德眾人、資其真福而已。天下諸國、大概數之百千萬口、可能以所居之地、東南西北而分別……」字體端方，唯漫漶難認，顧客抬望，沒有不當「價目單」來讀，見了百千萬之數，或茫然，或駭然。也有杵着仰觀，顱內血滿，忽信了耶穌的。展覽了幾年，報紙經不得夕照，束諸高閣。

倒是髮式背時的十二海盜，合照撕下來鑲好，經年掛在臨街牆上，過客如見故人，算個博古通今。歲月如流，沒人再想起那年夏天的兵燹，都以為這團黑白，是他一夥遠房親戚，豔陽天，聚在水邊，清末的黃花魚汛過了，等民國的黃花魚汛；然後，等共產中國的黃花魚汛。總之，汛期來了，就循着腥風去討海。事情模糊了，時序錯缺，他會翻書報雜誌補漏。理髮椅前半牆木架子，除了嵌一面銅框大鏡，故紙堆裡，有《澳門日報》《華僑報》，有陳年《小齒輪》，有最多人餓死那年，日寇附庸發行的《民報》。《大西洋國》和葡文《復興雜誌》的歷史文章，聊備一格，能讓剃刀下的西人顧客鎮定。

連環圖他藏最多了，沒存書毛頭們不來，來了坐不住。譬如香港的《兒童樂園》，廣利號耽延了載送，枋阿密即威脅不來剪髮。以前船期少還好，外頭時事，隔水傳過來，都成了歷史。「歷史安靜，不浮躁。」馬奎斯說。枋阿密偏愛花花綠綠的圖文連載，追看《紅羽毛》，就當那是古代人物。半月刊一船來兩期，頭髮理好，雜誌未讀完借走。鋪子庫存豐厚，畫菊樓的《飛天老爺車》，講超人駕老車，載神仙打怪獸。楊大韶、李大漢一夥，後來組織了「老爺車樂隊」，擂鼓響喇叭，看來跟這白牌車，難脫關係。

《太空七俠》《銅頭俠》《飛俠黑蝙蝠大戰電蟻蟧》，一角錢的小書，杤阿密看得最投入，小俠頭盔有燈能射電光，他的鳳凰牌車燈，一樣的強勁。連環圖多何日君手筆，到賣兩毫子，《黑蝙蝠》以外，東方庸有《電蟻蟧鬥橡皮怪物》，伍寄萍、黃金印、錢塘江、鄺卓雄等迭出新篇。六十年代，夜空星子叢聚，白晝卻飛滿了理髮店出來的神怪。圖書堆裡，突兀地擱了一頂雉尾盔帽，不帶射電裝置，他認為是紅羽毛的行頭，反正誰戴了，都像個印地安生番。

再說海盜給抓了，拍了醒目合照，儘管那兩廣總督，不滿葡兵留駐，認為「與日後議界尤多窒礙」；據說，全國人民再一次憤慨了，紛紛要求廢除條約，奪回澳門。但澳督馬奎斯沒去理會，在那場荒誕的戰役過後，葡萄牙人就認真地經營路環；確切地說，是開始經營以客商街為中心，恆常地，聚居着幾百人的路環鎮，這差不多是一座劇場台前幕後的人數。打海盜的同時，澳葡政府在帝汶買了三公斤黑桉和白桉樹籽，硝煙一散，泰半引種在路環郊野。桉樹長得快，石面盆山麓，沒幾年白森森豎了一座林。

然後，石排灣設軍事哨所，海島市統領部，小分隊管理黑沙和路環市面，街道有巡捕巡邏。接着是船政廳，郵政局，兵房，警察局，衛生撿疫所，圖書館那些葡式建築，點染得小鎮的面貌素雅，就像用牙剪修過的頭顱一樣，蒸騰着獨門獨院的洋味兒。五十年代初，電燈局在屠房前地蓋起來，檸黃月白，一樣簡樸的單層建築，去做電燈頭兒的鄺福，人稱大傌福伯，圖幹活便利，遷至「Barbearia Marques」斜對面。這是馬奎斯住過的「1」號老屋，坎前雜草絆人。

三益和沙雞入職做電工之前，是福伯的小兒子鄺賢幫忙辦事，值班時間短，初時，發電機才兩台；一部後備，一部傍晚七點鐘啟動，供電四小時。閒工夫多，鄺賢會去本勤學校隔壁鴉片煙館，摶些煙球掙小錢。他沒順便隔壁上課，倒是慧宬小學讀過一陣子，那是林美麗父親辦的私塾。林校長一人教六班，是位儒雅的通才。慧宬樓下後來闢作商店，賣文具玩具，也租售圖書。馬奎斯鋪頭常缺的《李小龍》《小流氓》，慧宬商店難得齊備。不過，到枋阿密能濡染慧宬的書香，春風裡，他舅舅鄺賢，早離開路環，到香港去謀事。

後來，他們親戚的喪禮上，趁喃嘸破地獄，鄺賢回憶起當年電燈局下班，某夜，水鴨街頭一棵假菩提樹，樹幹似泛微芒，近看濃蔭下浮一團白影，有個人形，但踝下沒腳掌，脖上一顆頭不像頭，像一綑暗紅棉花糖。他拿手電筒去照，白影卻不見了。接連幾個晚上，那紅頭白影，如常樹下候着，也是一見燈光就隱退。「幾十年，還想不出是什麼東西。」他說。然後，連那紅暈棉絮一樣扯散，年輕的日子也盡了。到電燈局成了枋阿密的遊樂園，印象中，發電機添了一台，炎夏的黃昏，要是三組機器全開，從碼頭到客商街，那轟隆，籠蓋半座鎮子。

追隨大偈福伯辦事，值夜班的沙雞和三益，按規矩，十一點停機不供電，那靜，靜得教人耳鳴。譚公廟前沙土地，離電燈局遠，晌午要沒蟬噪，空寂四面壓來，整個世界，銅盂裡滾動似的嗡嗡作響。連貫路氹的公路堤，這年是通了車，但車來的稀少，枋阿密的姨父偶然開過來偉士牌，摩托車理髮店門外一熄火，又是個寧日。馬奎斯記得，上角碼頭蓋好不久，枋阿密第一趟來剃頭，知道有船定期往返，還說弄到錢，要過海去板樟堂街買玩具。後來，真去買了能架起雲梯的火燭車，買了胸甲打開，凸出火炮亂轟的鐵甲人；有一部藍殼袖珍收音機，還挺先進的；杭思朗登月，他擺正那玩意，窗邊聽廣播，坐看臨時紅衛兵操過戴紳禮街。

馬奎斯年輕時，就在同一扇窗下，俯視那大白鵝奮起護島，追啄脫離主線的葡國兵頭。然而，白鵝中彈好多年後，因為鄺賢的憶述，枋阿密才聯想到，電燈局旁樹下偶現的紅頭白影，沒準正是炮轟九澳那年，垓心外受襲的英魂。他舅舅遇上的，是鵝的鬆浮狀態；自己小時見到的，是鵝的結實情況。馬奎斯說：「是同一隻鵝。」不是全沒根據。因緣和合，忽然多了人記起，就匯聚成形，伸着鵝脖子，沿街啄人腳。

回到理髮店前一幕，馬奎斯疑惑地，問幾個抬炮彈的：「重甸甸，搬這麼遠，真為了——下棋？」細景扭轉頭，朝枋阿密打眼色，着他別吱聲。倒是提着兩邊槓梢的天筋，說漏了嘴：「梁童學家那口井，邪門。磚頭縋下去，幾十碼繩子，縋不到底。哪天水湧出來，門窗適巧閉上，外頭看不出屋裡飽脹。等嘩一聲炸開了，你這鋪子，一條水鴨街，恐怕都要遭殃。到時，理髮椅沖到陳勝記那邊，絕對算一個雅座。要防這大災，阿榮有個想法，我看是很實證主義的，就是用這大鐵丸，對準那個……總之，不好理解，改天，來剪頭髮再說。」

馬奎斯讓他虜來的名詞唬住，不好追問。

畢竟禍福無端，水火忽而相煎，也是實情。疊好藍斜布，放目對岸一座荒山。總督馬奎斯履新那年，葡兵攻島後四個月，他開始用「Marques」做店名。那年秋後，澳門水陸兵變，要求除了加薪，還威逼驅逐宗教團體，關閉言論逆耳的《新生活報》。兵卒上了刺刀，圍住官邸，葡萄牙新政府妥協，馬奎斯不得不屈從，趕走居澳耶穌會士，還有瑪利亞修女會的修女。憐貧助學的，受到迫害，他看來心中耿耿，上任一年，辭職了。馬總督原是舊政權的參謀部軍官，長相像孫大炮，鯨魚尾鰭似的鬍子，卻比大炮那一撮能拍起水花。體面人知道是非黑白，不似一貫嗜血，恐怕是新政權着急，要把路環明確佔了，馬總督壞在沒親到九澳督戰；而且，那一撥兵員，從後來的跋扈推想，哪肯理會他帷幄裡的指揮？

那年島上，電話分機得四台，他撥了個「2」號，接通九澳兵房的德律風，長線那一頭，他聽得見鐵丸落下的巨響？忙着放火的上中下尉，會如實報告戰況？當然，尋常百姓遭罪這一項，不管怎樣，是值得憤慨的；他剃頭匠馬奎斯，就是這樣的百姓。有一天，他會靜靜死在這張理髮椅上，而「全國人民」的憤慨，一點一點的，最終燒出對岸的萬盞燈。他看得見苗頭，燈色，會像荒塚間的燐綠，死者無奈撲過去，儼如金塔迎攬一星星螢火。總督馬奎斯拂袖去後兩年，滿清覆亡，中華民國的臨時大總統，就是那孫大炮，才宣告臨時政府成立，黃榕他爸，病床上笑了笑，吩咐兒子打鐵要趁熱。話音一落，臨時咽了氣。

結束和開始，有時像同一回事，沒一張莿網分隔兩頭，橫豎周圍未平靖，來避亂的人也不見少了。一九一二年歲末，拱北關口進來的鷄蛋，就比去年多一倍，存貨出清，竟還欠着一百餘萬隻。葡萄牙人記帳明細，光讀帳簿，就知道食客來得急，邊界外的母雞，還沒因應新年號和新時代，努力下蛋。黃榕可沒母雞的麻木，他聽說過同盟會，知道什麼梁銷魂、謝英伯、高劍父這些名字，有那麼一瞬，想過去報名，隨一眾漏網海盜、綠林好漢去謀些活計。前山起義，那所謂香軍，就有海盜梁義的隊伍，口號「推倒滿清，有米平吃」，也淺易明白。

梁義？他聽着來勁兒。綁架三鄉學童，勒索贖金，導致九澳陷落的海盜梁義華，同黨就喊他梁義。總督和匪首，都算個人物，紅臉白臉，生丑演得落力，就死了台下看戲的。他打鐵的爹囑他趁熱，他以為意在言外，是提點他去趁火打劫。滿清覆亡前一年，同盟會支部在南灣街四十一號開張，他嫌隔涉，乘車搭渡不便，才沒去找義字當頭的鄉里，拜把子，吃革命大茶飯。他讀過私塾，有過抱負，想過當老師教歷史，但學校都在澳門半島，他捨不得這老鎮子，這樞屋，終究沒成大事。

廣東省城禁了賭，澳門街要倒的酒店，客房連月爆滿，娼寮妓院，徹夜的紅燈綠酒，謀事是容易了，做門僮，做龜奴，他卻不情願。一九〇二年，盧九第三子盧怡若，北京考完鄉試，中舉人回來，在龍嵩街黃榕他叔父開的理髮店，剪掉了垂辮，成了澳門剪辮第一人。盧舉人帶了頭，可惜未成氣候。宣統三年，一九一一年一月七日，大陸的剪辮風氣吹過來，羅仲鈞接風，在清平戲院推動剪辮易服，二百餘人報名。同盟會梁彥明、周豈凡等，在崇實中學發起一個剪辮會，一開剪，也算四方響應。辮子蓄久了，變成尾巴，怕砍下去流血，這些剪辮會，讓大眾壯了膽，讓黃榕看到未來和生機。

大辮子忍痛一鉸，舖子搬了家，十天半月，圓顱上，新毛連商機，又蓬勃冒出來。「沒一顆蓬頭，不需要一個髮型。」他精神一振，把老父遺下的風箱熔爐、鐵箝焊機連特大鎚子，一應變賣，得款約莫夠買一張二手理髮椅子。為了鄭重其事，他囑托澳門街做貿易的舅父，向外地物色。「不用鋪張，坐上去，有個皇帝的範兒就成。」他要求不高。等候期間，四牆粉刷過，檸黃間以雪白，大鏡子架起，門楣上也懸了葡文招牌。「以後，叫馬奎斯了。」毛毵毵一條新路，鋪到眼前，才想起不會使刀運剪，還未入行。聽聞美女巷有老匠人擺檔，為人剃頭線面，三步併兩步的，趁吉日拜到門下，一星期藝成。籌措了剷青推子，牙剪剃刀、巾櫛等用具，就退了租遷過去，住到鋪子能擱一張床的閣樓。

那年多雨，理髮椅在霪雨裡運抵前，水鴨街更像一條水鴨河，游過好多東西，彷彿還夾雜鰻魚似的，一條條烏溜溜的長辮子。光陰也是這樣流走的，一甲子快過去，他在同一個「8」字下面，皺着眉發問：「炸彈一路抬過來，沒人見了說話？」五個實證主義少年，撂下重擔，氣似乎喘定。「就遇到路環攝政王。」細景說：「那廝咬定這鐵丸，是當年他攻白沙嶺，轟拉塔山炮台的。第一發，大炮就震掉輪子，散架了。然後，滴溜溜滾回來這一顆廢物。」「問他留着廢物做什麼？卻說不留一留，打過炮沒人知道。」賈崇榮說完，梁童學接茬：「賭氣撂地上，還他，他卻搬不動。」言談間，枋阿窑照顧的白貓，正蹲在對面閣樓小窗看人。

一整年過去，貓還是融冰裡出來的憨態，毛絨絨的，沒再長大。馬奎斯抬頭望着那團白影，想到島上那些一成不變的東西。二十年前，水桶巷信義福利會幾十步外，黃牆黛瓦之間，小石屋庭前瓜藤連綿，棚架掛滿了盆栽，擺滿了草木。屋牆一色的淡青，幾盆蘭蕙擋着，竟不似有門讓人出入。花屏葉障裡，木架上幾缸熱帶魚，黑的紅的，據說，什麼時候去看，都不增不減，同一個數。那阻人搬炮彈，楊細景說的路環攝政王，馬奎斯就在這石屋瓜棚下見過。

攝政王自稱味士基打，要考究，味士基打原是個上尉，一八八〇年，發狂投井死了。馬奎斯不明白這厮怎麼會在島上出現，還封了路環攝政王。他最早投身的，是攝政王營，推想取這職銜，是那段青春日子遂心。銜頭拗口，簡稱路政王，務實多了，像個鋪石子馬路的。興許這人死了，癔病症狀，偏不肯離開軀殼。多年來，有幾趟細雨天遇上，路政王味士基打，總坐在自家棚子下。綠影扶疏，黑白瓷墩上，他併着腿，夾住一張手鋸的把手，左手扶了鋸梢，右手拖一根二胡的琴弓，只閉了眼去拉那鋸背。那手鋸的鋒刃，恍如一片箬葉，盪出來一巷子嗚嗚的風聲，聽上去遙遠，也淒厲。

有一回是傍晚，日頭一落，籬內已點了白蠟燭。味士基打奏完手鋸見到他，他知道他，說有個黑人部下，去他鋪子刮過頭。冬夏他是同一襲戎裝，袍子濕了血一樣紅，高帽下髮短鬍長，臉面是老照片的灰色。「會不會修鬍子？」他問馬奎斯，說鬍子，是一個體面人的名帖，他要理出一款彰顯攝政王的鬢形，沒頭緒自己不好動刀。馬奎斯直搖頭，那鬍子，土鯪魚尾一樣遮住上唇，簡直無從下手。「過百年不變，瞅着膩。」說完，卻又顧慮：「剃壞了長不回來，到時，拔你鳥毛種上去？」勢色不對，馬奎斯忙撥轉話頭，誇他鋸子拉得好，沒想過鋸木頭的傢什，奏起來那麼動聽。「我不用這鋸木頭。」他說得平淡：「這鋸人頭用的。」他告訴馬奎斯，沒人血養着，手鋸奏不出這音調。

「那年九澳打海盜，一村匪人，你以為炸碎了？沒死透呢，都以為自己還活着，東躲西藏，困這島上熬日子。老督憲剿匪，剿得不乾淨，我是接手擦屁股的。我鋸了五顆頭，那撥沒讓人記住——」他仰起臉，瞪着矮檐外雪廠的綠色屋頂，等滑梯上的噪響過去，掐指算了算，接上話：「沒讓人惦掛的，算有六七個吧，該都模糊了，冰磚一樣化掉。漏網的，起碼二十幾個。我有任務，未化掉的，得一個個找出來，頭鋸掉了，這些潛在的虛影，才不能苟存下去。」那夜，馬奎斯第一次感到「潛影」的實在。

他心裡發毛，瞟一眼味士基打身邊瓷墩上那白蠟燭，藍焰一直跳躥，卻一直那個長短，燒不完似的，他更是背心發麻。待拔腿要溜，味士基打持鋸站起來，喊住他：「你鋪子叫 Marques，取得好，將就着也算個前總督府的別館。好歹我稱王了，沒個殿堂加冕，寒磣。你給我預備一頂禮帽，插些翎子，我改日光臨你Barbearia，儀式完了，再斟酌怎麼修鬍子。」馬奎斯嚇出冷汗，脫身回過神，知道怠慢不得，好在醮期完了，再三請托，演神功戲的肯讓出一副武將戴的舊盔帽，翎管插四尺長一對雉雞尾，用的雖是死雞翎，不鮮活，諒這土生辨不出來。

雉尾盔帽擺在店裡雜誌堆上，算買個保險，不然這攝政的真來了，沒個準備，鋸子架上了脖子，可不是痛一下就過去的。一眨眼十幾年，推想「宜加冕」的吉時短缺，味士基打終究沒過來坐上理髮椅，正式受持。馬奎斯途經水桶巷，也照例繞道，不敢挨近聽那手鋸奏的嗚咽風聲。不過，隔個一年半載，總聽說他出沒在不同地方，見人就問：「有沒海盜舉報？讓我宰一個，打賞兩百士姑度。」想是出手低，換不到十澳門元，沒人當一回事。也好在他獨苗兒黃裕的照片，從來擺在閣樓，孩子由他媽抱着，在崇榮他爺爺那照相館拍的。就有人見了，該認不出襁褓裏的，是個賊頭。

黃裕一九四八年橫死，死了辯白不了，更落實是匪黨中人。他刼的是鴨婆機，是會飛的船。雖然和九澳梁義華那一夥，隔了好長年月，諒那沒心眼的味士基打不會細分，有殺無類。這事不光采，報上有登載，但馬奎斯藏掖得好，沒人留意到他是海盜的爹。黃裕他媽早兒子三年下世，一場心酸是免了。鏡子前草短草長，越看他越覺得蒼茫。秘密，以後也只宜隨他入土為安。理髮店裡，盔帽撲了灰，蓋了一層髮碴，這天聽說味士基打出沒，想到與其放任他來添堵，撩出來一屋前塵，不如主動捧了冠冕過去送他，了卻彼此一樁心事。大鬍子一身過時軍服，再抖着盔帽上兩條死雉雞尾，招搖過市，大家見了這要殺人的賣相，自然知道趨避。

「路政王怎沒跟着過來？」馬奎斯問天筋。「鐵丸他挪不動，說有幾個黑鬼兵頭躲打靶場，找幫手去了。」夕陽落入對面山，馬奎斯想到幾個黑人，銜尾追着一樣黑的一顆鐵丸，眼前立時暗淡無光。「看來替那廝戴雉雞帽，還不是時候。」沒等枋阿密他們把東西抬過空闊地，他就退入鋪子，藍斜布在理髮椅扶手一搭，掩門上了門，心裡踏實了些兒。「賊頭的爹沒在。要剃頭，天涼了再來。」他想好了應對。就算門板騾響，也只當紅瘤白鵝來啄門，那橐橐橐，時辰一樣會過去，沒好擔心的。

葡萄牙炮舰“祖国”号

建于 1902 年的黑沙村大王庙

1885 年建成的嘉谟圣母教堂

1880 年重建的司打口鸦片屋

第五面：痲風人極慢板螢火舞

陳念，就是枋阿密外婆說的海姑娘。海姑娘出生的一九〇二年歲杪，法國人攝製的《月球旅行記》（Le Voyage dans la lune）公映；黑白，沒有聲音，夜空一樣寂靜。六個天文學家，造了子彈一樣的登月艙。進艙了，就讓一群美女推擁着，裝入大炮點火。炮筒悶聲轟向夜空，船艙忽已撞上月球。月球右眼揳入炮彈，慘痛的一組鏡頭，是可考的最早定格動畫；相比陳念也看過的，美國動畫《蚊子怎麼生活》，要早十年。事實上，自從騎在父親肩頭，目睹銀幕上的滿月中彈，陳念就覺得，那眇一目的圓盤臉，一直垂顧着地面上的她。過了漫長歲月，一九六九年夏天，陳念倚在枋阿密家二樓窗台下，聽那袖珍收音機廣播，嘶嘎嘶嘎的，勉強聽出美國人杭思朗登月；那一登，入眼茫漠，渾不似電影裡，有攀住人，要搭順風車的月球生物；現世廣寒宮，能讓人捎走的，原來只幾塊石頭。

客家人陳天源添了這女兒，沒覺得弄瓦不好，還去開解一臉歉意的穩婆，說換個人接生，不見得會多出條慈菇椗；而且，他早想好了，女娃就叫陳念；念，意為常思。生個男孩，叫春叫秋，還真沒個頭緒。「大小平安就好。」枕邊陪了半日，天源屋裡出來，老宅兩無依傍，堂前幾瓣紅屑，諒是北風捲來。這天，黑沙大王廟蓋成，炮竹一路燒，碎紅飛遠了，喜氣飄到他九澳村陳家，雖漸見零散，到底為陳念無聲墜地，平添一點顏色。廟裡大王爺出身難考，歷代封銜，唐玄宗尊他廣利，跟後來靠泊上角碼頭的渡輪同名。光緒年勒的碑，簡述蓋廟前，早有善信奉祀，還刻了「過路環」這舊稱。

陳天源本來務農，女兒出生頭一年，巡步兵營招募十九名華人當差，要求澳門住滿兩年，品行端好，人夠壯碩。那年歉收，生活支絀，琢磨還是打工穩妥，待去應聘，疏通的茶錢沒帶夠，職位就旁落。葡人愛喝咖啡，大小官吏，卻暗地要錢買茶。路環島上難覓活計，不時有船夾帶鴉片煙膏，到九澳和鎮上沽賣，天源就想到買些生煙土，在後來的中街，租了間陋屋做煙館，添了爐具學煮煙膏，盼聚些道友吞雲吐霧，好掙錢養家。他沒煙癮，但鎮日當爐，香風熏得人迷惘，有時女兒來了，只覺她水漾漾要暈開來似的。

一九〇八年，煙館遭到查封的前一年，陳念六歲，八月十九號，她爸到司打屋，找熟人買些煙土，交辦停當，提一籐籃未煮的貨，順道帶她去美少校操場逛賣物會。那年多雨，賣物是賑濟西江的水災。慈幼會學校的樂隊，奏了葡萄牙國歌，記者和紈絝子弟演話劇。怕人稠出意外，紅十字會醫護早在會場當值，燈影下，衣袍像一堆堆雪，插了血色「十」架。入夜，就職才一日的總督羅沙達，攜妻女來了，捐完錢，還演了一節戲。陳念第一次見到這樣的總督，個子瘦小，鬍子卻比臉寬，不知道讓什麼漿實了，可以兩邊各鈎住一盞燈。最難忘，也着實影響了她往後幾十年歲月的，是為了助興，義演還播放了一齣小電影。小電影，指的是影片不長，銀幕也不大；然而，那台大機器播送的非黑即白，默然橫在花綠綠的塵世，反而醒目。

難得的新鮮事兒，與頭上陳念總讓人牆擋隔，她爸得把她擱上肩頭。騎着人看了幾分鐘，大概看到畫出來的太空艙，撞上了畫的月亮，就給一個蓄大辮子的勸下來，說女娃兒騎過的男人，要觸霉頭，惹災星的。等着地了，幕前幕下几自影影綽綽，一有月球生物遇襲，白光倏現，就聽到歡呼，情節倒沒看到，也記不起。然而，她爸顧得把她撂下，腳邊一籃子煙土，轉眼不見了。其實有告示着人保管好財物，一時大意，天源只頻呼倒楣。這是厄運的肇始，災星來得也快。

陳念七歲上小學，校舍在氹仔嘉謨聖母堂旁邊。嘉諾撒修會有兩位修女在那照顧女棄嬰，順帶開設要理識字班，十幾年來，逐漸成了一家女校。陳念她媽自小信了教，讀教會學校，頭一遭見到鋼琴就着了魔，撲到琴鍵前，敲了一整日叮咚。第二天再來，修女說：再敲下去，怕天主要住到其他聖堂。寧願一板一眼教她。學了一年，能在嘉謨堂司琴，彈彌撒曲，為唱詩班伴奏。教友喜歡她，叫她 Marie Piano。她姓錢，但祖上三代窮愁，她樂意連名帶姓改了，叫琴瑪利，那是擲地有金石聲。後來她輔助修女教學，教音樂，教簡單算術，做老師也算個職事。陳念入學，她是多了一個學生。作業做不好，老師媽媽陪着留堂。

那台老鋼琴，是陳念的玩具，推敲了兩年，竟然作了一支小曲，清澈悅耳，但奏什麼聖堂有規矩，只得沒人的時候彈，好多年，也沒試作別的曲子。琴曲跟心事相應，隨時變化，後來，她替那旋律取了名，叫《一條魚游過聖堂的窗口》。「得看游過的是什麼魚。是鯨魚，低音就奏得長一點；換了鳳尾魚，整首曲子，都得輕着彈。」母親煎的馬交魚，是游不動，但想到那焦香，她就要敲個快板；所見所聞，都是指尖的憑據。

琴瑪利和陳念棲身官也街，當年氹仔僅有的一大一小兩個鋼琴家，禮拜六日和假期才回九澳鄉居。陳念的聖名「Catherine」是修女取的，翻譯過來，就是海芙蓮；正好也可以叫海姑娘。原版那位 Catherine 生於一三四七年，年輕時入道明會，服侍貧病，歸化罪人。在教會，她力勸真福吳朋五世重返羅馬；在《對話》書中，闡釋對經文奧義的了解。奇蹟，在禱告下不斷發生。Catherine 一三八〇年逝世，聖髑供奉在羅馬 Santa Maria Sopra Minerva 教堂。一八五五年，教堂禮儀部，要把遺體移到聖遺物龕，才驚覺事隔四百七十五年，屍身竟仍未腐壞。修女送陳念這樣一個聖名，是祝福她像這位 Catherine 前輩一樣，也有一副死而不化的肉身？「沒準我是一隻吸血殭屍。」多年後，她看完電影，突然有些感悟。

一九一一年，琴瑪利任教的女校，學生六十人；附近一家男校，也有十人就讀。當時主理氹仔教務，嘉模聖堂的司徒澤雄神父，合併兩校，定名為聖善學校（Escola Dom João Paulino）。司徒神父接管了校務，要求不同，到一九一五年陳念讀完小學，琴瑪利就沒在聖善工作。她發現自己的稟賦，更適合另一門營生，在公共監牢地段的馬交戲院，後來東方斜巷的崗頂，她覓到一個「解畫」的閒職。馬交比近鄰的域多利，遲開了五年，但兩家的銀幕，都垂掛在戲院中央；幕前幕後，十幾排長椅；幕前座位票價高，幕後的便宜。

看戲的，沒幾個看明白英文字幕，銀幕一旁得安插個解人。隔不久，銀幕倏地轉黑，定格幾行反白字，她這活，不過望文生義，趕緊給個說法而已。馬交戲院不大，但雅緻勝小教堂。默片好多連配樂欠奉，戲院不另添唱機播些曲子，盈室就放映機的噪鬧。難得幕下置了鋼琴，琴瑪利自薦說會彈奏，立時給錄取了。偶有影片對白絮煩，她還分扮男女聲。她習慣了向娃兒們講故事，對幢幢人影鋪演情節不難；有生字不認得，就臨場發揮。但流光讓一牆布幕篩濾過，幕後坐的，時隱時現，個個臉青唇白，真有點磣人。

無聲的電影，配不同彌撒曲，曲調，倒配襯這戲院格調，三山五嶽的生靈，忽然都聚首一堂，瞪着眼聽奏。那彌撒曲的慢板，暗合拖沓的文戲，沒人覺得正身陷教堂；頂多他朝上教堂，會以為在戲院而已。她喜歡這樣子彈琴，有時聲畫交融，還真以為也演了一角，悲喜與共。電影院多了，電影趕不及拍出來，遇有舊片子上畫，琴瑪利就偷偷把陳念帶進去。前座一般客滿，陳念坐後排看，字幕顛倒，人情物事在這暗室失了正反，錯了左右，她孤獨地待在暗隅，化入那隔了陰陽的世界。

某天，《月球旅行記》重映，有說當年美少校操場賣物會上播過，陳念補記憶缺漏，把那齣十四分鐘的法國片，囫圇看了一遍。同樣的黑白無聲，Georges Méliès 導演，英文名「A Trip to the Moon」，算是科幻電影濫觴。由《最早登上月球的人》等小說改編，六個天文學家，搭一枚大子彈到了月球，爬出艙門，即鋪開帶去的毯子小睡。這一躺，地球該浮在頭上，當年清朝人叢聚，翎帽一蓬蓬，大概像球面長的霉菌。下雪了，天文學家凍醒了找洞窟藏身。下雪是這樣的嗎？洞裡蘑菇好大，打傘的，傘柄扎進土裡，也成了蘑菇。陳念記得那段畫面，賣物會過後好長年月，她都覺得蘑菇，是月球來的食物。

第二場觀眾不多，陳念央她媽讓她彈琴，要在黑暗中奏《一條魚游過聖堂的窗口》。天文學家登陸月球，她就開始彈，到洞裡塞了些蘑菇，曲調低迴處，一個辛扭怩（Selenite）出現了，那是月球過日子的牛物，半人半蟲，字面卻是一種催化劑。辛忸怩伸長胳臂，要討點錢買洋燭。「月球有太多陰暗面了。」推究是這意思。天文學家隨手一敲，這討錢的，卻炸成小火球。一場混戰，地球人敗陣，押去見辛忸怩頭兒。不想頭兒讓人一拽，寶座上墜地，又着火了。回太空艙路上，辛忸怩窮追不捨，但一個個給打得爆炸。每閃現火球，當年，看露天戲的會喝采；戲院裡，琴音安撫人，觀影的安靜得像躲隕石坑裡流淚。趕不上電影的奇思，陳念只專注彈奏，那張幕，是她黑暗聖堂的窗口，一條墨魚游過來，竄開去，噴染出灰溜溜天上人間。

天文學家綁住太空艙，拖到月球崖邊，沒察覺一個辛忸怩抓住門把，隨大夥墮崖，再穿越大氣層，掉入大海。結局是一艘船來了，辛忸怩藏在船底，偷渡到陌生的碼頭。黑白的風景，黑白的年華，夜裡，也一直是那獨眼月亮相陪。陳念始終不明白，天文學家，怎麼會那樣的橫暴？不過，打從布幕在賣物會掛起那一刻，連串的幻象，就讓陳念和澳門街好多人沉迷。一九〇八那年，就小電影助興一項，據載收入五千澳門元，一晚上集款約莫五萬，夠買兩座好景酒店。然後，戲院紛紛蓋起來，七年後的一九一五，陳念在馬交戲院奏完琴，曲中墨魚，游到觀眾頭上噴灑夜色，營地街第二間域多利戲院也開了，磚石建築，看着牢固。

對上一年，還真沒什麼好戲能供放映，電影院演同盟會的話劇，這些要在彈丸之地建造時代巨輪的工程師，工餘，組織了民樂社，陸魂霆社長說，這是借演戲諷世，宣揚革命；當然，也為革命籌一點錢。琴瑪利帶女兒去看過《宣統登位》和《殺子報》。陳念不喜歡，要看《妻黨》。「等你大一點再看。」她媽說。陳念大丁點兒，那民樂社回廣州演戲，一批判軍閥，就給解散了。一九一二年初秋，捷成影畫租了白眼塘前一塊官地，搭大棚放電影。再早，有清平戲院，一開張，即聚了熱心人，要在院裡為民國新政府募捐。「看齣戲，都要讓你敲竹槓？」申請，讓署理總督馬揸度駁回。

回到一九一〇年一月，木搭的域多利戲院開幕，算是澳門最早放映電影的固定場所。銀幕也懸在中央，擺的條凳，卻沒馬交戲院的椅子舒服。陳念整齣看完的電影，是那年七月十二日，這域多利上畫的《科學怪人》。解畫的聲粗氣俗，跟她媽差遠了。她坐幕後位置，人物反着看不打緊，但畫面暗淡，爐子煉出來的怪人，相應模糊。播了十幾分鐘，怪人受驚，要避世，撲進佛蘭根斯坦家的大鏡子消失。鏡框赫然晃亮，原來硝基膠片易燃，運轉稍一停滯，就燒着，燄光投上銀幕，黑白片，難得乍現色彩。但木棚裡，忽地火紅紅，着實讓人吃驚。

「怪人不會鏡子裡出來了。」琴瑪利說。散場，戲院門帘拉開，外頭下雨。母女倆站在一家中藥鋪簷下，等雨小些再去碼頭找船。琴瑪利還在聖善教書，得回氹仔。「有沒發覺，用湯粉煉出來那怪人，連衣着，都和姥姥一樣？」陳念說。「一回沒見着，外婆就問念念在哪裡。白疼你了。」琴瑪利嗔笑着，其實同感：「過幾天，帶你回九澳，等怪人治你。」但誰會料到，《月球旅行記》的月亮，一隻眼還在賣物會滴血，羅沙達退下了，換馬奎斯登場，就借題向路環動武？海盜強擄塾生，誤人學業，兩人在半島上，在還搭着滿清龍旗的雨篷下，壓根兒沒聽到半點消息。域多利白幕變紅那會子，澳門號炮艦，其實早開到三聖灘外，葡兵的喧喊裡，一顆炮彈，呼嘯着，已落到陳天源家門前。

過了一星期，母女倆一早搭上送糧油雜貨的渡船，路環未修環山馬路，但鎮上有舢舨載人到九澳灘頭，再循小路上山。琴瑪利一般先到麻風病院看望母親，然後另一側下山回天源老家。她帶了幾束蚊香，另蒼朮、防風、玄參、甘草等涼血解毒藥材。新買的拍子機，陳念塞搭褳裡當件寶貝帶着，病院草坪外小歇，不意掉出來，銅杆嘀嗒嘀嗒晃擺。山頂霧迷，一團雲氣散開去，眼前敞亮，空闊地多了十幾個人，兩楹院舍廊柱旁，也三三兩兩，站了一樣鶉衣褐布的。仲夏陰晴不定，麻風人避忌日照，都黑布蓋頭，也有落盡眉睫毛髮，臉上長斑疹芽腫的，不想對方見着。這天，褐布的陰影裡，卻多半透露着笑意。

麻風院那年僅收容女病人，當中能企立的，強撐着緩緩搖擺；站不穩的，坐在屋前台階晃悠，午後歇晌的時光，人們都沉陷在夢裡。陳念受這氛圍感染，坐在山邊土墩，拍子機上滿發條，銅杆上的擺錘，她按遊尺刻度調到極慢板（Larghissimo），山中幽寂，每分鐘四十拍的嘀噠響，規範了霧的聚散。視力變壞，聽覺多半靈了，遠遠的隨那嘀噠擺動。「瞧，你外婆幹什麼來着？」眼前光景，蠱惑住琴瑪利，挨近女兒，瞪眼看六七個痲風人摸索着遊逛。「在捉蟲子呢。」陳念悄聲說。她外婆上回埋怨山頭晦暗，但來了好多耀夜，耀夜就是螢火蟲。「說有一隻，藍燈籠一樣大。」自從一雙眼讓病菌吃掉，大白天，外婆照樣四圍去捉耀夜，陳念就陪過她空場上亂撲。

這遺世獨存的歡樂時光，外婆曾說，有六七個病友，同樣看到滿山頭熠耀。這天蟲子們噠噠叫，這六七個瞎眼人，更確定螢火漫天，抬着拳曲的大手去攫捕。「都樂呵呵，搖頭晃腦。」琴瑪利納罕：「難不成一個個嗑藥了？」雖沒逮住想像中一隻隻耀夜，人與物，卻出奇地搭調。琴瑪利想起暗流裡招搖的海參，海床上豎着，自己的黑影裡扎根。渾身肉芽的棘皮類，偶遇不測，會吐出內臟嚇唬人，也有乾脆溶解掉的。自從知道海參會溶掉自己，她就由衷地感到悲哀。然而，痲風院棘皮海參們這一場群舞，節奏徐緩，彷彿風中的榕鬚，光影纏綿，而且柔韌。

桿菌腐蝕了腦髓之前，琴瑪利知道，母親會記得她，記得陳念兩年前的形貌。螢火蟲熄了火的暗隅，她們不增不損，永遠老樣子。母親曾經長得好看，她一樣，陳念是百年一脈，遺傳了她的杏眼，菱角嘴兒，有個美人的坯模。大概悲喜都掛一抹笑容，母親病發前，還說那是吉相，要享福的。痲風病傳染力弱，潛伏期長，十年二十年後，她會不會也變成海參？沒有眼睛，看不見自己漫長的潰腐。她不要陳念跟來，倒是女兒纏磨着，要去看鎮山的外婆。捉蟲的大半乏力坐倒，外婆停在一棵榕樹下，陳念才過去招呼：「姥姥逮到耀夜了？」「是念念嗎？」迷糊中，辨出孫女兒聲音，她說，總算盼到一個平安無恙。

七天前，開始響起隆隆炮聲。病院屋後種菜的，嚷着灘頭來炮艦了，轟一聲，火一團，到晚上兀自打鬧不休。翌日，炮艦又來了兩艘。眼神兒好的，聚在山邊鳥瞰。那天，管事的白髮神父不敢下山，午飯隨大夥在屋外舉炊，隔着草木觀火。風向一轉，屋裡也嗅得着焦味兒。染了痲風，沒人怕打仗，只沒想一開打就轟烈，山鳥囂鳴而起，硝煙撲上來，碗筷粗食，還得狼狽撤了。攻佔痲風病院，諒是不會有的；就殺上來，沒人打算抵抗。篤定地觀望了幾日，一場大雨過後，煙消散了，一條九澳村，聽說讓黑浪捲走了一般，剩下田宅鴨池，菜園水溝，通統是黑的。「還以為你們一家子沒了。」耀夜外婆說。

丈夫八成蒙難，變一堆炮灰漂出大海，琴瑪利六神無主，只瞅着女兒說：「我去把東西放好。」進了她媽住的院舍，床邊破櫃子上擺好攜來的藥材用品，掩上百葉窗，把蚊香點了，陳念已攙扶着老人進來，到自己床位躺下竟就睡着了。屋裡出來，方才夢遊般二三十個痲風人，全不見了，看來累得退回宿舍歇着。「外婆沒再說什麼？」琴瑪利問她。「走路的時候就睡着了。」陳念說。山徑前下瞰，樹影裡，大半村舍毀圮，焦瓦頹垣。痲風人說的，倒不似夢話。但這方向看去，不見自家老宅，兩人越發的心焦。「趕緊回去。你爸別要出事了。」她拖着女兒下坡，走慣了的路，變得濕滑難行，老不到頭似的。

黃昏到了村前，葡兵撤去，炮艦也駛走了數日。眼前一片廢墟，廢墟上三四幢屋，伶仃立着，無依無靠，卻也無損無缺，連一塊瓦當竟似沒給震下來。陳天源的祖屋還在，門前地堂，焦黑如四周燒出的白地。但在四鄰的灰燼上，這幢屋完好如故，只暗啞了，儼然局部上色的瓷照，陰鬱，了無生氣。琴瑪利背心發涼，長吸一口氣，過去敲門。半晌不聞聲息，陳念嘀咕：「爸會不會死了？」屋沒打壞，門反鎖了，顯見有人裡頭躲着。「死不了。」她推測。門閂響，天源拉開兩扇黑板出來。該是受了驚，或者大煙抽多了，眼神有點呆滯。墨色衫褲，瘦臉卻屋牆一樣，薄薄撲了桃紅。他底子黑，頰上兩暈泛紫。陳念見了有些興頭，那賣相，分明是手繪海報上的角兒，落畫了，戲院帘外貼久了褪色，才變灰慘。

葡萄牙炮艦攻佔灘頭，葡兵炮打民居那天，眼見勢色不對，天源早躲進屋，死鎖了門窗。一聲巨響，大白天沒了光，摸到一盒火柴，就是擦不亮。漆黑，似乎延續了幾分鐘，待開門外望，毗鄰農舍卻燒完了，最後一艘炮艦，吐着白煙，正駛離海灣。彷彿睡了一大覺，沒有夢，推開黑被下床，倏忽已過了三四天。庖房一角，用棉紙一塊塊包住，比痲將牌大的生煙膏，成堆疊放着，看上去沒異樣，解開來都焙過一般，燥如焦土。生煙膏要用小碟攙水煮化，再溫火慢燉，一邊攪動，一邊嗅到撲鼻奇香。在鎮上煙館這麼一弄，滿街草木沾染那味兒。這天不同尋常，連夜去燉，就是不香，攪出來一堆堆淤泥，等結成塊還透着霉味。福壽膏壞了，不好拿去饗客換錢，但看來藥效不減。血本是沒了，平白棄掉可惜。麻風人皮肉知覺漸失，但關節會痛，煙膏或可以緩和，不如當手信送岳母，再分贈各病友，大夥有幾天快活，也算結個善緣。

一夜勞累，熬好的膏塊，他擺入三個放麥芽糖的空瓦罐攢着。見天濛濛亮，麻布袋背了兩大罐熟膏，連煙槍，煙燈，鐵簽，挑煙膏的小匙等器具，就一逕上山。岳母院舍裡睡覺，不好擾醒，出來見廊檐下坐了三個婆子，就在階上擺開攤來家當，教她們怎麼打煙炮。這福壽膏不辣，不嗆喉，即使帶不來福壽，能讓人沉醉，有半晌忘形，一刻離苦得樂，也沒什麼不好。天源解釋，罐裡煙膏，先用勺子摳出豌豆大一坨，搓圓了插鐵簽上，再煙燈上烤。烤軟了，塞入槍頭小孔，煙槍頭夠熱了，烤出氣泡，就死命吸，這膏化煙了直入肺腑，才叫過癮。三個婆子手沒僵硬，嫌他絮叨叨的沒完，取過瓦罐，打算做些工夫，再分發院裡友儕。「可別當柿餅吃了。」他提點眾老嫗。「我崽子都這膏熏出來，要你教？」一個婆子說，餘人只笑他不更事。

原來天源早過妻女到麻風院，院友大煙當早飯，吸了個飽，吸得一個個迷糊。陳念和她媽趕上好時辰，看到麻風人腦袋進煙，霧裡演的群舞。「沒覺得不妥當？」琴瑪利問。天源以為，要他發表劫後感，只說心中悵然，萬象，凝固在炮彈落下前一刻；萬物褪了顏色，像投影在好大一幅輓帳上。「輓帳白色的？」陳念問她爸。「你怎麼知道？」「你這是想去看電影。」陳念推斷，以為人人像她戀棧黑白幻境。「是煙泡打多了。」他對妻子供認。心裡鬱結，沒捎帶上山一罐熟膏，自用了。一九〇九年五月，澳門政府公告，承充鴉片煙生意的合同報廢，在舊司打屋，各領牌店鋪的鴉片，從此歸國家自煮自賣。煙膏由大恒公司華商代煮。凡在澳門，氹仔和路環，如非領有牌照，嚴禁私煮私賣。有犯者，罰銀一百，私煙充公。連辯稱煮來自用，照罰不誤。

陳天源沒一百元給罰，這回卻知道付奉茶錢孝敬，來查封的，把一應器物擄走，報了個館主在逃，也就結案。煙土他大半藏九澳屋裡，等風聲過了經營。哪料到橫生戰禍，一炮彈下來，煙土走了味，算徹底破了產。煙泡打不停，消愁而已。這時，他還未察覺，屋中米糧也變黑了，焦臭不能吃。瓦缸裡，食水變苦，以後要到山澗去挑擔。但天井那一株美人蕉，從此，不澆水也一直不萎蔫。自己寫的字，變得難認；乍看，以為中風了寫不好，卻原來寫反了，拿塊鏡子對照，鏡面上那是字字明白。平地懷上一門絕活，只寫不回正常字樣。

就在妻子發現舊蠟燭很難點亮，點着了不會變短之前，他聽到女兒在寢室調弄她隨身玩物，他以為那是一架鬧鐘，嘀噠聲好大，節奏配合這孤門獨戶，卻就是走慢了好多。

1858 年建成的伯多禄五世剧院

澳门第一间华人戏院——清平戏院

全義戲院大門口前兩條方柱分別寫上即日及翌日放映的電影，右邊是現在的福隆彩巷（1947年）。

《吸血鬼》（1932年）
导演：卡尔·西奥多·德莱叶
拍了白墙上的影子

1910年驻守澳门的葡萄牙海军

第六面：花樣韶年遇上山精水怪

綿長歲月裡，陳念習慣了用看過的電影，串連起身邊人事，戲院像路邊矗立的萬年曆，接過一張票，就接上某年某天的晴雨，想起細瑣的宜忌吉凶。一九一五年，營地街第二間域多利戲院開了，磚石建築，雨天不漏水。對上一年，電影無可觀。琴瑪利做解畫和伴奏，做了兩年，膩味了，馬交戲院解畫的最後一齣戲，該是美國片《純潔》（Purity）。鄉下女孩入城，做了藝術家的模特兒。詩人一見起心，知道她人前裸露過，卻不高興了。然後，女孩打算用露體的收入，出版他夢囈般的詩集。詩人面前曙光，白得讓銀幕着火。女孩子脫光光樹林中撒野，太不道德了，有些城鄉上不了畫，澳門可沒這虛情。陳念看得耳熱，卻開了眼。戲裡就詩人可惡，看完戲，從此知道警惕。

琴瑪利和女兒不久搬到水鴨街，恰是馬奎斯過去住處隔壁。相連三楹屋，兩人居中棲泊，南北兩面沒起泥牆，就板壁間隔，左依右傍，同枯同榮的格局。三宅歸一，門牌見靠左空屋，鐵門閂吊一具紅信箱，搶眼的反白「1」字。一九一七年的路環，雞犬相聞，其實，沒人需要一個門號。除了紅箱，門扣有大銅鎖虛搭着，也不長鏽。到午夜，鎖頭有時沒門上勾搭，推想有流民摸黑進去過夜，悄聲不擾人，大街住的屋主查看沒異樣，幾年下來，沒再作深究。那時，綺貞和馬奎斯，斜對面已同居五年，兒子黃裕三歲了。綺貞隨大椅子來到島上，是附在墊子上的妖，好多人知道。尤其附近光棍，沒一條不棍頭發熱，嫉妒剃頭匠交上了天降桃花。

陳念來了，兩個璧人一見如故，隔門相呼，就更讓人側目。陳念也姓陳，綺貞說：「這叫陳陳相因。」什麼樣的人，聚在什麼樣的旮旯，都是注定的因緣。琴瑪利沒去九澳和天源同住，嫌那屋陰森；而且，她鎮上覓到私塾去教書，頭一年總算能應付。說安土重遷，其實，天源早離不開那失色老房子。那屋周圍，花木還在，沒什麼增減，只開島那年硝煙籠過，再種不了東西。村外另租了兩畝地種些瓜菜，天濛濛亮，挑擔子走兩個鐘頭路，到路環街市擺賣。他給妻女留一份，賣完到水鴨街稍歇，用過膳，午後仍舊走遠路回九澳。大家慢慢接受了，或者說，習慣了他「留在某天」的事實。禍事來得突然，生活來不及煙散，就由得一切灰濛濛地殘存着好了。

一九一九年，陳念十七歲，陳天源還真有點應接不暇，同村三個過期的年輕伙子，接踵來提親。看上去，同樣二十出頭，同樣滯留在九年前，炮艇轟村時那一副慘綠模樣。同一起數十人，男女老幼俱全，當時，一律判為匪黨同謀，傳了死訊；然而，親眷八方聚來，要找出屍骸安葬，發現屋舍還在，敲門不見答應，沒幾天卻一個個回來了，就好像自家井裡爬出來，衣衫總不乾透，頭臉也灰蒼蒼沒有血色。尋問之下，都說葡兵一開炮，戰事就結束，彷彿一部書燒焦了幾頁，直接跳過去續上下文。後來，大概忌憚生人的目光和窺探，無事都天源那樣躲起來。那兩年，陳念回老家看她爸，好逑君子見了心動，多半抹了饞涎，沒往下癡想，偏生這三個會駐顏的，自覺年年廿五，也算個長處，膽氣壯了，隔三差五，竟來唧唧咕咕纏磨天源。

「我閨女就愛看戲，肯撂下營生追隨，話才好說。」他這是推托，不想來者都是影癡，戲再爛，都要翻山越嶺去觀摩。「看漏了，渾身要出疹子。」對準岳父，大話說盡。那年澳門新劇院，後來的國華影院開業，首映默片《吸血鬼》（Vampiro）。陳念生日，要戲院裡過，天源說好說歹，總算能率一眾納了采的戲迷隨行。「當買一嘟嚕葡萄，先嗑他三顆，味兒不對，就不幫襯。」只着女兒旁觀各人造化。那邊廂，馬奎斯知道老婆愛鬧，聞風相約搭船同去。這年琴瑪利精神短了，開春已病懨懨的，不理事，這天難得抖擻起來出門。「鎮日窩着，我也要變一隻什麼鬼了。」她勉強笑着，討女兒高興。

水程顛簸，陳念一路照看母親，無暇旁顧，到澳門內港上岸，忽下起雨來。騎樓下走走停停，到戲院各人滿鞋子的水。片子受歡迎，十二月底還在演，逢上攔門雨觀眾少了，才買到相連八個位子。競爭者仨，搶着付錢買前座票，搶到了覺開銷大，還是和對手攤分。戲院裡濕冷，地潺滑，鞋子裡像住了窩泥鰍。但看戲，要緊事，住了沙蟲都是小節。新劇院的銀幕，不像伯多祿戲院垂在觀眾席中間，那三隻色鬼，還有陳念她爸，卻抱怨字幕是逆寫的，鏡子映出來一般。「反正本來就不認得。」就一個九澳村民老實。黑白光影下，四個落入人世另一面的，越發幽晦，就和幕上那吸血的一個調兒。五歲黃裕不佔座，坐陳念旁綺貞膝上。倆村民佔了右首要衝，一個靠左的，讓馬奎斯隔絕在外。天源兩口子坐得偏遠，分堵兩頭，似防女兒覓路早退。

銀幕上那禿頭、長燈籠眼的吸血鬼，是電影裡各款吸血鬼的祖先，比一九二二年膠片上色的《Nosferatu》要早。帶着房產證書的英國人浩克（Harker），孤身到荒郊一幢古堡，找德古拉伯爵談買賣。伯爵愛飲人血，賣房的自然吃驚，歷經波折，才從迷宮般的古堡脫逃。他未婚妻子緬娜（Mina）的照片，伯爵一見，火燒火撩，竟趕到這房屋掮客家鄉，尋人不忘咬人，鎮上常有女眷遇害，緬娜以身做餌，誘來伯爵，設計留住他直到清晨。誘餌最終死了，但挽救了小鎮，伯爵在陽光下化為青煙。掮客，唐朝稱為牙人，近世叫經紀。戲演到半場，陳念還是搞不明白，房產掮客是個什麼東西？房子，怎麼會變橘子了，讓人懷揣着走進荒川野地，向從來有瓦遮頭的變態，推銷衫袋裡的樓台？

戲中小鎮，儼然她的路環，島上沒吸血伯爵，但自從天源成了潛影，她對遭遇相近，外觀像銀幕走下來的人物，格外留了神。那三個不死心，要納她入睡房的凍齡土著，黑底子着了色，還是土；是不顯滄桑，卻也不見長進。那年月，她是意在雲水，男人看上去都像枷鎖，搞不好還是刑具。無心戀戰，也懶得記住來者名諱，只心底編了號，高的叫「天字壹」，矮的是「地字貳」；瘦的，就派一個「人字叁」，圖個天地人和。畫報上讀過的山精水怪，未開場，她早把三人套進去解鬱。事關呂宋也有一款吸血鬼，叫曼都魯果，白大變得好看，像人字叁生了副女人臉蛋；晚上卻長出翅膀，長舌是中空的，飛到床頭上錐子般扎人脖子。能醒過來，免不了貧血。黑暗中，偷瞟一眼貼右首坐着的阿叁，心裡暗嘲好大一隻蚊子！

那呂宋真不是人住的，挨着大蚊子呆坐那天字壹，陳念賜他姓馬，叫納男，一樣陰陽怪氣，入黑腰斬了似的，拍着蝙蝠翅膀，上半身飛入尋常人家，相中熟睡孕婦，長舌頭就攮破肚皮吃胎盤，還愛吃痰，吃病人肝臟。「真讓人作嘔。」她胃囊一陣抽搐，隔了一重，仍防着那舌頭伸過來刺探，撩她要害。說到地字貳，人個子矮，讓左首馬奎斯一家屏擋住，算個鞭長莫及。這廝一臉溫厚，陳念還是想像他是一隻龐男迦蘭。葡萄牙殖民過的馬六甲，龐男是個清秀女子，那是借黑魔法偷來的美貌。矮子和龐男，組合矛盾，長髮飄飄一顆頭，還會脫離頸項，飛來飛去找血源，獠牙一露，噬的又是孕婦。「分明都不是善類。」陳念心想：難得有這閒工夫，不四出吃痰，啜人胎盤，乖順地，陪她看一個吸血前輩肆虐。

相較吸血伯爵，房屋掮客和他古怪的營生，更教人不安。她害怕那個撲面而至，卻不可理喻的未來。有一天，倘若路環也有這樣一個掮客，敲她家門，說某某吸血不足，化做黑煙，或者白煙了。機會難逢，要她付點佣金，買一座連家具，送二手棺材的古堡。「手續辦完，捅吸血鬼的木樁，都歸你。」掮客攛掇，她該怎生應對？「恐怖。」她小聲問右側人字叁：「房屋掮客，是什麼東西？」那大蚊子「吓」一聲，長舌吐出來，惶恐極了。「你不知道，因為你想做。」做掮客，能討得嬌妻，那是劇情，她卻當實情去指控。偏生這橫蠻，更讓發情的山精們顛倒。那吃痰蝙蝠自忖答得來，蠢蠢的，要和大蚊子調位，以利溝通。那邊小黃裕卻搶了先機，他媽綺貞抱了半場，挪過去坐陳念腿上，說鬼來了，閉了眼偎她懷裡。

「你能等，我樂得做你家婆。」綺貞說她疼這小鬼，疼得不要色鬼了。外圍那矮子龐男，接過傳來考題，琢磨悶聲不答，早晚是個死，硬着頭皮喊話：「掮客，就是嫖客，是找人湊分子去嫖妓的。」這也解釋了吸血伯爵，為什麼要看掮客女人的照片。「荒唐。」陳念搖搖頭，心神回到幕上更純淨的黑白世界。這是母親陪她看的，最後一齣戲。回想，陳念覺得難過，她本該把母親拉貼身邊，一直偎着她，聽她解畫。翌年夏天，《吸血鬼》落畫不久，戲院據說銀根支絀，準備閉幕。矮子龐男等天地人三才，也想通透了，明白來日方長，沒急煎煎的，要把大紅轎子抬來。陳念在水鴨街看護不願下床的母親，按她意願，撤掉臨街窗板，換裝了兩框聖堂用的彩玻璃。琴瑪利懷念聖善教書的日子，溢彩流光的窗下，她教女兒彈琴，彷彿是昨天的事。實在灰蒼蒼一幢老宅，彩玻璃潤色了，添了對瞳仁似的，凝望過幾年的飄搖風雨。

綺貞和陳念過從最密，她算個外來精怪，理髮椅上生根。「我腦子壞了，壞了好，記不住傷心事兒。」那鎮日辦喜事的臉，總感染陳念，她為母親犯愁，綺貞就攛掇她過來椅子上坐坐，摸摸歲月，當然也包括她屁股磨出的油。椅子載着人運轉，轉到門前，就一框遠景。「沒有過不了的坎。」綺貞說。一九二〇年這七月十五號，陳念回九澳看她爸，綺貞要帶兒子隨去，「阿裕六歲了，還不知道這島的高厚。」綺貞也只去過竹灣，那邊的海開闊，她男人說，水邊砧板似的一塊石頭，叫劏人石，廣東海盜的前輩張保，傳說就這石上處決貪官惡賈。「八成天天宰，血都滲進去了。」她順着他思路，笑看頑石周圍斑斑鏽迹。

葡萄牙有文獻記載，一八一〇年，清嘉慶十五年，張保的紅旗幫，赤鱲角遇上澳葡艦隊，幾萬幫眾，三百多隻戰船，竟敵不過葡萄牙軍密集的炮火。張保陣腳亂了，乘大霧撤離，仍舊去與清軍對峙。紅旗幫這一役受挫，頹勢已成，黑旗藍旗，都趕來打這紅過了如今要蔫的。「還是去做官滋潤。」張保受清廷招安，做了千總，戴一頂藍花翎，算沒戲了，活了三十六歲，子嗣有住在澳門的，天曉得有沒到馬奎斯那裡剃過頭。「張保是新會漁民的孩子，十五歲，讓海盜鄭一擄走。這鄭一，據說是隻兔子，張保長得俊，鄭一愛死他了，他老婆也愛死他了。三個人一起吃飯睡覺，自由自在。」馬奎斯親見一般。「我也要生這樣一個孩子，男人愛睡他，女人愛睡他，睡足了，做個出息的賊頭兒。」綺貞笑開了花，好像海面來了三桅大黑船，骷髏旗下，她的俊娃兒，已擰着手搖鼓，船頭呼喊：「媽抱抱，媽要奶奶！」

四野無人，就沒顧忌，兩人躺石砧上只剩光了曬太陽。那時，黃裕才在綺貞肚子裡醞釀，隔着皮脂曬得暖烘烘，像蝦眼水裡浸浴。胎裡裹着出去不算，這是黃裕第二趟離開「Barbearia Marques」去郊遊；第一次，是遠涉國華戲院，抱住陳念姨姨看鬼。九澳也有鹹淡水色，遠眺，一樣的青黃不接。臨近淺灘那黃區，枕了一條大船，眾人聚在翹起的一側船舷喧嚷，是抱怨觸礁了，束手等潮漲。觸礁常見，倒沒遇過這樣的船，幾門大炮耷下來指住黃浪，要對付隨波擁來的蝦兵蟹將？天熱，吃六月黃的日子過了，眼下是捉黃油蟹時節。灘頭水產多，船不是要倒，還真像來捉螃蟹的。其實，那艦名江大，響應孫中山號召，去起義，船從廣州駛往澳門，中途遇人追趕，逃到這九澳灣上，竟不知深淺，陷泥淖裡不能自拔。各人沒察覺觀賞的，是一場失敗的義舉，豔陽下，一灘空寂，烘染得熱鬧起來。

綺貞和兒子礁區前嬉玩，陳念撿來一個簸箕權作撈具，打算渾水裡摸魚，也沒當那艨艟是一具凶器，要去躲避。那鐵船載了過百人，有遠見的，輪流拿稀罕的望遠鏡看她們，評點着誰更標緻。就像鐵船附滿了蠔殼，那些人，也黏滿了革命的熱情：革命頻繁，難得中場小息，淺水處，長出兩個如花美眷。然後，歷史漏掉的長煙囪的陰影裡，他們管窺到一個男人，虛而不實，浮在較年輕那妞兒背後，遞上連着長竿一個網兜。船員驚訝地發現，那是一個望遠鏡對焦不了的人，鏡筒裡的臉，灰暗，空泛，日頭下要漾開去似的。「不是好兆頭。」船長說。遠村迷濛，村前人影，棉繩上晾着一樣。他打過仗，覺得都是遺址上的浮生，就盼暮色來前，水漲高了大夥能脫困。

九澳村十餘戶人，景況和天源相近。那年葡兵撤去，風氣移易，各人到鎮上剪了辮子，頭毛就沒再生長。十幾個平頭大漢，看見鐵船，以為澳門號又來打炮，怨忿湧上心頭，漫向灘頭。他們聚到水邊，隨陳念去看過《吸血鬼》的天字蝙蝠、地字飛頭龐男、人字大蚊子，三才俱在，幾十步外一字排開，朝那江大號擲石頭。擲石從右到左，一塊緊接一塊擯出去，周而復始。陳念細味箇中韻律，暗歎：「錯落有致！」她爸過去阻撓，才壞了傳續。「來的另一撥兵頭，惹惱了怕也會轟人。」天源作勢勸止。差着幾十丈距離，擲石是做做樣子；船上兵卒，卻以怒目和槍嘴相向。眼見山頭蝠鼠，大白天竟如瘴雲捲起，電影裡見過的一般。天源虛怯，囑陳念回家躲避：「我媷了山草藥，乘早捎幾束回去，分幾日熬了勸你媽喝，盡盡人事。」

岩礁另一邊，綺貞和黃裕興頭上，只一個勁兒戲水，笑看一幫黑白的，作狀跟一船彩色的生死相搏。「我和阿裕，玩推波助瀾。」綺貞說。自從民國元年嫁到路環，倏忽八載，她的嫁，真的像一樹臘梅，嫁接到一張理髮椅上。她掐斷了過去，在水鴨街結出一個黃裕。孩子讓她的人生變沉，有個着落，慶幸不像這些幕前人物，無骨無肉。撇開五花八門的山精和水怪，陳念歸程上回望，黃昏前的九澳三聖灘頭，村民星散，那艘鐵船已慢慢浮起來，船身沒再欹斜。淺水處，拿樁站了一個人，平頂圓顱，衣飾和吸血伯爵相若，上身暗紅的軍服，黑白上色似的凝眼。陳念只看到個側面，似乎蓄了魚尾般大鬍子，是戲裡軍閥的扮相。海灣寂寂，放大了這吸血大鬍子的呼喊：「我是軍曹味士基打。這島，是我的！你海盜船再不走，要你吃榴彈炮！」他岔開腿，昂首挺立的架勢，二十年後，才鑄成銅像，聳立在澳門議事亭前地。

陳念聽說過味士基打事蹟，覺得這廝只是模仿，或者，飾演那曾經拖了大炮，攻打過關閘的兵頭。然而，當這臨時演員去拔腰間束帶上的佩槍，陳念發現，那卻是一把大銅鎖。在她住處隔壁，門閂上就搭着一樣的。這會兒，斜照下，鎖頭黃光扎眼。「怪不得那紅信箱旁，總像少了什麼。」她嘀咕着，還沒意識到，遇上的，是貨真價實的味士基打。這人一向神智不清，上司以為他穩定了，派去駐守氹仔。妻女倆鬧得慌，私奔了一個葡國醫官。他知道了，連夜斬了髮妻，再殺女兒，另重創一子一女。事了他去投井，然後，在澳門舊城區亞婆井街一號水井裡，他自我膨脹，脹得像一隻大花豬似地浮了起來。

味士基打讓好多人記住，或者說，好多人沒遺忘味士基打，於是，形影一直沒有消散。推想十年前，他藏匿炮艦上，隨葡兵攻島，打完仗，就潛伏路環，佔住荒廢的房子；沒海盜消息，他蟄伏如蟬。水鴨街「1」號吉屋這潛在住客，隔着墨綠一牆薄板，好多個夜晚，其實貼住陳念，睡在隔壁閣樓。自從阿婆井出來，味士基打睡覺不打呼嚕，壓根全沒氣息。反而這大白天，離家數里，現身讓人見着。陳念和綺貞早就知道，這座島，偏遠得讓時光忽略了，卻一直留在歷史舞台的階畔，每逢觴酌流行，就不時有些衣冠道具，嘁哩哐啷掉下來；有些頭臉人物，磕出膿包滾下來。日長難遣，當然，還有道具鐵船，道具鴨婆機等，陸續在淺灘泥沼裡登場，餘興不絕。

“五二九”事件经过示意图

1873 年落成的“圣雅努阿里奥军人医院”，即仁伯爵医院

第七面：陳念走入着色沙漠

一九二三年五月廿八號傍晚，新馬路站崗的一個莫桑比克黑兵，站着站着，站到一家妓寮門楣下，不安分了，調戲警察廳領了牌的妓女，仗恃五大三粗，還揍了四個來勸阻的。「一起上！打到這廝嘔黑泡。」罵聲鼎沸，黑炭頭讓一夥沒常識的追毆，嘴吐白沫，佳進了醫院，據載，臥床整十一天不能作惡。葡籍黑兵受襲，葡警卻把理髮師周蘇，另三個工人代表，拘押在瑞安碼頭白眼塘警署。警署原址，是捷成戲院；這駐滿警察的不算，那年，澳門街戲院也有七八間。一下子，幾百市民圍住舊院舍，到午夜，警官去總局匯報，途中讓人怒打，赴援葡警，得一路硬撼兜頭砸來的花盆磚瓦。照例鳴槍示威，傷了幾個路人，擊斃一名車伕。火上潑了油，轉眼來聲援的兩千餘人，黃黑之間的混鬧，更難收拾了。

黑人搧起的大火，本來與隔水的路環無涉，但陳綺貞小產，倉皇佳進了仁伯爵醫院，翌日，馬奎斯帶兒子去探望，陳念知道了，憂心忡忡隨了去。她沒察覺綺貞又懷孕了，總笑她家務沒做好，房事倒勤快。有時屋裡憑窗，見對家掩了門，就設想孩子扔樓上了，兩口子不問寅時卯時，大椅子上黏膩。盤腸大戰，熱呼呼心頭上演，沒演到戲肉，她耳根子早燙得不成。某天向晚，萬籟照舊無聲，驀地，隱隱傳來受刑般的哀號。不管是人是鬼，光腚沒碾上火盆，決計喊不出這起伏連綿的淒厲。推窗外望，理髮店閣樓小黃裕探出頭來，正和她斜斜打了個照面。孩子朝她做個鬼臉，伸出了舌頭。心照不宣，各自笑嘻嘻縮回窗內，輾轉睡去。

沒過幾日，哀啼又卷地而來。陳念憋不住說她：「有你這樣的淫婦？」「等我踹開阿榕那粗貨，就來拾掇你，撕你的皮，換你徹夜沒命的喊，看喊啞了還怎生說我。」綺貞笑她眼饞，卻不去覓食：「九澳天地人，哪一個不想擒你身上？你啊，屁股縫兒一攏，閉門養蜘蛛。這是自己茹素，卻見不得人開葷。」陳念啐了聲，想到這樣開葷，一椅墊髮碴兒尋隙扎人膚肉，既痛且癢，只嗔笑着罵她：「不衛生！」驚動四鄰，到底不好，往後綺貞夫婦行事，略見收斂，不想悶聲搗擂出個胚兒，一轉頭，又搗擂沒了。醫院午後才准探病，陳念坐在床畔，綺貞搗着她手，說「不衛生」果真不好：「楦了一肚子硬毛，以後只能生個刷子了。」一笑，腹下灼痛，不敢造次。陳念知她難受，沒掛上笑顏掩飾，她是惹人憐的寒傖。

敘了半晌，下山經過嘉思欄兵營，見出來三四十個盔頭步兵，銜尾到了新馬路，眼前千頭攢動，哄鬧不休。兵士舉長槍轟天，小黃裕搗了耳朵直笑，以為過節放炮。打聽到是周蘇等人給抓了，去年馬奎斯要學剪女裝，綺貞批准他為生計摸女人頭臉，才向這遠房親戚討教過，在他理髮廳見習過幾天。好歹算是師父，連忙擠入人叢，大喊：「反對非法逮捕！釋放非法佬！」剪頭毛，俗稱飛髮，音同非法。指控人：非法逮捕非法佬。聽者費解，甚而頭暈。總之，喊着喊着，天就黑了，推搡進退之間，誤了最後一班回路環的船期。三個人攤邊草草吃了飯，不好租旅館過夜，橫竪越黑街上越人稠，沸揚地搖旗吶喊，肯去摻和，時間過得快，天亮就搭頭班船走。

工會要求放人，澳門政府不接受。白眼塘前，雙方徹夜對峙，送飯食的通行不得，天未亮，捷成警區的軍士，先餓癟了。「早知道佔一座糧倉做警署。」後知後覺，要調來兵員替換，但署門堵死，窗外萬人喧罵，唯有指望走水路的馳援。眾怒難犯，轉念又怕運兵輪靠岸，激起火紅紅的浪花。某中尉奉命去阻船開來，無奈一離隊，就讓人奪了佩刀，掐住咽喉，要推落濁海。混亂中，一個巡街非洲黑兵中彈死了，軍隊也開槍了。馬奎斯他們磨蹭到破曉，打算提早到渡頭等船，去路卻條條堵塞着。突然，槍聲離得近，人浪嘩嘩叫着回捲。「臨天光賴屎了！」馬奎斯催兩人快走。黃裕受驚，杵着，陳念危急中要抱起他，才發覺這孩子結實，八歲長一身牛骨頭，提到一半沒抱穩，讓人從後推倒。為了護他，背臀做了軟墊，也絆倒些沒踩上去的。然後，黃裕他爸磕她腰上，她後腦勺又給踢了幾下，人就昏了過去。

陳念醒來，已在醫院病床上。「咱們又回來了？」她好迷糊。「你睡了整整三天。」馬奎斯說。綺貞母子本來坐相鄰床鋪，都湊過來挨着她。「還以為你真變了一棵植物，以後，隔幾天得來給你澆水。」綺貞沒想過她會甦醒似的。陳念覺得暖心，想像一場又一場毛毛雨，潤物無聲。這般光景，她爸天源說起過，眼前一黑，醒來，幾晝夜就沒了。要不是做了一夢，夢中有色，還真以為從此灰暗下去。夢裡，那聚成一團的屍體，五六個人，讓對方臍帶綑住了似的，球一樣浮在海上。夕陽下，十幾球墨黑的剪影，她想起四分音符。但符杆，怎麼都朝下？推想杆梢把紅水吸掉了，潮退得急，轉瞬間，一架箱子般的鋼琴露出來，四隻腳釘在泥灘上。

她好久沒彈琴了，涉水過去，站着彈了幾首練習曲。然後，仍舊彈她的《一條魚游過聖堂的窗口》。琴上沒拍子機，她有點不安，母親傳她的拍子機，她叫它辛扭伲，當月球來的一隻脆弱生物。她不是第一次對亡者彈琴，算是駕輕就熟。說到底，落日這台放映機前，生死，那樣的輕渺，宛如一格黑白負片，剪掉了，半點不損害劇情；甚至，不影響節奏。那一綑綑屍體，有時三兩，有時四六，噠一聲躍起，噠一聲墜落，規律，卻偏向急驟，算個快板（Allegro）。「Allegro 有歡樂的意思。這世道，做一個死人，樂得起來？」咕噥着，越彈越亂，彈到後來白鍵一個個消失，人就漆黑中醒了。「好嚇人。一整天，十隻手指一直抖，以為你腦溢血，就醒了都要癱瘓。」綺貞見她能坐起，舒了口氣。

陳念沒說夢裡一直彈琴，回過神，也只要人借她一面鏡子。大夥以為她怕破相，笑她多慮。其實，她最擔心的，是讓一座黑白的沼澤，啜住後腿。「綺貞快可以出院，過兩天你全好了，一起回路環。」馬奎斯說。他就近投店度宿，方便照顧這倆眉來眼去的，手邊也快沒餘錢。離開了他機關重重的大椅子，做什麼都不吉利，送陳念入院那天，身後就一個戰場，軍隊亂開槍，當場打死七十幾人，傷者一百多，有些還躺在隔壁臥床。後來，葡兵分守各路口，把遇難者五六個捆成一大塊，用船運出去，扔進大海。陳念大概昏睡中感應到慘象，編成夢境了。辦過出院手續出來，街上冷清，商鋪都關了門。原來各業罷市，幾萬炎黃子孫慪氣出走，回廣東去了。陳念和馬奎斯一家，這幾天的患難與共，史稱「五二九事件」；就跟以後好多「事件」一樣，只消編了號，大家就放心；另一組號碼出現前，一般記得住情節。

風風雨雨的過了半年。綺貞小產之後，不似平日佻達，偶然還躲着不見人，陳念連帶添了鬱結。一九二二這年，十二月十三號，她獨個兒去看戲。那天，炸彈像十丈垂簾這樣的大菊花，開到了澳督府花園，開到了陸軍俱樂部和幾家商店；而且，戲演到中場，有一簇，還開在域多利戲院。殖民者不好，去報復，攏手排外，可以理解，陳念就不明白攻擊戲院，圖的是什麼？那年是有一齣長戲，叫什麼國家的誕生，講美國南北戰爭，白人塗黑了臉去演黑人，荷里活早知道，不能讓黑炭頭，莽撞白雪雪的女主角。眾生平等，是不存在的，一律跟紅頂白，而仇黑一項，還真迎合這邊勞苦大眾的口味。是什麼理由點這無名火？她域多利看的，是哪一齣？戲看得多，場面俗套，漸漸就模糊不可追記。尤其戲院遇襲那一天，感覺上，有一個巨靈神當城區是墓地，喊一聲：「祖宗我上墳來了！」竟四圍亂插菊花。金燦燦舌瓣，火辣辣舔入黑甜，陳念沉沉的，也睡得深了。

黑暗過後，掀起厚帘出來。大堂玻璃櫥裡，是一幅《巴格達地毯》海報。過了幾日，陳念去補看了一次，情節，總算記住了。往後幾十年歲月，從來沒有淡忘。「五二九」畢竟是一場虛驚，身子好了，以為災劫除了，冷不防吃一記結實的，彷彿膠卷受熱，一團熾盛投射到幕上，那白燄，或者說，那菊蕊蔫了，她卻死死的，讓一輓黑幕封存。散場，從鋪滿香灰的通道，獨個兒出來，她以前沒走過這窄路，似乎才開鑿，牆身掛一綹綹白蠟油，仍有餘熱。「就這樣活着，或者死着好了。」含糊過了些晨昏，如常去會綺貞，講述電影情節。陳念有她媽解畫天分，綺貞常說，聽完是看過了一般，省了買票錢。《巴格達地毯》（The Carpet from

Bagdad）美國一九一五年冒險片，講一個賊，什麼不好偷，偏去偷巴格達某清真寺一幅禮拜毯，到手了，轉賣與古董商，籌錢為同夥搶銀行做準備。守護地毯的，吊靴鬼似地追喊：「還我寶貝！」賊子和一個女人四圍逃竄，歷經波折，地毯又回到原地。從此，毯上趴的，更珍惜毯上養眼圖案，嘴巴湊上去，唸叨停不了。

「有這樣嘮叨的？圖個什麼？」綺貞摸不着頭腦。「圖人家知道心聲。」陳念告訴她，有一句是：「我一直祈求，祈求有一天，你發現毯上圖案，標誌了一個寶藏，在歲月那一頭，百年不改，就等你尋問。」對白，心底壓了多年，借題說了。遺憾，鐵定要遇上，沒可以彌縫，但她可以修剪枝節，填補某一幕的缺損。世界顛倒，這是做一個潛影的特權。那齣戲，黑白無聲，但沙漠着了色。一幕幕中東影像，開羅、巴格達和大馬士革，據說，街景都搭出來，牲口是動物園住客，那一座撒哈拉沙漠，在加利福尼亞州。反正一樣的撲面黃塵，而且，她讓結尾一場沙漠日落懾住了。「你就比那女角好看。」她對綺貞說。能牽了她手入幕，那光景，才真算個水火相濟。「我撂不下阿榕，你知道的。」綺貞說得突兀，嗓音乾澀，真讓外圍的風沙嗆着了。興許，從開始，陳念就察覺到了，一條紅線，不是繫在她倆腕上，是橫在眼前，就像戲院門帘前，那要人止步的糙紅繩。帘內，氣候不宜人，綺貞只能強笑着，目送她獨自融入那座着色的沙漠。

27
23
25

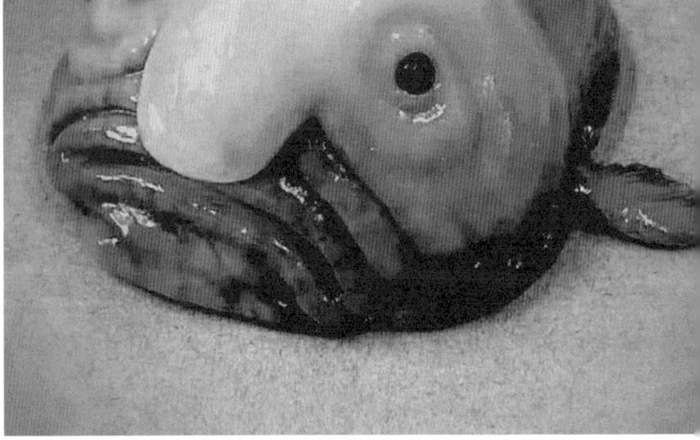

第八面：對哀傷魚外婆的自白

到麻風院已過晌午，屋裡陰晦，那天是農曆除夕，但這山頭野嶺，是一樣的清寂。外祖母仍舊躺涼蓆上，蓋的卻是新淨被子，露出一顆頭。床邊垂了窗簾，擋不盡日照。午睡頭臉蓋一條白絹，遮光，也防蚊蠅喧擾，人之常情，陳念是見怪不怪。那年，外祖母七十歲了，熬到這日子，不容易。一問一答，是比過去明白，卻不見她動一下。氣味陳念早習慣了，聲音這天倒像隔着水傳來，慢了半拍，有點濕滯。這團圓日子，陳念覺得該先來陪陪她，下山父親家宿一宵，明早大年初一，父女倆回鎮上和母親過年。大概女婿給的錢沒處花用，竟為外孫女備了壓歲錢。因為看不見，外祖母一直記住她小時模樣，想到要給軋年錢，但不辨五色，拿了個白信封，擺在木枕頭下當紅封包了。看着倒像一通香奠，這也匹配陳念處境。攜來的一囊玉蘭花骨朵兒，她窗框上排好，挪了張杌子坐在床邊。

陳念從小喊她姥姥，喊了十幾年，這天看着那條白絹，才想起蓋住的姥姥，沒一個名字。她睡在黑暗海床上，沒人覺得該撥開泥沙，給她一個名字。陳念知道有一種水滴魚（Blobfish），是好多年後的事了。那魚身子凝膠狀，最長有三公尺，在澳大利亞東南面深淵裡存活。因為生來一副世上最苦澀的表情，也叫做哀傷魚。哀傷魚吃不得，離水就壞成一堆粉紅的果凍，沒個魚的模樣。深海捕撈多了，才成網的，隨螃蟹、龍蝦給拖上船。那條魚的照片，那苦水裡膨脹的愁容，讓陳念怔愣住了。回憶最後這一趟和外祖母相敘，她覺得身邊躺的，就是一尾哀傷魚，早就給撈起來，藏在痲瘋院裡。外祖母預告了她的未來，有一天，自己也會同樣地，在光陰的網眼裡消融。「不管怎麼活，最後，大家接到一樣的賀禮，那就是瓜，還有柴。」瓜柴，就是死。「送禮的，今兒不來敲噹噹了？」自從院門上懸了架小銅鐘，哀傷魚婆婆儘說瞎話。難得病友歡喜，只眼不好的，聽到鐘聲，以為馬面來索命。其實，院門從來虛掩，她進來也沒敲鐘驚動人。

一九一〇年秋，澳門政府早回應香港，痲瘋院酌量接收當地病人。華南一帶，女患者也來得多。病徵相近，鄉音鄉情，卻都各自不同。連死，都有說歸西，有說歸陰，有說吹燈拔蠟，更有拚着一口氣，直辯到蹬腿了的。十二年過去，陳念過訪這天，能躺二十人的大屋，竟聲息全無。「北風緊，銅聖母摸着黏手，凍得大夥『收賀禮』去了。」外婆這話，陳念辨不出真假，只聽她問：「最近看什麼戲了？給姥姥說一個。」有一齣講偷地毯的，她說，戲裡沙漠，添了痲風院牆垣一樣顏色。不過，這戲映到一半，戲院給炸了，自己掀帘出來，卻沒擺脫那黑和白的拘囿。「是不是該為曾經鮮活的自己，辦一場喪禮？」她咕噥着，有些猶豫。「辦一下好。」回應，彷彿水底傳上來，覆臉白絹，兀自紋風不動。大概事情隔得久，回溯，攙入了自己心聲。「神婆也認為省不得。」她告訴哀傷魚。

神婆，其實才大陳念八歲，幾年前，就在鎮上操辦喪事，替人奔走，居中指點入殮覆土一應儀節。神婆，是陳念對她暱稱，主顧一般喊為拜神婆。有孤寡，身後蕭條的，遺照沒人捧持，神婆都貼心端着。譚公廟後矮山墳場下來，總一臉恭肅，兜兜轉轉，卻把一框黑白捧回出處。她盡可能的多繞路，衢巷寂寥，也招些草木瞻仰。「幾十年，幾千轉，最後這一回，要走得體面。」神婆說。這樣鎮上轉悠，就像一架時辰鐘，只是鞋底薄，走過門前，沒人聽出那滴嗒。神婆和陳綺貞同齡，眼小，人也乾瘦，身上澀澀的一股爐灰味，散髮下沒一絲半分喜氣，天生是做這營生的料兒。總督一個個換了，墓碑式樣推陳出新了，卻總不見她換掉一身的素黑。「沒法子。穿得花俏，怕閻王錯拿了我這跑腿的。」她是連睡衣，都窑裡燒過的枯燥。「穿了不驅蚊，起碼驅男人。」她就這樣慎終追遠，寡淡地活着。

神婆嗅得出晦氣，黑雲泊了窗下，卻不好上門兜搭，做開了頭，喪家都知道找她。「等死透了，話才好說。」她知道規矩。夏天，神婆賣三伯園墳場割的野薑花；這早春時節，賣玉蘭。沒差事，就街市牆根下擺個籃子，籃子空了，照樣坐着等某一戶燭滅，等某一個人凋零。「我喜歡玉蘭的味道。」哀傷魚說：要不是知道窗邊擺了花骨朵，還以為園裡竄出一棵樹。上回，陳念街市圍牆邊婷了簇早開的蒲公英，打算捧回家熬了讓母親吃。傳來玉蘭花香，卻是神婆蔭下擺賣，過去要買，背後忽有人喊她念念。見是天地人一夥那馬納男，即時白他一眼：「念念，是我爸我媽，我外婆喊的。我叫陳念。」晨光的胭脂色，蓋不住灰底子，馬納男瞧她臉色不對，卻沒意識到她罹禍了，成了負面的人，只問她：「貧血？」陳念沒好氣的，嗔笑着說：「貧死了，都你們吸乾的。」

馬納男這高個子，細看，實在不像一隻蝠鼠，上身整個兒嵌着，這會也沒飛出去吸胎盤吃痰。那一條長舌頭，倒十分尖刻，覷準她要買花，搶前幾步，先撲到藤籃前，鼓動簧舌一個勁兒地議價。陳念沒想過一嘟嚕玉蘭花，能挑出這麼多茬兒，有少付錢的道理。「這麼早出沒，住這邊了？」她問馬納男。「客商街租了鋪，打算賣雜貨。」他提早送上優惠：「開了，你隨時來，來了呆着，東西賣了錢歸你。」幾乎是邀她去當老闆娘了，見她還在咀嚼這話，連人帶花進一步逼問：「就欠個店名，你認得字，陳記念記，你說說，叫什麼記？」「叫『忘記』啊。忘記，聽起來最配襯你。」陳念瞅着他提起的一串花蕾，禾稈草編結着，真像一掛鞭炮，就白慘慘的，搧風點火終究炸不出聲色。

馬納男去了，陳念補了原來花價。「我本來就要買的。」她說。神婆道了謝，悄聲提點她：「這人是虛的，不實在。」這話婉轉，榕蔭下抬眼再看陳念，不似平素煥發，她心裡明白，臉上仍舊波瀾不興。這沽，活脫脫的，堪稱尋死覓活。尋出個不尷不尬，忽成了中陰身的，總不好細問：「壽板要舒服？要實惠？」人家五蘊俱在，天兒好，還東家長，李家短來閒磕牙，生意不成，仁義可不能省。陳念挨她身邊坐下，除了愛玉蘭那甜香，也是有事要人參詳。一齣戲，她看半場出來，竟百般不對勁。「命我認了，不就眼前一黑，蒙了這人物光景。可怕是這幾日，天沒亮，一屋的鬼聲。」她告訴神婆，臨街兩扇花窗全掩了，那哀啼不男不女，還是一絲一縷撩進來，撩得人心裡發毛。「降B調，沒提高八度唱假聲，按理傳不遠。哪有這般悚人？小半個時辰，連續呼冤喊慘。」感覺上，那鬼連舌頭給扯出來縛腿上，行不得，在海濱呼救呢。

神婆沒問什麼是『降屄調』，推究時運不濟，什麼都會碰上。「白天出來也迷惘。」陳念接着說，一推門，煙氣就漫進來。沿街氤氳，又濁又重，追着人兩條腿，總不肯消散。走到哪裡，那青煙纏纏綿綿隨着，認得不認得的，遠看都只見上半身。這天，東風向海那邊吹，老街市才有個清明面目。「我這算落入陰間去了？」她覺得納悶，除了煙靄，鬼哭，這負面世界，還真不知要翻出什麼花樣？「這事兒，我沒體會。」神婆攛掇她，不安心，辦場喪事就好。「辦了，人不會也煙散了？」她擔心這一撒手，母親沒人照看。「散不了。」神婆說，送她花那高個子，還有九澳好幾戶人，十二年前葡兵炸完村，就做過法事。嗩吶吹過，才一個個冒出來，就顏色像報上印的彩墨畫，看着是沒內涵，卻沒聽說生受了元寶蠟燭，會夜尿頻，下痢，噩夢裡聞鬼叫的。

九澳那場災，是她死鬼老公經手的活兒。神婆打保票，她辦起來周到，也沒那喧嚷。「辦一下，省得像你姥姥這樣，黑天黑地，有沒死了自己不知道。」哀傷魚外婆搭腔。陳念回過神，哪有老人榻邊絮絮說喪葬的？訕訕笑着支應：「就簡單出個殯。」說神婆問過她，要邀誰去送一送。思前想後，為免母親難過，得瞞一下；父親誆蒙不了，他鎮上採辦，去痲瘋院送被子，唯有借故避着。從此，要和村裡「海盜」們一起榮枯，她要些時日適應。陳念說，是想綺貞陪她走這一程，但這事只宜心照，一板一眼，送她歸了道山，繞半圈竟來還陽，綺貞怎面對門前這一隻冤鬼？自從遷到水鴨街，近水樓台，倆女人有事無事，膩在一塊兒，陳念也沒當她是個有男人的。這會兒山川如舊，風月不同天，那些潛匿的情愫，卻點起來了，花影一樣繚亂。魂有所歸，也怪不得垂涎她的天地玄黃，她一個個回絕。

「真不成就借件衣服，我捎帶了去。」神婆和綺貞同歲，個子也相若，陳念會錯意，以為她要穿了衫裙頂替，以假亂真，好解她哀思，只感激地說：「那我借一襲光鮮的讓你換了。」神婆「欸」一聲，無言以對。掐算一下，擇了個吉日良辰，喪葬嫁娶，同樣合適，再交代了些宜忌，即分頭置辦各項瑣細事兒。「念念喜歡上一張椅子了？」哀傷魚外婆憂慮：「椅子成了精，那麼多人坐過，沾滿怨氣，搞不好還憋了一腔的屁氣。雖說感情這回事，不講道理，還是要看輕看淡，別奢望有什麼好報。」「我也不圖什麼。」看着日影移離魚頭上白絹，陳念喃喃自語：毛髮是確定不長了，可辦喪事，總該有模有樣，參攷香煙廣告畫，短髮是時髦，剪個綺貞一樣髮式也清爽，但看膩了，卻不好改動。回想時近歲晚，捕魚的上岸，都趕剃頭過年。趁午後空檔，馬奎斯把一條板凳擺在「Barbearia Marques」門外，擋了生客，招呼陳念就座。

夫妻倆說長道短，只議論怎生理出個頭緒。「沒要求，就盼五百年，相看不厭。」陳念說得輕省。馬奎斯去年才跟周蘇，那個在「五二九事件」生事的理髮師，學剪女裝，旁觀了幾天，也沒真向女客下手。藝成回來，招牌上是小字注了「男女理髮」，但肯躺上刑具般大靠椅由他擺弄的，仍舊就一個綺貞。理雲鬢的不來，而且，臨事才想起，除了妻子和亡母，他壓根兒沒摸過其他女人。另一邊，綺貞早覺得陳念神色有異，顏色也不對，忽聽得這百年相看，看到後來，看左看右都是灰，心裡一沉，生怕她拋錨在這辰光裡，不榮不枯，成了過期的一條臘肉。「還是寧長勿短，分寸得珍惜。」兩個女人敲定：劉海宜貼眉頭修平，垂髮半腰剪齊即可。馬奎斯還在摸索，要綺貞提醒他：「濕剪。」頭髮弄濕了理順再剪，才剪得平整，周蘇本來就這麼教他。

屋角一隻大甕注了暖水，巾櫛香皂備妥，綺貞替陳念圍了藍斜布，不鬆不緊，脖子後束了結，輕輕把椅背仰後。陳念那馬尾辮子用一圈紅絨繩勒住，綺貞褪下來交她，陳念卻執了她手，套她左腕上。「今後用不着，你留個念想。」她說。綺貞黯然，這十幾日，陳念過門不入，朝屋裡喊話不見答應，以為她帶母親澳門街看病去了，不想沒頭沒腦的要來理髮，說的滿嘴胡話，看來病得不比她媽輕。「找個對頭大夫看看。」綺貞在她耳邊說。「沒事。你不撂下我，我一直會在。」她說：有人記住，就沒什麼會真正消失。「怎麼儘說晦氣話。」綺貞把她髮鬢輕攏向後，瞟一眼杵着的馬奎斯，支開他：「樓上陪孩子，咱倆親熱完喊你。」他在，姐妹倆拘束。

「我來照顧你。」綺貞掬了一團肥皂泡沫回來，抹她髮上爬梳，揉出蓋頂的雲白。「白了頭一樣好看。」她說。「看上了，」陳念笑問：「可以和我結婚嗎？」這話突兀，綺貞接不上茬。「戲裡對白。」陳念誆她。去年看的《擲果緣》，講鄭木匠弄出一道樓梯，像這大椅子，扳機一搬變了滑梯，滑倒摔傷的，都找樓下郎中診治。郎中感恩，就放手讓女兒出嫁。陳念記住字幕，推托是木匠求的愛，掩了自己半露的真情。「我娶了你，阿榕那廝變了大婆，豈不便宜了他？」綺貞苦笑。馬尿河那邊，才鬧完什麼五四運動，自由交媾了，她當個小妾擠上人家小床，也太落後於形勢。「不娶不嫁，這樣就好。」陳念翻着白眼看她，她從沒這樣仰視她，看她的下頷和鼻孔，沾了皂沫的嘴唇像要吻下來。

陳念閉上眼，感覺那沁涼和濡濕，十個指頭耳窩上的撩撥，深入淺出，同樣勾起她的綺思。「等剪完了，敷點粉。」綺貞不忍看那臉上灰慘。「嗯。粉撲一下能蓋過去，我竟沒想起來。」陳念如夢初醒。綺貞聽着，一顆淚掛不住落到她唇上。「燙。」她心裡呼喊，篤定地以為，這牽纏短暫，自己終究先一步煙散。綺貞再捧了一坨肥皂回來，推揉片晌卻扶她到甕前，瓜瓢舀了水，仔細沖那一頭破碎的泡沫，心照不宣地，操辦着一場滯後了的告別。陳念倒覺得，那是另一場浸禮，綺貞遠比主禮神父溫柔。她一張臉沉浸着，暖洋洋的，舒心得沒打算再抬頭。市聲在水裡放大了，跫音更雜沓，賣豆腐腦兒，販售茶粿倫教糕的吆喝，街市斵肉聲，修船的敲鑿，燒蠔殼那必剝響，漁民搬挪木桶，塾師街上罵學生疏怠，點名誰和誰，還有黃裕都沒去上課，一整座鎮子，冒着如綿細沫在甕中絮語。

陳念甚至覺得外婆的話，隨一串肥皂泡在耳輪上炸開。原來好多天沒去看她。「等你再來，我都死了。」隔了兩個鐘頭腳程，一缸水，接收到一條哀傷魚的抱怨，還是說得過去的。「知道我盼你了？」病榻上一塊白布問她。「是我不好。喪事真辦起來，瑣屑。」陳念有點鬧心，光是洗頭一項，就不好意思細說。綺貞伸到水甕裡的手，她抓住了，輕嚙着指頭，彷彿逮到一條陰間浮上來的魚，她品嘗她，吞下她的生澀。過了不知多久，綺貞感覺她要浸壞了，才捧着她臉，歪歪地扶起，擦了擦濕髮，毛巾裹住送過去坐回大椅子。梳理得順遂，椅背也調直了，才呼喚馬奎斯下來。見這廝手顫，剪多定然錯多，綺貞只着他按擬好的，齊肩和半腰上修齊了，就算禮成。

綺貞搭着她肩頭，陳念捂住她手背對一牆鏡子笑了笑。好多年以後，她還記得那個倒影，甜跟苦，正和反，實與虛，那樣的諧協。「借我一套光鮮衣服。」她編了話，說要配搭髮型，認真拍一幀照片。綺貞翻出十年前，隨理髮椅到路環穿的橘紅衫裙。這接待員制服，小酒店順潮流改成妓院，早不是這等款式。綺貞瞧她是決計不成了，衣服未給她，兩眼已淚汪汪的，推說外邊煙重嗆鼻，轉身去掩門。陳念早察覺青煙漫進來，以為陰氣就自己嗅得着，不便吱聲。「你也看見了？」她有點詫異。「怎沒看見？灘上天天燂船，狗都熏死幾隻了。」綺貞說。原來船底鹹水裡泡久了，藤壺、蠔殼、海草附生，害船行不暢，破壞木頭架構，一般隔幾個月得清理，都趁水漲揳進去幾條木枕，等潮退了，木方就穩穩墊住了船。

綺貞說的燂船，是船底堆些稻草柴枝，燒起火來，把妨礙前進的，燒個霹靂啪啦響，燒得船籠煙障裡沒了影兒。甲殼焦了破了，死不肯脫落，用鐵鍬去剷，一塊塊剷乾淨，塗一重叫士叻油蟲膠養護，算個圓滿。水上人家靠岸過年，一下子，四面八方匯來，歇息之餘，撂下漁船蝦艇去烤火，灘頭這就成了灶頭，儼然擱的十幾個大藥鍋都煮開了。陳念出來踅到水邊，但見過百人影綽綽的，朝鍋底搧風，搧得又腥又苦。從荔枝碗那邊過來，布帆全斂起，一鍋鍋不遠不近浮光裡併着。這時節，西北風向岸上吹，新剪的髮撲了一頭死貝殼味。心裡生出幾分厭惡，卻未意識到，老日子，舊生活，有一天拖慢了這一座浮島的前進，身邊這些人，也會蠔殼一樣給連根拔掉；一棵樹挖去了，填上磚土，沒人會再想起那一地不毛，有過綠蔭。去年某日，卒不及防，她喪失了青春翠色，如果沒讓人記住，她就隨船底的生靈，化為攙了骨灰的煙霧。

慢慢往回走，到了水鴨街，綺貞兀自理髮店坎兒上坐着，無情無緒的，膝上擱了疊好的衫裙。「這衫單薄，去拍照穿件外套。」她問陳念要不要她作陪，擠笑說還沒一塊留過影。「臉都讓燂黑了，以後再合照。」她接過衣服，幾步進了斜對面家門，閣樓上一片咳嗽聲，看來那邊燂船燂得甲殼擘大口，這邊竟有人代為喊鬱。琴瑪利見她皮色地子灰，以為自己氣血弱，連眸子壞了，吃過翻熱的藥湯，仍舊躺回床上。諸般情景，都是陳念心聲，哀傷魚外婆卻似乎感應到了，怪她隱瞞：「你媽是生病了，我就知道。唉，連最後一面沒見着。」「誰見不着誰了？」陳念摸不着頭腦。回說她去照相館拍照，照相館，就是賈崇榮他爺爺開的，那時崇榮的爹才剛出世，等接手經營，替枋阿密一眾毛頭拍學生照，是四十年後的事了。

陳念把鑲好的黑白肖像，連綺貞的衣裙交了神婆，就安心聽候安排。覓得某一天卯時，適宜殮葬，葬後，據說子孫騰達。雖算個暖冬，四點半出門趕這良辰，天還未亮。陳念昨宵早睡，畢竟是出殯，沒個好精神不成。起來盥洗過，薄敷了粉，換上一身縞素，躡手躡腳下了樓；其實穿不穿布鞋，走路壓根兒沒聲響。自己不知冷熱，出來見神婆坐門坎上吃風，凍得搓完手，只扯那裙子密捂住一雙腿。「再吹一會子，真要隨你歸西。」為了成人之美，神婆掙扎了幾日，時辰到，還是換上她送來的橘紅衫裙，罩了件黑棉夾襖，蹬了對同色布鞋出來。她一輩子，就這天摸黑穿一回豔色。裙子才過膝，那讓她坐立不安，走路風撩進去，更覺得心虛。陳念見她舉止彆扭，笑問：「第一次穿裙子？」神婆赧然點頭。到了後來叫十月初五馬路的海邊，天地一個調子幽藍，神婆捧了遺照前頭走着，恍惚間，真有七八分綺貞的綽約。

「你腿細白，穿裙子好看。」陳念有點感動。「色鬼。」神婆笑着罵她：「哪有調戲發喪的，不看場合。」黎明前漲水，燂過的船泊遠了，海面幾葉歸帆，看上去開豁。驀地，榕蔭外，一疊連綿的哀叫，竟似有厲鬼大聲呻吟。陳念嚇得裹足，掩耳躲神婆身後。過去數日，未破曉，這長嚎就擾醒她，當下挾帶了淒風寒氣襲來，雞皮疙瘩遽起，只顫聲問：「鬼來抓我了……你聽到不？」神婆沒好氣的，乾脆搖頭不語。陳念說過，最想骨灰撒在沙漠。神婆沒見過沙漠，不好答腔。其實，投在布幕上那片黃沙，着色之前，海鹽一樣的白。那年，路環還產鹽，鹽田在眼前灘邊，幾畝方塘水乾了，一座空場子白得發青。當然，陳念嬌滴滴一個人影兒，形神尚在，不好直接投爐裡燒化，這火葬一節，只得從簡。

過了鹹苦的白色沙漠，譚公廟旁石磯一片亂岩前，有惜字亭。「化此冥鏹，做個樣子就是。」神婆說。一路走來，心葉榕枯葉遍地，再過三十年，鹽田消失之後，臨海一叢榛莽，會矗起一座綠皮雪廠。雨天，陳念喜歡撐了傘，看冰塊從迴旋的雪道衝下來，那空靈，轉瞬間化進了雨幕。然後，雪廠又廢置了，到九十年代，枋阿密一位鄭姓老師，潛心稽考，卻在雪廠遺址後面，發掘和考證出五千年前，有另一個遺址：一座玉石工場，一片替沿海住民磨製器具的作坊。陳念不會知道，腳下遍是先民生活的痕跡，一磨一琢，灌注了心血。興許有一個女子，聚焦於一個孔眼，當麻繩牽動礫石鑽頭，火星子會濺到她腳邊，但太微弱了，雖在同一個點上，時間卻差了五千年。火花的灼熱，傳不到這一邊，但脂玉，經久不腐，當初怎不立一根玉椿子？用糾結的文字，署一個名，銘刻一段因緣？譬如，鏤下誰喜歡誰，誰暌違不見，誰在流淚。

如果有人用一管石鑿，勒下：「要與綺貞共赴巫山。」五千年後，她路過見着，會不會臊得臉紅耳赤？罷了，那年頭，宋玉未寫《高唐賦》，哪來一座巫山邀人去爬？光陰似箭，中箭的，都碎成齏粉。喪事辦得再鄭重，終究徒勞，像作坊連夜趕工燃起的篝火，亮不到歲月的這一頭。「西遊去了？」神婆這一問，陳念才醒悟過來，自己沉緬一塊方寸地的興替，卻忘了僵臥的哀傷魚外婆，等着聽那海上鬼啼的下文呢。「嗯。沒聽過那麼慘厲的，勾出腸子綁死，不讓出恭一般。」她和發喪的，一前一後挪出了枝葉掩護，五千年前，也泊過舟楫的灘頭，浮一幢紅影。「煞是恐怖！」原來等烘底的漁船裡，混進來一艘畫舫，兩舷腥紅怵目。耳實所見，名為「紅船」，原本往返珠江兩廣河道，載送生旦淨丑、服飾器物。咸豐四年，紅船戲班仍盛，佛山瓊花會館李文茂等人，隨太平天國起義，清廷就把船燒了，水埠燒了，會館燒了，禁演十幾年。這禁，到底沒禁絕，待同治掌政，一船船喧鬧的紅，仍然浮泛河海之上。

漂到路環這一脈，八成讓藤壺牡蠣拖累了，進退為難，演出完，就近駛過來清理。戲行競爭大，功夫疏怠不得。掌上壓，抽頭跳，船上悶着練還成；練大嗓門，卻宜對山高呼，或者臨流大喊，不喊到失聲，壓不了場。一蹴難就，有臨急憤發的，寅時未過，已披衣排闥，拿椿站在船首。「幹什麼來着？就出來嚇唬人啊。」哀傷魚愛大戲，陳念由得話題岔開，話說廣州等地戲院林立，唱戲的，不必頂着急風，野地戲棚上鼎，老倌就相應改了唱腔。平喉白話，或師法廣府南音、木魚等說唱，如泣如訴，不盡是緊縮了喉嚨唱假音。某日，適逢某小生擺架子，拒演尾戲，新手朱次伯頂替，平喉唱了一齣《寶玉哭靈》，竟換來滿堂采聲。哭靈，成了風尚，眾生喜聞樂見，馬尿河邊，船上這超齡怡紅公子，自然卯足勁兒，長歌當哭：「我的意中緣從今後，休提起，一段風流佳偶。十二載，都是枉綢繆！怎知道人亡花落，一筆全勾……」哭得起勁，也不管民居離得近，聲浪驚擾人。

「原來作祟的，是這一位老倌！」陳念自失地一笑。細味唱詞，「十二載」減個幾年，這連夜哀音悼的，就是她，是她對綺貞的枉綢繆。「真可謂若合符節。」除了滿鎮子的陰氣是假；鬼聲，竟也是人扮的。看來是讓電影蒙了，以為三魂和七魄去買棵菜，都要襯上一股愁雲悲風；於是，人家晨起吊個嗓，都誤為吊喪了。

「沒的嚇出虛汗。」她嘀咕道：「不過，唱平喉，能唱得這麼大聲，也真是異稟。」細聽，除了唱詞，竟夾帶了嗚嗚咽咽的伴奏。定神看去，水邊一條石墩上還坐了人，圓顱大耳一個洋漢，兩膝鉗住鋸子，卻不似熬夜劇木的。那年路環島上，味士基打現身不久，一貫的瘋癲，卻沒後來乖戾，那把手鋸，仍算一件樂器。他夜宿觀音廟，醒來聽得有人唱戲，心裡躁鬱，總攜了鋸琴，摸黑出去遣興。淒淒切切拉了幾回，天微明即去，倒是這天伴奏過長，讓陳念見着。

「一見亡靈，我淚雙流。問賢妹，你芳魂往何處走？使我迴腸欲斷，病難療。」那老倌唱一句，味士基打「嗚」地一拉弓。「良緣不就，都只因讒口；累得我鴛鴦拆散，唉！」嗚嗚！「叫我怎罷休。我越思越想，難抵受。」嗚！嗚嗚……悲歌稍歇，鋸琴乘隙奏得更激越。出殯沒僱樂工吹打，鐃鈸嗩吶不聞，神婆自覺簡慢，心裡過意不去。半路上，遇這不倫不類現成的一對，真算個陰陽和合，不但情調匹配，連詞曲，都排演過一般對景兒。不是趕上這吉時，也逢不着這輓樂。「賢妹快藏起頭！他情深，更氣長。怕你死來死去，死千趟不夠。」神婆隨聲半唱半唸，知道這段子露骨，囑陳念迴避。實在東邊未見魚肚白，一個現成林黛玉，灰慘慘的，戲文裡蹦出來，紅船賈公子讓這真回魂一嚇，恐怕真要破膽。

這場喪事前兩年，廣東的戲棚官話，才九成改為白話，大老倌白駒榮降低聲調，唱腔變平暢了，那唱子喉的，紛紛學樣換了平喉，連帶梆子二黃，也調低八度迎合。「送殯哭靈，這『降屄調』是來了，眼下……」神婆若有所感：「就欠打幾個炮。」暗忖：得壽二十，辦不成笑喪，但能放一場炮竹，一來「崩煞神」，警告惡鬼別來打擾；二來也「醒亡靈」，通知先人送殯的來了，死得早，死得晚，終究是個死；鞭炮聲裡，大夥兒相敘。「怎麼能不花錢，又有霹啪響？」神婆一琢磨，有了主意。這年頭，戲班早不僱紫洞艇載人，艇上也沒女人侍酒；不僅沒女人，還避忌女人。男女之防未撤，紅船住宿的，清一色爺們。要演花旦，刮了鬍鬚反串。不慎讓三姑六婆，黃絹幼婦踏上了船板，去後不燒起元寶蠟燭，頭尾拜過，鞭炮炸一輪送走災星，是絕對安不下心，過不了日子的。

有這重講究，神婆竟想到一着，她走上灘頭，對杵在船頭，兀自嘩叫的平喉寶玉喊話：「有一隻白衣姥姥，上船了！看見沒有？」那老倌聞言變色，陰氣可畏，老陰之氣侵入紅船，更是非同小可，仰天唱道：「可惱也！」瞪着神婆追問：「那姥姥，姓甚名誰？躲哪兒去了？」「姥姥姓劉，戴一對雉雞尾，繞一圈，溜了。」神婆誆哄他。「可惱也。可惱也！」老倌倖倖然退入船艙。片晌，率了演晴雯和賈母的出來，三條脂粉大漢，桅杆上掛兩串炮竹燃了捻兒，一串那老倌點着了，逕自朝堤邊擲去，飛到味士基打頭上，炸個轟轟烈烈。這是順勢處理了私怨，事緣他演這大嗓寶玉，斷腸處，黛玉要應聲破土出來。詎料骨節眼上，這廝左右開弓，一個勁兒胡扯，直把佳人嚇得縮回土裡。他吊幾天嗓，他攪幾天局。還以為廟裡住了狼，奇在狼嘷如影隨形，知道追趕節拍。納悶了幾日，赫然發現，是這嘴上長魚尾巴的作祟，借趕潛入禁區的劉姥姥，轟這西洋鬼一個雞飛狗跳解恨。

味士基打一番雅意，無奈時運不濟，沒的招了霹靂，落得個花紅柳綠，渾身火藥氣。「Pirata odioso（可惡海盜）！」他咒罵着退走，從此，不但痛惡中國音樂，不論紅船黑艇，更一概目為海盜船。這股恨，經年不熄，自此更積極打探，遇陰氣盛，陽氣衰，像他一樣光景的，不管唱不唱戲，唱的平喉子喉，一概相機遽下殺手。「海盜」給鋸了頭，即化為灰塵，不勞人殮葬；縱有冤情，也無從偵辦。味士基打為患幾十年，到自封路環攝政王，專揀寅時哭靈那紅船老倌，兒子也長大了，藝名蓋拆天，繼承了他爹的大嗓門，那降B調，同樣能傳遠。拆天佛誕來演神功戲，鬚長髮亂，照例由馬奎斯修理，算有些瓜葛。某年，馬奎斯要拆天勺出祖傳盔帽，那對死雉雞尾，他爹假寶玉，就曾經戴着船頭哭靈。馬奎斯要了來備着，卻是等味士基打臨門，加冕用的。

光陰搖曳，不時撩亂故事的細枝末節。當陳念回憶自己出殯的那個黎明，那兩條雉尾，卻早豎在咊士基打的圓顱上，為喪禮伴奏完，就變一隻大蟑螂，舞着冗長觸鬚，竄進了空山。屏息聽到曲折處，哀傷魚外婆蓋臉那一幅白絹，彷彿化成了絨幕，不等拉起來，已是一堂佈景。鹽田上，炮竹的碎紅點點，還點上幾個墳起的鹽堆。硝煙裡，譚公廟旁一疊白岩前，神婆卸下搭褳，把遺照倚着面海一塊頑石擺好。「換柳移花，今日化為烏有；朝相思，夜難眠，累得我日夕擔愁嘆人生，如春夢，早參透……」神婆遠遠的，陪那平喉寶玉哼哼唧唧。橫豎要唸的什麼救苦經、黃道咒、超生咒，都一個調兒，換這唱詞來悼陳念，合適不過，就一路鬼食泥似地呢喃着。

靠路邊岩石旁，有一座惜字塔，客家人叫敬字亭，宋代就有，明清時常見。舊時人敬惜字紙，認定紙上文墨，全沾了靈氣，就算一堆廢話，也不能輕忽。《二刻拍案驚奇》卷一開篇，說宋時王兼愛惜字紙，見遺地上的，他拾起焚燬；落入糞穢，照樣取出來洗淨，或投長流，或烘曬乾了燒化。他長年收拾字紙，積了陰騭，生了個王曾連中三元，還拜相做了沂國公。惜字塔，常見於書院寺廟，道旁橋邊，偶有富人蓋在自家院內，鮮有這樣孤挺在水邊的。麻石灰蒼蒼相疊，有兩個人高，塔頂翹成斗拱，中間一個黑竇，燒起火來，一燈照水。「都當這化寶爐。」神婆說。用來燒冥鏹，寫個領件人字號，不會寄失了沒得揮霍。「我這是一夜暴富。」陳念暗笑，這紙錢兒，不知能買幾間紙屋，幾匹紙馬。

實在四十多年後，陽世的鄰居枋阿密，也在這塔裡燒化過東西。陳念記得住，是那一趟不知道燒的什麼，煙好大，海角蒙了幽藍。那天她同樣藏在蔭下，逆潮流繞行的一艘中國炮艇，還停了片晌，以為雪廠爆炸了，艇上大兵舉望遠鏡看過來。「繁華一夢，隨煙去。」神婆取出一疊金銀，一副綵紙衫褲，寫了八字生卒年的冥紙，還有陳念早前交下的一封信，都是到這路盡頭，要一併燒化的。瞥一眼封套，寫的是水鴨街馬奎斯店址，她仍舊一副唱腔問道：「你和那綺貞意合，不怕旁人笑話？」「人走茶涼，我變一碗涼茶了，管得人哭笑？」陳念讓到一旁，看她把點着的冥錢塞到塔窟窿裡。

頃刻，紙製衫褲燒起火光。神婆轉身向遺照拜了三拜，仰臉對陳念說：「這下子，你算死透了。」總不成刨個坑真把她埋掉，盡盡人事，過一會等灰燼冷卻，抓一把撒落海，就應了煞板前那一句：「從前事，付落水東流，但願你騎鶴上揚州。」財寶幾化了灰，一封信，卻還拿在神婆手上。「不好意思面交，是不是該投郵筒裡？」她說。一九〇九年三月，路環設了郵政分局；澳門幾條大街，還擺了郵筒。郵筒，既然惜字塔一樣立在路邊，她提議陳念找天去新馬路，偷偷把信揳進去。因緣成熟，郵差乘槎渡海，微風細雨裡摸上門。「這樣隔了一重，綺貞就怪你猴擒，推說沒收到信，不知情，也有個轉圜餘地。」她認為，總比寫完焚化了好。這猴擒，說得陳念臉紅。「死人寄東西，就用這款郵筒。」她奪過神婆手中信簡，趁火未熄去投郵。「心血燒了可惜，你讀給我聽。」神婆搶前攔阻，說天亮前，她就是綺貞：「聽了作嘔，我綺貞，就是愛聽。」天色仍暗，陳念挨她坐着，海面生出的寒霧，白了對面荒山，那邊紅船上的寶玉也銷了聲。「你不許笑我。」眼前空茫為她壯了膽，褪出信箋，她一頁頁翻着，款款傾訴着。神婆抱着膝頭，咬緊牙關聽完，感動地說：「我記住了。」為了安撫她，還添了一段蛇足：「那飛髮佬馬什麼，要肯早死，我每晚抱着你睡覺。」陳念搖搖頭，歎息這人骨子裡，竟是個焦大，半分不知道婉約。

神婆居家，慣常後門出入，不經過臨街小客廳，那門面就辟了來做個龕堂。龕堂庇護人緣薄，親眷家裡不肯供的靈位，存歿既感，她按年取酬，也幫補了生計。陳念沒置靈位，牆上就掛這遺照，逢年過節，月圓月缺上炷香，是神婆分內事。陳念斟酌了幾日，對綺貞的迂迴表白，神婆聽着稱意，更不讓燒，要納了去供奉。「不另外收費。」她要陳念放心，有一口氣在，自會替她守護這片癡情。情書藏掖好，塔裡紙灰盡撒了入霧海，背後山頭已泛魚肚白。神婆到底不習慣裙子下進風，真正的涼了半截。「陰冷，回吧。」她捧了照片就走。

陳念沒跟過去，兀自坐在海邊堤上。哀傷魚外婆看來嫌這《哭靈》瑣屑，煙氣裡，睡得深了，興許做着去看另一場折子戲的夢。她沒喊醒她，起身拉上窗簾，出了院舍。庭院裡，十幾個披了褐布的，日頭下，樹蔭裡或坐或站。夜來有病友下世，翌晨同屋各人，多半外頭歇着，好讓出地方供安靜停靈。有人告訴陳念，哀傷魚是凌晨走的，睡夢中含糊喊着：「好多耀夜！耀夜接我來了。」就斷了氣。痲風院有安葬病人塋地，陳念不必再去打點後事。然而，她回憶一九二三年，農曆壬戌年最後一天的時候，死亡帶來的一點點悵惘，卻是外婆跟一群螢火蟲離開了，就沒有回來。

海味
雜貨

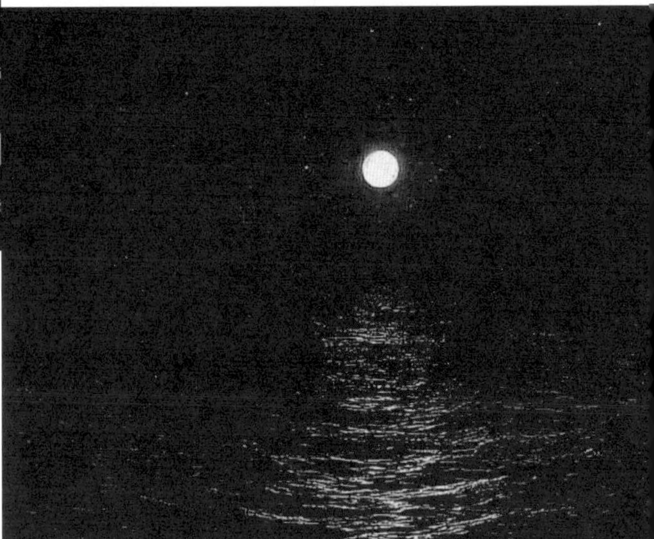

RUA DOS NEGOCIANTES

第九面：潛水銅人劇團裡藏身

面具，重鑄了她六十年前的面貌，出門戴着，省得街上人犯迷糊，以為眼花了，看到一張浮漾的臉。然而，連喪事也早辦過了，卻在去歲一九八五年，遇上銅臉阿婷，她才確當地定義了自己。阿婷說過，膠卷曝過光的地方，會留下潛影；潛影，是鹵化銀蒼白的輪廓，顯影劑把這輪廓轉化，轉成了金屬銀的夜色。「叫潛影，總好過叫鹵化銀。」陳念自嘲地一笑。潛影，形容事出倉卒，不知道，或者不相信自己逝去了的殘像，是那樣的貼切。膠卷那一重藥膜，一幕幕的明暗顛倒，自有冷暖；冷暖，就潛影自知；顛倒而生者，無老死，亦無老死盡。陳念怕黑，她靠一段段日照，顯影在塵寰。這天鏡子前，淡定地，她戴好了面具。多虧神婆龕堂掛了遺照，阿婷有個憑據，把面具造得生前一樣栩栩。

遺照，就書皮大小，壓死在鏡框裡，早就跟塵土隔絕。沒上色，是熟了黃了，眉眼也漫漶，倒無損麗質。挑那一幀，是拍照時候，帶着笑意；細看，有一絲苦澀；但就一絲，剪漏了的青髮般搭着。好像知道，某天自己會落入暗室一池定影藥裡，酸浪中生根發芽，長成一棵黑白樹，到黑白世界，落遍地紙錢般的葉子。相中表情，定格二十歲那年，對綺貞一場非分的遐想；情用得深，在人間暗隅，亭亭如蓋。阿婷造面具，會用石膏捏出臉孔模子；臉壞了糊了，就按照片修復。照片，是過去的，於是都戴住一頁傷逝了的自己，一副消失了的表情去過活。

模子有了，壓在模上塑出臉形的銅片，會交帶打鐵鴻，仔細擱鐵砧上敲薄。七十多年前，馬奎斯籌錢換一張理髮椅，把他老爹的風箱熔爐等賣掉，買主就是打鐵鴻的爺爺。傳了兩代，傳到打鐵鴻，也沒趁熱打出旁枝，仍舊「Barbearia Marques」褪色招牌下，隔着兩楹屋，傳續鼓風透爐的呼哧。人來人去，燒焊的火星子濺人腳。薄銅片琢磨出臉形，再參照膚色塗顏料，阿婷把陳念那一張銅臉，調得格外潤亮，卻到底忠於原樣，掛着淺笑。

做這樣一副面具，要耗上整月。阿婷為十幾人盡過心，大半是劇團成員，有幾個是陳念這樣的潛影。幾年前，阿婷來到路環，留學生，放洋修習雕塑和戲劇，客商街一落腳，就租了爿空置雜貨鋪，辦起劇團。渾號銅臉阿婷，是劇社名「銅臉戲偶」，她既編且導，還戴一副黃銅面具，演不同角色。「面具遮去五官，演的用動作傳意；看的，光看舉手投足，即見深情。」阿婷說：能不落言詮，就不落。她那銅臉，是按丈夫李大漢相貌造的，沒敲出嘴巴，宜男宜女。「嘴唇，躲銅臉背面呢。」原來內有玄機，戴上了，等如暗中和李大漢親嘴。這是她「記念」他的形式，雖然李大漢還直勾勾活着。「愛一個人，卻不經常親近他，記住他，沒準一轉頭，他就化為烏有。」道理，總在導演那邊。

李大漢祖上長居路環，恩尼斯前地還是一塊草坪的時候，他祖母就在坪中植了一株龍眼樹。後來，他母親樹下擱了竹筒抽水煙，享受名副其實的祖蔭。到李大漢炮製他的環境劇場，配合假日墟期，在前地上演，龍眼樹早變一頂大圓篷，還住了幾窩鳴禽，助他聲勢。李大漢當監製，也做場務，一肩的雜役。大漢這名頭，是他老爸的期許，盼兒子頂天立地，做一根柱子。不想這柱子偏愛文藝，性喜彈唱，劇場要人伴奏，也是他抱了結他，挑些不中不西，貼題的歌謠彈撥。

阿婷不僅是女中巧匠，還知道好多事情。她告訴陳念，第一次大戰，約莫兩萬人給毀了容。波士頓住的雕塑家 **Anna Coleman Ladd**，婚後，隨醫生丈夫到法國，巴黎開了工作室，專為傷了臉的士兵造面具。也是憑照片，用模子、銅片製造，造了近兩百個。「某天來了一個人，幾年前受的傷，一直不敢回家，怕女人看到他的臉。」**Anna** 說。但面具，總算讓這傷兵能回去了。一九三二年，**Anna** 得到法國榮譽軍團勳章，懿行越過漫長歲月，打動了阿婷；然後，影響了路環鎮上好些人物的面貌。「總算能回去了。」回去某一段記憶的路上，她修建了驛亭，讓他們在一塊塊銅片下，暫避風雨。

「你是客商街的 Anna。」陳念稱許她。這天，阿婷的一齣新劇綵排，她去演一閒角，還幫忙奏琴。隔着一牆割開了時空的板壁，她鄰居枋阿密，是個成年人了，寫了幾年小說，有編為漫畫，有改成廣播劇；搬上舞台，看門道的，都知道賞識。他就地取材，一九八六年初，寫完《銅人食月》，講海盜，講藏寶，講漁民撈獲浴巾大一幅地毯，那麻繩編的圖案，五色迷眼。鋪甲板上曬鹹魚太厚實，就晾乾了，船鋪前地水邊靠岸，就近撂在計單奴街聖方濟各堂門口。順水人情，駐堂陳基慈神父當捐獻，見了歡喜；去望彌撒，教友鞋底也乾淨。春去秋來，去仰沐神恩的，沒一個低頭瞜一眼那毯子，更不會想到，那其實是一幅輿圖，靠邊上紅繩織的一塊痂，竟是海盜林瓜四的藏寶洞所在。

瓜四在他賊船，踩住臥艙鋪的毯子指點江山。寶物勒索來，深藏九澳密林，輿圖不怕攤腳下展覽，是認定手下粗蠢，壓根兒領略不到他的坦蕩。到遭遇伏擊，船翻了，瓜四游來游去找地毯，呱呱叫着：「我身家性命，漂哪去啦？」大夥還以為他腎虛，熱浪裡得蓋被子。那地毯挨聖堂門坎鋪了些年月，枋阿密偶然見着，覺得是石面盆山到九澳村一帶地貌。「地圖，是一堆前塵的脈絡。」為防多生枝節，他找來半新不舊一條門口氈，把瓜四那毯子悄悄換了。陳神父回來，見腳下鋪的，換了花開富貴圖案，推想神迹顯現，更是雙倍的歡喜。捲走地毯，枋阿密到銅臉戲偶劇社，商議毯上紅痂，該藏了什麼東西，這戲更好看。正沒頭緒，大街上傳來嘎嘎濁響，開島那年，硝煙裡，隨大流逃離路環的一個海盜，不遲不早的，找上門來了。

看那海盜裝束，竟跟不久前，枋阿密在水鴨街「1」號信箱裡尋得的信件，信件夾附的潛水銅人照片，一模一樣，連銅盔上那僭建的燈頭，也一個款式。「頭兒那艙門口，確實有那樣一條地毯。」海盜說話，得揭開面罩的小窗門。他告訴枋阿密和導演阿婷，頭兒鎮日鹹水濕腳，臥艙鋪這一幅花俏物事，也夠蹊蹺。不過，踩住那麻繩山水的，不是什麼林瓜四。「都瞎編的，大夥盲從。」他指出，那是梁義華，一般省去華字，單稱義。瓜四名頭大，好壞包攬了，實在一九〇五年春天，他和黨羽蕭三等六人，早由廣東水師李準擒解回省。

省得澳門有人營救，解省後翌日，即三月七號，處決了瓜四。「瓜四，這就瓜直了。」銅盔海盜說。

也有誤傳一九〇八年，林瓜四帶領路環海盜，受同盟會指使，要去搶奪二辰丸運載的槍械，在香山前山起事；實在，這是瓜四之弟，瓜五所為。林瓜五出沒路環，沒準還去過馬奎斯那店理髮，剃過一顆賊頭。枋阿密小時聽馬奎斯，就是黃榕叔，講過瓜五事迹。九澳擄學童，做案的，確實不是他哥。澳門編年史有載，一九〇七年，梁義的同盟會拜把兄弟梁鏡清，瞧着槍炮不夠，除了搶二辰丸，自己兩家魚欄，改了做番攤館，開賭掩護革命黨人；賭場盈利，捐做同盟會經費。一九一一年前山起義，梁鏡清策動的一支香軍，就是梁義的海盜隊伍。簡單說，梁義逃過葡兵炮火，出走九澳第二年，即隨那同盟會去反清，八成見過孫大炮，得他面授機宜：「以後，大夥兒出力幹。擄三鄉學生塞洞裡這事，咱們不說了。」海盜梁義，驀地，又成了個正派角色。

歷史，滿山崗的鋸齒草一樣搖擺，躺倒的，卻是絆了腳，讓葉緣鋸了脖子的人。梁義不去擄學生，葡萄牙人大概沒藉口攻島；不攻島，陳念她爸天源，馬納男兄弟仨，還有幾十個村民，就不會受害。當然，這島不攻不佔，後來相信也不是這面貌。但骷髏旗一卸，換個碼頭，入同盟會，就前事不計，也太過兒戲。「那你……」枋阿密着眼人物穿戴，尋隙問他：「那條氣喉呢？沒了長喉管，你入海怎麼呼吸？」「遇大龍躉，當那是條腸子，給咬斷了。」他轉過身，讓人看潛水盔背面，果然殘留了一截，黏了些藤壺，泡霉的辮子般縋着。

「那一趟，就是替頭兒潛水尋那毯子。他那寶貝，也不是第一次掉海裡。」海盜悻然說。

事情始末，是地毯髒了，女人洗乾淨搭船桅上，風大落了水。梁義往女人屁股一踹，踹飛到護航船上，卻要他全副裝備，沉下去找毯子。「要有個深度，面上一層，沒東西。」梁義說。生怕頭兒罵他膚淺，他死命下潛，潛到要踩上龍宮的屋脊了，才抓住那條毯子。「深了，看不明白，變晦澀，乍一見，寶物幾乎當海蜇。」海盜說，正往上浮，卻讓大龍躉咬了輸氣管，那傢伙等咬這一口，等了兩三百年。命根咬斷，他銅盔裡，忽然像灌了墨汁。「這黑，不好形容。」總之，玄黑裡不見日月，不知生死；這天，也不辨是何世，睜開眼，頭盔裡水退，見岸就上來。「一上來，見這位老兄偷聖堂東西，東西眼熟，覺得有些淵源，就跟過來看看。」死而復生的這海盜，見過風浪，活該是塊做顧問的料兒。「深慶得人。」阿婷其實想說「得鬼」，覺得拗口，從俗。

為便利觀眾了解，阿婷把藏寶毯上織的山崖水澤，那些不同顏色的板塊，逐一繡上地名。四十年前，大韶的爹楊輝叔，還未開輝記咖啡室，麵包做好了，一擔杆挑了周圍賣，遠及九澳山村。他有文化，不畏苦，滿島上跋涉，還為路遇的奇岩勝境，琢磨出名字，當年取的龍爪角、蝙蝠洞、猿人石等，阿婷一個不漏毯上繡好。另外，石面盆山、石面盆古道，連和陳念同齡的黑沙大王廟，也標出來了。毯上暗示寶藏所在那一塊瘀紅，多得這位帶着腥鹹味的顧問指陳，周邊刺了五色楷字，顯得確鑿不虛。「眼下欠的，就一個主角。」橫豎梁義最終沉海，沒了下文，阿婷就攛掇這潛水銅人，演自己老上司。既然攙了黃花魚肉的炒蛋白，饞人尊為賽螃蟹，她打算破格提拔，讓他當一回賽梁義。

「總算擔正了。」賽梁義也是感慨：「做半天響噹噹的賊頭，這場浮沉，算不枉。」他一向沒人記掛，千時下，挾泥沙聚成的這副形相，水藻般漂蕩七十載，到這一九八六年夏天，別說離開護身裝備，就卸下銅盔，拋頭露臉，五官也要即時化掉；或者，壓根兒早化掉了，撐起這潛水服的，不過尸居後一股餘氣。「但做戲，得有觀眾緣，聽說，還要有『開麥拉臉』，我都缺了些兒。好意心領，等水漲，我原路回去。」平靜地推辭了，卻囑咐導演：「另外借套衣服，找個會哭會笑的，把我演活。」半晌，這賽梁義汩汩冒着藍色泡沫，在上角碼頭涉入淺海。阿婷說：「最喜歡那造型。」其實，她喜歡的，是把死者招攬進來的情節。枋阿密告訴她，賽梁義這賣相，脫胎自一幀舊照，來自另一個沉海之人。「以後，再交代這故事。」他說。

阿婷去海事博物館，商借了相類的一套潛水服，盔頂用膠紙貼了盞頭燈，自行車上拆的；枋阿密認得，他以前那鳳凰牌，車燈一樣，天筋偷去製電筒了。而到這分上，劇情由虛入實，連道具變得可觸可感。「服裝是弄來了，但這翳熱天兒，罩身上，難有生望。」阿婷說。還愁沒人肯為藝術犧牲，九澳仨潛影裡，高個的馬納男來了。馬納男，正是海盜梁義擄人，葡兵剿村的受害者。「面具戴了，魔掌終究難逃啊。」聽那顫音，就知道張惶。事緣幾年前，老字號「忘記雜貨店」經營慘淡，他和倆合伙人，陳念賜名「龐男迦蘭」和「曼都魯果」的，尋思要變通。這時新屋老宅買賣頻仍，多了生面孔來租房自住。眼見做房屋掮客，替老街坊放售招租，錢來得容易，就不賣油鹽醬醋了，原址懸了紅漆招牌「計單奴地產代理」。

房屋掮客，就是六十七年前，國華戲院首映那《吸血鬼》電影裡，英國人浩克幹的勾當。浩克遠赴古堡，為的攛掇吸血伯爵簽買屋合同；這三個「計單奴」，卻只想能成事多開單，就近揩些油水。陳念當時在戲院，問過編號人字叁的曼都魯果：「房屋掮客是什麼東西？」他長舌頭吐出來，啞了一般。倒是讓小黃裕隔在外圍，那矮子龐男搶答：「掮客就是嫖客，是帶人到屋裡去嫖妓的。」比起吸血伯爵，這古怪的營生，更讓人不安。哪想到若干年後，路環也有這種沒等人化灰或者化水，就來推銷房產的。十七歲那年，這三個相中她，要她掉入男婚女嫁窠臼的，路遙知馬力，三去其二，就剩下馬納男不捨不忘，嘴上心上還掛着一個念念。陳念不無感動，也就感動而已。光陰荏苒，痲風痼疾能療治，病患漸減，聖母村要改成老人院，這天地人仨，卻融得像後來趕上的急症。

做買賣，行事張揚，讓眾人記住，是延緩了潰壞，卻只是延緩，畢竟有些散渙，盤上覆的果凍一樣經不起推敲。月前這三掮客，乞阿婷造面具，一來是臉蛋，沒了蛋形；二來，破屋貼租賃紙條，潛藏不便，度宿受擾，也惹惱了路政王味士基打，葡兵炮火沒打散的幾團亡魂，再遭到追打。舊觀，阿婷肯幫忙修復，但儿澳陷落那年，炮彈炸過的「海盜」，老照片捎近日頭，即化為灰燼；後來要留影，又不上鏡，攝影機對不了焦。陳念記心好，權當美術指導，模子上一輪點撥，算挽回三張老臉。年輕時促狹，她笑馬納男吃痰，是隻蝙蝠；

瘦身材曼都魯果，是吸血大蚊子；矮子龐男那一顆頭，還會飛出去咬孕婦。陳年印象，難免左右面具的揑塑，哥們仨終究脫不掉山精水怪氣質，陳念不無罪咎。

面具戴穩了，過去七日，兩個合夥兄弟還是先後失蹤，除了遇味士基打伏擊，鋸了頭顱，化為酸煙瘴霧，就想不出理由解釋。然後，剩一個馬納男守鋪不是，帶客看屋不敢，望着街心，越坐越惶恐股栗，就躡腳兒溜到劇社求救。「來得正好。」阿婷盯着他看，覺得賽梁義一角，篤定是他的了。穿上這密封潛水服，不但瘋癲的路政王認不出他，就認出來，那潛水盔直蓋到胸口，銅鐘一樣罩住半個人，要鋸頭也找不到脖子。「銅盔頂得住十噸水壓，別說一柄手鋸，電鋸都傷不了你。」枋阿密說。「而且，你和司琴姑娘，有對手戲。」司琴姑娘，就是陳念。阿婷這話，着實能安撫他。潛水裝束，難得訂製一般，馬納男只嫌鞋底鉛塊太重，穿了提不起步；解下來，着地倒安靜，像踩着海底軟泥。

「有對白嗎？」馬納男問。「不多，但精警。」阿婷說。唸台詞，要揭開盔上玻璃門洞，那是個可怕缺口，宿敵尋隙窺進去，他面貌暴露了，就不能人潮裡藏身。「這好辦。」阿婷找了支唇膏給他。馬納男會意，二話不說，在面具沒掩蔽的薄唇上，塗了個血盆大嘴。暗想：再揑着嗓子，發些怪聲，味士基打就見了，也當潛水服裏着個女的，是馬納女，斷不會遽下毒手。不過，這紅嘴潛水銅人，卻讓枋阿密看得傻了眼，做夢沒想到，眼前人物，添了這一筆，竟連細節，都跟五十年前一幀照片，不謀而合。「醒目，就是陰陽怪氣。」

阿婷哪裡知道，這一隻造型奇譎的吉祥物，或者該說，不祥物，早有出處。

門口氈有了，賽梁義也適時從海底爬出來，現身說法，斟酌出寶藏所在。原先構想，位在林深路窄，蛇蜥當道的石面盆山。這一設想，讓阿婷和管場務的李大漢，頭痛極了。團員們，包括潛水銅人，縱使不畏艱辛，攀到山頂去演出；看戲的，有黃童有白叟，追聲逐色隨了去履險，未開場，小半掉了崖，這怎生善後？「唯有退回原地。」李大漢說。這原地，就是恩尼斯前地。反正十年前，支承西門子電視機的木塔拆去了，草皮變得空洞，填一隻寶箱進去正好。擬定劇情到了尾聲，徒勞竟日，大夥石面盆山下來，滿腔怨火，要噴出來燒那地圖毯子，卻發現：「好東西，就跟好日子一樣，不假外求，冚唪呤墩在那裡，堆到眼前，只等人去發掘。」大漢覺得這改動，因地制宜，順勢還帶出主題，像龍眼樹上掛了一盞燈，明白得照人。

不等發掘，一口棺材，早擺在那兒；當然，那只是長得像棺材的一隻八寶箱，箱旁刻有斗大「寶貝」兩字。鼓聲驟起，眾人圍過去，看似盲敲亂撬，但不失節拍。這一幕，陳念安排在寶箱前奏琴。劇社有一座直立式鋼琴，勉強能用。奏到中段，箱蓋彈開，直挺挺坐起一個潛水銅人。這銅人，掄起一把生鏽菜刀，怪叫：「起義了！起義了！」他那血盆大嘴，到時窗洞裡掩映，絕對讓人驚喜。時代不同了，他起的義，雖然是自己梁義，但尋寶的，要錦衣，要玉食，都去追隨。連街市賣蔬果，宰魚殺雞的，也戴了臨場派送的紙糊元寶面具，繞前地轉悠。除了鋼琴伴奏，大漢會追着躲潛水服裡，再不出來的這海盜彈結他。「昔日，會戴着面具回到人間。」阿婷說。

《銅人食月》試演這天，事情倒沒像設想好的鋪演。陳念的拍子機還能用，她叫這老古董辛扭怩，去哪都帶着；彈的，也是看家舊調。拍子調到「Allegro」，換了個快板，好跟上一場義舉的節奏。檸黃月白，葡式矮欄圍繞下，對壽板般一隻鏽黑箱子彈琴，是有點彆扭；事前，也不知道裡頭藏了要角。撬箱子的未就位，箱蓋卻打開了，一座高大銅人顫巍巍跨出來，隔着兩三步，矗在鋼琴前。她感覺到，一雙眼在銅盔的窗洞後凝視她，那攥住大菜刀的僵硬舉止，教人發毛。她琴音亂了，銅人也沒按本子說起義。他忘了揭起窗門，就在盔裡頭高喊：「念念！我喜歡你。喜歡了七十年，還是喜歡你！喜歡你……」怪聲，大銅盔裡迴盪，如雷轟耳。

馬納馬躲在潛水服裡，膽子變大，憋成結石的心底話，敢吐出來了。滿以為外頭一般震撼，入耳沒有不傾倒，或者昏倒的。哪料到陳念只聽到一片嗚嗡嗚嗡響，以為這傢伙是電動的，搞不好迸出火星子，然後爆炸。穩住心神，只埋首彈琴，彈得「游過聖堂窗口」那條魚，翻來覆去，李大漢才領着個壯丁走來，頻呼：「起義了！起義了，頭兒你再不起義，天就黑了。」架了銅人走開。陳念不知道那是馬納男；馬納男頭腦清醒了，也知道不好讓她知道。參演，是個好借口；以後他就住在，或者說，囚在這身潛水裝裡。阿婷等人顧及他安危，會替他守密。一百年前這副裝束，他會付錢買下，劇社就當物件毀壞了，賠償博物館。

那計單奴地產，是做不下去了，或者改賣游泳捕魚用品，也擺些潛水器具，他這賣相杵在店裡，是個生招牌，紅嘴怪腔的，裝牛佬，不會有人起疑。除了賽梁義，他沒別的名字，以後魚叉氧氣罐旁守着，等有戲，就去護在陳念身邊。舊菜刀和潛水服相襯，標準配置，不會交還劇社。陳念也戴面具了，惦記她的人漸減。再過幾年，他倆這身子，終歸要撐持不住，融得沒個人樣。不過，即使味士基打沒找上他，他還是寧願自己先走，寧願帶着對她的情意，在這流動的密室裡化為煙水。正想着，鋼琴曲奏完，戴面具的起義隊伍，繞着園外迴旋路舞了一圈。李大漢一邊彈唱，一邊把幾隻母雞，一隻呱呱叫的紅瘤大白鵝，引入客商街。賽梁義有點迷糊，興許銅盔內壁比街上暗，讓人扶到地產公司門前，竟以為是午夜了。

回頭說陳念，那銅人提刀的呆態，着實唬住她。畢竟，那悚人情景，她早聽說過，早在腦海載浮載沉。一九六九年夏天，某夜漆黑，水鴨街屋裡，閣樓上她點了煤油燈伏案讀《聊齋》。那書讀不厭，越讀越覺狐鬼有情。正入神，頭上嘎嘎響，似有鐵塊敲刮椽上瓦片，反復碾動，甚是駭人。雖然沒見過味士基打向潛影下手，也聽聞他只剩殺苟存的所謂海盜，但這三更半夜，不是那血淋淋的鋸子在刮檐撬瓦，還有誰這樣無聊？這般可驚？連忙燈頭一擰，截了罩裡火舌，慌忙躲到桌下。頃刻寂靜，以為險象過去了，一束強光，卻從磚頭大的天窗下照，聚到哪兒，哪兒白得扎眼。閣樓照射了一遍，光柱子就桌面上打旋。陳念不想來搜人的，發現有住客夜讀痕迹，乘隙把書翻下來，也撥到桌底。

然後，白光停駐，似乎在檢視黃裕早年送她的飛機。飛機是用綺貞家灶房裡的筷子編紮的，耗材頗多，害一家子幾乎得用手抓飯吃。「我這算幽居了，怎麼還要來欺負人？」陳念瑟縮着，孤苦無告。但天窗上蹲伏的，如果是味士基打，他身上掛的家當，夠開一間五金店，怎麼從沒見過那樣白熾熾一盞頭燈？如果不是他，那夜來擾的，卻又是誰？過了幾年，大偈福嬸從右邊，遷到左邊隔壁，人是糊塗了，倒喜歡過來說話。總說有個紅嘴巴的潛水銅人，一直給她寫信，逗得她很開心。那銅人的裝束設備，福嬸不僅描畫得詳細，還說他吃黃糖，吃街市攤檔賣的白切雞，最可怕是連盆栽，連燈柱，照吃不誤。夜長無聊，銅人還會去前地看電視，看電視上紛飛的雪景。「就停電了，銅盔上焊的頭燈，又大又亮……」福嬸說，大概就像個放映機，幾十年舊事，直照射到人眼裡，躲慢了，立馬就瞎了。

潛水銅人既然早在島上肆虐，陳念推斷，那夜屋瓦上窺探的，更可能就是這傢伙。但一個重量級人物，深海裡出來，再嘎吱嘎吱爬上屋頂，用強光照她，那是什麼個道理？然後，大偈福嬸離開了水鴨街；然後，潛水銅人，同一款的紅嘴潛水銅人，卻在戲裡大剌剌跳出藏寶箱子。「事隔十七年，這一個大紅嘴，會不會正是福嬸提過，或者，屋頂上爬過的同一個人？」謎團未解。這也是為什麼，陳念面對頭盔嗚嗡嗚嗡響的賽梁義，一見如故，但也心生恐懼。曲終，枋阿密伺機走過去，坐到陳念身邊。那琴凳冗長，早留了虛位，夠兩人一個望北，一個朝南挨着。他告訴她，他喜歡那曲子，覺得耳熟。陳念沒心思和他客套，只盯着面前揭了蓋的黑箱子。「那潛水銅人我見過，不知什麼來路。」陳念要他多留心眼。

「我外婆留下來老照片，相中人，就這模樣。銅皮紅嘴，說的都不假。這麼鮮活的角兒，編故事，不捨得不編進去。」枋阿密說。至於照片誰人寄來？他推托，要後文分解。陳念自然不會知道，那恰是五十年前，黃裕來信附的「生活照」，函件誤投向隔壁空屋，紅郵箱裡，發酵了漫長年月。因緣不合，陳念沒能接信捧讀，哪想到拐了一個大彎兒，相中黃裕，卻可觸可感，具體杵在面前。馬納男演的，不僅是海盜梁義，還是黃裕；他把一個個死人，演活了。那邊廂，潛水員黃裕，沒準還在海底，同樣在銅盔的長夜裡絮叨：「我喜歡你，喜歡你……」就可惜，馬納男為人為己，演出了心聲，陳念卻惘然地，半點不知情。因為鞋底卸去鉛塊，銅人沒有跫音，也彷彿失去了重量。他離開人群，走到關閉了的雪廠門外。「萬象同在消融。」他終於接受，情愫再深，藏密閉的容器裡耐久。

「這戲拉雜，究竟講的什麼？」陳念問枋阿密。「遺忘。」他說。根據福嬸敘述，潛水銅人嗜食，血嘴咬碎了長亭，嚼短亭；他吃流光，啖風景。這樣的行徑，象徵遺忘；或者，就是遺忘的本相。鎮上人起鬨，按聖堂一條門口氈去尋寶，歷經波折，在一隻棺材箱裡找到的，卻是「遺忘」。除了潛水盔小窗裡透露的一個紅圈，填不飽的一個句號，內裡是虛是實，大夥什麼都沒見着，沒摸到。陳念聽着「嗤」一聲笑了，雖暗罵他胡搞，嘴上卻勉勵：「沒想到……還真有些意思。」「是的。」他坐直了宣告：「遺忘，在路環島上徘徊。這就是題旨。」以後認真演，結尾，銅人率眾走進客商街，他雜貨店外表演吃黃糖，文具店前噍粉筆。噬燈柱子不當眾示範了，但終點「銅臉戲偶」門坎上，會先擺幾盆仙人球鳥羽玉，當餐後甜點。

銅人飽食，從後門溜了，阿婷就出來謝幕。觀眾閉塞，不知道遺忘迫近，是個威脅，再臨場做些解說。「劇作家，就好比一個敲鐘的，就算面對一幫聾子，他總得相信，敲鐘的動作，會儆醒一些人。」枋阿密說。鐘響不響，陳念不關心，只問他：「銅人下場怎樣？」「不用味士基打帶鋸子上門，銅人本身，就是個乏人惦記，早晚要化掉的淒涼角色。」枋阿密說：那身衣服，是他的流動戲台，人家散場了，他還得演。「他大小通吃，吃蠟燭，吃香灰；吃燈泡解不了饞，就吃自己影子。然後，他悄悄走到譚公廟旁，石磯上坐着，熄了頭頂車燈，吃西沉的月亮；有時吃圓滿的，有時吃又薄又尖的，慢慢地，吃出了滋味。」

一九五零年
巨型華貴新輪
常川來往港澳
德星新輪
新型設備
瑰麗堂皇
舞廳酒吧
豪華漂亮
電機播送
音樂悠揚
蜜月廂房
綺旎溫香
船上電話
直通港澳
有聲電影
免費開場
快捷安全
招待妥當
來往港澳
不日啟航
貴客搭船付貨敬請注意開行日期
船泊 香港十八號碼頭 澳門十八號碼頭
大業有限公司啓
香港德付道中20號電話二零三四八
澳門海壹街謙益行電話五六五

VAPOR "TAK SHING"
PARTIDA DE MACAU DIARIAMENTE ÀS 1500 HORAS
PARTIDA DE HONGKONG DIARIAMENTE À MEIA NOITE
AOS DOMINGOS E DIAS FERIADOS PARTE ÀS 1700 HORAS
華貴快捷德星大輪船
每日下午三時正往港
半夜十二時來澳
逢星期日及公衆假期開特別班下午五時正往港
票價
大倉二元
尾樓三元
唐餐樓五元
西餐樓七元
唐餐房八元
西餐房拾貳元
單人房十五元
特等房十五元
沽票接貨在十二號碼頭內大業公司電話三七一五

PONTE Nº16
Coca-Cola
COLA HOUSE

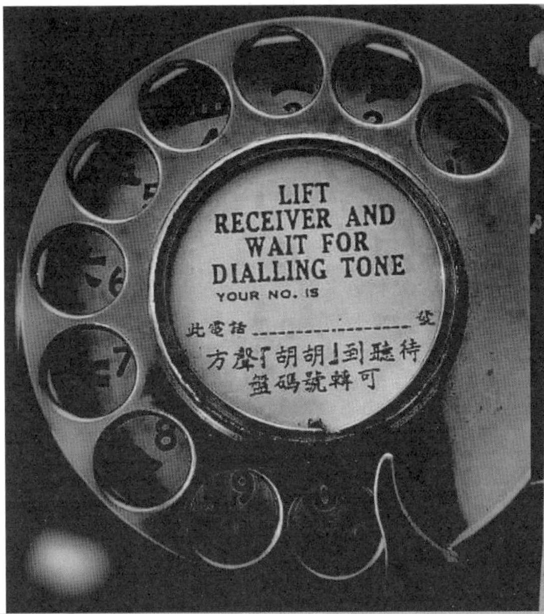
LIFT
RECEIVER AND
WAIT FOR
DIALLING TONE
YOUR NO. IS
此電話 號
待聽到「胡胡」聲方
可轉號碼盤

— 16 —
M. V. "TAI LOY"
Air Conditioned and Radar Equipped
港澳線
大來客輪
Macao Agents:
The Bank Line (China) Ltd,
Ellerman Line, The Klaveness Line,
The Oriental African Line.
The Sea Insurance Co., (B & S)
St. Paul Fire & Marine Insurance Co. (U.S.A.)

FATSHAN HONG KONG

第十面：一面之緣

陳念排演過《銅人食月》，劇社裡出來，信步走到計單奴街神婆的死人館。對面屋脊日落，那館就昏晦；腳底老青磚，仍舊一視同仁地不露聲色。這天甫進門，卻察覺供桌上多了座電話機，幾個橘子襯得黑潤，墨斗般鎮在那兒。神婆如常坐靠裡屋一邊，側着頭，對門框旁一幅遺照出神，也不另眼看她。「電話裝來作甚？死人會找你？」陳念問她。「兩個字的時候，沒裝；眼下五個號碼了。」陰影，掩不住神婆的懊悔。「你有倆號碼的人要找？」陳念沒打過電話，埋頭看那攪盤，從「一」到「零」，十個腥紅楷字，迴環裡窩着。當中白地黑字印「此電話號」，但號碼闕如。下文左行：「待聽到『胡胡』聲方可轉號碼盤。」附英文對照：「Lift receiver and wait for dialling tone.」細細瑣瑣，陳念看着煩惡。小心提起話筒，貼耳聽了半日，問神婆：「要等多久？」

「等什麼？」「等『胡胡』啊。」「胡……」神婆一楞，憋住笑告訴她：「未接線。」電訊公司派人來攛掇，技工鑿牆嵌了插座，她顧忌多，要了副空殼子，卻由得一綑線懸着：「買一個擱着看。」「看電話？」陳念也是懵了，哪裡知道，這一坨墨黑，是神婆一樁心願，一個心結。館裡四堵牆，上百照片，掛低了像土地神，水就不淹，也是不敬，於是都懸得齊眼高。方才神婆緊盯的一幀，一呎見方，臨街板門左首牆上釘着，黑魆魆一個球，佔畫面大半；照片背面，卻真有兩個要緊數字藏掖，不便告人。「那死鬼後來才說，是個水雷。

就不安好心，着我抓那棍頭拍照，人沒炸出窟窿，算我祖上德厚。」這幾年，神婆嗓子變瘖啞；但說事，情景鮮活如見。

那黑檀木鏡框，堵在十幾幅死人相叢中，可謂出眾。框中水雷和神婆齊高，上半圓凸出六七橛鈍頭棍子，都長八九吋，黑蔗般粗幼。神婆就斜挨着，抓住一根當憑據，難得還露出笑容。「你笑起來，風情。」陳念說。沒聽是風騷，神婆捏一把汗。這營生，合該長年木獨；笑面迎人，存歿均感不適，要詬病她。「死鬼誆我，說這穿著，跟那一球生鏽鐵，匹配。」事隔三十六載，一九五〇年某天，她操辦完喪事，九澳村下來，滿頭大汗，渾身煙火氣。不想舉炊，路過陳勝記，點了蒸蛋炒菜，打算回屋洗澡，再帶個盤子去取。那死鬼，卻在前地叫住她：「姨姨！黑姨姨……」嬉皮笑臉的，邀她到堤邊跟那水雷合照。

神婆回想，興許那廝脖子縋的一隻皮箱子，讓她寬心。「好一個紫檀骨灰匣。」幾十年踽踽，難得遇上一個同行。暗忖：自己也掛個同款的，一塊去踏青，去替喪家找龕位山墳，不形單影隻。正芒草荻花叢中沉醉，那廝瞅瞅那爛鐵頭，再瞅瞅她，含笑胡謅：「一樣年代，一樣情調。」一下午遇兩古董，他稱心。「調你個死人頭。」神婆罵完，聽擺佈挨近水雷。他揭起「骨灰匣」那小篷蓋，俯身埋頭覷了半晌，直喊：「Bonita！」眼饞饞笑着，逗她就範。那水雷墩在一幢葡式大屋廊柱前，屋牆班駁陸離，以前是官立議事公局學校，神婆出生前十二年（一八八二年）就蓋好。最早窗下掩卷，放目歸帆的男生，她就送了幾個上山。一點感懷，曝曬了半晝的鐵皮般，摸着燙手，就點到而止。

「球那邊涼快。」那廝知道體貼。神婆聽話往陰面挪過去。撞上那棍頭，扶着果然冷暖適手。「就這樣。抓住那鳥就對了。」他指揮若定。一橛橛短棍，圓鈍鈍的，哪有個鳥樣兒？事後打聽，興許說的那鳥，黑不溜秋，指黑人那話兒。這猥瑣物事，神婆哪裡見過？六七根插一個球上，也不知什麼道理。「那死鬼，壓根是隻鳥蛋。」後來還知道，攝了她三魂那匣子，叫哈蘇，是他營生用的相機。那年她五十六，天色晴好，哈蘇照出來的人，就像三十才出頭。原來不沾葷腥，不顯悲喜，真可以駐顏。隔三差五，捧着遺照供品繞島疾走，那身子骨，彷彿時辰鐘竄出來的銅布穀鳥，一步一嘎吱，但步步帶風。

榕影下，那葡漢低頭看匣子，抬頭看她，看滿意了，邀她去喝咖啡：「就喝一杯，坐坐。」神婆餓得迷糊，聽口風，不像會讓她點吃，還是隨他從教堂巷走上中街。那年輝記未開張，鮮見冰室茶亭。本勤學校在中街三十五號，虛掩了門，窗前琅琅的讀書聲。同一幢屋，間出來的三十七號，卻別有洞天，門內氤氳，飄出來一股異香。燈火掩映，幾張躺椅，影影綽綽歪了人，無疑是供吃喝消閒的。「坐坐。」他讓到一旁，右手虛扶她腰。「吃煙膏的，要進去？」她踟躕不前。「吃塊糕正好。」他會錯意，一步邁進去，即戀棧那霧鎖煙迷。「找個旮旯兒躺躺。」那香熏過來，他儘說醉話。「你自己躺去。」神婆甩開他手，才相逢，就雙雙躺下，她不習慣。

再說，一整窩的男人，她一顆心先慌了，退到門外，未見那葡漢銜尾出來。一步學塾，一步毒竇的，她兩道門之間逡巡，越巡越不自在。突然發足溜向計單奴街頭，自家屋裡待到向晚。心裡不寧，卻不好鑽回那迷煙裡探看，想來那麼個大塊頭，跟紅頂白吃一點膏藥，未必就爛在那裡；又或者，過足了癮，趕上尾班船回澳門街去了。到陳勝記掌櫃的沒見人取飯菜，親送過來，她才省起還未進膳，奇在也不覺餓。幾十年，她結交生人死物，這夜才白眼一翻，暗罵：「真見鬼了！」實在那煙館，豐儉由人，吃不起鴉片煙膏，吸白粉，寬裕了，每多享用紅丸。這紅丸大概用鴉片、嗎啡，攙了葡萄糖去煉，煉成一顆顆，塞煙槍筒上抽。

往後數月，神婆路過本勤學校，知道那是炮製紅丸的味道，總和一窗探頭學子，使勁去嗅那煙氣。都說睹物思人，那時，神婆倒沒察覺，自己是聞風思人，嗅出了心癮。某天，郵差上門，通知去取信。信封只寫「路環計單奴街拜神婆」，大家知道是她，手續上還是要她去畫個押，才讓取走。她十五歲那年，這邊打纜巷就蓋了郵政局，蓋了四十一年，郵差傳了兩代，為去取件，她才頭一回進去。「攞一封信，要這麼氣派一幢屋？」她有點費解，卻覺得這信來得鄭重，接了躬身退出去，滿庭院撲人的桂花香。「那死鬼，還知道寫個街名。」她告訴陳念，大信封裡，就硬皮紙夾住一幀黑白照。照片後署了葡萄牙文名字「Ruben Andresen」，怕神婆不會唸，親筆譯做「老餅．安得神」。報社地址下面，還附了兩個字的號碼。

安得神認得的中文字不多，生硬地湊了句：「你說好，我過來看你。」似乎是問意見，鉛筆小字堆在右下方。

她沒打過電話，也想不起鎮上哪戶裝了電話。找得到，人家肯借，轉盤撥完，抓起話筒就喊話？「那年頭，也是等『胡胡』？」神婆心裡嘀咕：誰這麼閒，話筒那一頭成日守着等回話？感覺上，這打電話，就像對一條蛇的鼻孔絮聒，咕咕唧唧，卻從幾百丈外的蛇尾排出來，每字每句，都黏了些膽汁。就算那段話，出來沒糊，有個囫圇樣子，該怎麼開腔，也夠讓人頭大。「你誰啊？老餅，老餅嗎？上回沒說，我就辦喪事在行。你身邊死人了，要談龕位？先喝咖啡？咖啡買了，到時給你煮，省得你去吸毒。」這麼說，得體？斟酌了幾日，卻擔心這一招惹，他渡海到了門下，爐灰旁喝完一壺黑澀，竟沒了下文；或者，竟有下文，那該怎生應對？

這一蹉跎，事情就擱涼了。倏忽過了幾個月，路過郵政局，見滿院子黃葉，想到電話不敢撥，怎不簡單回個信？就說：「水雷去領了，屋裡掛着擋煞。」也是盡了禮數。見字來不來，他安得神自會裁斷。去慧峩小學樓下泰記，買了信封箋紙，恭楷寫了。慮到擋煞二字深奧，他不明白，改成「鬼不來」。那天，通書謂「宜合帳」，琢磨也宜投書，小心翼翼後門出去，到打纜巷寄了信。「『屋裡掛着鬼不來。』我這是……」信交出去，翌日回想卻悔了。背地裡喊的死鬼不算，葡國鬼他是自認的。寫鬼不來，豈不是着他不要來？果然，死鬼沒再來。三十年過去，照片沒日頭曬着，還是枯了黃了。「其實，他該寄來自己的頭像。」神婆心想：到底一場緣分，有個模樣兒供奉，那才圓滿。

「寄我的這雞巴水雷，沒法子，繼續代替他，再吃幾年香火吧。」神婆也是感慨，就長命百歲，她也算個歲末了。挨着水雷的她，到那天，不會走下來，替一切的消逝點一根白燭。安得神沒來，回信也難說有沒寄達；然而，神婆卻不算沒找過他。電話空殼旁，桌面玻璃下壓了一套一九五三年夏天，往返港澳的船票：大來夜船去，佛山日船回。另外電車票一枚。陳念以為她隨便撿來，揳在那兒防滑，後來才知道，她去過一次香港。神婆這輩子，就去過一次香港。寄出那封「鬼不來」短簡約莫兩年，某天，神婆到黃榕店裡去剪頭髮，書報堆裡，見有一疊《世界日報》，想起安得神在這報社辦事，就信手翻看着。然後，一則訃告赫現眼前。報屁股細小的一則訃告，黑線框裡，躺了個她認得的名字。

Ruben Andresen 死了！病死在香港，安葬於跑馬地墳場。看報頭上日期，大概是自己踏着枯葉，去寄信那天。害的什麼重病？寄來水雷照，是自忖到頭了，約見最後一面？她包辦喪事，講求實惠，他遠處荷蘭園，聽得見口碑？「老遠要過來，不會就為關照我吧？」有一陣子，她感到悵然。「能剪短剪短。」說完，閉了眼裝睡，等理好一頭蕪亂，心緒也齊刷刷平順了，只是有點落寞，孤伶伶沿海堤走過船政廳，到擺了水雷的舊學校門前，雷上幾橛雞巴狀引信，摸着冰涼，冬天來得早，寒意竟從手掌傳到心上。忽然想起沒裁下那框訃聞，又急步返回「Barbearia Marques」，找半天把那頁報紙翻出來，剪了紙頭摺好。「我去鞠個躬。」神婆說。「兩年前的報紙了。」黃裕瞜一眼日期。「我知道。」她小聲說，耷拉着頭出去。

一年後，推算該是安得神忌日，神婆真去了一趟香港。上墳，卻不知該帶上什麼。大煙鎮痛，他抽上癮了？捎去水果，物重情意輕。終於到中街那煙館，弄來小塊煙土，打算墳前燒了，讓他嗅那味道。「那是煮好了，用煙槍吸的熟膏。」神婆說。陳念的爸天源，同一條街，隔幾楹屋，也開過煙館。她六歲那年夏天，天源司打屋辦完貨，提住一籐籃煙土，美少校操場賣物會上，看賑災義演。那天，陳念看了第一齣電影，布幕前千頭攢動，畫出來的太空艙，撞上畫的一輪滿月，天源撂地上的籃子就不見了。「老爸賠得夠戧。」她後來才領受煙土味道，總想像籐籃，讓月球來的辛忸怩（Selenite）偷去了。那生物易燃，燒着籃子，滿園子走一圈，熏得遊人都醉倒。「生也好，熟也罷。我跟你說，那煙不易散，嗆喉。」對那虛構煙雲，神婆反而上心。

神婆買的四塊錢大倉票，磨蹭到子夜，能讓上船了。黏人哈喇味裡，魅影幢幢，客艙一個個棚子似的，她揀了一方鋪草蓆地台，靠柱子坐了片晌，翳熱得昏沉沉睡了。凌晨兩點半，大來號在十六號碼頭開的船，一夜轟隆，天亮就看到大港的西環。那年頭，澳門人習慣叫香港做大港。艙裡醒來，登上舷旁甲板望去，真是港闊樓高，樓頂廣告牌，大得懸乎。什麼「將軍」「世樂」過了，眺到一牆「天廚味精」，覺得喉涸，船已靠岸。出了碼頭問路，知道搭電車到跑馬地。總站下來，早飯草草吃過，就去會安得神。墳場都好找，摸進去，那天主教墳場，可不像澳門的聖味基簡潔。迎面一座聖彌額爾堂，堂前兩大塊墓地，一條路分割開。眼前，塋塚式樣繁雜，綠蕪裡一片參差，她竟有點怯場了。

聖堂後斜坡，碑碣疊起，麻將牌一般羅列。神婆暗呼不好，牌搭子多，一排排挨山坡墩着，每隻牌瞜一眼，眼就花了。一落場，不知從哪入手。「一路食詐糊。」頹勢已成，按理說，該從新墓往前找，但東一叢，西一簇的，不似有個後來居上的規矩。「死得沒章法，插了隊，去問人白問。」她惱自己沒挑清明來，新山多人拜，往熱鬧裡去尋才輕省。再一想，到時親疏雲集，她沒頭沒腦擠到墳前，焚膏祭鬼，豈不突兀？死功夫不能免，逐塊看完靠右一排碑碣，順勢小教堂後拾級而上，逐層逐列去找安得神。洋文繁雜，墳這邊藏頭，墓那邊露尾，哪一嘟嚕是人名，不易捉摸，不繞一圈看全了不安心。但日頭下，這樣盯着大字小字轉悠，轉到後來，氣悶惡心，汗灑得多，沒地方喝水，找找停停，找到最上層樹蔭下，放眼，竟還是麻將牌擺開的新局。

天色漸暗，埋頭看了十幾座墳，碑石越來越疏落，卻原來已走到一條山徑上。餓得發軟，看不清碑文，沿山坡往上，竟出了墓園。「真個鬼地方！」冗長一條司徒拔道，沒攤沒店，一路下行踅向灣仔，燈前見有賣油條的，忙要了一對啃着果腹。午夜十二點，有德星號回澳門。沿海濱步向上環，買了票，大笪地消磨一會，差不多可以上船。「這就回去，白辛苦一場。」神婆不死心，購置了糧水，繁華裡轉一遭，仍舊循原路上山，半途尋隙沿徑而下。這夜月暗，她一身黧黑花葉間穿行，到坡道漸緩，緬梔樹下，就橫了一座墳，無依無靠的。心想：繞過一旁榛莽，就剩一小幅墓地，未去點名。橫豎天黑看不清碑文，人也睏累，這墓平坦，前俯後仰的，斜度恰好，就撥開落葉，挎包一捲做了個枕頭躺上去。

墓石不沁寒，不糙硬，還有些凹凸防滑，墊得人舒坦。「行氣活血，一幅好床板。」眾星低垂，等壓到眼皮上，她就睡着了。睡幾個鐘頭，做了一個黑白調子的夢。醒來，天濛濛亮，起身仍舊每一塊石，每一段生卒，逐一檢視，怕看漏一座，再看也是白看。一排排搜過去，搜到挨近圍牆根了，已近晌午，剪人腳的陰影，縮入了石縫。她擦擦汗，站直了，滿眼的斑駁。「都不似這兩三年入土。」神婆有點心焦：「難不成墳墓長了輪子，會躲人？」三步一躬身，Ruben Andresen，Ruben Andresen 叨唸着，挪到最後一座墳，墳背上有個天使吹嗽叭，瞧着不禁脫口罵道：「還吹？吹你爹去！」石像，吹起四牆的蟬噪；她一顆心，卻掉入無邊的空寂。

安得神沒要她去找他，更沒要她去找他的墳，那不是她分內的事情。兩日的跋涉和勞累，她不苦；但「老餅·安得神」沒在一塊石頭上，她好失落。「不會兩年就遷葬，一準在這附近。」肯定看漏了什麼，鬼捂了眼。「有一會子，真懷疑是那報紙瞎編的。死鬼沒去躺跑馬地，他變活跳屍了，在這邊的跑豬地，跑雞地，跳來跳去。」她說。「早晚跳到你家門口，討咖啡喝。」陳念覷着她笑，三十幾年了，光陰似箭，就安德神跳得慢，落後於山形水勢。「死屍跳哪不打緊，山墳沒了，我不自在。」想起那天，她聖彌額爾堂門口杵着，失神唸起《老子五廚經》：「不以意思意，亦不求無思，意而不復思……」唸迷糊了，忽想起有一座墳，天黑沒查看，天亮起來，憋了尿順序一路找；錯過沒檢視的，想來想去，就睡過的那一個。

趕忙回頭去找，那墓籠着白花花日影，竟似浸在水裡一般。怕搭手慢了要沉，她搶過去按住那塊麻石，掃視上面洋文，一篇小字下面，有一行稍大的，她瞪着眼，核對明白，一字不差，正是 Ruben Andresen！「好在沒用筆名。」神婆聽說，報館裡幹活的，沒一個老實，三天兩頭，就改名字，更有連祖宗姓氏換了的。伴隨 Andresen，是 1899-1951。才活了五十二年，原來還小她五歲。「長得就是老成。」都可以當他老姐了，神婆細想不是滋味。墓背上鏤的，都是陽文，幾行字印章般微微凸起。「怪不得擠按得人舒泰。」一字不漏壓印背上，她卻不知哪國文字，也不諳意思。好在帶備鉛筆拍紙簿，一個個字抄下，以後索解。

安得神死得倉卒，感歎的，會不會是沒能到路環島落戶？回想，實在該抹些不褪色油墨，一個光背脊壓下去，不僅省事，連帶這段關係也深刻了，有個記認。「沒有同衾，卻算得上共枕了。」神婆自失地一笑，當年沒一起躺煙館，不想竟一塊睡墳場。在墳頭，或者說，在床頭她堆了些報紙屑，捎帶來的煙膏，擱上去點火焚化。豔陽下，一股煙青黃相接，越燒越迷眼，越嗆鼻，她只得坐着「Andresen」一直咳。「陪他吸了個灰頭土臉。」神婆說。一張土臉，難得的溫煦。「找男人你磨蹭，找山墳倒上心。」陳念也是痛惜她。這才明白，牆根下埋的那條線，一端撩動她，一端暗地裡回溯；線頭，避開了安得神的骨頭，探入三十多年前，澳門街一家報社的字紙叢中。

該有的另一種生活，就長線那一頭晾着，像敞開的一頂雪白蚊帳；入口，原來墩在桌上，偏生太窄小，生人鑽不進去。「死鬼躺哪兒，我知道，能找着。電話裝晚了，有『胡胡』，沒『胡胡』一樣。以後，敲開了當個香爐。」神婆淡然笑着：「多個香爐，多隻鬼。」興許，就像追尋那座錯過了的山墳一樣，陳念暗想：神婆裝一台老電話機，也只是朝苦日子裡，扔進去一小塊糖；而且，不讓那幽甜化掉。陳念第一次留意到，不因為煙火，神婆卻眼紅了，笑着拭淚。「我抄的那碑文，也不知講的什麼。你替我看看。」她帶回來的那頁紙，連安得神生卒年，就在疳癀散罐子下，讓一方玻璃鎮住，移開那一罐爐灰，撣去塵土，字句就露面。

「I've been kidnapped and brought here against my will. A crime, a great crime, yet I accept it amiably.」陳念讀着，覺得耳熟，該是某一齣戲的對白。「《Lost Horizon》！失落的地平線。」她記起來了：「一九三七年美國片，Ronald Colman 演的 Robert，他讓人擄到香格里拉，吃得好，穿得美，賴着無邊的快活，見了妞兒，還是發牢騷，噴了這一段話。」逐句譯了，推想安得神生前愛這電影，知心人作主，僱工匠鏤墓上了。「咖啡沒喝上，讓閻王擄到那墳場，他未必真的 amiably，真的樂意。」同一條字幕下躺上百年，換她陳念，就不樂意。「又是個戲迷，當年叫上你，一準話多。」神婆有點嗒喪：「壓着幾十年，以為總有點深意，到頭來，就一段戲文。」她捧起香灰罐，慢慢挪回原位。

「香格里拉住的人，老得慢，活到六七十，還是如花美眷。」陳念告訴神婆：戲裡那 Robert，就是鮑伯，他弟弟要把一個美女帶出去，風雪裡回望，天啊！怎麼變媸烏婆了？那小弟破了膽，萬念俱灰，跳崖了。「死鬼遇上我那年，我就一個媸烏婆。」她歎了口氣：「崖沒跳，不想一轉眼，還是投了墳。」陳念對安得神，心生親近，原來都記住了同樣一幕：鮑伯看上桃李滿門，也桃李一樣鮮嫩的老師桑卓拉，問她：「怎麼每次見到你，都會聽到音樂？」兩人走入鴿舍，桑老師教他白鴿尾上，綁上笛子。笛子或大或小，可以按需要調校音調。「然後，就交給風了。」然後，頭上嗚嗚響，在那黑白花園，桑卓拉宣判：「你是一個空虛的男人。」鮑伯感慨極了，鏗鏘地，說了上面一段文字，正合鑿上另一個空虛男人的墳頭，做墓誌銘。

電影散場，陳念還是聽到笛子的聲音，想到自己樹下彈琴，也有這樣一群白鴿伴奏就好。「咱這天空，就缺了些鴿子。」的確，路環鮮見鳩鴿的翼影，然而，這是她和神婆的藍月谷，她們的香格里拉。繁華在山外海外，不是她們該去跋涉的。時光，把沒離去的人凍結了，綠皮雪廠消失之後，神婆和她，卻彷彿還在兩塊冰磚裡藏着，一個乾枯，一個溶解，就慢得不趨近看，看不出來。「那戲，當年好像崗頂上畫。外頭映完，過一兩年才來拷貝。算起來，安得神那年三十九。你肯隨我去看戲，沒準兒，就在那個好年紀遇上他。」陳念說。神婆沒聽見似的，只問她：「你說的那香什麼拉，有電話不？」「沒有，連電報也沒有。他們早知道，這些東西，沒法子把人拉到一起。」她說完，神婆「嗯」了一聲，只抽出手帕，埋頭去擦那沒連線的黑殼。萬物的萎蔫，都徐緩而有序，但這天，陳念還是覺得，神婆一下子老了，舉止沒從前的利索。或者，她還在懊惱，惱這台電話能接通的，是某一個地點，不是某一段流光。

恩尼斯總統前地
LARGO DO PRESIDENTE
ANTÓNIO RAMALHO EANES

SON I
ASSOCIAÇÃO
信義福利會

信義福利會

STABELECIMENTO DE COMIDAS LOU VAN FAI KEI

TimeCapsul

深圳的怀念·扶

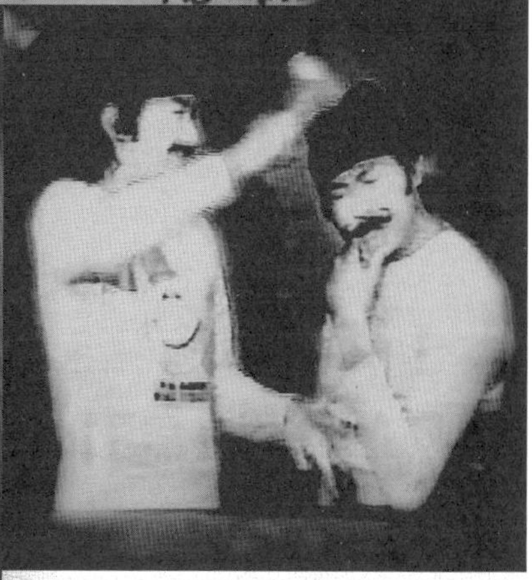

第十一面：西門子電視平地矗起

西門子電視機是信義福利會添置的，修一座高台擱這物事，也花的會裡的錢。一九五九年，楊輝叔辦了信義會，那時物資匱乏，大家過得支絀，他咖啡室忙完店務，抽身主理會務，為鄰里的福祉費心。某年教會送救濟包，包裹集中前地旁輝記，仍舊信義會幫忙派發。餅乾、煉奶、麥片、肥皂都有。枋阿密家裡不缺糧，見大韶細景派東西熱鬧，擠過去取了一份。屋裡擱幾天，大韶見而笑問：「美國肥皂用了？」枋阿密搖頭。「街坊用過反應不好，衣服洗完發硬，抹上身都是潺，沖不掉。」大韶還說：「後面街有個阿姨，井邊為娃兒洗澡，肥皂光肥膩，不起泡，洗完那娃滑得抱不住，差一點掉井裡。最要命一身騷臭，他媽都打算不要他了。」真用不上，着他轉送對面黃榕叔，等他替客人洗頭。

好像過了幾年，救濟包再派了幾趟，才有智者發現，那些美國肥皂，其實是一塊塊乾酪，也叫芝士。乾酪飽含蛋白質，脂肪，是食物，吃了長膘。當肥皂用的歲月，輝記麵包飄香，隔着馬路，坐矮石欄上能嗅着出爐豬仔包的味道。這豬講究，分了軟硬；硬豬的皮脆，軟的柔韌，帶嚼勁。微鹹豬仔包填入厚厚豬油，再撒入大把砂糖，燙着吃，這才叫好吃。枋阿密隨福伯去客商街和記飲茶，蒸排骨來了，硬豬剝皮蘸汁吃，是剛柔相濟另有滋味。鄉里有困頓的，吃東西掏不出錢，買麵包要賒賬，楊輝叔還怕人家開口難堪，牆上掛一塊黑板，也不聞問，欠款自己寫上；有餘裕，肯還了，自去刷掉數目字樣。

楊輝叔讀過書，見過世面，祖輩在廣東順德有地有船，航運生意做大了，卻遭人謀害，家業易手，家產給奪了，家道一下子七零八落。四十年代，楊輝未屆而立之歲，起身倉皇南下，路盡了到了這海隅，清幽是夠清幽了，要找一口飯吃，不容易。「這路環島，堪稱一個絕處；絕處，接下來，就逢生了。」成語，鼓舞人。從擔了麵包滿島叫賣，山迴路轉，到茶煙裡，輝記咖啡室出來，倏忽三十年。楊輝稱叔了，身子清癯，難得不見滄桑。大概捱過窮，吃盡了苦，對待窮苦人，他格外的體貼。「有學問，有見識，才辦得好事情。」楊輝叔務實，知道電視節目，或有不好；電視機，卻是眾人樂見，長知識，迸濺出眾生相的大熔爐。

路環這第一台電視機，買價近兩千港元。一九七〇年，賈崇榮、梁童學等人去陳勝記吃夜宵，汽水餛飩麵，付帳約莫兩塊錢。買這西門子的錢，枋阿密算過，夠請客一千次。那年，他一整盒子的「毛章」失竊，沮喪極了，美女巷華聖哥的文具檔，新貨來了，他賭氣不買。「藏多了，招紅眼人來偷。」心裡卻估算，原來購西門子這錢，夠買一千五百個毛主席。電視機擱空曠地方，曝曬完，風吹雨打，再雷劈，不可能耐用；然而，高台腳架，夯土植入草坪的時候，那富象徵意味的畫面，還是穩穩的，在各人記憶裡生了根。儼然一塊黑碑，赫現在月面，電視架矗起來了。但要接收「文明」信息，讓電視機透露一屏聲影，路長着呢。

那天一早，大韶細景，就和三益沙雞上山。這石面盆山，卻不是說上就輕易上的。走完竹灣馬路走黑沙馬路，踅上石面盆古道登高，老半天，總算到了山頂。當然，疊石塘山巔，才是路環和全澳的最高點，海拔一百七十公呎，但路遠，登臨不易。權宜之計，是找一處能遠眺大嶼山的地方，裝設轉發器材。楊輝叔托香港的親戚，帶來好多具放大器，危岩上裝嵌了鐵架，就一具具焊上去，都變一棵鐵皮聖誕樹了，但兜攬到訊號，再投出兩三公里，輝叔在咖啡室屋頂，能接得穩？訊號算撈着了，竄入橡皮線，攀緣過了檐頭樹梢，橫空穿越馬路，沿燈柱直落草坪，纏上台架連結箱中西門子，電視屏裡，能出來些真情實景？躥高伏低的，使勁一輪推敲，四人幾已氣絕。

時值初秋，晌午石面照樣火燙，煎了一會，大詔五成熟，搖搖晃晃站起來：「這樣幹死了，真會有畫面？」躺倒那三人，睇了眼看這黑影，只覺得大哉一句天問。「有沒畫面也得幹。」細景說：「你爸屋頂豎了條大魚骨，鬼影也得接一個回去。」「再磨蹭，等打雷了，大家變黑鬼。」沙雞做電工有些日子，心想：電波也是電，一理通，百理明，萬緣俱備，流散天空的聲影給逮住，按理說，譬如，逮到一條鯨魚，一艘航空母艦，或者，一團盪漾的梁醒波，就會或明或暗，浮映出來。黃昏前，要接駁的，三益總算接駁好。大詔還發現，巉岩上聳立這轉發站，有點像電影裡的巴黎鐵塔；當然，是簡化了，大風刮掉九成鐵骨的鐵塔。

突然，沙雞發現這一成鐵骨，只是座擺設。「不通電，根本用不了。」他說。「那真要等……」細景暗想：五雷不轟頂，這事勢難成。好在沙雞三益懂門道，電燈局裡打點，幾番周折，電線翻山越嶺分幾天拖過去，最終，接通了電源。「一屏幕雪花，就多了個女人在叫，肯定的，是叫你明早再上山，調她一調。」細景鞭策他哥。石面盆山頂望去，大嶼山，就饅頭大一坨蒼灰，霧鎖煙迷，來場驟雨，還見不着。畢竟相隔上百公里，大韶擺動接收器，那一個鍋蓋，想兜住溜過來的電波；但那坨山，虛無縹緲，怎麼對得準？這對，只能是瞎對。瞎對一輪，爬到下瞰路環街市那一邊，高得不可攀了，估摸細景在輝記屋頂見得着他，抽出　面紅旗，就死命搖，搖得山頭像裝了電扇。

山下，細景見狀，即撲到電視屏前，檢查黑白，有沒變分明了。情況好轉，他去屋頂扯白旗；變得更壞，就換面紅旗揮舞。大韶眼神兒好，瞧見紅影晃動，兀自氣沖沖的，去和大嶼山針鋒相對。興許，白旗是展示過的，可恨白影難辨，他當有人晾衣服，仍舊回去調校，調出來，花謝花飛飛滿天而已。無奈下山午飯；飯後，大韶再登石面盆，獨對大嶼山。一連數日，每天登臨兩三回，除了眼力，腳力夠驚人的。後來，要不是組了一個樂隊，四出獻演，他負責打鼓，把精力虛耗掉，情節不堪設想。首播前幾天，某夜，到楊輝叔屋頂轉乾坤，扭動一根大魚骨天線。「老實說，是上一回清晰。」細景說。調回老樣子，卻有識者認為：「再上一次更好。」四方指涉，結果，回到起點的鴻蒙。

「天氣好，畫面就好。」大韶心存僥倖。《歡樂今宵》勸人晚安了，鄭君綿那瘦子，疊上些殘影，比沈殿霞肥厚。推敲過，諒是地形影響，要接粱醒波，卻折射了，來一團馮素波。氣喪之際，烏雲碾近。「大雨要來！去把電視門掩了。」楊輝叔抓住天線，搖頭歎息。天網恢恢，蟻巷住的俞革新，那時正好在澳廣視上班，聞風過來搭手，他有技術，天地線接通了，長短波，山頭上慫着，就等鎮上龍眼樹旁，一屏黑白的風景響應。那天沒舞獅，沒鑼鼓炮竹，台架下沒擺些果品燒肉，拜四方土地。沒大人物觀禮，楊輝叔也沒拿出大剪刀來剪綵。記得好像天沒黑齊，大韶搬了長梯子過來，靠台架靠穩了，爬上去拉開櫃門，按了開關。天線校準的，是無線翡翠台。不等電視絲絲沙沙追蹤到頻道，垂眼看，草坪上已站了七八個人，屏息仰觀木櫃裡一個熒幕。當時，大家都沒意識到，那是一個重要時刻，楊輝叔闔家和閭里，合力豎了一座塔，開了一扇窗，窗裡有一個世界。

雖然調子灰蒼，然而，就像屋牆垂掛了放電影的白幕，虛情實景，原本釀在黑暗的硬盒子裡；但某一天，終於等到一脈抵抗遺忘的燈影，把過去了的片段，首尾相續地顯現出來。電視讓毛頭們留下的最早印象，除了滿屏雪花，就是《青春火花》。東瀛劇集，逢禮拜日播半個鐘。岡田可愛演的蘇由美，見老姐死在練習場上，連帶憎恨排球。但逢上教練馬志，這廝嘴皮了得，攛掇她入排球隊。捱過艱苦訓練，反成為國家隊球員。除了癡迷蘇由美，也有支持阿貞，擁護莊馬莉的。主題曲反複播送，好多年後，眾人還記得住旋律。時辰一到，「V-I-C-T-O-R-Y！」喊起，一字一頓，堪稱上下同心。那年歲末，就李大漢和天筋讀完高中，大韶在上初中。平素愛唱英文歌的，自然知道「Victory」意思：不認得，照樣熱血沸騰，淬礪了志氣，自己懵然不覺。蘇由美穿鉛鞋練跳高，大夥兒電視架下雀躍，一同咬牙，一塊冒汗，一樣的累。

屏外大夥兒雪花裡找球，屏裡卻有打球的骨癌死了。噩耗傳來，一片惻然。癌症擔當歹角，那年還算新鮮，四十五集，病苦和愁緒要持續一年。這時，大偈福伯已沒從前活泛，歇着時間多，開播來看過一節新聞，說大港電壓強勁，電視機這邊溫吞慣了，以後遇那電擊，要變一盞街燈，白熾熾的，照得人人青面獠牙。這當然是逗小孩說的，卻似是擔心自己頹唐了留不住。枋阿密紅着眼看完一集，哪想到他外公萎靡，八成是招了屏幕裡的病魔，沒過多久，就臥床不起。入冬天黑得早，榕蔭裡燈暗，高台上這一屏灰影變亮眼了。毛頭們總趕在飛蛾前面，準時四方聚來。

夜色裡，連場扣殺，好像都是從一幫女生的喘息開始的。隊員一邊呼喝，電視一邊嘎嘎響。喘定了，話也多了，講的還是白話，蘇由美的甜言中聽，毛頭們楞着眼，傻癡癡的愛上一個球。那球，叫鬼影變幻球，散場都去找個西瓜波演練。可惜，使出絕活的重要時光，那一顆變幻的點子，總融入一屏雪花消失；然後，獨留下鬼影。儘管跺腳咒罵，屏裡連場鬼打鬼，不見人打球。有一回，梁童學惱極了，去搖那高台支架，竟搖掉一點點障眼霜花。除了變幻球這一殺着，沒過幾集，移形換影球、五行變化球也來了。每趟發球，就吆喝聲清楚，然後蓬一響，落在想像的旮旯。好在聲音不中斷，留神聽，聽得出一個囫圇劇情。不過，細節再含糊，枋阿密還是記得，他和賈崇榮那年紀，的確是看排球；而天筋大漢和沙雞他們，看的是排球褲。

龍眼樹下，有一框櫻桃紅水磨石墩，眼力好的，坐墩上遠觀，坐出一股清涼。不挑看，凳子撂下，可以磨到《歡樂今宵》悲聲送上晚安。實木支架，專誠聘了個葡人設計，看似堅不可摧，但電視擺得天高，有什麼深意，倒沒人參得透。要說防人偷了去獨賞，但天線屋裡突出來，像錐處囊中，案能不自破？難不成築台的，要大夥練長脖子，用舌頭撩門開電視？總之，西門子矗起之後的四季，除了雷鳴電閃，雨下滂沱，一播《青春火花》，眾人就高台下默禱：「不要有雪花，不要雪花……」青春有限，偏生雪花，源源地兜頭蓋下。節目寥寥，能入眼的，陳念一般也在，龍眼樹下杵着隨人嘀咕：「這雪，怎麼下個沒完？」終曲奏起，回頭，月已當空，樹影早深得抹煞了人。

電視在塔台上存在的頭一年，枋阿密才上小四。賈崇榮最頑固了，他喜歡三年級，這年讀第三次。他弟賈崇華早入學，兄弟倆自小同班，三年級上學期，崇華下課途中消失了，哥哥留在那課堂，沒準是為了等他老弟。興許存了個念頭，覺得崇華某天在某座大汽水裡冒出來，回校可以讀他一樣的課文，同用一個算盤學珠算。約莫崇華不見了一年，崇榮再讀三年級的時候，枋阿密和他同班。這也有個因緣，枋阿密二年級讀畢，校務處見修女，聽她鄭重發話：「你直接去讀四年級吧。成績沒跟上，我把你降回二年級。」跳班，是尋常事。或者高年班學生偏少，推他上去補數；又或者，他真的成績過人，是塊料兒，就自己沒察覺。提心吊膽，讀了半天四年級，熬到中午下課，臉色都白了。

往後幾十年，枋阿密還記得那樣的畫面：長廊幽寂，紅磚地蠟亮得映出盡頭天光，他兩腿發軟，也好像變短了，校務處近在前頭，卻一直走不到似的。「不……不跳成嗎？」他問。「那你午飯吃完，去讀三年級。」修女沒察覺之前話重，害這小孩破膽。「三年級好。高班的，人模狗樣，看着鬧心。」崇榮厭惡高年級生欺侮人，對枋阿密格外關照。下課，電視塔前墩着，大牛龜們偶然也來，大家視而不見。受惠於大韶等人石面盆山豎立轉發站，《青春火花》快到結局，記憶中，學校也添置了電視機，接收香港電台的教育節目。陳仿賢神父主持的聖方濟各，教學看似沒章程，權宜擺佈，實在對學子體恤，知道通融。紅磚地上那屏灰幕，還不時招聚同學回去，隨日本鐵甲人，飛入黑天白地，開拓環球視野。

那天《歡樂今宵》曲終，人散後，當值要闔上趟門的細景長梯上下來，轉身見味士基打樹影裡仰望，看彷彿憑空浮着的一隻柚木箱子。「收台了才來？」細景早聽聞這廝乖謬，這會沒戴雉尾盔帽，就戎裝上掛的逾百枚襟章，月照下閃爍。要說是隻鬼，不如說，是鬼市裡蒙人的老攤販，滑稽蓋過了可怖。「不收台來，什麼時候來？」味士基打冷冷地反問。他要看電視，但熒幕忽閃忽閃的，要他目盲，那嘎嘎響也刺耳，夜闌人靜，正是觀賞電視的好時機。「晚了，沒節目看。」細景說。「我看電視。有節目沒節目，關我鳥事？」味士基打悶聲望着擱電視的木箱，似乎看出了興味。余天筋早說過，這廝以前海濱守水雷，褲筒藏一張板鋸，鋸死了好幾十人。認定對方沒了生氣，就伺機把一顆死人頭鋸掉。細景偷覷一眼，見他褲管裡真有東西隆起，稍一移步，腿側有把柄要掙出來，分明是個惹不起，也惹不得的角兒。

細景要悄悄退開，卻撞上賈崇榮來喊。「阿密請吃餛飩麵，走。」說完，見到看電視機的味士基打，先是一愣，已想起來問他：「有沒見過我弟？他叫賈崇華，小我兩歲。」其實，他想問大鬍子，有沒拐走崇華殺了？味士基打瞟他一眼，兀自看半天箱子，撂下一句：「那小鬼叫『八點鐘』，你十一點來問，見過都變沒見過。」他告訴崇榮，八點一到，那「小鬼」照例繞這電視機，在這迴旋路上轉；轉急了，耳邊要嗡嗡響，他受不了有大螞蜂眼前亂繚，又有小鬼頭聚着尖嘯什麼「V」「Y」，才等人散了才來。「死板膩味！就一個球，有好瘋魔的？」味士基打一臉不屑。弟弟變成一隻大螞蜂，還專挑「黃金時間」出來溜轉，崇榮越想越是迷惘。還要打聽，味士基打垂手摸了摸靴筒，似要抽出件利器，好遏止兩人嘮叨。細景見勢色不對，連說：「吃麵要緊。」拉了崇榮就走。

一九七一年初秋，《雙星報喜》逢星期日晌午前重播，播了兩回，閒人都來聚首。崇榮晚上看過十幾集，風雨耽誤了，沒看上的，這時金風送爽，自然提早來勘出個吉位，避開滿屏的反光，認真補看。愛唱歌的林美麗看《青春火花》唱主題曲最來勁，聲音又甜，楊大詔最陶醉了。兩人這年該十八九，偏愛夜色；電視白晝報喜，覺得沒興味。但這天，大詔卻也來了，來了就攤手，一臉凝重問道：「沙灘照呢？」「老規矩，相金先惠。」崇榮笑說。「八塊？不貴了點？」「說好八塊就八塊。我才學會沖照片，就替你曬出這一幅反差恰好的，你以為容易？柯達相紙，七幅浸壞了，第八幅，不快不慢，果斷扔急制液裡，你那林美麗才沒泡過頭，黑口黑面成了個黑人。不說我爸知道一疊相紙報廢，要宰了我，你見識廣，有沒見過黑墨墨的正宗黑人？」

大韶搖頭，電影裡是見過，該算不得數，卻聽他恫嚇：「黃榕叔就見過，去過他店裡剃頭。你自己去問他，黑人流的汗，是不是墨汁一樣？林美麗要變了黑人，就親了你，你大嘴黑了一圈，像個墨盒，大家拿你掭筆，你以為好玩的？」大韶一想，也是怯了，掏出葡幣數了八枚給他，接了個封死的牛皮紙信封，當場就要拆解。崇榮忙止住他：「回去看，美麗來了見着不好。沙灘照。」林美麗愛拍照，照片拍了，路環就他家照相館代人沖菲林。林美麗和七個女同學遊竹灣，一字排開笑着合照：背景，的確是沙灘。「又沒說泳裝照，不算誆他。」前輩們愛排球褲，癡迷女生簡短衣物，崇榮早有體會，揣摩大韶對妞兒垂涎，對「沙灘」也多遐想，乘他老爸外出，即摸入黑房，找出軟片，多曬了一幅都是短裙熱褲的，相紙還壓了花邊，絕不欺客。說好這天《雙星報喜》時段交貨，也沒食言。

大韶上鈎，崇榮鋼鏰兒落了袋，正笑嘻嘻看許冠文張牙舞爪，稀客大眼猩來了，還攜了水煙筒樹蔭下抽。黃榕叔輝記喝完咖啡，過來坐水磨石上陪吃二手煙。枋阿密捧一紙袋白切雞，正覓地開吃，崇榮卻拉住他說：「這『雞同鴨講』，阿華一準喜歡，兩隻活家禽拌嘴，笑死他。」實在眼前老街市兩側，各有賣燒鴨，賣放養白切雞攤檔。雞肉白皮黃，綠油油蔥花潑上去，兩重薄紙一裹，那軟膩香濃，往後幾十年不復見。大韶出生前，楊輝叔的輝記也賣燒鴨。枋阿密嘴饞，總打聽：「燒鴨哪去了？」大韶不甚了了，只聽說他爸某天瞅瞅鴨子，又瞅瞅兒子，忽覺得眾生有靈，改賣豬仔包去了。

枋阿密掐起一塊雞腿肉細嚼，崇榮卻還在說他弟弟：「阿華吃不到雞鴨，聽兩隻人扮的，講講相聲，不苦。」驀地，電視機成了墳頭供的紅燒豬，娛鬼娛人，真個難以理喻。「不是說我弟那……那個了。我是覺得，鬼頭味什麼打，說他八點鐘，或者這會兒，就嗡嗡嗡的，繞咱們一個勁兒旋轉，有些道理。」他問枋阿密：「李大漢玩碰碰球，總見過吧？」大漢要來了，手裡總不閒着，一時玩搖搖，一時玩崇榮說的「碰碰球」。那球流行過一陣子，繩子兩端各縋一丸硬膠，繩子中段結一個圓環套食指上，盪開了，一輪對磕，猛然上下抖，硬膠球上下相擊，撞得霹靂響。節奏不對，稍一遲滯，手就砸個瘀青，甚至骨碎。大漢愛顯擺，不惜自殘。這老少不宜的玩意，急速淘汰之前，噪音教枋阿密煩惡，崇榮卻看出苗頭，借來解釋味士基打鬼話裡，深藏的義理。

上個禮拜，大癭長毛的許冠傑，問他的大痣兄長：「邊個夠我威？」說着，扯到大港時有劏死牛。崇榮想問辜三益，劏死牛有什麼不對？背後猛一陣霹靂，蓋過電視聲浪。扭頭見大漢手腕直抖，卵蛋一樣兩個桃紅小球，卻不見了，爆響彷彿虛空裡生出來，隨時要把這玩無影蛋的，炸過粉碎。崇榮腦門裡，也是一個霹靂，竟想到一些物理學範疇的事：大漢兩顆桃紅卵蛋不見了，是因為速度。就是說，如果擔了木桶賣豆花，繞前地轉悠那大嬸走得夠快，快到一個點，理論上，大家在這電視塔下，就會見不着她；或者，只聽見變了調，四面環迴的：「食阿婆……婆豆腐花嘞嘞……」萬事萬物，當然，包括他弟賈崇華，都會因為不斷的加速，最終消隱。他憬然有悟，相似光景，東望洋賽道上不時展現，播音員說的：「倏一聲就不見了！」正是這個意思。

沒看見，只是自己跟一輛賽車，一位豆花婆，一個超音速弟弟，不同步。豆花婆如果快過潘炳烈，繞行時速一千公里，他同樣快慢傍着她，不但會看見她，還可以如常要一碗熱乎乎豆腐腦。當然，一杓子下去，離心力把薑汁紅糖甩到打纜街，豆花飛入水鴨街，擊中扯風箱的打鐵鴻，不死也要重傷。「阿華那天在『發達』和『是必利』之間，沒準遇上一個……漩渦。他在漩渦裡飛轉，咱蹲着不動，就沒法子見着，別說去解救。」見枋阿密傻了眼，琢磨沒說通透，趁玉泉汽水播廣告，繼續比附。「譬如計單奴街天主堂，」崇榮說：要是忽然升起來，浮在半空，也繞着大夥逆時針飛旋，到時速一千公里，他眼睛跟不上，感覺聖堂消失了；但豆花婆和崇華，緊貼住聖堂，一同以電視塔做軸心，憑空運行，他們就有一樣的光陰，一樣的盈缺。

崇華去要豆花吃，吃得容或狼狽，等速之下，卻可以推開天主堂大門，邁進去，走向祭壇。他會看到扶着耶穌像基座，吐得七葷八素的陳基慈神父。「我們的天天父，願你的國來臨臨……如同在天上上……」唸完經，止了嘔，該來得及領他到小房間，銀盒裡，取出方濟各的臂骨綁好；不然藏品窗口飛出去，對基礎下面一眾慢吞吞的，可真是當頭棒喝。「阿華來看電視，暈頭轉向，能看出個什麼？」枋阿密抬頭四顧，想像失散小友，聖堂裡攥住一根枯骨，等西門子掠過窗口就瞜一眼，要看完一集許家兄弟齟齬，也真不容易。「每秒鐘，畫面朝他閃現十幾回，續起來，事理都明白。」崇榮解釋，就像附在走馬燈上，騎了紙馬團轉，軸心裡一切，都木雞般由他弟檢閱。「見與不見，只是轉速不同。」這麼想着，他心裡好過，彷彿電視塔存在的年月，浮光和掠影，都異常地真實；而且，賽贏了一抹愁雲。

節目快完，坐後排的大韶見林美麗沒來，憋不住偷偷把牛皮紙信封拆了。但揭出來，貨真價實，果然是一幀沙灘照，他卻崩潰了。怔愣半晌，到勸人飲七喜的廣告時段，才知道抓住崇榮議論：「怎麼真是沙灘上拍的照？」「對啊。沒坑你吧？」他笑嘻嘻的。「人多，半價成不？」大韶搧着信封討公道。「熱鬧些不好？一個算一塊，便宜。」崇榮按人頭算錢，自問公道。時日過去，枋阿密回想，好多情節變得恍惚，難考真假。沒記牢的，他用想像去提煉，提煉過的人物，身邊那些鄉親摯友，不幸有煉壞了，煉糊了的，自問也是愧疚。不過，節目出現廉租屋佈景，老大娘聽完樓下糗事，照例喊一句「該煨囉」那天，梁童學忙家裡活遲到，見大韶神情沮喪，捶胸頓足，丹爐裡煉焦了掉出來般模樣，也學着那腔調笑話他：「該煨囉！」倒是實情。

西門子電視最後一次播送，或者說，最多人記得的最後一段畫面，是一艘郵船不住冒出濃煙。一九七二年一月九號，香港昂船洲海面，伊利莎白皇后號在焚燒。枋阿密十一歲過了兩天，傍晚去看新聞，那船已燒了一整日，屏幕裡煙霧迷濛，一團黑一團白要奪框而出。「估計還要燒上好幾天。」報新聞的說。一九三八年，英女皇還是個小妮子，皇母后伊利沙白拉着她主持下水禮。浮海三十幾年，讓一個船王買了，就到頭了。熒幕那團煙霧，影響了枋阿密，在他後來經營的文字世界，一直沒有消散。郵船焚燒之前，他做了一個夢；確當地說，是他記憶裡，似乎有過這樣的場景：他抱着一架電視機漂浮，水淹得好高，露出來一截繫船的小樁子，卻是聖方濟各堂屋頂的十字架。他摸着機背電線，要抽出來，好套牢那聖物，玻璃屏忽然嗞嗞作響，倏地變得白亮。

「大水淹了島，才上新戲？」他撐起身，支着木頭外殼垂看屏上光景。影影綽綽，幾百人，相續成隊形。是濱海的十月初五馬路，在直播，鏡頭該縛在一隻風箏上，或者高舉的白幡上。「外公走了。」他心裡黯然，這播的，是一場葬禮。引路幡飄舞，木頭靈車後面，白麻麻，黑壓壓，一重又一重人。外來一輛貨車，篷頂架起好大的花圈，恭楷「海島市政府敬輓」。一路悶哼着，沿路麻石碾成沙土。拜神婆、米篩、大眼狸、黃榕叔、大街剃頭的同業，認識不認識的雲集；住氹仔，散居澳門街的，聞噩耗適時匯聚。枋阿密這才知道親戚多，鳥瞰，影子疊影子，疊了個滿屏。譚公廟旁上坡，小雨轉大，淅哩沙啦的雜音，更匹配那雨響。礫石濕滑，拉車的，推搡的，都難着力，四輪輾着坑窪，一磕一顛到了半坡，陷得深了竟不動了。

前路艱難，那一刻，他才感到和外公的連繫，要為一段必要的儀式，盡心賣力。他前側推車，瞜一眼後面使勁的，棺上輓幛後褪，搭住幾雙手，竟似反過來安撫人。生怕棺材溜下去，枋阿密輕扣熒幕，鼓勵屏裡黑白的他：「不能撒手，要上進。」幾聲哐哐傳下去，卻成了響雷。白雨沖刷，到底把持不住，靈車連人後退十幾步；再退，竟就要沒頂。原來陷到水裡，待浮起來，抱住的已不是靈柩，是一台電視機。四顧茫漠，這特備節目，那樣的虛幻，不實在，卻排球場上飄起的雪花一樣，開落有時。「你總得要學會，目送一切的消逝。」他聽到自己的聲音。

約莫是一九七二年夏天，客商街有兩三家雜貨鋪，高舉天線，承接石面盆山送來的餘波，陸續添置了電視機。

隔着盛涼果餅食的瓶罐，枋阿密記得，看過些零碎節目，店名卻着實記不起來。那時《雙星報喜》的許氏兄弟，變暴戾了，問一句：「點到你唔服？」對方反詰：「點解我要服？」稍作辯解，一個「服未」，老大或者老二，就掄起鎚子，敲對方的頭。當然，那是塑膠鎚子，慧峩商店有賣，敲下去消震，還要「噫」一聲響。「怎麼不用墜手的鎯頭？」某夜，梁童學在南成雜貨門外，問枋阿密。「最後一集，自然換上精鋼造的。」一鎚敲死許老大，省了大夥門前覷看。當然，買此零嘴兒，付一兩毛錢，進去坐凳子舒坦。但鎚子兄弟互毆，轉瞬即逝，付這錢冤枉。

風吹雨打，木塔上的西門子，徹底進水了。盡人事治了，冒現半月的鬼影，然後濺出火花，霹靂啪啦燒一會，暗夜裡，熒幕果真應了大偈福伯的自況，迴光熾盛，白得像一盞街燈。坊眾仰望嘩然；嘩完，那幕就黑了，從此沒亮起來。電視從高台上給剜走，箱門敞着，窺進去昏沉，掉了眼珠子似的空洞。某天，大偈福嬸沒來由地坐在台架下，椅子該從輝記挪過來，晌午前，龍眼樹的黑影還攀住椅腳。《歡樂今宵》她看過兩三趟就沒來，這會卻望着空箱子出神。枋阿密見了奇問：「坐這兒幹嗎？」「涼快。」福嬸說。納涼，不是該坐到樹下？他心裡嘀咕。「瞧這窟窿缺了什麼？」福嬸兀自仰着臉問。「新電視機啊。」卻擔心擱這兒，照樣壞得快。「不如養一窩鴿子。」枋阿密說。

路環不來鴿子，這柚木箱子住一窩，鎮日繞空闊地盤旋，那是看花落，看鳥飛的景致。「不成！」細想，他心中暗驚：這一來，撞上『超音速崇華』，會大爆炸。生死攸關，寧可信其有。沉吟間，卻聽福嬸說：「我跟輝叔說了，這口箱子，塞一塊冰進去恰好。」溽暑天，大冰糖似地釀着，不僅好看，還涼浸浸罩得人舒爽。「電燈局，機房就一烤箱。幾台機器，發電不足，發熱有餘。你外公都發熱瘟了，老喘咳，疏散不了生病。沒事到這台架下歇着降溫，那多合宜。」福嬸還提議，綠皮雪廠離這不遠，冰磚分幾趟搬來，融了即換，寒霧下杵一會，什麼毛病都痊可。那年頭，大家沒見過空調設備，冰磚要是高擱，填補西門子漏洞，那可算再開風氣，是鎮上第一架冷氣機了。倡議沒成事，福伯活了個七十出頭，就遽然下世。福嬸的記憶，也衰退得急了，總記不起丈夫辦過喪事。

近事記不牢，舊交都還認得，沒喊錯名字。那是腦皮質壞了，海馬體塌陷；簡單說，有一條叫遺忘的家蠶，桑葉吃膩了，換吃腦葉：大概吃得規矩，忘事，就有個先後程序。回說白貓 Lucky 從雪廠一塊融冰裡出來，轉眼三載。看電視見白點飛舞，就喵喵叫幾聲，《青春火花》去歲秋天播完，貓才沒來。「那貓鑲回冰塊裡，擺箱子裡，就現成一個節目。」福嬸有新點子。不管怎樣，那箱空洞，始終沒再餵入什麼。沒了電視的電視塔，往後十年，一直豎在那兒。確實是哪天坍塌，或者拆卸移走的？沒人記得起來。青草攏合，馬櫻丹蔓生回原地。枋阿密偶然還是慮到：那些年，賈崇華兀自繞電視塔飛旋，塔架撤了，失去軸心做憑藉，會不會慌張地，在大家屋頂打轉？又或者，撞上暴雨前亂起的蜻蜓，最終魂飛魄散？「目送一切的消逝。」這課題，從來讓他嗒喪。

RISTORANTE

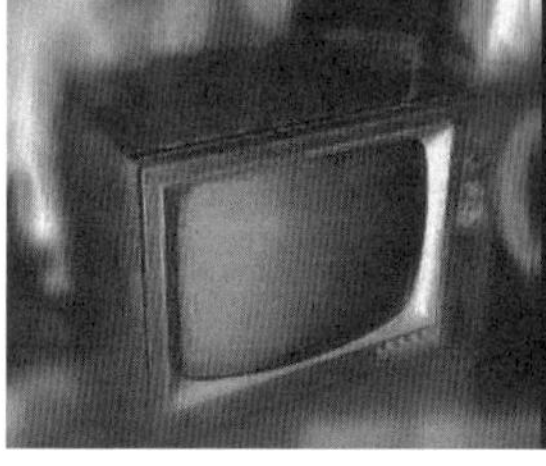

第十二面：影畫戲迴光入戶

雨響，夾雜鬧哄哄一疊人聲，才入黑，槅木窗縫就流光竄動。陳念想起不久前，天窗透下白森森光柱，滿屋裡探照搜索，她就心裡發毛。「光照在黑暗裡，黑暗卻不接受光。」這話在理。但這光刁橫，不體貼，卻讓人惱恨。一九六九年夏末，人事紛繁錯雜。阿波羅十一號月亮上回來了，路氹連貫公路，卻要秋涼才通車。島上機動的運輸工具，聽說，得一輛藍色偉士牌。這若有若無的三輪貨車要開進來，打鐵鴻鋪子前鐵器爐具堆壘，能通過也多扞格，遑論泊到這老宅門前，車頭兩盞燈昂起來，照射她閣樓。「難不成真發明了『死光』？」她影畫戲裡見識過，知道凶險，越發的忐忑。用力推開一對窗板，窗口竟讓濕浞浞一幅布幕封住，外望迷離惝恍；這屋，得白內障了。

布幕，原來還黏了些魅影，陳念一推窗，都唐突而入，椽樑倏地斑白，一列蒸汽火車，竟吐着長雲，駛上房脊疊瓦，直墜天井匿迹。因緣際會，老宅子，忽成了照相機的黑腔子，她就像一格軟片，楞在敞開的快門後。「再曝光，就沒個輪廓了。」整個兒白化之前，她凳子挨貼窗邊，顫巍巍站上去，扶着窗框伸脖子。頭探出幕緣，潑眼雨裡左右察看，才看出兩邊搭了繩子，一幅大幕晾起來，把中間這屋蒙了。水井旁空場上，似乎架了一台放映機，鮮黃雨衣蓋住，光束雨霧裡暈開，井欄上坐的四五人，同一色黃雨衣；兩旁撐黑布傘的，肅穆地仰了頭。約莫十餘人，面目溶了，卻還在瞻望一場懸空的，黑和白的交通事故。

坐井欄大青石的，陳念就認得黃兜帽裡的枋阿密。成年人尺碼雨衣，幾個小孩披了，儼如包裹鮮豔糖紙的花街拖肥，微露一點餡兒。那賈崇榮、梁童學、楊細景等，那會還不知道名字。大韶值發育期長高了，打傘遮一會放映機，遮一會赤膊李大漢。推想開場毛毛雨不肯去，情節變懸疑了，不等揭曉，不到破解，就落刀子照樣頂着，要追看到頭。「電影隨水氣入屋，人住戲中了。」真想知道，什麼名目這般招人看？她一頭濕髮傾瀉，垂眼去看那布幕，卻差一點抓不牢，從幕後滑到幕底。入耳沙沙雨響，卻沒人聲，看來是齣默劇。左首梁童學家房檐下，躲着余天筋，片盒器材歸他看管，也從那屋拖線過去供電。天筋斜刺裡望過來，陰陽相應，似乎第一個看見她。

布幕上方凸出一顆頭，濕髮又擋了臉不見五官，難說賞心悅目。天筋早認定這屋裡，有東西不散不聚，時運低，天氣壞就見着。這時赫然現身，見首不見尾，吃這一驚，就像一團黑雨吞急了，卡在喉嚨。狼狽相，按下不表。放電影的這塊地，大眼猩好天佔着曬鹹魚，白的是鹽，黑的是蠅，從沒見這樣蜃景，明暗變幻無定。放映機背後，矮牆破檐，苔綠急匆匆換着深淺。井口有觀影的，似乎發現了她，手肘撞一下身邊枋阿密，指點空濛。陳念心虛，不知道這戲好壞，雨裡強出頭，磣人，還掃人興致。趁有布幕迴護，識相縮回去，靜聽雨瀑配樂，想像幕上潑墨，幕下水彩的人境。

突然，窗前發白，一圈橘紅，向布幕邊緣漫開。「燒片了。」陳念心想：尋常事，沒見過才鼓噪。片了快到頭，易燃的硝基膠片，一停滯，就過熱着火。放映機雨衣蓋着，容易悶壞，光燄投過來，難得黑白有色，幕上漾一圈火漣漪。時間不短，最後一盒拷貝，理應播完，燒幾格畫面，無損結局，這夥人該稱意了。燈火熄滅，人聲漸不可聞，她還杵在窗前幕後，要印上那幅濕布似的。窗板掩上，一簾黑雨，沒一滴給攬進來；煤油燈點出的樓閣，有自己的燥潤。她早在銀幕下死了，光影瀉地，又結聚成形。從賣物會看《月球旅行記》算起，六十年後，那無聲一幕黑白，竟回頭找上她，橫在她窗前。

六十年前，母親在營地街的域多利戲院彈琴，臨場為默片配樂，她陪着看戲看出了癮頭。膠卷動不動燒糊，放映員隨手駁接，悲歡就續上。這是個凶險活兒，一八九七年，巴黎賣物會，會場放電影，軟片燒出大火，燒死一百二十人，九成是女人。電影院的晨昏裡漂浮，沒厚度的光影滋養她；先民靠結繩記事，她用電影紀年，一齣齣勾連起來；記憶，都在線索上晾着。約莫是一九一九年，澳門約有七間戲院，院商黃家駒，就擁有三家。新的域多利，黃菲利蒲接手經營，香港帶回來片子，都賣座。十二月，澳門新劇院，後來的國華也開張了，首映默片《吸血鬼》（Vampiro），陳念記得真切。那年她十七歲，吸血鬼獠牙之下，有她爸天源、母親琴瑪利、也叫馬奎斯的黃榕、榕妻綺貞、六歲的黃裕，還有她賜名的馬納男、龐男迦蘭、曼都魯果這九澳三兄弟。除了誌記一場失敗的相親，那也是母親陪她看的，最後一齣電影。

母親病重，天源、馬納男等山精，成了灰溜溜殘像，不是個愉快的組合，畢竟一家子齊全；而綺貞，水靈靈的人兒，她還真羨慕一個剃頭匠，有這飛來的福緣。二十年代，域多利還辦音樂會，有意大利歌唱家獻唱。《澳門人》報稱頌彈丸之地，爭入劇院的人潮如鯽。昇平炫眼，她卻躲黑暗裡，等舊戲落幕，新戲上畫。每一趟散場，買票的錢，總原封不動，分毫不少重回荷包裡，彷彿退到開映前的光陰。對售票員來說，她還未出現：座位表空格裡，還沒一個屬於她的紅圈。就像逝水上，打水漂的那塊瓦片，她無休止地騰躍，每一趟着水，是一齣戲的浮光。「不就時間不同步。」她自嘲地一笑：這不同步，不同得有點離譜而已。

陳念不怎麼記得住情節，卻認為那些黑和白會記住她。三十年代，電影有聲音了，內港繁盛地段，南京、海鏡、樂斯、金城開張，多放港產和二輪影片。市中心國華、百老匯等，荷里活首輪新戲，都那裡上畫。然後，外頭抗戰，香港淪陷，片源日漸短缺。域多利、平安、國華戲院，不時改演粵劇，勉強經營。一九三八年，域多利《熱血忠魂》上畫，中國首部抗戰戲，轟烈在幕上。陸續還映了《台兒莊殲敵戰》、《抗戰特輯》等，都講抗日；那日，真是個狗日。日與日之間，她滯重得漂不起來。「路環有自己的戲院就好。」她一直盼着。《失落地平線》（Lost Horizon）一九三七年美國上畫，後來她在澳門看了。在巴斯庫，鮑伯給虜上一架螺旋槳飛機，機身漆「程司令」仨大字。萬水千山，程司令掠過西藏的皚皚，落入撒鹽一樣的風雪裡。風夠大，路環西南隅，拍特寫就這景色。那年鹽田還在，她總幻想有一座戲院，白地上矗起來，大小像崗頂劇院，四牆是海鹽的顏色。

鹽田不淨白，水乾了，厚積在那兒曝曬，滿月下，還是瑩亮如雪。鹽田上觀影，好事壞事，一古腦兒醃起來；戲中人物，都陪着不腐不朽。鮑伯、喬治、瑪利亞、桑卓拉……還有她，不用離開電影院，像奏笛子的鴿們，不離開香格里拉。沒影片放？循環播《失落地平線》好了。月色溶溶，譚公廟前，後來搭棚演神功戲的地方，生者死者，白山黑水裡濟濟一堂，曲終了，沒有誰掀帘散去。倏忽二十載，五十年代末，據聞屠場前地，玫瑰巷旁有家小船廠，改裝過做戲院，但簡陋湫隘，坐不了幾個人。島上看戲，要有瓦遮頭是奢想，賠了本，賣掉放映機，又回復修船的機器廠模樣。沒過幾年，氹仔島海寶戲院開張，片子多老套，無甚可觀，但一程船能到，她樂得有個近一點的暗隅藏身。

到一九七〇年秋，某天，在恩尼斯前地，陳念見到一個葡人，領着三個工匠搭一座木架。支架兩個半人高，上窄下稍寬，頂端裝了隻木箱子。箱子趟門對開，儼然皮影戲的舞台，幕掛上了，鑼鼓一敲，背後紙糊人物，都一磕一碰鋪演離合。「劇院蓋起來，不想是這規模。」她暗自莞爾。過幾日去看，箱子裡，還嵌了箱子，大小套得恰好。以前王侯的棺木，就這麼套，外頭露天的，叫椁。椁裡藏的小箱門，這天也敞着，灰溜溜一屏凸玻璃，映着聖心學校房檐上的晚霞，好看極了。那時，路環早有人聽說過電視機，但那機器，都藏在澳門街富裕人家屋裡。這樣光天化日，高擱空闊地上，還是一部碩大的廿五吋西門子，即使沒聲音，沒畫面，已是要奔走相告的大事。

西門子出現之前，未成為電視觀眾的那夥人，文娛活動，也不匱缺。聖方濟各的陳仿賢校長，張羅到一些拷貝，校舍裡放映過。稍嫌侷促，就改在船政廳旁空地，找一面屋牆投上去。背着黑魆魆的馬尿河，各自提了凳子，看那破落戶讓坦克輾完，挨飛機轟炸，操過牆身的黑兵白兵，都磕磕絆絆，要栽到人家窗框裡。「搞不懂忠的輸了，還是奸的贏了。」勞師動眾，可惜頭一遭，影音雜沓，西片沒配字幕，黃童白叟，都看不出頭緒。後來，聖方濟各教英文的黃凝霖先生，即場傳譯，傳意，還傳神，電影好看多了。有一回，警察局階梯盡處石欄上擺放映機，欄面寬厚，擱穩了，直接投到街對面一堵屋牆。據說，屋主姓孔，好在牆身洞眼少，夠空白。該也是校長神父籌措，舊生幫的忙。晚飯後，居民攜了凳椅，三五成堆，嗑瓜子，剝花生，零嘴兒嚼着，就等看牆頭出大事。

孔家老宅就陳念家拐過去，戴紳禮街趙明叔單車鋪隔壁。那孔先生，相傳是個地保，以前葡國官紳來訪，他去接待，有個鎮長派頭。這當然是虛的，沒明文冊封，像路環的味士基打一樣；但他沒「攝政王」僭分，躲牆後韜光去了。電影一齣接一齣，突然，那布幕就封死她；劇情，直接射入她家窗口。那是西門子平地矗起，約莫三個月前的事。那天陳神父聯絡好，李大漢、天筋、大韶幾個，中午去澳門取器材，放映機笨重，載膠卷的鐵皮圓盒壓垮人，恰巧附近習武的陳曉暉見了，幫忙着扛上了船。回到上角碼頭，沙雞辜三益幾個大塊頭，在水邊接應。這趟帶來的布幅，遮天蔽日，早相中水鴨街這相連三幢屋，吉時一到，即拉起繩索掛幕。大韶架了長梯，爬左側空宅，窗格上繫了繩頭；右側枋阿密負責在家裡等高的一隅，繩子靠窗邊繃直綁死。

白幕一懸，中間那屋，就連門窗給捂住，像鬧小瘟，錯戴了一個大號口罩。

「門封了，你確定沒人進出？」有不懂事的問。「這是鬼屋，沒人。」梁童學白他一眼，井邊擺弄放映機。午後燠熱，黃昏，器材裝配停當，屋頂卻泊了團黑雲，壓得人氣悶。電影晚會，早宣告七點開始，哪有天色稍變，就落荒而退的？大漢着人籌集雨具，機器沒轟壞，誰縮一下頭是烏龜。六點半，幕前人頭攢動。電線勉強搭好，要開畫，下的是雨絲。放映機蓋了膠布，專人打傘護持，諒不壞事，老天爺不潑水攪局就好。那影畫戲什麼名堂？毛頭們就曉得，也記不住。枋阿密神迷箇中的景移物換，多年後緬懷，查考出八成是《福爾摩斯二世》（Sherlock, Jr.），一九二四年的老電影。場面新奇，基頓（Buster Keaton）還自導自演，講小鎮一個電影放映員，愛讀偵探小說。

小說讀多了，基頓自覺是另一個福爾摩斯。他談婚嫁，讓人誣陷壞事。入戲院，片子情節，正是自己遭遇。這感染了李大漢，他放過幾趟電影，效那二世，要去戲院幹活。苦無職缺，大漢學起結他，嚷着要組樂隊獻藝，那是後話。這邊開場不久，基頓向誣衊者，扔出電影史上第一塊蕉皮，還要自己踩上去的時候，雨就大起來了。「As a detective he was all wet……」字幕「all wet」浮現，一語相關。這時光點紛墜如塵，還真解暑。戲未到半場，背後矮山，雷聲不絕。基頓做起夢來，經過雙重曝光的他，魂魄一樣離開凳子。他出了放映室，落到觀眾席，又踩着鋼琴跳上舞台，倏地融入戲中戲中。那會兒，陳念就杵在雨幕後，卻不知道一座琴，正在肚臍位置演奏。

這齣戲，虛中還是虛，虛境裡橫生險象。枋阿密他們，就怕雨水撲眼抹慢了，看漏了緊湊的追逐。驀地，基頓脫困，從火車篷頂鑽出來。他抓住貯水塔的水龍頭要下車，水龍頭比輸油管粗，扯歪了，水嘩嘩的蓋頭瀉下，連看戲的，也潑了個濕透。「就是要露天看。」李大漢說，看得出人人感同身受。長夢裡，基頓真成了大偵探，騎了摩托車滿城亂竄。大漢換了兩盒膠卷，第三卷換完，橫搭住三間屋的一幅白布，早成了瀑布。幕上放電影的基頓，幕下放電影的大漢，相看都水溶溶走了樣。剩小半癡迷的，赤了膊，光着腳丫子，硬撐到後頭，還真來了好戲。那基頓掏出口袋一枚十三號桌球，拋出去變了顆炸彈，阻了壞蛋窮追。他開車入河，開半日那車要沉，大水像大雨淹來，人就醒了。

基頓從放映窗看出去，戲裡做偵探的他，吻了女孩手背，更捧着臉親嘴。裡應外合，基頓有樣學樣，也要啄一下來訪的心上人。偏生夜雨裡，路環這台放映機，運行不暢，戲中放映員，半空裡怔愣住，只瞪着地面的放映員。就這當兒，井欄上坐的賈崇榮，手肘撞了撞身邊枋阿密，要他看白幕邊上的光景。「有一顆……女人，披頭散髮。」新學了成語，湊合用。枋阿密定睛看去，雨點像燒着了的飛蟻，盲衝瞎轉，水幕上方，哪有什麼女人？「還披頭散髮？」枋阿密笑他胡鬧。第一趟看接吻，女角髮叢上就有一顆頭縋着，崇榮不稱意。卷軸轉到後來，再一停滯，強光高熱終於把膠片灼熔，小漏洞投到幕上，變大火圈四邊盪開去。黑白到了頭，來一幕絢爛，也算圓滿。然而，當一漣橘光漾開，白幕瞬間透明，枋阿密竟看到幕後，看到這幅濕布蒙住的窗洞，顯影出一個人；而且，確是一個女人。

「有沒見着？」這回，輪到他發問。「見着什麼？」崇榮已站起來，要去幫忙裝盒。「就你說的，披頭散髮啊。」人早濕透，卻到這會才知道發抖。他家隔壁從沒傳出過人聲，忽然現了人形，難免見着膽喪。不過，追本溯源，幕上四唇相接的這一刻，其實，也是他第一回見到陳念；只是光影如電，當時彼此一樣惘然。「沒準這塊布，不乾淨。」崇榮提議：等東西收拾好，就着天筋他們撞門去查究。「咱們先按兵不動。」他說。當然，天筋也沒動。幕後魅影，他比倆小輩發現得早，角度欹斜，瞧着更是可驚。「放映機，擱童學屋裡，好天處置。」草草收場，由得一幅白布，輓幛般掛着。天筋說服自己，大雨裡看影畫戲，幕前幕後光影聚合，就聚成一顆長髮毿毿的頭，都是正常不過的。

G581

第一部分 中葡交涉（1912—1918）
美珊枝（Aníbal Augusto Sanches de Miranda）继任。① 马楂度，葡萄牙人，1910年12月17日履新，在任期间曾发生1911年"凌海交涉"事件，其态度极为强硬。任内成立澳门历史上第一个由政府出面组织的对澳门体育进行监管的行政机构——澳门运动会委员会，并颁布了澳门历史上第一份关于发展体育运动的正式官方文件，在澳门体育发展史上具有划时代的意义。后来的哔路·马楂度街（Rua de Álvaro de Melo Machado）便为纪念此人而命名。②
7月20日，澳门政府颁布法令，
门军人乐队。该乐队是根据
1月14日颁布的法令成立的。
乐会上，乐队演奏了由梅尔肖·维拉（Melchio
门人民之歌》，还有1位澳门人演奏了
音乐传入家家户户，在澳门葡
署理澳督马楂度像

392 年的照片：18 位身穿礼服的澳门警官（J. L. 弗雷伊雷·嘉西亚收藏）

1849 年占领北岭的情景（一）

1849 年占领北岭的情景（二）

1849 年占领北岭的情景（三）

第十三面：味士基打挑戰炮艇

「說味士基打，還得從路牌開始說。」最後一次，枋阿密聽潛水銅人馬納男訴苦，是一九八九年初春，神婆生前就算出，這是一個凶年，她和黃榕叔，都看不到這年的龍眼花開。「牆頭路牌幾百塊，就沒一塊美副將，美上校什麼的，他能不氣惱？」馬納男說。潛水盔閘門覷進去，畫的嘴唇快掛不住，舊手冊裡鈐的紅兔一樣迷茫。一八四二年，勞倫索馬葵士做市政議員，就決定安裝路燈，為街道命名，順勢添置了門牌號碼。枋阿密小時候，印象中，路環的衢巷多沒標名；屋門上，也沒號碼記認。沒需要呢，都以人為本，說華聖哥對面，說趙明叔隔壁，精確過什麼地理座標。十幾年前開始，高牆短垣，當眼不當眼的，才紛紛嵌上靛藍字框的白瓷名牌，老牆苔綠疤痢上，一幅幅脫不了的脫苦海。

路環的地名質樸，也實在，什麼裝罉圍，雞毛巷，水泉公地，入便街，算是生活的註腳。美女巷出來，即接上老人圍，時光的急逝，讓人心痛，卻沒澳門半島的繁難，追思這記念那的。翻譯師爺手欠，還要出一條亞卑寮奴你士街；或者，有罉的罉些喇提督大馬路。風順堂區，有一條咩路馬揸度街，鎮日像有一隻鬼在問：「咩路？」另一縷魂總答：「馬揸度街。」馬揸度，海軍軍官，做過署理澳督，疏浚過外港。葡國總統，有叫拜斯的，在澳門還變了隻「士多鳥」；士多鳥拜斯踅過去，就是美副將大馬路（Avenida do Coronel Mesquita）。除了美副將大馬路，還有美上校里、美上校圍、美副將街和美副將巷；氹仔島有美副將馬路

（Estrada Coronel Nicolau de Mesquita），修短闊窄，全用這大鬍子和他軍銜命名。

譯做美，譯做味一樣；美味，都是味士基打的防腐液，浸淫百餘年，街坊日夜記着提着，自然死而不滅，聚而不散。偏生在路環，這樣的記念，這樣的將校路牌，一個也沒有。「為了讓人記得，為了有事可為，幾十年來他天天去找海盜，找到就鋸頭。」馬納男總覺得，味上校死後潛伏路環無妨，但靠一張板鋸，去肯定自己；而且，鋸得他身邊朋輩一個個魂飛魄散，就可惡可恨。「租吉屋的人多，聽說，那廝躲民國巷，天后古廟過夜。化做烏有之前，這身銅鐵，看來經得砍削，趁他廟裡睡覺，我先下手除掉他。」馬納男說。「你見過他抓海盜，鋸過頭？」枋阿密想起好多年前，賈家崇華下課途中，遽然消失，鎮上就流傳，路邊高過化寶爐的水泥大發達、大可樂、大是必利，藏了個殺人毀屍的專業戶；但十幾座荷蘭水逐一推敲過，座座實心眼，不似郵筒有暗門能藏人；就能藏人，滿身傢什，浮腫的味士基打，也決計擠不進去。

「會不會他是人格障礙？簡單說，就一個『黐線佬』？」枋阿密認為：黐線佬，還是該先診治；治不好，再誅殺不遲。「瘋癲，是事實，有史可尋。」馬納男推測：「葡兵攻島那年，沒準他潛入澳門號，混在盔甲彈藥堆裡，偷上路環島。」又或者，炮彈落在九澳村，有一枚，掉進泥淖沒炸開，孵了兩三年，約莫是一九一三年春天，吉馬良斯（Guimaraes）出任路氹區統領，那啞彈的硬殼爆開了，出來就是這味士基打。趕在吉馬良斯在位時轉生，自然是為了求官，冀望復職。「去督憲府站崗，你還管我佩鋸子？佩大刀？」與許見工失利，碰一鼻子灰，經歷七八十年，他還是渾身火藥味，對攻戰那天沒炸飛轟散的，長懷敵意。

「算他真個啞彈托生，悶聲做壞事，你能拿他怎樣？」枋阿密想知道他舉措。「鋸頭我不敢，不鋸，怕他魂不散。」馬納男遲疑了片晌：「或者摸黑提一桶火水過去，趁他睡着，澆身上點火。頭顱燒得焦脆，肯自己掉下來就好。」他問枋阿密：「你覺得這潛水服，防不防火？」他怕火猛，燒了貴重裝束。「你們這夥會化掉的，都這麼殘忍？」枋阿密直搖頭，搞不好連廟燒了，壞了古蹟，忙勸他：「這火，別急着去放，過一兩月……」過一兩月，四月初八佛誕，楊輝叔那信義福利會，照例辦慶典，晌午前鎮上巡遊最熱鬧。漢服葡裝，鼓吹過完轉曼舞，一隊隊孔雀沿街開的錦屏。遊罷，黃昏打纜巷百席的盆菜宴；宴後譚公廟前，三四天的神功戲就開鑼。多年來，味士基打閃閃縮縮，攝入巡遊隊伍，錦簇花團裡一隻怪雞，不突出，也不突兀；總之，趁這佳日，留下史筆戳不着的身影。

過去，黃榕叔叫「Marques」，用了開島那年總督的名字；譯成中文，還跟一九二七年生，寫《百年孤寂》那馬奎斯（Marquez）相同；不過，哥倫比亞馬奎斯尾巴梢兒，是「z」，黃榕叔是「s」；尾巴各彎向一頭，終於走上不同的路，面對迥異的變遷。理髮店招牌「Barbearia Marques」褪盡顏色，「Marques」徹底離開黃榕叔之前，擔心味士基打來修鬍子，順勢要「馬老督憲」加冕，他托天筋把一頂雉尾盔帽，那件演大封相的行頭，先送到他棲身的破屋。於是，除了馬尾弓等披掛，味士基打出巡，有時還大蟑螂似的，頭上撩着一對出將入相的觸鬚。「奇相，見了忘不了。」杬阿密安撫馬納男：「你這潛水裝不輸他，遊到中途，你挨過去搶風頭，壓他氣燄。到時，大蟑螂一瘸一拐咬住觸鬚敗走，省了去殺他。」

「而且，他到底瘸了，一路追着人下鋸，也吃力。」杬阿密要息事寧人。「他才沒瘸！」銅盔出來的聲音，變得混濁：「怕人逮住報復，他板鋸不敢離身。出門，鋸頭揳靴筒，鋸身連手柄，一條寬褲子罩住。這樣武裝了，右腿不好彎曲，走急了刮肉，才像個跛子。瘸了人家不防範，要作惡輕省。」「陣前卸褲子，揭靴子，抽鋸子，辦這麼多手續，還輕省？」杬阿密尋思：路牌沒烙一個美副將，就算真惹惱了他，他惱起來，褲管裡塞鋸子，卻頂多算自虐，是個變態。「治死他之前，總該有些憑據。」去翻資料，味士基打（Mesquita）生於一八一八年七月九日，卒於一八八〇年三月二十日；土生，也土葬；六十二載澳門街的起跌，跌傷了，跌傻了，都有血迹可尋。

摘要而言，一八三五年夏他參軍，入攝政王營，算個炮兵軍曹。一八四六年四月，亞馬留上校來做澳督，徵土地稅，人頭稅，開放賭禁生財。轄地小得可惡，連個馬介休球擯出去，都要過界越境。「不開疆拓土，成嗎？」他在關閘一帶拆屋刨墳，要水坑尾闢一條馬路。一八四九年春，派兵拆了顯榮里清廷的關部行台。亞馬留早年隨葡萄牙艦隊去打巴西，身中大炮，截肢不用麻醉；截完，一把擲開那條爛胳膊，高呼：「Viva Portugal！（葡萄牙萬歲）」勵志極了。抵澳前，獨臂將軍封了騎士。騎士搞澳門，有人稱善；但修路修出界，壞人祖墳，卻也招怨。亞馬留寫信告訴老友：「有人懸賞兩萬葡幣，要取我首級。真要這樣，澳門就有經費維持四個月。我這顆頭，他們出兩萬，全身不知價值多少？」竟是算計自己了。

結果一八四九年八月廿二日，香山縣龍田村的沈志亮、郭金堂等，蓮峰廟旁佯裝告狀，姓沈的躥起鐮刀一揮，劈中騎馬的亞馬留下頷。巴西殖民戰爭，他才失掉右手，詎料遇上幾個農民，或者說，聽命兩廣總督去揮鐮的農民，卻保不住腦袋，連一條左臂。斷頭和血手，鐮刀小隊挾帶着，施施然過了關閘，兩千清兵，即集結白沙嶺炮台，二十門大炮齊轟。當時，澳葡守軍一百二十，大炮三門，強弱懸殊，官民無不驚駭。總督遇刺第三日，軍曹味士基打，請求澳門臨時執政議會，批准他挑選敢死隊十六人，連自願隨他去砍殺的，成團三十六，拖了法國送阿馬留的榴彈炮，懷揣了議會手令，主教馬達的祝福，就吆喝着上陣助攻。興頭上，朝拉塔石（Passaleao）炮台發了一炮，轟的響過，這法國貨，炮架掉了輪子，報廢了。

炮台守軍彈藥足，連珠炮發。葡人司令膽小，眼見形勢不利，要鳴號退兵，號手卻中了彈。不過，甩轆大炮一枚鐵丸飛過去，着實嚇壞了些清兵。最可怖，是那非洲裔小隊，黑得要漏油，塊頭又大，清朝人沒見過，以為遇魔鬼了，都掩面走避。味士基打不像縮頭司令，他呼嘯而進，領着三十六個黑透的，非常黑的，沿崎嶇山徑逼近台基，覷準炮筒一閉塞，就乘隙衝殺。這時，葡方裝了大炮一條駁船，一艘飛剪船，趁勢發炮掩護，四野轟隆震耳。清兵懾於大鬍子勇悍，讓他麾下黑炭頭抓住，更不知要生受何種凌辱，趁能抬腿，立時潰退。味士基打手快，擒住大清朝守台軍官，照樣割了首級，另卸一條胳臂，插刺刀上擎着，生番一樣，大踏步下山，簇擁下回水坑尾去了。這短暫交鋒，原來已是四百多年來，南中國和澳門之間，鮮有的 場大戰；而他，可謂一炮而紅。

味士基打以三十六，擊潰二千；傷一卒，而殺清兵逾百，打啞大炮二十門；甫出場，就為連篇的荒誕定調。表現英勇，一八五〇年他晉升中尉；一八六七年是中校；一八七三年，成為上校。他做過大炮台、聖地牙哥炮台指揮官；這官，沒一個炮大。味士基打抱怨自己是葡人卻土生，遭了白眼，升遷既慢，政府也忽視他保護澳門功勞。他沮喪，沮喪得神經衰弱，一八七三年被迫退休。以為痊癒了，復出做氹仔炮台司令。氹仔守住，妻女卻姘上同一個葡國醫官。醜事揭發，他晚上斬了妻子，再殺女兒，信手重傷一對子女，自己投井去了。舊城區亞婆井街一號水井，有人發現屍體。據說，死狀恐怖，壓根兒辨不出死的是誰。「太不像樣。」總督拒絕為這團恐怖，舉行軍人葬禮；澳門市議會，也不願辦天主教葬禮。一個屍球，塵世裡滾來滾去，也難怪他憋屈，氣得鼓起。

三十年過去，反而民間認為他奮勇護城，澳門史上，有壓卷地位，一九一〇年，八月二十八日，再以軍禮遷葬於舊西洋墳場。「這葬下去的，天曉得是什麼東西？」馬納男說完，掩上嘴巴前銅閘，仍舊坐在譚公廟旁堤上。「這就是歷史的留白。」枋阿密想到，埋入西洋墳的，與許真不是什麼味士基打，當眾人斸一堆出土文物，再度入土為安，他早搭上開往九澳的戰船，在葡萄牙最遙遠的流放地，趁着落彈，也乘勢落了戶。亞馬留一顆頭墜地，對他來說，是巨響。初時，知道警惕，小眼黃皮他都防着。總督馬奎斯打海盜，陳兵灘頭，是個大手筆。若干年後，他卻留意到，那天中了彈的房屋尚存，該化了灰的人，還在島上來去。「殺賊，有這樣不乾淨的？」擦屁股，準確說，替馬奎斯總督擦屁股，拾掇雖死猶生的「海盜」，成為往後歲月，他自給自足的連串任務。

頭三十年，他鋸了多少頭顱，難以查考。轉眼一九四六年，十月，北部步兵連進駐路環，以利作戰和防禦。軍隊來了，十二月還設一職，稱海島市政廳廳長，專管離島。正是這年，味士基打不時鎮上現身。「我是一個有銅像的人。」他告訴新任市政廳長，六年前，議事亭前地，就豎了他的像。「但這邊沒炮台。」廳長認為：他前職是炮台司令，路環可沒這閒崗位，能讓他虛混。「我一個上校，沒炮台守，我守鎮。」味士基打惱火，是這廳長安慰他，神經病吃對了藥，會好。「手震，或者腳震，小毛病。」他打發味士基打。想通了，年輕時既入過攝政王營，乾脆自封一個路環攝政王，職銜體面，省了去仰小廳長鼻息。攝政王居無定所，但有幾年，沒準就藏在水鴨街，夜宿枋阿窰眼下住的房子。他腰帶上那銅鎖頭，就是那時搭住門栓的舊物。

據聞，味士基打最怕噪音，推想五十年代末，電燈局那兩台發電機，在不到百步的屠場前地長響，他受不了，才沒潛進來過夜。想到一個瘋攝政王，一隻攝青鬼，或者，一團攝政癲鬼住過同一間屋，看同一窗風景，枋阿密就覺得一磚一瓦，別有情趣。「早該搬到這邊來。」暗想：這屋就一個土製時間囊，除了信箱備有舊書簡，安神寧心，緩和了福嬸的腦退化症；攝政王暗夜打噴嚏，樓板縫裡，沒準還揳着歷史的鼻毛。「味士基打拉鋸琴，自己倒不覺煩惡。」杤阿密扭頭瞟着身邊一副潛水服，堤上這銅盔油布衫裡，是空是有，是虛是實，倒不妨礙他穿鑿。「味士基打退休前，弄到一架進口唱機，改裝得聲音大，又刺耳。他壓抑的激情，就靠這宣洩。」杤阿密說：屋裡每回播軍樂，一家人伏案掩耳，叫苦不迭。

某天，晚餐七道菜，蒸炒燜燉炸，全是雞。味士基打吃得冒火，問原因。「院子裡一窩雞，全給什麼進行曲震死了。」他妻子回答。雖說是傳聞，但那以後，闔家怨嫌更深了。自封了攝政王，第一項給自己攤派的差事，是守水雷。革命頻生，名目多，幾十年失手墜海的軍器，相應也多。天筋他舅舅捕魚，出海網網千斤，總有十斤八斤是款式不同，年代各異的槍械。遠的近的海床，同樣映照兵燹的相續。纏了水草，結了藤壺的殺伐用具，一般當廢物扔回海裡，有一回收網，卻撈到一個鐵球。那球通體鐵鏽，齊人高，上半部還凸出來七條短棍。刮掉蠔殼，蜑家人敲定：那是按流星鎚模樣，鑄造的一件擺設。天筋那舅舅見識過人，影畫戲裡，見過相仿的，通常焊死在噴水池上，那棍頭還有水滋射出來。

「就好似七條鳩，向八方小便。」舅舅解說生色，餘人也懶理對不上數。漁船靠岸，大鐵球麻繩綑了，六個人沿海濱抬着，抬到舊議事局學校門前，力盡撂下。橫豎馬忌士前地一側，是船政廳，管海的會知道處置。

「擱這兒，有格局。」哄鬧完，各自到大街剃頭購糧去了。不旋踵，味士基打發現了那東西，知道是個漂浮雷，一戰前俄羅斯的製品。長相是蒼老，卻味士基打一樣火爆，觸到痛處，附近老宅連聖方濟各堂，會給夷平。一九四五年，離澳門不遠的南丫島，有水雷炸沉蝦艇，炸死二十八人；一九四七年大澳，水雷炸沉台山輪，再死十二，傷十六。論塊頭，都比這老浮雷小得多。「這是我的蛋。守蛋，是職責所在。」水雷幾十年漂泊，大老遠來會他，攝政王味上校也是感慨。

彷彿鼻頭落下的一顆黑痣，歷盡劫波，脹大了，最終回到故土。重逢之後，午夜，味士基打總攜鋸而來，盤膝挨水雷坐着不動。一年裡，除了汛期那幾天，這時辰，海濱唯花陰樹影。破曉，眾鳥枝頭上嚣噪，他即回水鴨街歇息。神婆傍着水雷，抓住雷管，讓葡國記者安得神拍照，是幾年後的事。「那不是女人該摸的東西。」他去站崗，一準這樣開罵，威嚇鋸她的手。執勤帶了利器，或者樂器，敢來犯險，自然都是毛頭。晚上攜彈叉去打鳥巢，乘興來尋釁，樹枝哐啷哐啷亂敲，要煩死這大鬍子。味士基打嗥着去攫，按倒了人，果真往腿上下鋸，嚇得來犯的大嘩，搶出同伙急溜。鐵蛋保住了，味士基打會夾住那張鋸，搭上琴弓，嗚嗚咽咽拉一回，那悲聲，其實比鋸齒的鋒芒能趕客。

五十年代末，還是小頑童的余天筋在本勤讀書，本勤就是中街三十五號，鴉片煙館隔壁的私塾。由一位老先生主持，學生十數人，前校後居。一個課室，涵蓋天文地理。同窗李大漢、陳曉暉、辜三益等一夥，課餘愛給味士基打攪局。私塾讀一會，轉到聖方濟各堂左翼房間上課。過一兩年，竹灣馬路蓋了聖方濟各小學，又調過去讀書。到枋阿密入學，這一夥學長早離開校園，變資深頑童了。客商街的英忠理髮店，是陳曉暉家開的，枋阿密去剪過頭髮；斜對面那南成雜貨鋪，翹課的下午，他總去偷一塊黃糖當零嘴兒。說這故事的時候，陳曉暉早移居了香港，做畫家，研究英國巴士，出了部講公車上鬧鬼的書。後來寫的《情繫路環》，記的瑣細，填補了他回憶的缺漏。

日長不能無事，大小毛頭讀本勤的日子，擬定每天下課，就去把那雞巴棍頭，鋸一條下來。每一條，既然都是味士基打命根子，「看鋸到第幾條，他才發現那球給閹了。」天筋想得心曠神怡。守鐵球，他摸黑去守，就有月照，枝橫影亂，也難辨雷上是起棱，還是起角。哪天摸上去圓順，沒了憑藉，肯定不是大吃一驚，是連吃七驚；七驚合起來，味士基打癔病轉癡呆，沒作為了。「摸不到東西，以為全縮了進去，嚇死他。」陳曉暉他爹隨紅船老倌學戲，也學醫，製過賣過一款百勝跌打藥露，知道續筋駁骨，兒子從旁探聽，懂得有什麼縮陽症，卵蛋，當然包括雞巴，一旦全縮進肚子，沒有活得成的。

曉暉等二人觀風，三益虛扶一條把柄，由天筋施鋸。校裡做木工的線鋸，又小又鈍，要輪流下手，八成卻未到發育期，鋸不動，連取名大漢的，也未算個壯丁，拉扯半日，只磨掉一重鏽皮。這時，味士基打巷子裡破屋度宿，他聽力好，無風無浪的白晝，海濱寂靜，透窗這一片嘎喳刺耳，他驚起奪門竄出，正好撞上沒預期的一場課外活動。「敢犯我要塞？殺！」他守護他的蛋，他的蛋，守護路環鎮上眾生，據點扼要，不容侵犯。白沙嶺炮戰之後，這算另一場軍事威脅，臨急雖沒捎上傢伙，天筋等人見他猙獰，齊呼：「黐線佬來了！」棄械逃去。大海撈來的這一個悶蛋，壓抑了幾十年，敲打不發作，但鋸雷管，能啞忍得了？觸發機關，轟碎這片夜色之前，攝政王一聲暴喝，其實是為毛頭們續命的綸音。「大水雷，真讓天筋他們鋸爆，屋炸了，就沒眼下這路環圖書館。」枋阿密替學長們捏一把汗。

然而，說來奇怪，水雷在枋阿密出生前，卻一夜間消失了。那消失，就像陳勝記那八寶鴨菜譜，突然缺了「蓮子」兩字；但紕漏處，自動接上了；那蓮子，從沒字裡行間出現過一般。「變『七樣』了，總沒那味兒。」他再惋惜，蓮子，或者大蓮子水雷，就是倏地消失了。綠葉蓋上去，黃葉蓋上去，那塊地，有沒擺過東西，慢慢不確定了。除了死人館屋牆上，曾經，懸了神婆和水雷的合照，黑不溜秋一個鐵球，壓根兒沒在島上留下半點痕迹。然後，對岸鬧文化革命時候，防自家人外逃，路環鎮對出叫夾馬口的水道，不分晝夜，一艘簡陋炮艇，順時針方向，逆潮流行船，繞着幾百公尺外那大橫琴島，周而復始，時辰鐘一樣，半炷香工夫，就噠噠噠噠，從上角碼頭那邊轉回來，散發着漂浮雷一樣的鏽腥氣味。

賈崇華下課途中失蹤，他爸報了案，胸前掛一幅小兒子舊照，四出取景，其實八方尋覓。懷疑過味士基打虜人，苦無證據；後來，聽說他向潛影宣戰，跟菲林裡的鹵化銀為敵，荒唐處，夠讓人無語。老二不見了，崇榮對所謂的奇技淫巧，異聞怪論，相應地上心，覺得多了解，就找得到，解釋得了一個小孩，在蟬鳴荔熟的佳日離散的原因。賈家兩代開照相館，因崇榮祖母名月，祖父稱亮，拼出個太陰做幌子，叫「月亮照相館」。水雷過去擺放的地方，石堤前，矮山落日，黑船三兩割着浮光。某天，崇榮支穩了腳架，經營家傳的構圖。他學這攝影認真，海鷗牌，雙眼腰平式對焦反光機，黑匣子還連了一根快門繩，只等那炮嘴橫伸入鏡，就咔嚓一下，連水紋接住。他碼頭練習拍廣利號，還真拍到過一團灰影。

「等學會沖菲林，自己曬照片，細節就出來。」崇榮認為：灰，只是沒沉澱出黑白。歷史幢幢灰影裡，炮艇上有僭份的，用望遠鏡，管窺十五初五馬路這頭的辰光，越看，越覺這遺世的清和礙眼。三腳架上海鷗鏡頭，朝向對岸空山，炮艇舵手竟已知覺，大嗓門喊過來：「警告！不得以照相機，對準本船，攝入我國領土！」大概是這麼說，還朝他倆猛搖紅旗。領土有魂，攝走確是不好。崇榮膽怯，扛起相機腳架，着枋阿密也躲到榕樹後。「拍山水，添一隻爛船，犯法？」「等那廝繞回來，再當頭拍它。」「連日落，都讓佔了。沒勁！」崇榮心裡有氣：「隨我爸去拍賽車，還不用給轟死。」敗興退入船鋪前地，趦回「月亮」去了。入秋多晴日，格蘭披治都揀這時節來辦。昨天跑道的賽車照，崇榮他爸早沖曬好，相紙都明信片大小，晾衣夾掐住，繩子上邊着任電扇吹。

「老撞車，方程式不肯完。你爸磨蹭，看來得搭尾班船回來。」他自去挑繩上照片。飛馳的，泊維修站的，除了尋常轎車，什麼牌子款式全近鏡拍了。去年，枋阿密開始對賽車着迷，確當地說，沉迷的，是播音員對那「倏一聲就過去」的描述。一九六八年，第十五屆大賽，二級方程式賽前大熱潘炳烈，駕駛百拉咸愛快羅密歐。首排出發，領過頭，卻撞掉了羅密歐鼻翼，變速箱沒了第二第三檔，慢了。追逐三十圈，對手兩次回維修區，潘炳烈再領跑。「簡直就一顆白色子彈，越飛，後勁越凌厲。現場五萬五千車迷。聽！一片掌聲。」播音員，儼如窮追定風翼的一隻游隼，嘯鳴振奮人心。第三十五圈，變速箱，徹底壞了；賽來賽去，咫尺外那終點，就是避着他。播音員詠歎的「白色子彈」，幾十年後，枋阿密還記得那形象；或者該說，那意象。

廣播完了，「快到根本見不着」的百拉咸，法拉利，翌日，就晾成黑白的萬國旗。照相館是下鋪上居，進門小客廳有桌椅迎人。照片吊起來賣，枋阿密算個大客，像收藏華聖哥的革命襟章一樣，自小不吝嗇花零用錢。一九六九年秋天，白色子彈沒出現，他興致減了，要挑的賽車照就不多。正逐一摘下細看，崇榮這才察覺他捎帶着的小收音機。那器物先進，三個月前，才透露了駭人消息：美國人，登上了跟他家照相館同名的星球。

「怕跑車嗚嗚響，嚇壞那炮艇，方才沒開機聽賽事。」枋阿密說。「潘炳烈該去開火箭，天空乾淨，沒東西撞他變速箱。」崇榮相信，白色子彈一直繞月球運行，童年回憶，到底會多了些聲影。

「味士基打守水雷，你儘管當個傳說；他擎一把鈍鋸，去挑戰巡海一條炮艇，卻八成是事實。」枋阿密對潛水銅人說，一九七〇年春，自己踏着新簇簇的鳳凰牌，輾過一地夕暉，出戴紳禮街。潮退，斷磯露了面，直伸入幾十步外泥水裡。濁海流金扎眼，味上校卻杵在堤上，彷彿湯裡浮的筷子梢兒，昂起一隻黑蟻，磕來的水花，開成了火花。再眺過去，那炮艇，那不配合崇榮取景的東西，就停在水道上，離味士基打，幾乎是石頭擲得着的距離。「海盜老子見得多，有這般囂惡的？第二回合！你敢過來，一條船，我鋸你個兩截。」原來半個鐘頭前，炮艇經過，他就備了一堆磚石扔過去。噗通！噗通迭響，炮艇駛遠了，沒掉轉頭射他。直笛般，繞橫琴一圈，嗟嗟嗟嗟……奏着惡音回來，大鬍子一身戎裝，卻還在叫陣。

不僅軍袍珠光閃爍，那鋸子斜暉下鋥亮，高舉起來，對準炮手當死光映射，照得船上人目盲。「可惱也！敢壞我軍法眼？」無不暴跳罵娘。停了馬達，餘勢未消仍朝味士基打逼近。「來啊！有膽子越界，我先鋸你雞巴！以後，公鴨嗓，太監腔，看你這警告，這嚴禁，還喊不喊得響？」他長年失眠，飽受這一船聒噪驚擾，悻然要去鋸鳥，那是宿怨。拉塔石炮台，他怒斬清朝將領，距這時一百二十年，但餘威猶在，迎風振起的一張鋸，那嗡嗡，非同凡響。「這是中華人民……軍隊，請勿作出挑釁行為，否則……」炮口是對準他，卻不知「否則」完，該怎麼着。炮手旁，有士兵用巨型望遠鏡，逐寸檢視他，細審過滿掛他胸腹的襟章，發現了好多金句；那些開導過這船人的金句，夕照裡紛紛射出金光，穿透鏡片，催人流淚。

鏡筒裡，士兵窺探到好多個毛主席，有幾款罕見，推想只供外銷；有一塊，還溫煦地向他招手。焦距再對準一點，主席的大臉盤壓向他，那親近撼動他。他驚愕地觀察到，偉大領袖下頜的崩壞；鎳鍍得不好，黑了。

味士基打沒瞧出人民軍隊的激動，不知道有一顆心，追隨電鍍的下頷氧化。那些頭像和字句，他味士基打不認識，經望遠鏡放大，卻比他更讓人敬畏。他討厭對峙，蹲下來，要揀一塊稱手石頭，打破僵局。驀地，馬達響起，炮艇恭肅地稍一後退，掉頭駛開。播送警報的大喇叭，同時換上大合唱：「大海航行靠舵手，萬物生長靠太陽……魚兒離不開水呀，瓜兒離不開秧。革命群衆離不開……毛澤東思想，是不落的太陽。」一隻生鏽炮艇，渾水裡敗走，還要揮紅旗，奏凱歌，味士基打望着船尾水紋，更糊塗了。

「一二三事件」那年，枋阿密五歲，路環市面不改安靜，但澳門議事亭前地，味士基打高聳的銅像，遇上洶洶的群眾，給拉倒了。拆銅像的群眾，跟二十六年前，立銅像的群眾，大鬍子沒心神細分，就知道生氣；此後，對貿貿然來沖撞的，不管車船人畜，一律瞎嚷着：「沒有鋸不斷的茬兒！」茬兒，換做塵緣，就是個哲學家。「你那些潛影兄弟，十幾年丟了十幾個，要沒躲山旮旯，沒跳伶仃洋，全讓味士基打一個個鋸了，澆化屍水化了。」枋阿密問直挺挺一副潛水裝：「除了那廝勤快，殺伐不斷。你就沒想過，夜闌人靜，是他們看膩了圓了又缺的月，自家窗前，悄悄煙散了?從馬奎斯做總督，到這會，換文禮治了。虛的實的，照樣『倏一聲就過去』。再癡頑，再固執，有留得住的？」見潛水裝沒做反應，他總結說：「那年炮艇犯境，兩邊沒真掐上。走火射爛那味士基打，你就不用怕得像一隻寒蟬，縮回這一副蟬蛻裡。」

油布銅盔裡縮着，八成化水霧了的馬納男，越來越愛聆聽。「水鴨街一氣呵成三幢屋……」枋阿密說，三幢間隔相若，有樓梯通向閣樓，梯盡頭樓板一翻，即隔絕上下。就像吊橋一擱，直通橋那頭貼牆的一個貯物櫃。軌道車，鐵甲人，戰艦飛船模型，銅皮鐵骨魚鳥，世間諸相，似乎都製成玩具，垛在吊橋彼岸這櫃子裡。總趁屋內無人，他費老大勁兒去探看，當中一個積木匣子，珍藏一兩百枚襟章，美女巷華聖哥小攤檔買來。每遇新品，是稀罕的，粗濫的兼收；攢了兩年，傷財，還耗竭心力。奇貨堆壘，偏生這沉墜的一個木匣子，失竊了。那年頭，家家晝不閉戶；夜裡，屋門也多虛掩。偷東西，是沒有的。某年佛誕，巡遊隊裡遇見味士基打，那百多個襟章，卻幾乎一個不漏，全釘在他那邋遢軍袍上。

「華聖哥沒給他賣過襟章；有些來一兩枚的，我要了，他也買不到。不順手牽去，掛不出這氣象。」枋阿密認為：味士基打勳銜有了，缺的就是勳章。自己巷子攤檔裡挑銅鐵，沒準給盯上了，那天，乘他去趙明叔鋪頭修腳踏車，福伯電燈局幹活，福嬸在大眼猩那鹹魚鋪雀戰，就摸進屋裡，碰上挪到樓下的寶貝。「一匣子毛澤東連扣針，沒扎死他，算他皮厚。」卻沒想到贓物，他哐啷哐啷掛着，危急關頭，炮口前，竟可以保命。當然，他沒意識到逃過一劫，兀自咒罵那嗟嗟嗟，那讓襟章感化了的巡邏艇，沒再為他稍停。暗夜裡，船像鬧鐘上那螢光點一樣轉着，轉了好幾年，也說不準是哪天不見了，夾馬口一口黃水，回復了平靜。

當年人小力弱，拿不出鐵證去討回一撥銅片；這會子，一塊塊變酸變臭，紅黑相混，也就由得味士基打別着，成群甲蟲在袍上晾屍似的。回說他藏身的天后廟，一九二七年立了塊碑，葡文勒了：「COVERNADOR.

RODRICO RODRICUES S300。」記澳督捐三百塊錢修廟。中文卻刻：「澳門督憲大人羅地麥咕囉地咡吐喜捐西紙銀貳佰伍十大元正。」味士基打問明意思，慶幸自己 Mesquita 沒給譯成「味豉熱雞呣」，倒是不忿「麥咕囉地咡吐喜」總督，明擺着讓人吃掉五十塊錢。「私吞的西紙，給我吐出來！」懲治貪瀆，替前督憲討債，是攝政王份內事。但挑着骨頭瞎鬧，到底滋擾香客。廟祝本來通融，由他棲息天后腳下，無奈每遇打雷，他就打貪，打壞一塊金漆「肅靜」，他打「迴避」，只得順應輿情把他攆走。

「半夜裡，廟祝回去驅趕，險些兒還給殺了。」枋阿密說。這事傳得確鑿，味士基打該早撤了，不在古廟度宿。他提醒若有若無的馬納男：「你提一桶火水去澆，未必有人躺着讓你點火。改天佛誕巡遊，阿婷那劇社，該會派些戴面具的參與。熬得到那日子，到時味士基打插隊，你陪他走一程了解虛實，說不準這丟了銅像，名下剩幾條街的瘋副將，他的宿敵，是大家同樣面對的遺忘。我不追究他偷毛章，你也別去燒烤他，壞了鎮上寧和。」馬納男枯坐不動，沒揭開銅盔的小鬧口答話。或者，假日墟期近了，劇社當展覽品，一襲古董潛水服擺在堤防上，為的宣傳《銅人食月》最終一場演出；而馬納男，就像其他臨時演員一樣，熬不過時光的剮割，撒手去了。

COLOANE
julho de
1910

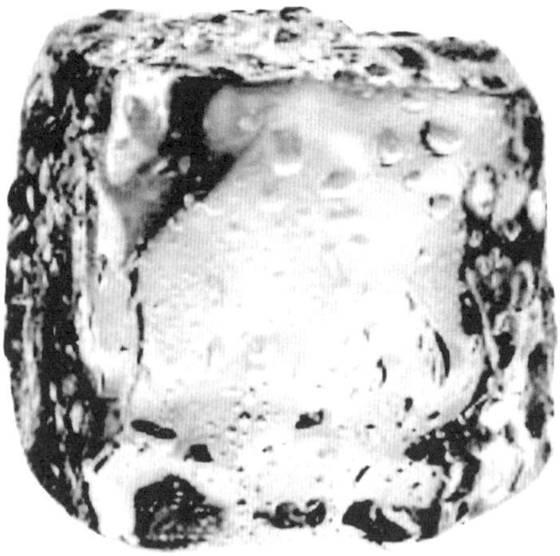

三聖宮
幸福愉快賜路環
仙靈瑞氣繞盐

第十四面：寄存月亮上的時光

《銅人食月》演出那黃昏一直下着微雨，枋阿密撐了黑傘，挨陳念背後杵着。黑鍵白鍵，晝夜般跳躍。彈完一曲，陳念邀他琴凳上坐了。「這趟，那黃喙大白鵝，倒沒追着紅嘴賽梁義進大街。」他說。一九一〇年夏天，馬奎斯見過白鵝護島，追啄一個葡國兵頭。後來，同一個窗台，枋阿密聽登月廣播，臨時紅衛兵操過戴紳禮街那會子，白鵝仍舊追啄外來人。這鵝已齊人高，喙基與時並長，一顆燭紅肉瘤，沉甸甸像壓住檐頭的夕照。「賽梁義寶箱裡出來，那裝束，大家都當他太空人。」陳念說。枋阿密揣摩觀眾心思，沒準真覺得那鐵皮箱子，是剛面世的傳真機，月亮那頭，連着一樣的器材，撥個號，太空人就像一篇廢話，平鋪着隔空傳過來。「換句話說，『寶箱』的出口，就是月球？」他算開了竅。

舊片子誤導，陳念不喜登月的人物。一九六四年《魯賓遜太空歷險》上畫，猴子蒙娜降落火星，隨行男人發現煮火星石，會煮出氧氣，她的宇宙觀，變開闊了。到一九六九年夏，枋阿密為阿波羅神馳的晌午，她還窗台下挨屋牆站立，陪他聽綠村電台。擎小紅書的一隊居民學生，趕起幾樹蟬噪，蓋過「人類一大步」以後的雜音，她才悵然走開。「十歲那年，看了《太空英雌芭芭麗娜》，我一直以為，穿太空衣，不用穿內衣褲。」他說。這戲，一九六八年拍成。一開場，失重飄浮的珍芳達，就蛻殼般，一節節褪出裝束。然後，這光脫脫女人，一直在他的發育期，飄來飄去。開頭十分鐘，萬里外地球一隅，即敷了一重春色。氹仔海寶戲院看的戲，事緣某天，屋門前撿得一幅公仔紙，卻是張預售戲票；戲名，誘餌一般。

翌日提早渡海，奔板樟堂街，早看中的電動火燭車買了抱着，急回皇家橋碼頭搭船去氹仔。上岸跑完長路，總算趕到嘉妹前地北帝廟旁，及時掀開戲院黑帘，投身撩人星夜，隨芭芭麗娜遠征，嚇阻杜蘭杜蘭毀滅地球。

「後座，最後一行，最靠邊？」陳念問。「是偏遠了，沒見着細節。」他暗暗納罕：「欸，你怎麼知道？」「我都挑那位置，進退自如。」那齣戲，她就是票丟了沒看，錯過大氣層外的浮豔。「戲裡也有一座琴，芭芭麗娜琴蓋裡揳着，衣服又讓扒了。杜蘭杜蘭那壞蛋，琴彈得急，女人給機關搔着，也喘得急。奏的那什麼《行刑者奏鳴曲》，就沒你彈的正道。」他知道，那牆白幕，是陳念的依歸。事實上，自從一九六二年海實放電影，一程船，不上白燕張活游那類苦情戲，她是一換畫就去。

那邊廂，潛水銅人和演戲的，陸續回到劇社。阿婷過來要招呼枋阿密去座談，見隕石坑似的一窪油綠，居中一蓬黑傘要開花，「原來鬼咁投契。」識趣地，一笑退下。「以前，雪廠那邊的月出好看。」陳念說。盛夏額外製冰，冰塊高台吐出來，撞上矮山泊的月輪，真是漫天玻璃碎，遍地玉琮聲。「古人稱月亮做太陰，像說一塊燒過了，變冷了的煤炭。」枋阿密感歎：月亮從不轉過臉來，也有個負面，沒準呼應地球上八荒的冥晦，藏得下塵世所有的無明。再多的梁義，再多的瓜四瓜五，張燈結綵，揚帆駛入那乾枯月海，黑暗也不增減半分。面具戲原來設想，是海盜頭兒的家當，最終寄存月亮上；地球沒一處能穩當地藏寶，梁義艙門口那條地毯，是混淆人，故意要人徒勞的。

「一場誤解，藏寶箱能連通霄壤，情節反順達了。」人情物事，載不到三十八萬公里外絕境，他的想像，才退入石面盆山，山巔尋一洞穴，讓海盜把劫來財貨，連帶求不得的苦惱，甚或一點兒悔疚，一古腦兒全塞進去。光線在洞裡絕緣，萬物一抬進去，永不會有人發現；而且，洞頂豎了鐵架，三益沙雞他們，早安裝了電波轉發器；轉發器，不恰好把這一切，這虛的實的，一成不變地，轉發到月亮上嗎？「就像好大一頁複寫紙，我們走的每一步，對的錯的，千萬里外，全留下炭粉摹出的腳印。」他喜歡這樣的想法：愛上不能共處的人，或者，深愛的人離開了，這輩子的悲傷和遺憾，那些纏磨人的心緒，能寄存於月亮背面，日子就能湊合過下去；還有，這兒丟失了，找不回的東西，譬如，卡在小公園池底的賽璐珞潛艇，停擺的火車頭圖案懷表，堵心的萬寶龍墨水筆，難得都複製了，分門別類，封裹在對應石面盆山洞，灰蒼蒼的一個月窟窿裡。「故事這樣結局，人們在月夜仰望，會感到暖心。」他安慰自己。

「沒什麼會真正消散。你彈的曲子，每一個音符，都讓沒耳廓的黑耳朵，如數接收。」陳念感知他的安撫，潛影負片裡殘存，也不散，遇光照投生。然後，拉扯到四百年前，他說，意大利有詩人阿里奧斯托，寫了部《瘋狂的奧蘭多》。某天奧蘭多失心瘋了，好在原有一點理智，保存月亮上。艾斯多佛騎飛馬，遊到伊索匹亞山，閒得發慌，就夥同山居的聖約翰，攜手摸上月球。去月球，哥兒倆搭的，是火馬車。到埗，果然找到奧蘭多未進水那一副頭腦。奧蘭多裝上副本，神智恢復，就掙脫癡頑，自由了；或者說，折磨人的思緒，給撂開了。「那天什麼都記不住，都記亂了；月亮上，還留着那樣一個『副本』，連眼前光景，原封不動編了目歸檔。細想，咱倆就成了蜉蝣，那也是『有檔次』的蜉蝣，感覺踏實。」陳念，形同他創作上的繆思，虛實相生；對繆思，他是話中有話；有時，還不像人話。

撇開西漢《淮南子》的姮娥不說，四百年前，艾斯多佛騎天馬去行空，找一副沒壞透的腦袋，恐怕是最早的登月情節。陳念童年看的《月球旅行記》，天文學家肆虐太空，距今還不到八十載。「寄存月亮的理智，要是能帶回來，」枋阿密擔心：「悔恨，也會一併帶回來吧？」到這分上，她算聽出苗頭，看來要的，是一場告解。去年夏天，陳念有幾趟見他和一個女人在鎮上。女人面生，長髮苗條，她看着自慚。某夜，英記魚欄外，兩人上角碼頭倚欄相擁，三面環水，四方漆黑；那海，格外荒涼，對岸蒼山像撲了厚灰，就一點紅，若有若無，灰堆上亮着。「就因為那一點紅……」她不知道從何問起；他卻不曉得一九六九年夏夜，隔壁天窗窺視，屋瓦下一星殘燄，煤油燈邈遠的一點橘紅，恰如陳念渡頭前，不期而遇上的怵目。「幾十年沒人住，怎麼會有燈？」當年心底話，脫口問了。陳念只當沒聽見。

大偈福嬸遇阿茲海默之前，枋阿密聽她說過：有一回，適逢醮期，鄰居大眼猩外頭飲宴，午夜搭街渡回來，上岸竟不見了路。沒月亮，還停電了。漆黑裡，他摸着一棵棵心葉榕，摸到屠場前地三聖宮廟，進門一頭磕上宣統二年擺的香案，循大蝙蝠圍邊，找到一束線香點了，勉強照見自己一雙枯手。大眼猩腳下虛浮，沒進水鴨街，反踅到船政廳海邊，一路走，一路香火鼎盛。驀地，陰風罩來。「開飯囉！」四面喊起。慌惶間，線香握不住撒了手，上百點紅，忽爾給搶光了，忽遠忽近的，飄舞在黑天黑水上。那一海幽熒，寂滅了二十年，才復燃一星弱火，就一星，横琴島那邊忽閃着，圈點着，讓陳念看得酸澀。「寂寞渡頭，孤男寡女的，徒招邪祟。」到底把話咽了，仍舊聽他絮叨。話說十五歲，他就寫了個獨幕，叫《碗裡鯨魚》，講冰海遇鯨，卻是眼下面具劇題旨的濫觴。

「徹底埋掉另一座龐貝的，不是熱灰，是緩緩灑下的遺忘的冷雨。」戲中有這樣對白。飛行員天亮醒來，那座鯨已在融解；沒融到一半，鯨就記不起他，認不得他。「真有過這麼一場相遇？」他有相同的疑問。到營造這潛水銅人，福嬸以前總說，花草樹木，招牌路標，進了潛水盔的閘口，轉眼，就沒人記起有過那些東西。銅人還吃人畜的影子，從天靈蓋吃起，一路吃到大腳趾；一般吃到腳踝，喪事得籌辦了。「大家都會讓遺忘吃掉。」他頭皮發麻，就是一隻遺忘在嗑他。「我忽略了對方需要，人家惱了，沒把我放心上，也應該的。」他露了口風。是感情觸礁了，滿月和漲潮，沒助他脫身。說着，傘下望去，綵排露過相那大白鵝，忽爾到了面前。

白鵝喙基那瘤狀硬塊，與日俱增，每年所積，雖只毫釐，積個上百年，已大得像顆石榴。瘤大障眼，白鵝迤邐而進，鵝頭昂一會，耷半天；到不堪重負，塵緣大概就盡了。隔着幾步，扭着脖子看人；一邊看完，避着大瘤擰另一邊，變成不住搖頭。「對眼前一幕，看來諸多不滿。」枋阿密笑說。「是個劇評家。」她不敢輕慢，提醒他：「防着點，生氣了要啄人。」興許，壓根兒這是一座鐘，一個萬年曆，墩在那兒，是給潛影們看時間的。「但能拿我怎樣呢？」陳念暗想：體態，既停留在青澀之年，愛惡，何必隨年事去委曲，去遷就？而且，這所謂的喜歡，不就一個『寄情』而已。白鵝，是來報時的？「但時間，不在我這一邊啊。」她苦笑。實在這笑，蔫在面具裡，像遠山那一點酡紅，暗夜裡泯滅。

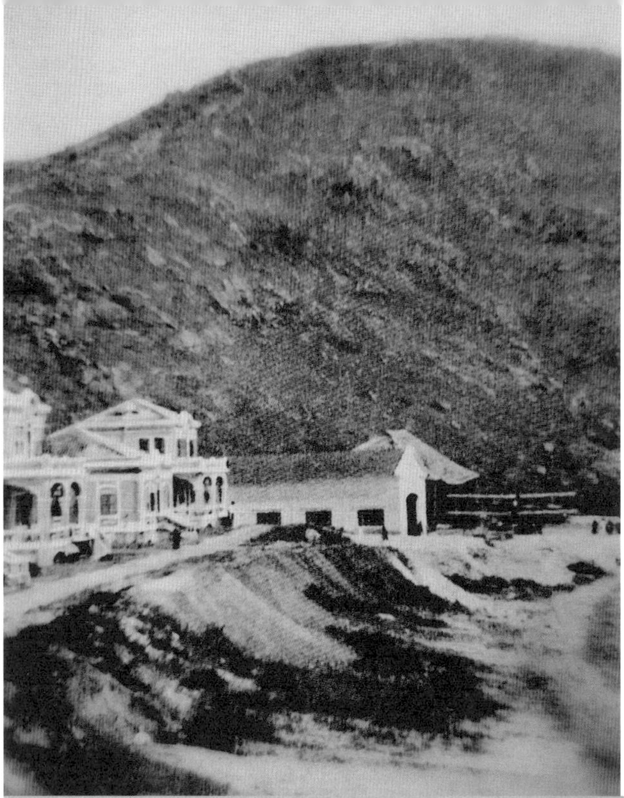

由里斯本起飞经帝汶抵达澳门的“帝力”号飞机

1924年，三个葡萄牙飞行家由里斯本首飞澳门

第十五面：暮色裡他們去看災星

雪廠關閉了，枋阿密那貓，還是十八年前冰塊裡出來的模樣，渾身白毛，一條不增，一根不減。貓嘴饞，吃東西就吐；不吃，卻不瘦不病，只聽其自便。去歲，一九八六年春盡，大偈福嬸的腦海，滿海是過時的黑帆，沒一樁新鮮事兒繫得住。徹底迷糊之前，么兒鄺賢接了去香港照顧，住華富村，聽名字，就知道風光好；雖然過眼，她都當了雲煙。福嬸遷出半月，屋他續租，稍事修葺，門窗髹綠，樓下闢一隅擺書，仍舊隔着中間空宅，住單邊那幢屋。去夏，談的第一場戀愛，對象任職澳門街一家葡文書店，一暑假的火燒火燎，女人回里斯本修學去了。「給我寫信。」他說。

因為要等信，緫在那邊屋門一隻鏽鐵箱子，變得吃重。書架沒挪進去，早備了茜草紅漆，打算刮去鏽斑髹好，再塗個反白「1」字；以為搶眼，能招徠魚雁。還沒去修繕，一揭箱蓋，裡頭卻早藏了些函件。待拈出來，四個封套，同樣黃槁；他的心，隨這一疊紙，霎時枯了；憑那一股老氣，連鼻子，都知道不是葡萄牙來的。以前，外婆常說：「阿裕來信了，那廝就會逗人開心。」有時，坐門坎上，讀一兩頁紙頭，抬眼望入空茫，只是笑。以為阿茲海默作祟，原來都有憑據。信箋他小心褪出來，褪急了要碎。每信幾百字，偶有化成墨花的，一暈暈，藍得不能指認。文末署「黃魚阿裕」，卻是海產無疑。

附回郵地址的信封，受潮了，化剩漫漶一個「空」字。「這是要人去參禪嗎？」枋阿密心想。光陰滯澀，一黑一白兩條老牛拽着門前過。苦等的，沒來；卻來一疊從「空」遣派的，天意如此，能不認真看待？「黃魚」最後來的信，是一九三六年六月，其中一段寫道：「三年回家十趟，沒一趟就近見着。家母總說，你澳門街看戲去了，沒準那邊度宿，歸期無從捉摸。禍福無端，你是來去也無端。三封信沒見回，沒事的，我還會寫。嘉謨聖堂往下走，就郵政局。聽說令慈以前聖堂裡司琴，你在斜巷的聖善學校讀過書。這小丘靜美，我那宿舍和飛機庫，就在聖堂左側，坡下鱟背灣那邊。

老鎮背靠一灣淺水，都叫那後背灣，沒個正式名字；寫下來，我還是覺得「鱟背」貼切，暗合矮丘形貌。鱟，也稱夫妻魚，奧陶紀來的活化石。繁殖季，雌雄結了緣，即形影不離；而且，雌鱟背厚，還會馱着個小丈夫，四海遨遊。時移勢易，將來，難保沒妄人稱這龍環，稱這鳳扣；但鱟背灣，永遠是咱們的鱟背灣；有此憶念，譬如，灣畔榕蔭，不會換了個名字，就潰成柳影。夏天，大夥會出海訓練，再深潛一兩趟，就學打撈搜救；以後，投到吃香部門，去學駕馭，學擺弄鴨婆機，那是日常事了。

你臉色陰晦，家母說你不思飲食，常忘事。熬夜不好。看來除了去搜一對黃花魚頭石，還得給你尋一副大花膠。黃花魚膘補血氣，潤肺，食欲像牛。扯遠了，信裡附的照片，嘴巴描一圈紅，逗着玩，原想說你這樣塗一點唇脂，清豔。不承想着墨厚，擦不掉，相中人變了個準備去沉海的小丑……」細審這照片，沙白如鹽，黃魚老哥鹽醃似地豎着，古董銅盔頂上，焊一盞燈，連接了電池，那電池箱貼他背脊才露一角，枋阿密卻眼熟。以前，洗澡間排水口出耗子，他外公造了小鐵閘，檐下掛減壓箱子，就銅人背的款式。好在閘門漏電，要害死濕漉漉一個外孫之前，新發明瑕疵顯現，拆了。

潛水盔這僭建物入眼，難免讓人擔心，音信從此斷絕，是水底洩電，箱子爆炸了？幾十年，紅嘴小丑，會不會九洲洋下，還沒浮上來？四封信，訓詁一樣，逐字推敲過，抽屜裡藏好。照片外婆珍惜，他找來黑檀相框鑲了，擺案頭上。黃榕叔，過去的剃頭匠馬奎斯，有個兒子，叫阿裕。阿裕，就是照片裡這潛水銅人。五十四年前，銅人向水鴨街「１」號投書；但信，沒落入中間那楹屋；畢竟，就隔壁臨街那堵牆掛了隻紅箱，那四封信，一幀紅嘴肖像，就在箱裡醞釀。收件人，原該是當年的陳念；陳念，即海芙蓮。在阿婷的銅臉戲偶，她只報了這洋名，枋阿密才沒聯想到一塊兒。

海芙蓮她爸，路環開島那年，糊里糊塗成了海盜，母女倆早住在水鴨街，母親死了，她一個人住。「一直在那兒，沒遷出過。」福嬸總這麼說。「如果海芙蓮，是外婆見過的『海盜姑娘』，再嫩也八十歲了。減一字，尊為『海姑娘』妥當。」他閣樓窗下寫作，白貓總伏在腕邊，按住稿紙一角，當個書鎮。相框仰着放倒，大小正像一張貓床。故事聽膩了，貓都枕住玻璃下那銅人做夢。喪失認字能力之前，信中情節，讓福嬸開懷，減緩病症催生的焦躁。潛水銅人的慰解，是一場誤配，一趟錯投，枋阿密還是心存感念。畢竟塌陷的記憶，讓筆墨，充填得飽滿。

風物當然修剪過，有些湊合。譬如，那一副紅嘴，就嚼爛了好多東西。福嬸街市牆後薅蒲公英，銅人荒地上摳蘿蔔，橡皮指套和蘿蔔一樣粗短，黑白煞是分明。「一根根塞那窗眼，汁水濺出來，死甜。」福嬸說。中街本勤學校故址旁邊，福伯圖過癮，去吃鴉片那屋，階前花草盆景也讓吃了，剩幾甕黃泥。打纜巷旁，輝記豬仔包出爐，迴旋路，嬝繞麵包香，那銅人張了紅嘴，吸得呼哧響。孫兒做的勾當，套到潛水人身上，難得渾成。「你瞅瞅，銅人有沒把雞吃了？」她問。沒偷吃雞，晌午這般安靜？然後，說路盡頭，銅人瞧一條燈柱。「難怪天黑得早。」道理，總在病人一邊。

後來，連枋阿密都覺得，那一雙鉛鞋，大街上嘎嘎嘎，敲着極慢板。紅嘴裡兩排白牙，吃掉樓台亭榭，吃掉錯對和悲喜，吃掉珍視過的一段段善緣。或者，銅人早脫出老照片，走到街上。外婆不在了，銅人兀自島上流連。那嘎嘎，是遺忘的梆聲，一路敲打着；或者，銅人就是遺忘，是遺忘通俗的法相。「真是個耀眼角色。」他不再磨蹭，着手寫《銅人食月》。倏忽到了一九八七年二月四號，丁卯年正月初七。據說，一九二四年，葡萄牙有一架祖國號小飛機來過，千迴百轉，沒能在路環着地。為了對過去，對那場遠航的紀念，這年一月上旬，三個葡國飛行員再從里斯本出發，開着沙利士號，飛三萬公里，預計八天能抵澳門。

詎料一波三折，使費超支，天氣惡劣，途經國家既多，着陸手續繁難，輾轉二十幾日，澳門還在雲外山外。但連日是廣播的雷聲，不見翼影，反營造出勢頭，閒人奔走相告。那會兒，澳門沒機場，實在也沒一大塊平地。荔枝碗走過去，就十幾分鐘腳程的舊石礦場海濱，某天，忽然夯土碾地，修起好長一條臨時跑道。「里斯本的飛機，要開到路環來了！」智者說，連哪天落地，都傳得確鑿。年初七，街衢碎紅未掃，留了些喜色，巷弄裡到底回復清寂。理髮店門前晾的一幅藍斜布，落下來貓當了墊子。說理髮店，其實黃榕叔早沒幹這營生，也做不來。這天春陽和煦，他佝僂着，看似在訓話，卻原來問那白貓，要不要陪人去看「那東西」。「明兒你這會子來，咱們一塊去。」看來，不是頭一遭和貓胡扯。飛機哪天到埗，除了天曉得，就黃榕知道。雖然眼神兒不好，他報紙照訂。「世事，油墨壓一壓篤實。」他說：那東西初八落地，錯不了。

枋阿密八歲那年，海芙蓮一色茜草紅裙，油傘枯黃，雪廠綠牆外佇立，在後來的船鋪前地，等一塊巨冰出頭，等雪道上一場急轉直下。溟濛裡，興許傘下的豔色非分，會烙人，烙上了就一路記住。過了幾年，某天途經死人館，趁館裡虛空，進去看四壁遺照。一框框死相，檢閱着，竟重逢這陪看過飛行水晶的姑娘。「雨裡，冰融得快。」心想：黑檀框裡的她，諒必一樣感懷。那肖像襯紙四邊，壓印得又迤邐，又剔透，同領口碎花一個式樣，互有牽連纏夾。相紙的新月圖案，是賈家照相館舊標識，老物件了。再看那平整劉海，杏眼，菱角嘴兒，本來清豔，上衫那通花雞心領，卻襯得人像月份牌上一個賣煙的。「小哥，『Pirate』不叫海盜了，改稱『老刀』。活人熏死，死人熏一下活泛。光看我作甚？來一枝解癮。」這衣服，就宜配這撩人軟語。他愣怔片晌，也真陷入四起的煙霧之中。

「你海姑娘昨兒來過，飛機她愛看，肯定要隨你去的。」神婆煙氣裡出來，是十多年後的事了。這會兒，他知道去館裡找海芙蓮；人不在，神婆會通傳。「一塊鐵頭要下來，凶多吉少。」她說，黃榕老兒，早認定那東西是災星。但災星，不會知道自己凶險，墜地，也會挑個好時辰。她掐算過，明日未時，宜動土，宜出火；推想也宜漏油，該有些看頭。約定午飯後，龍眼樹下集合出發。午後，理髮店門框上，懸了藍斜布擋日頭。神婆見着，只當是一幅輓幛，光陰，磨出了幾朵骨頭的白。顫巍巍過了那坎，見了黃榕，還是催他趁明白議好後事：「辦完你這一樁，我收山了。」「先去看飛機。」攙她椅上坐定，黃榕說。

這理髮椅早留了影，居死人館上位領受香火。卻到這天，神婆才墩上牛皮墊子，體驗百載人氣的溫潤。「一坐，就不想下來。」她坐的是流年，流年不軟不硬，讓人發睏。「你歸老有一個歸法，再喊醒我。」她閉上眼，朦朧裡，回到一九四八年春天。某日，九澳客家村辦完事，歸程山麓眺望黑沙，黑壓壓一灘人。「有這風光大葬，我竟不知道。」沿山路下去看熱鬧，卻見新夯一塊地，人叢後橫了長繩，不讓通行。「擺了靈堂，卻防人鞠躬，這什麼作派？」暗罵着，攀上石磯要看究竟。驀地，人潮嘩然倒退。「屍體坐起來了？」她抱了頭，隨大流亂竄。布鞋跑脫，停了步回望，真是雪綻雷怒，竟有一座大鐵頭，喤琅喤琅衝下來！

原來黑沙海角，離香港最近。這天，新航線開通，串連兩地。祝過聖，擇了良辰，DC3型尼基號來了；卻投胎一樣，落點揀錯了，轟一響，揩到擋住南海怒潮的堤壩，機輪撞飛，機腹滑地，差幾步磕上檢閱台才穩住。

觀禮的，贈慶的，搭飛機的，或一頭灰塵，或滿身泥漿，或醬鴨子般濁水裡沉浮。綵沒剪成，賓主卻多掛了綵，神婆也是咋舌。「一座島，半天走完，偏生會招惹飛機。」她陡然坐直，睜眼說話。黃榕憋屈了半晌，悻悻然答應：「沒的飛過來，不會有好事。綺貞給毀了；我一條腿壞了；阿裕冤死，也是那「澳門小姐」株連。我化了灰，也要瞅一眼那東西，看還可以拿我怎樣。」夙怨既深，神婆懶得去疏導。

說起來，還是那趟尼基號撞堤，DC3型不中用，澳航才向國泰租卡達蓮娜；鴨婆卡達蓮娜載人，也運金條，其中一隻澳門小姐，讓趙日明一夥盯上虜劫，黃裕才輾轉受戮。上天下海這一副機器，黃榕眼中，等同刑具；不管是酣戰，是休戰，同樣銜走他的福緣。飛機，代表他的惱，他相續的憾，他要用僅餘的歲月去面對它，用返照的迴光，照得它機頭着火。說回一九六九年初夏，杭思朗踏上月球前幾天，枋阿密隔壁屋頂上，湊近紙錢大的窗眼下瞰，漆黑裡，確有一點橘紅亮着，儼然油盡了棉繩上的殘餤。但幾十年廢置，空房裡，誰點的燈？怎麼會弱而不滅？

一夜惴惴。好奇，卻還是蓋過悚懼。隔壁屋裡暗，日頭下天窗反光，覷不進去，他就到電燈局，拿福伯的手電筒藏着。那傢什餵五枚電池，賊亮。入黑爬過去，要挨貼窗玻璃聚照，電筒卻脫了手，嘎啦嘎啦敲着瓦坑下滑。翻身去攫，幾乎踏不穩墮樓。好在都讓瓦當承着，冷汗涔涔攀回原處。光照下，樓板全是浮塵，兩張舊木坐墩積了灰。那點嚇人紅，確是書案上一盞煤油燈，燈頭爬滿銅綠，燈筒搭着蛛絲，座中乾涸，昨宵遇見的那一星弱火，真不知為誰所生？從何生起？案邊搭一部線裝《聊齋》，冊頁黃熟，吹彈即破。那煤油燈旁，還有一架飛機，雙翼螺旋槳，筷子造的。木色枯黑，翼上灰塵發白，機腹岔出一對浮水支架，在無波的灰燼海，準備起飛。

這是枋阿密有生以來，記住的第一隻飛機。那距離和光影，恍惚間，竟似雲縫中鳥瞰，過目不忘。當然，他終究不知道，那是黃裕耗盡家裡筷子，做來送海芙蓮的信物。因為「時差」，枋阿密眼裡，機翼上三十六年的塵土，沒一點飄落海芙蓮的世界；反而突來的探視，害她瑟縮一隅。最後，電筒的光柱子移向桌沿，方才擺着的一部《聊齋》，卻憑空不見了。這一驚，又比見到殘餤更甚。直到十八年後的這天，真有一架小飛機飛三萬里來訪，他隔壁遇見「筷子機」的往事，又歷歷的，長夜裡重現。

睡不好，醒來近正午。盥洗過，即去對面照應黃榕。這幾年，走遠路，他得拄杖。「老了，原地打轉就好。」其實，理髮椅來了算起，他原地已轉了七十五年。出門，見神婆和海芙蓮早候在樹下。枋阿密那麻背心有個口袋，運貓的；貓見了海芙蓮，眉開眼笑，喵喵招呼着，覷出是同一路的。自從劇團來了，阿婷給海芙蓮造了一副面具，不緋演她仍舊戴着。「融入皮肉，戲才演得好。」她說，連一絲苦澀笑意，面具也沒做漏。神婆這年九十三，小黃榕兩歲，這山高水長的，到底是個折騰。「而今，是路欺人。」神婆怨自己腿軟，海芙蓮打了傘攙她，隨她稍歇。

「路程短，車不載。」黃裕開解她：「反正快到頭了。」海芙蓮這天一身縞素，更落實了是個月份牌下來人物；但那一傘昏黃，能風雨不侵，撐持到這會？難不成是個藏家，一藏數百把？「空落落，看個鬼？」神婆納罕。亂岩後望去，石排灣一片平曠，水天漠漠。跑道鋪這兒，「沙利士」錯過沙土地，掉水裡也便利。黃榕躲樹蔭下，喊神婆過去歇息。見海芙蓮落單，枋阿密順勢挨她傘下。「我來。」他抬了手，傘柄卻移開。「老東西，你把持不了。」海芙蓮沒騙他，一紙油傘，隨她投影塵寰，讓他見着歡喜，卻經不得推敲。

他硬生生笑着，撲面一股玉桂香，是家裡檐下縈繞的氣息，正感迷惘，卻聽她問：「門前紅箱子，住白蟻了？」「欸？」他楞了片晌。原來她「出來」幾趟，恰巧都見他盯着屋門上那郵箱發愁。「有人見字不回。心焦。」他想這麼說。但一顆焦心，掏出來寒傖，支吾着找話說：「綵排那天，你彈的曲子出色。」確切說，是出塵。「就嘈嘈切切，錯雜彈一下。」她笑，銅臉趕不上形勢，一個調子的清苦。「叫什麼名字？」他問。「Catherine，我譯做海芙蓮。」怪他不上心。鬼使神差，劇社裡自報名字，脫口說了小時稱謂。海芙蓮，原是一副聖髑，五百年死而不腐；她一樣，長夜裡不生，卻也不滅。

「我問那曲子。」他說。「《一條魚游過聖堂的窗口》。」她有點走神。「鹹水魚淡水魚？」「你喜歡，你說。」還是頭一遭，邀人躍入自己水域。「黃花魚？」魚膘補血氣，紅箱搜出的舊信，早有推薦。那年黃花魚汛，綺貞的兒，說過送她一對魚頭石。「去坐着等。」伸手去勾搭，她警醒，退開半步。「你先走。屁股老讓人瞧着，不自在。」她投訴。按人世算法，眼下，早不是什麼好年紀，彷彿細雨裡，雪廠高台上那塊冰，她不再死，但她消融。時光凍結了她，曾經她寄情一隻椅精，然後，悄悄的，喜歡上一個人；這喜歡，是心魂上的，要點到而止。

對枋阿密來說，她從陰香樹長出來，枝葉越過他檐瓦，就結了果。「因緣成熟，卻可惜……」她咕噥着。神婆聽見，臨場接了句：「沒個影兒。」吉時過了，看台簡陋，仍不見人影鳥迹，西斜日照下，儼然臨時一座沙漠。各人脖子仰着，唇乾舌燥。飛機哪鐘點來？究竟來不來？會不會半空斷開了，要來不能來？越等越茫然。「怪不得叫長空。」枋阿密恍然，卻不知無雨無晴的，要空到什麼時候。「暮色來前，去截一輛計程車要緊。」撂下海芙蓮，枋阿密馬路旁站了半晌，黃塵起處，一架紅白兩色大眾麵包車，忽然停在跟前。「荒山野嶺的，來吃土？」辜三益車窗裡探出頭。他替輝記送餅食去澳門，回程遠遠見黃土上杵了人。

福伯十幾年前病故，屠場前地電燈局關閉，枋阿密就沒見着三益。以前機房階下，三益和沙雞常陪他打羽毛球，前輩知道相讓，格外可親。那天他還不知道三益病了，過不久，就隨觸電身故的沙雞走了。沒想到那場偶遇，是最後一面；黃榕和神婆這一趟白走，搭上了最後一程便車。「最近，總想起大偈福伯。」三益瞅着兜裡貓兒：「發電機搬走了，聲音還在。」各人顫巍巍鑽進車廂，歸途上，探聽了來龍去脈，他說：「你們早來了一天，那葡國飛機，年初九才到呢。」然後，問身邊坐的枋阿密：「明兒還來嗎？我閒着，可以接送。」「看夠了，不來了。」後排黃榕等齊聲答應，竟甚有默契。「來來去去，就一場誤會。」枋阿密說。

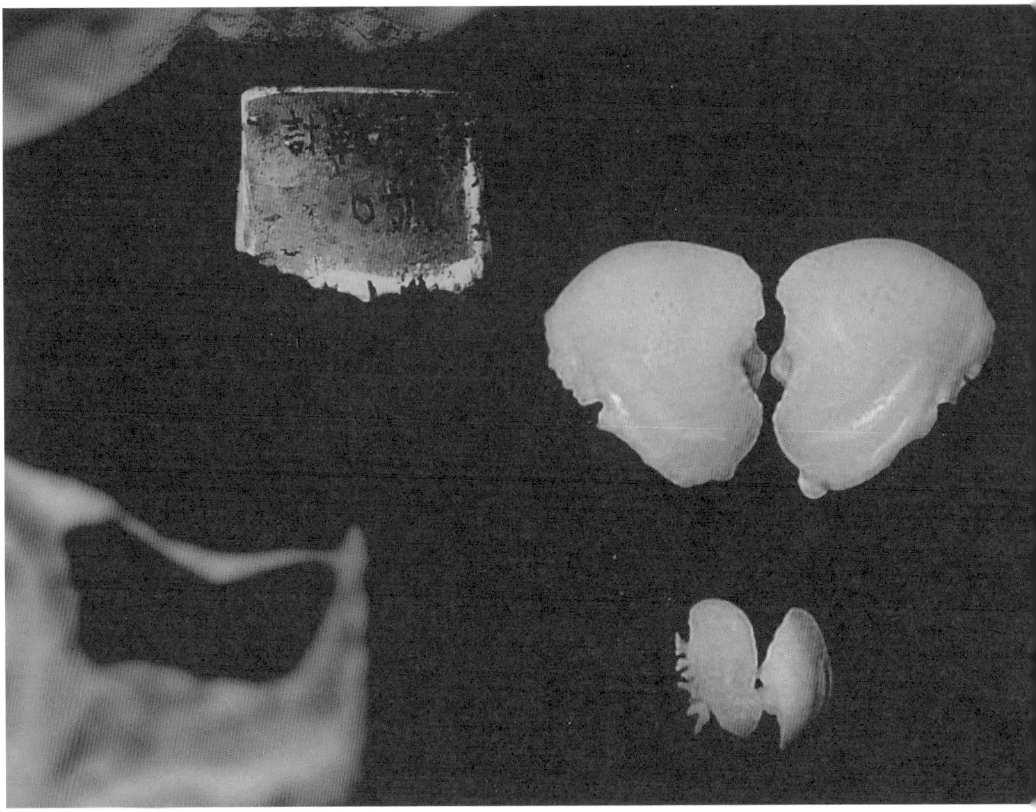

ATSON'S
WORM CAKES

提防假冒
屈臣氏
疳積餅

第十六面：死人館兩幀照片

死人館一牆的照片，牆下單擺一張素面高腳几兒，佈置，稱得上百密一疏。這几兒，諒是民初舊物，煙氣熏熟的一個小抽屜，半吞半吐，向陳念開着，載的也是香灰。几面疳積散罐子，香腳滿了，就扦插到屜裡。屈臣氏的疳積花塔餅，明黃地四面紅線框，一面英文商標，三面楷書教人辨真防影射。字迹漫漶，破黃紙上畫的四道符，越看，越覺得就是做香爐的。這東西，陳念記起黃裕小時吃過，一坨坨五色糖塊，連鐵罐擱他爸理髮店。來剃頭賞一兩顆，能留客。那年頭，小孩都生蟲，但劫飛艇一個海盜，不能免俗，也養幾條蛔蟲，是不太榫接文理的。這般接地氣的鄰家孩子，會為幾磚金子，結夥害人？就為見過他吃花塔餅，陳念幾乎斷定，那起事件，是一樁冤案。

黃裕十九歲去氹仔學技能，臨行沒到照相館留影，幾年後人失蹤了，要掛繫也沒個堂堂的相貌。去問黃榕，徒然要他傷情。綺貞遇難三年，他讀報讀到兒子下落；有下落，卻沒個好下場。墜機倖存了，出獄撞上的才叫劫數。他管住心情，理髮店鏡前，但笑不語，是安撫剃刀下，仰脖子繃頸皮一眾生客的。黃裕沒肖像，他爸存的一頁剪報，攤店裡礙眼，陳念借去鑲好，湊合釘上牆頭。沒貼報頭，不記得是個什麼報，只確定是一九四八年七月十六號，事發後一兩天的新聞。照片裡，黃裕水泥地上躺着，市牢哨塔的陰影伸長了扯人腳。他瞪着眼，張了嘴，好奇多於恐懼，彷彿一條大魚縋下來，魚血一顆顆墜到他身上炸開。半截黑襯衫，越顯未染血的半截白。

攝影師俯身岔腿，用廣角鏡頭，捕捉難得一遇的明暗反差，不防一隻皮鞋入鏡，印在黃裕膝旁，蠟亮鞋頭照得見人影。附帶一段葡文，簡述黃裕才出牢門，就中彈事實。但誰開的槍？警察不查，報紙不便說。案情，照常水落石出。但到了法庭，黃裕卻推翻供詞。英葡兩國，當時沒劫機案例，法律上，沒適合條文檢控。澳葡當局，不能判罰香港註冊的飛機，在國際領空的罪行；香港政府，認為出事地點屬華界，也沒審訊權力。原來歷史上，澳門小姐，是第一架被騎劫的航班。開了個壞頭，自此這款格達蓮娜飛艇，不接客，只載黃金。因為世人未擬出描述劫機的句子，就沒一個罪名，適合定黃裕的罪。一九四八年七月底，《世界日報》記載了細節。

沒能判罪，唯有釋放。然後，他獲釋走出市牢，在門外遭到射殺。屍體搬走前，街頭晾了片晌，有記者撞上拍了照，還拍得黑白分明。要不是載了個中彈當場死亡，陳念還真以為，是一條大黃花的魚顱裡，掉出來一塊魚頭石砸死了他。隔住老朽門框，一邊是事發現場剪報，一邊是神婆和水雷合影，都配了黑檀木相框，竟有些登對。陳念最後一次見到黃裕，是一九三三年暮春。除了鬧饑荒，鄉里稱為風潮那幾年，一歲兩趟黃花汛，是島上最人多喧嘈的日子。尤其三四月春汛，不分晝夜，埠頭海濱滿眼的木桶，搬魚獲的，釀起一鎮子腥風。那幾天，燈火徹夜熒煌。她在光影裡流連，卻見譚公廟旁堤上坐了人，泥塑似的，楞着眼看一船船的蜑家人忙活。

「過幾天，我去學修飛機。學會了，再學怎麼開。」黃裕說：航空中心在氹仔島，搭船，大半個鐘頭能到；但住宿舍了，就不常回來。「綺貞捨得你走？」她問。「我跟爸學剃頭，學得好，隔壁開一家搶客？在我這年紀，他賣光爺爺家當，換了那機關椅，說我娘是隨牛皮墊來的，我是牛皮墊上生的，盼我繼承了，當個祖宗供着。其實，我要學藝不成，沒指望開大鴨婆，過些年，老爸做不來，不想做，我接手抓剃刀正好。」見陳念沒接茬，他繼續說：「本想去找你，告訴你……沒見屋裡點燈，就沒喊話。」「我點的燈，外頭見不着。」她照例沒去解說，只問他：「要告訴我什麼？」

「就說等……等汛期一過，少人剃頭，我娘有爸陪着，我就走。」心事藏着，怕說漏嘴，垂了眼看堤邊泥濘裡，彈塗魚失魂奔波。「再說這般待着，也是……」他瞟她一眼，把話嚥了，只絮絮說着姓黃一幫魚，顱腔蓄兩三粒石子，浮沉衝突，怎樣捱受蓋頂一片噪響。「我頭殼裡，有一樣兩顆石子。」黃裕一臉鄭重。那時候，沒人知道一海鼓動，其實，是黃魚肌肉強横，夾擊魚鰾發聲。「就像住了隻惡鬼，躺着不動，也聽見那廝磕牙。」他問陳念：「聽說過摩斯密碼？」「沒聽說，戲裡沒有。」「那碼滴滴滴，答答答……一路敲着傳消息。」「傳什麼消息？」她順藤摸他瓜蒂。「說了，怕你不高興。」「哪天開始的？」她問完，見他愣怔着，偷看洗澡，讓人逮住似的：「我問那噪音。」

「記得事情，噪音就在。」黃裕說：「五歲那年，咱們一家子看《吸血鬼》，戲院出來，兩顆魚頭石，一公一母，就腦門磕碰。」「石子，也分公母？」陳念讓他逗笑。「扁扁的兩顆，併起來一顆心，成雙的。」他說。「倆女的，也可以相印成對。」她心想。媽祖島有傳聞，魚顱裡，這副破開的心，男女相悅，各保管一瓣，一方情盡，另一人懷揣的，顏色即變慘淡，就知道緣滅。「等找到大黃花的魚頭石，我送你一對。」送一對，是送一瓣着迹，也唐突。「送我幹嗎？」問了，她卻懊悔，怕逼得緊，他把話說白。「燒成灰吃了，小便暢順，耳鼻炎能消，連砒礵毒，都解得。」他應對得規矩。

蜑家人覷準黃花魚怕吵，去敲特製木板，頻率恰讓魚頭石生出共振，乘魚群暈頭轉向，趕到一處網羅。陳念會樂理，黃裕頭殼裡，如果盪着一對石子，汛期來了，沒準真能起共鳴，感應魚顱內衝突，融會月下一海奇聲。「黃花魚會苦苦苦的，一疊聲叫。」黃裕說。但聯群訴苦，聲傳海面，徒招人圍捕。「再難受，憋着妥當。」他替魚抱不平。苦果悶聲吃，可以養生。煤油燈越點越多，虛的實的，水陸一樣晃亮，一樣擾攘。琢磨陳念坐不住，他長吸一口氣，倉卒道：「我會給你寫信。雖然我知道，你喜歡的，是我娘。」變生眉睫，說完，兩人楞着眼，看夾馬口一嘴燈船，一夜無話。黃裕去後，綺貞交來一隻筷子飛機。「阿裕造的，不好意思親手送你。」綺貞笑說：「都是吃飯傢伙，他貪那筷子木色沉穩，換我一筒牛骨的，水泡着臊臭。」

「家的味道。」陳念嗅着黑油油一架雙翼螺旋槳，也是笑。幾步捧回屋去，閣樓上書案燈旁供着。陳念敷了粉，容色不改，她定格某年某月，某一場戲裡，綺貞知道，也接受這不隨流的生滅。黃裕年輕，未必能體會；

而且，她心裡，還真只有對他媽的依戀。不過，魚汛來的那夜，如果知道見的，是黃裕最後一面，是兩人最後一次相處，她真不會一夜和他說黃花。黃裕出去頭幾年，或有回家看父母，彼此總沒遇見。但生沒見人，死屍卻忽印到報紙上，也太多蹊蹺，太多不該有的留白。「墜機，水裡昏迷，會游來一群大黃花，夢裡喊苦？」陳念想起的飛機，總是那相濡以沫的筷子機。那些滴滴，答答，彷彿一堆時辰鐘，他離開馬奎斯理髮店那天，就沉在海底，替他倒計時。

說回死人館供的剪報，橫看豎看，都不似黃裕原貌，不符舊時印象。神婆倒有分解：「他拱北那邊茹毛飲血，中年走樣，破相，有什麼稀奇？投靠了個撈家，有圖謀算計，不連繫，不連累家人，也是道理。」陳念不語，兀自看那疳積散罐子，鐵皮幾十年沒蝕穿，比人耐久。「什麼都壞得慢，就這副老骨頭……算了，我這活，是往死裡活，沒好抱怨的。」神婆說：以前老想有一幅安得神的照片，好早晚給他上炷香。以為沒指望了，某天，見陳念定睛看那頁報紙，轉頭自去盯了眼，那一隻沒裁掉，一直留在黃裕膝邊的皮鞋，越看，越覺眼熟，她忽然想起來：「那死鬼，就穿這樣的尖頭鞋子！」

神婆豁然貫通，既是攝影記者，替幾家報社供圖，在人家的不幸裡，用皮鞋落一個款，那是情理之中。連忙找來放大鏡，對照文末小字，果然水雷圖背面，署的是一樣姓名。「總算有件東西，留着讓我供奉。」對這葡國漢子，到底曲折地，償了心願。天意憐人，遇見安得神之前三年，他耐穿的皮鞋，原來早印在一個劫機海盜的忌日上，由陳念揳進黑檀相框，帶入館門。那隻鞋，就蠶豆大，卻過了三十幾年，才肯發芽，綠得人看了惆悵。死生契闊，從來有脈絡相連，只沒想到像繞框的蛛絲一樣，隔着一檻光陰，連得這麼細巧。她的蹉跎，或者蹉跎發酵出的酸苦，纏來搭去，從沒隨一縷青煙逸出門外。

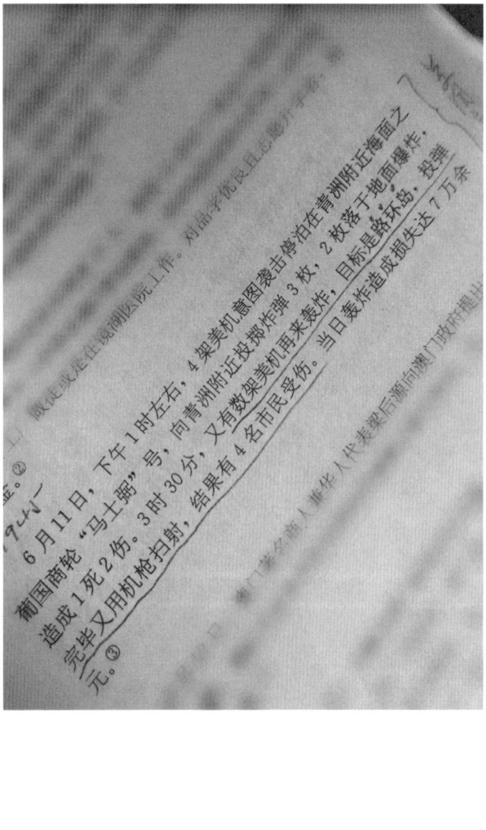
症。②
6月11日，下午1时左右，4架美机意图袭击停泊在青洲附近海面之
荷国商轮“马士弼”号，向青洲附近投掷炸弹3枚，2枚落于地面爆炸，
造成1死2伤。3时30分，又有数架美机再来轰炸，目标是路环岛，投弹
完毕又用机枪扫射，结果有4名市民受伤。当日轰炸造成损失达7万余
元。③

第十七面：婚禮後椅精變成一棵樹

禍事，輾壓成繩頭小字，揳入路環圖書館的紙頭紙尾之前，陰晴不定的某天晌午，神婆送了九澳村一隻新鬼上山，順道捎帶些日用品去痲風院。陳念外婆下世兩年，一九二五年院裡才接收男病人。陳天源緣薄，住了院，更鮮有人惦記，轉眼面目全非。好在潰壞，正似這癩病，山野間，有個地方容身。混了充頭貨，老神父寬仁，自不揭破，橫豎他會做活，能幫襯着照顧院友。「有一種醜魚，念念說的，離水肉凍一樣，擱不長。」天源感慨：「我就那種魚，不過，游到這兒來化水，也是天主關照。」神婆沒接茬談海產，只說外頭打仗，糧油短絀，去年高士德去廣州糴米，簽了合同，按年兩萬擔，今歲翻倍來，白粥能吃稠的了。

前兩年難熬，一九四三年鬼子鎖海，來難民，不來糧食，每月餓死一兩千人。農曆新年前後，天冷，死人更多，一天能死四百。屍骸集中青洲收容所，拖船載到氹仔，草草掩埋東北面海邊。萬人坑挖得深，寬兩三丈，層層相疊。石排灣礦場那邊，離氹仔近，神婆鼻子靈，臨風能嗅到對岸屍氣。天源九澳村那侄子侄，陳念說的天地人兄弟，大街開忘記雜貨鋪，辦到一撥貴米倒賣，都滋潤了。天字壹號馬納南，是大股東，長得還個人樣兒。「忘記」據說他執意取的，弄得大家忘記去買鹽，忘記去買醋。馬納男給陳念送糧，陳念不吃，都賞了神婆。「你閨女，就吃我館裡香火。」她說。「吃香火省事。」天源說：他同樣不吃不見餓，吃了白吃。

院舍附近有菜園，種地能餬口，神婆捎來碗筷等物，病友磕壞了能替換。「甜仗辣仗，仗不打進來，數這兒清靜。」天源一九三四年入住，院裡蓋了小禮拜堂，算七苦小堂前身。「大家怕見光，就心裡不黑。」他仰起頭，看屋頂十字架，兜帽漏出來半張臉，雍穆，但蠟一樣在熔。就是那會兒，神婆聽見上萬隻螞蜂逼近，嗡嗡嗡撲到山頭，卻是三隻螺旋槳飛機，排成品字，掠過十幾個痲風人頭頂。等站穩了，氣根兀自搖擺，滿院子落葉簌簌。那是一九四五年六月十一號，飛機越過禮拜堂屋頂一刻，裡頭一座老時辰鐘，指着三點三十三分。「三三不盡，吉祥！」未瞎的，推門出來報喜。都不知道三分鐘前，這三件遠道而來的美國凶器，鎮上投了彈；炸完，飛過三伯園用機槍掃；興許子彈打完，才沒向院裡晾的粗衣麻布，噠噠噠多扎幾個破洞。

其實這場突襲，傷了四個人，包括綺貞和黃榕。四圍兵燹，船出不了海，魚獲是沒了，還幸尚有米糧南下，有田地的，能種些莊稼。世道不靖，毛髮長得慢，肯來剃頭，那是鄉里情誼，事後撂下生薑熟芋，木薯粉葛，是存心對他家照顧。生計維艱，綺貞不知哪兒學來手藝，去歲清明前，三伯園澗畔，摘一籮筐雞矢藤莖葉磨粉，不是隨便蒸熟了事，還弄來巴掌大餅模，藤粉摻和黃糖、糯米粉、菜油等揉成團，壓出一副魚的形貌。模子裡，更摳出簡化的一張理髮椅。雞矢藤餅出籠，油油的墨綠，就像吞了椅子一條鱸魚，明擺着是馬奎斯「Barbearia Marques」的出品。這樣一籠籠擔着賣，不旋踵，都不叫雞矢藤餅，叫椅子餅了。

這餅袪濕消食，去腫解毒，中暑了痲痹了，連濕疹，連瘡瘍，一概用得上。災瘟連年，多痛多癢，可謂當時得令，吃完嘴甜舌滑：是帶苦，苦盡一般甘來。這會兒，早沒人記得她漂洋而來，是一隻椅精，都喊她「椅餅貞」了。矢餅搶手，做得自是起勁，大雨天，照樣打起布篷，理髮店門口賣。「吃屎餅嘍！香噴噴，出籠大屎餅……」雞矢，即雞屎。呼天搶地賣出名堂，遠親近鄰，無不羨慕黃榕討對了老婆；歲月暗晦，他臉上光彩。這年暮春，綺貞提早賣餅。「等外頭仗打夠了，我開一家糕點店，多做些款色，甜餡的，有豆茸椅子、芋茸椅子；鹹心的，做薑茸椅子、黃榕椅子。」她笑說。

趁夏天藤葉長得好，這趟，得多摘些貯着；黃榕多借了竹筐，陪她去找。灌木叢周圍，白瓣紅心密匝匝開了小花，一叢叢雞矢藤葉綠得深潤。拉了黃榕正要去採，背後一片蜂鳴，回望，三架螺旋槳飛機，喤喤響着飛臨。啪啪啪啪一疊聲響過，颼地尖嘯，投彈了。氣流捲來，輕飄飄的，她撲上一幢破宅的苔綠泥牆。萬籟突然死寂，但塵煙四起。遠處房屋着火，有人竄避。黃榕站穩，見綺貞躺在牆下，搶過去抱起就走。到中街井畔，兩邊有牆垣遮擋，讓綺貞井口石墩歇着，探那鼻息，似有還無，看來給衝撞了，一路昏沉着。不等氣喘定，仍舊背了她自家店裡走。

進門，穩穩擺上理髮椅，正不知拿什麼去餵醒，低頭見門外竄進來一條血線，虛實相間，繞了這椅子一圈。原來自己腳踵上筋腱處，豁了道口子，諒是彈片擊出的破綻。屋裡有雞矢藤細末，敷了些止血，草草包紮了。忽聽見綺貞說：「趁葉綠，多摘些。曬乾磨好備着，明年沒準兒……」說着環顧左右，有點迷糊：「籮筐呢？

欸，回了？」黃榕舒了一口氣：「籮筐別管了，人在就好。」飛機要折回來索命，屋牆抵禦不了，有張銅椅子護住，黃榕心裡踏實，即往妻子身上摸索。檢查過，除了臉頰嵌了青苔，手腳擦損，不見瘀腫，不似有內傷，只拿了條濕毛巾替她揩抹。聽說飛機下了彈，綺貞怔楞半晌，想起了什麼：「好寬一牆綠撞過來，我沒躲開；實在，也躲不開。」她喪氣地搖頭：「倉卒，就是倉卒。」

黃榕沒聽出這「卒」，意思是到頭了，安撫她：「沒事。明早來船，就鏡湖去看看。」綺貞渾沒聽見，重複說不成了：「倏一下，三魂讓擠出來，心裡頭乾癟。」胳臂抬不起，眼神越發灰暗：「就陪你到這一天了。」「別瞎說。會好。」黃榕熱了小杯薑茶，餵她喝。嗓子不澀，慢慢就多話：「有沒發覺，咱倆還沒成親？」「這事俗套，你說的。」「沒個名分，」她擠出笑容：「你好意思說，自己死老婆？」黃榕暗自鬱結，臨急要找人證婚，兵荒馬亂的，往哪找去？而且，兩人沒信教，摸上天主堂，神父卻未必還杵在壇畔捱轟。「找神婆去。」綺貞提議。「她……就知道辦喪事。」「一樣的。備些香燭，梳個頭，說什麼一梳……梳到天腳底，圖的就一句好話。」再吩咐黃榕：「上樓找件光鮮衣服，給我換了。我下不來。」她是椅精，大椅子是她的繭；到頭來，千頭萬緒裡沉緬。

神婆九澳村下來，離住處不到百步，滿目瘡痍，劫火未熄，暗自吃驚。馬納男「忘記雜貨店」有無線電收音機，聽他說，這天下午一點鐘，四架美國飛機，空襲青洲海面葡國商船馬士弼號，投三枚炸彈，兩枚落地爆炸，一死兩傷。過了兩個鐘頭，沒來由地，卻來攻擊路環。「炸龍躉，卻炸了蝦蛄，炸錯了。」她嘀咕着，回到死人館。天黑了，黃榕來催請，要她去主持婚禮。「去替你女人上頭？撞邪了你？」神婆瞪着他問，瞧他腳踝纏的綳帶沁血，瘸着走來說胡話，心裡也是懨悶。「剃頭我拿手；上頭，」黃榕說：「得找好命婆。」「我命蹇。」話是這麼說，到底順了他。趁神婆去換衣服，黃榕踅到大街，在天和酒廠買了小罏玉冰燒，踉蹌趕回店裡，她人也到了。

紅白二事，講究一場熱鬧；這一回急就，昏天黑地裡，自不宜鑼鼓擾人，儀式一律從簡；實在這嫁娶，不是神婆專項，也只能從簡。綺貞瞇縫了眼，安生坐着，隔不久，對鏡子一笑，淺得游絲一般。「吉時，上頭。」理髮店，梳子不缺，神婆挑了把桃木的，洗乾淨，梳柄上紅繩綁了同心結，款款的替綺貞梳頭。「一梳梳到尾，二梳梳到白髮齊眉，三梳梳到……」梳到項背住了手，原本要說「兒孫滿地」，瞜一眼滿地落的枯髮，不忍續下去。綺貞五內枯竭，元神散渙，按理說，已算個死人。神婆心裡黯然，沒說白，仍舊堆起歡容。這也是頭一遭，她帶笑打點分內事兒。

黃榕搗着綺貞手背，凝看她側臉。他只願意相信，她是受驚了失色，明兒去把個脈，調養幾天就好。他覺得幸福，也幸運，說下輩子，還是希望有這麼一個妻子，也感激她帶來了椅子。「你老了，記反了。」綺貞是笑着說的。突然，她記得，曾經為坐這椅上的陳念洗頭。陳念變虛了，換了境界，她心裡苦。二十幾年，那一掌泡沫，彷彿還在，就是冷了：這夜，最後一個泡泡，也要破了。是哪裡？哪時蒙的難？陳念是茫然。某天，戲院裡掀帘出來，就不增不減，像倒生的一棵樹，根柢代替了枝椏，失常地憑空慘綠。但這光景，綺貞要結聚成一脈虛影留下，也是不成。男人遲鈍，沒察覺；梳頭的神婆倒清明。

為不生的洗頭，替既死的上頭，紅與白，悲和喜，終究是手背不離手掌。執子之手，這話，從來淒涼；再好合期的也是百年這一個虛數；數盡了，各自撒了手，趕下一場空茫。這半輩子辦喪事的，反覺得生生世世，這樣的大話，教人難堪；縱或有那麼一世，活得長，活得安穩；但一眨眼，錯身過了，回望：「是哪輩子，哪段好年華，彼此遇過的？」忘了，就是忘了。悲與喜，笑聲和淚影，都在相續的遺忘裡化掉，化為灰塵。神婆送過幾位黑頭人，沒成婚就走。綺貞逐水浪而來，盡性了，不虧欠這剃頭的情分，福緣不薄。頭不必上完；上完，髮要萎盡，不如趁早合巹。

沒備苦葫蘆載酒，臨街神龕上，黃家祖先靈前，擺的三隻玻璃盞，水紅紅，燈下瞧着喜氣。「權宜用。」黃榕會意。迎下來，鏡前橫木上排開，斟了半滿；鏡裡，也漾開了三杯，虛實相碰，屋裡影影綽綽，交錯成六人，場面不冷清。玉冰燒，玉就是肉，豬油釀的，恰恰算個有酒有肉。「換杯子喝。」神婆替綺貞遞酒。黃榕一仰臉喝了，自己那一盞，卻端過去敬綺貞：「老婆今兒喝上好酒了。」這才想起平素怠慢了她，眼淚簌簌滴下來。「好日子，有你這樣的？」綺貞勉力湊過去，呷了半盞。涼水一般，咂不出滋味，卻一笑說：「酒好。錢掙多了娶小妾，以後，記得也喝這什麼燒。」黃榕摟着她，一臉涕淚辯白：「不喝了。有你，夠好了。娶什麼都不喝了。」

神婆奉上濕帕讓他擦臉，木盒裡點些口脂，替綺貞補妝。唇上一揩，滿指的寒凛，連忙避到一側，對鏡牆裡三個木然看結縭的，宣告禮成。「從今後，永結同心。」雙臂稍一虛抬，即傾杯潑向門坎。辦慣了喪葬，一走神，竟隨手奠酒。「沒事，合宜。這酒……」綺貞小聲說：「阿裕要在，三十一了，奠一盞正好。這小子，真是……」要走了，才察覺連憾事，連補不了的遺漏，一樣眷戀不捨。「九年了，也不指望這小子，家門口杵着。」除了阿裕，黃榕琢磨她還有想見的，耳語道：「好不好也請你女人來喝一杯？」打從兒子去氹仔受訓，學修飛機，綺貞無事就隨陳念去看戲，一去老半天，不辭跋涉，回來又膩在一起。綺貞人前稱黃榕「我男人」；他說起陳念，就喊她做「你女人」，算各有所屬，琴瑟調和。

神婆退兩步，門檻前往外張望，對面三楹屋，就中間那幢黑沉沉不見燈火，荒廢了二十年模樣。每逢找陳念不着，照例說看電影去了，但這時節，連抗戰劇，都鮮有上畫，都怕一布幕的假軍隊，假坦克，挨受實彈的轟炸。「又是散場了，沒船回來。」神婆熟知她套路。「在屋裡。時間不對，見不着。」綺貞沒多解釋，只說：「留一杯酒，算我敬她的。別去敲門，我這樣子，她難過。」聲音，弱得幾不可聞。屋裡再沒酒杯，倚牆高腳几上，有一個餅模，綺貞示意黃榕取來，滿斟了。模子自帶玉桂香，壓出來椅子餅上千枚，那味兒就是不散。玉冰燒摻合了木香，那甜，越發的幽邃。

黃榕把模子捧到綺貞唇邊，她呷了小口，留下大半，囑他蓋好了鏡子前擱着。「等我走了，代我敬念念這一盞。」她想說：這也是共飲了。但這輩子，她只合和黃榕交杯，他是她的天，一待禮成，天荒地老。神婆陪着喝了幾盞，子時既近，告辭說明天再來。出門不見路，退入屋，要點一枝紅燭破暗，才察覺捎來一對龍鳳燭，臨事忘了高燒；事了，自不好復燃。邁過坎兒，熠熠映映去了。「我睇一下，做個好夢。」綺貞靠墊裡沉陷，面前半牆鏡子，漸漸灰了，四邊苔蘚慢慢攏合。那綠迎人，壓根兒是入黑前，乘風投身的一堵屋牆，她早附在那兒，有繭絲連着。酒到微醺，氣數，也禮數一樣盡了。

鋪子裡昏黃，就一盞油燈未熄。黃榕搬了條杌子，挨綺貞坐着，實在乏了，身子塌下來搭在椅上，只握了她手。眼餳了，面前迷糊，除了鏡前餅模子裡，那一池甘洌，漾起龕上燈紅，這夜，就他足踝上布條滿溢的血，潤得跟一場喜事搭調。綺貞沾過唇的一模子玉冰燒，雖沒蓋嚴，鏡子前擱了七日，形骸入了土，洒水卻點滴沒蒸發，新斟出來一般，嗅上去綿甜。光陰，似乎刻意地，讓陳念迴避那一段悲傷。斜對面閣樓上，她沒看到匆促的停靈和殯殮，窗外寂寥，人物像濾走了，就理髮店模糊的木匾下，藤筐裡，一簇雞矢藤葉綠得養眼。「溽暑天，門戶掛些枝葉，辟邪擋災。」綺貞說的。興許，真應驗了辟邪一節，障了她這邪祟的耳目。

現世的愁慘，包括晴空裡，美國飛機劃出的黑線，那顫響的三條黑紘，都讓綺貞撂下的，或者該說，只為她撂下的一窗鬱綠，擋隔開了。趁街上沒人，她開門出來，移步黃榕店裡。這時節，室內竟涼颼颼的，就餅模裡那池酒，一鏡迴光照着，浮漾出暖意。「綺貞走了。」背後響起一句。她沒回頭，背後是一堵牆，不該發出聲音。「走得急，只來得及分飲這一杯。」那堵牆，還在喋喋。陳念端起模子，穩住手心動盪，垂了眼，一步步走出去。逕自回屋坐瓷墩上，一仰頭把酒乾了。原該變酸變餿，她打心裡覺得甜。那魚形餅模的肚子裡，孕了一張椅子；那椅子，還是個雛形，算個胚胎。那胎會長大，她知道，像哀思一樣。

廚房灶旁，有小窗透光，紅泥地磚缺了幾塊，露出些黑土。心血來潮，刨了土，就把餅模子埋下去。她搞不懂懷了椅子的，是什麼木頭，但泥土知道。綺貞死後，大概三七接亡靈那天，大清早，灶邊腐土探出來一線蔥青，還抽了芽。不偏不倚，正長在餅模窩藏的椅子上。陳念摺了些元寶，冥錢寫了姓陳名綺貞，灶頭燒化了，紙灰撒上綠芽周圍土壤。接亡靈，宜望風緬懷，她卻搜不出話。傷痛，好像到這會才落實了，哽在喉頭。那綠芽長得急，半年發幹生枝，冒了半灶房的葉。樹皮散發的香氣，就跟餅模子一樣。那葉子橢圓，梢尖。見翠嫩可喜，嚼了幾片，肉桂香裡透着苦辛。去問神婆，說是陰香，常綠喬木；樹皮，廣東人叫桂皮。

「專治沒胃口，腹脹，泄瀉。」神婆說：以前摘玉蘭花擺賣，遇老陰香樹皮，也會刮些曬乾送人。這樹長對了地方，連樹名，也投合陳念幽居光景。她身上沒氣味，蟲蟻不依附，但一絲兒人氣沒有，精細的辨出來，要忌憚她。吃樹葉吃出癮來，撣衣一股肉桂香襲人，倒容易塵世裡涸迹。後來主幹粗實了，她撕樹皮吃，有時心裡悽惶，更連皮帶葉吃個不停。「可以解鬱。」陳念說。綺貞木化了，換了個形相陪她。她這是噍她膚髮，飲她汁液，用生吞活剝，追悼那兀自窸窣作響的愛情。「以為吃撐了，會把你女人屙出來？」神婆，有嘴欠時候。

除了飽肚，灶旁這一樹陰香，也是她的陽曆，方便記事。譬如，樹冠長到和閣樓齊高，隔壁靠南「1」號屋，夜半再無異響，橫門上搭的大銅鎖頭，也不見了。推想那時起，味士基打沒再來度宿。那廝身上配置的東西，與日俱增，板鋸，馬尾毛琴弓，水鴨街吉屋門鎖。陰香筆直伸上來開枝，枝節撩入天井，探她牆洞，葉子掉到床頭那年秋天，逢上大日子，總見到味士基打戴一頂雉尾盔帽，四出招搖。到樹冠擠出牆垣，瓦頂上舒展，他那襲破軍褸，那葡萄牙十月初五革命前的戎裝，還掛滿了毛澤東頭像，鎳皮鍍得紅亮，或圓或扁，好多還烙了字，講大海航行，日出東方。那年濕翳，襟章逾百枚，電解液浸漚過，日頭燙熱了，免不得一股餿臭熏人。味士基打沒準像陳念一樣，體味需要外求；但討得這一身怪味，生人嗅着惡心。撇除味道，那一嘟嚕銅鐵的哐啷響，靜夜裡傳開，要躲的，來得及躲，遭他暗算的「海盜」，到底少了。說到底，大家沒見過他宰人，腰帶上綴的板鋸，興許就一件樂器。這一身冗贅，過目難忘，是他歲月裡下的錨，是一百年，他死而不散的物證；然而，那是一樹陰香，出牆之後的事了。綺貞下世不滿月，七月五號那天，美國飛機又來，再炸傷炸死幾個平民，澳門濟貧院也毀了。美帝國辯說，轟炸是意外：「轟炸路線搞錯了。」「你娘掉下來，是意外；炸彈掉下來，你好意思說，是意外？」葡國人，會這麼回敬？

一九四七年五月，太平洋戰爭結束，美國派員到澳門新口岸，看飛機庫等設施給炸成什麼樣子。原來早在一九四五年一月十六號，鐵翼上漆大星星的飛機，那些掠過痲瘋院的「復仇者」，也炸過泛美航空站，原葡萄牙海軍機庫，毀掉積存的六千加侖燃油，六架舊水機，以防物資落入日軍魔掌。處處蜂窩，彈痕纍纍在目。推卸不了，美國參議院終於承認，轟炸中立國理虧，賠了葡萄牙兩千多萬美金。澳門的死傷者，像黃榕這一家，自然沒得過半分錢撫恤。「禍從天降。」神婆敲定。雖然這罪，在雲端，但聽澳葡政府估算，路環遇襲這起禍事，「損失」七萬餘元。

活了五十幾年，她總算明白，生活，隨時會讓連根拔起，有過的甜苦，再難忘的細枝末節，不管哪一個國家來了，都會輕易簡化成一組數目，記在賬簿上。在「七萬餘元」這數額裡，黃榕喪妻的悲慟，陳念不絕的綺思，市值約莫是他們拿不到的三萬六千八。「連生卒年月，都欠奉。」歷史的流水賬，還不如碑文對一段人生的撮寫，來得溫情。綺貞供在神婆死人館的照片，黃榕多曬印一幅，製了瓷照嵌墳頭上，好天他會到墓地陪陪妻子；下雨天，卻不敢去上角碼頭。「在那杵着，總覺得雨再大，就有一條船載她回來。」他對神婆說。這時，藤葉蔓生的三伯園墳場，綺貞長眠快兩年，黃榕右腳踝旁的筋肉，像悲傷一樣撫不平，折磨幾個月，扭曲地癒合，卻算是瘸了。

1890 年建成的澳门好景（峰景）酒店

第十八面：潛水鐘上誤落的一場細雪

天有光，大偈福嬸就出來，門旁信箱取了信，坐坎上讀。幾年前，總絮叨着，說隔壁陰香樹挨過來，要把這邊樓上洗澡間壓垮。夜晚去如廁，樹葉還乘黑飛過來割脖子；等結了果，果實會長出吸盤，甚至牙齒，砸中人咬住筋肉，就癭瘤一樣附着，休想再摘下來。「你外公老長瘤子，就是這原故。」她解說得在理。唯有隔着長樹這吉屋，讓她獨住另一邊空房。打從搬了過去，信箱裡，那四個霉舊信封，她每天拈出來細讀。其中一封，夾了幀照片，相中人銅盔罩頭，不見五官，一身油皮裝束，朝朝她揮手。坐上一頓飯工夫，就小心套好，連照片餵入信箱；箱蓋舊銅鎖，仍舊如前虛搭着。

近事渾忘，早歲學過的字，卻還認得。病到中期，原該情緒躁鬱，不能自控，信箱尋出的書簡，卻讓她開朗了，能有半日平和。上中學得去澳門，但不上課，枋阿密總晏起，閣樓下來，他外婆一般幾步外，門前藤椅坐着，懵懂地瞅他，片晌，會記起：「你是阿……阿海姑娘她先生。」再想，犯嘀咕了：「你是她先生，怎麼不中間這屋下來？」百辭莫辯，他乾脆每趟編一段新鮮的，越荒唐，福嬸聽着越歡喜。偶然，想起他小時樣子，卻覺得面善：「你分明是我孫兒，怎麼叫自己阿榕？誰是阿榕？」阿榕，就是他屋對面剃頭匠黃榕。

這天午後，福嬸屋裡出來，見理髮店門前，一幅藍布帘撩起來搭着，兩旁挨牆垛一摞摞書報，臨急築起的城堞，高高低低，護着門坎坐的一個老頭。她擋住西斜日照，看老頭喘氣。「搬出，還是搬入？」福嬸還看得出，那是搬家的勢頭。老頭一抬眼，沒好氣答應：「搬出搬入。」「怪不得……」她一臉惋惜。「怪不得什麼？」「怪不得看着，眼熟。」福嬸說。黃榕以為能省心，卻聽她說：「福伯變一隻貓之前，肺先變小；肺小，氣不夠，就慫成你這樣子。」說着指一下自家閣樓，藍眼 Lucky 正蹲在窗前，看掠過簷頭的燕子。

「似水年華不見了。」黃榕說。這話突兀，讓人暴起疙瘩。福嬸卻不含糊，還開解他：「大夥一樣，似粥似水，似一泡尿的年華，都不見了。」「我說雜誌，每月一期的《似水年華》雜誌。記得擱在……」他瞟一眼店裡大半騰空的木架，一臉懊喪：「明明在那兒，鬼捂了眼，見不着。」「見不着什麼？」福嬸問。「似水年華，雜誌。」他訂購書報，起先是興趣，也能留客。兒子遇害，或者說，他認為兒子遇害的一九四八年以後，對舊事新聞，更多留了心眼。阿裕是死了，死得圖文並茂，卻沒一則官衙發佈的死訊，沒一條讓人辨認的死屍。

葡文報紙印發的死相，陳念要了去，鑲了框，掛神婆那兒二十幾年；供奉的，是不明不白一個死狀。後來，事情偶見於報屁股，當補白，都說成：「自此下落不明。」過了二十年，卻翻出新篇，考證出黃裕，又名黃耀，市牢出來，逕送大陸，再意外身亡。據傳，什麼中山委員會曾發文，指黃裕為荔枝山人，荔枝紅了，他再犯事被捕，入獄四年。「下落不明」的黃裕，更另有一報，記載他一九六八年病逝。「阿裕要是才死了幾年，死人館供的新聞紙，照片裡的是誰？」想到骨節眼上，他就頭痛。那起飛機劫案，材料瑣屑，或繁或簡的一面之辭，他闢了個暗角堆放。

晨起，他逐架逐層的，往復搬挪。這會兒，膝邊一摞故紙，露面的，是二十七年前《大公報》。離事發的七月十六號，約兩星期。入眼枯黃，小字幾要剝離，但所記疑犯名號，算最詳盡。黃裕能上飛機，是趙三才買的票，填報姓名黃耀。相連四座號，還包括趙昌，趙日明。三趙一黃，據說橫行中山縣，號稱「九流撈家」。那趙日明，鎮日褲帶掖一柄左輪晃悠，生怕人不知道他早晚要出事；然後，真闖禍了。「澳門小姐」撈起來，警察撿到一把左輪槍，彈倉空了，彈殼掉出，子彈打哪去了？

早《大公報》兩天，下面墊的二十八號《香港工商日報》，載美聯社消息：「該機撈起水面時，發現短槍彈殼一枚。該機毀去兩翼，機身一如曾經爆炸的炮竹，警察現嚴密看守該機之四周。」細查，那一顆子彈，該打在機長嘉拉馬頭上，屍身壓住駕駛盤，移不開，飛機就失控了。左輪手槍，趙日明捎帶的無疑，這一槍，開得粗蠢；開完，害自己要人打撈，也應了這撈家渾名。「現眼報、果報、冤冤相報，什麼報都在，就《似水年華》躲我。」黃榕推開一捆舊報，挨門框坐了，着福嬸坐身旁檻上。兩同齡老人清癯，帘下一道門坎兒同坐，也從容。

「老骨頭了，找那年華，不害臊？」福嬸覷着他，笑着重複了句：「還似水年華。」黃榕狂性大發，翻箱倒櫃，忘形去找一本雜誌，是昨天向晚，無端想起某年某日，在新馬路某報攤，買過一期月刊，封面四個字，乍讀彆扭，文藝腔，細想卻有些情致。翻了翻，納書堆裡，過幾個月去要，卻說十二月初停刊了，前後就十期。是哪一年，什麼景況下買的？他記不起。但沒要緊情節，再去搜羅作甚？難不成載了些線索，關繫黃裕的存歿？突然想看究竟；而且，篤定地認為，《似水年華》沒外借，起碼有一期在店裡。

他從墊底朝外的書堆搜起，再架上一撥撥扒下來攤開檢閱。飯不吃，水不沾，越找不着，越煩惡。到鋪了滿地，樓梯也堵了，往理髮椅一歪，就累得不省人事。昏睡幾小時，醒來，見一屋狼藉，卻還有半架舊籍未審。喝了粥水，一疊疊摞起來搬出屋外。大書有時夾了小報，看過沒看過，也容易相混，好歹得騰出地方應付。八十三歲的人，靠不可理喻一股愚頑，搬出搬入，折騰半日，坐着要回氣，遇大偈福嬸起來取信，日頭下，視他的年華如一泡尿，心血幾立時耗竭，長吁過後，小聲說：「《似水年華》我……我非找出來不可，明白嗎？找不到，我把這鋪子倒轉了，再找。這疊紙不出來，我死了不瞑目。」

「不瞑目，也得死。」福嬸說：這門框正好當個相框，鑲一幅他頭像，就近鞠躬也便宜。「見過摸過的，沒了；是不是真見過，真摸過，卻搞不明白；忘乾淨了。這麼活，跟死了，還不一個樣兒？」黃榕悻然說；語畢，自覺失言。「是一個樣兒。」福嬸倒豁達，挑明了說：「去拜山，沒準真見過你瓷相。你上鏡，容易認得。」沒等他反應過來，卻問道：「怎麼一把年紀，才搬過來？也沒個後生的搭手？」「後生要打劫，去劫鴨婆機，忙着。」黃榕知道隨機應變。天熱，他揭起腳邊一頁報紙，搧了搧，不生風，遞過去讓她趕蚊蠅。

福嬸接住，見字讀字，當眼處，還是澳門小姐遇難情節。據漁民馮萬有憶述，那天，飛機撞落水面，約莫十分鐘沒頂。「漁船駛近，海面浮油污，海上有一人抓住木塊漂浮。該人獲救時半昏迷，一腿折斷，身有傷口，迷糊中不忘喊痛，靠岸後，即送山頂醫院治理。」福嬸越讀越慢，心生疑竇：去學潛水，學救人撈飛機，自己卻掉海裡，還要人打救，是什麼個道理？「沒搞錯吧？」她把報紙擲還黃榕。「搞錯什麼了？」「阿裕那身行頭，重甸甸，怎麼『抓住木塊漂浮』？你罩個銅痰盂，浮給我看看。」讀過的字，她倒不忘。「你知道我家阿裕？」黃榕詫異，報上蜑家人見聞，分明沒標出黃裕名字。

「當然知道，他是潛水銅人。辰時卯時不論，要來就來。就沒碰面，那對大鉛鞋，嘎！嘎！嘎！嘎……鋪地那麻石，你沒發覺磕壞了好多？他腳頭重，打靶場那邊過來，等閒要一個鐘頭；就雷雨天，山旮旯裡躲着。以前，電燈局不是有個沙雞嗎？觸電了。可沙雞，還是小雞那會子，銅人阿裕，早拿家裡筷子，給他造了隻水翼飛機。」箋文和現實，即興混搭，無礙福嬸說事：「學會開大鴨婆，他說，第一個要載我上西天，香港兜一圈回來。好端端的，去香港找死？後來，他也送我筷子機。我外孫阿……阿海姑娘她先生，也說見過，鹵得黑油油，沒準都他黃家上下的口水。」

瞥眼間，見黃榕耷拉了頭，卻還有氣息，她安心續上話茬：「怎麼一打雷，銅人就山旮旯躲着？他頂的銅鍋蓋啊。」說起來，大偈福伯以前在電燈局，手下那沙雞，見斷電了，怕居民不便，颱風天，照樣去石排灣修電線。包裹電線的膠皮，暴雨打出了破綻。他抓上去，霹靂一響，整個人冒着蒸氣，搭在電線杆上。到第二天，屍骸才讓人找到扛下來。「見沙雞觸電，他才知道避忌。天一陰翳，休想聽那鉛鞋一路嘎！嘎！嘎！嘎……」嘎個沒完，朦朧裡，黃榕以為又來空襲，飛機嘎嘎臨到頭上，一驚坐直，冷汗涔涔。回過神，他問福嬸：「你說什麼……口水黃家，那潛水銅人阿裕，也姓黃？」

「他喊自己黃魚；黃魚，有姓白姓黑的？」福嬸笑他愚鈍，想起來問他：「你貴姓？」黃榕平日會自報家門，這天浮躁，是漏報了。這時，兩人都睏乏，各自靠門框小歇。《似水年華》躲人，再忐忑不忿，門牆外垛的書報，只得暫時撂下，由着它曬日頭，或者浸月光。黃裕一九三三年出去謀事，頭兩年，隔三數月，休假就回水鴨街小住。突然，一整年沒了音問。兒子提過，在什麼航空中心幹活，在氹仔後背灣。（這段日子，黃裕給陳念寫信，寄件人地址，就這「航空中心」。好多年後，舊信，福嬸反複細讀過；到枋阿密信箱裡撿出來，信封上，除了一個「空」字，早漫漶不能辨識。）黃榕渡海去尋問，可說撲了個空，不得要領。都說從某天起，就沒來，宿舍的暖壺塞子，拔起還冒煙，人卻平地消失了。

算起來，該是一九三六年夏末，煙霧裡，難保不誤入歧途，遇上姓趙一夥，拜了把子，闖鬧那邊去找出路。

「十二年後，見報變一賊頭，時間也對得上。」久坐無聊，黃榕還是說起，那黃裕住進山頂醫院，逃走不成，自殺不遂，司警起疑，就派人塗了豬血，假扮車禍，躺上相隣病床。沒探聽出口風，再找來探員，假裝探病，帶斗門鄉音問道：「阿黃？躺這兒，好環境啊。」不等反應，接着套他話：「有好門路，不叫上我？出漏子了？」黃裕不理睬，這演技派探員，就翻出一張葡文報紙，像黃榕一樣搧着，一邊搧，一邊找話誆蒙：「撈家明、阿才、趙昌，讓英國軍艦救起，送香港去了。一審招認，是你策劃的好事。槍你買來，飛機上轟人，也是你。報紙上還說……」

覷準黃裕不諳葡文，道具報紙，夠讓他又急又惱：「阿明會開飛機，不是他主使，大夥劫船劫車不好？會挑飛機來劫？」黃裕還不知道，機上二十七人，就死剩他。這一辯白，即時露了風。經過細查，確是趙日明學過開飛機，在菲律賓，他操弄格達蓮娜，還研究航線、駕駛員、起落時地等細節。四人等起飛了，就發難，原想奪了飛機，開到中山平塘海面，蘆葦叢中藏了，搜劫完乘客，再搬走機艙黃金。據說，機上有黃金二千兩，現鈔起碼五十萬。「我家阿裕，自小嚷着要開飛機。去氹仔幾年，總該學了些本事，怎麼說，也犯不着要那撈家明，臨急去惡補。這說不過去。」黃榕覺得蹊蹺。

「什麼說不過去？」福嬸說：「他一雙鉛鞋，秤砣沒兩樣，可穿了海底下趕路，鯊魚都得避他。不開飛機，鹹水裡泡着，等飛機掉下來去救人，豈不更好？」她替黃榕結案：「一個潛水銅人，戴這麼一雙大手套，打結打不了，還說打劫？咕咕唧唧的，聽得人糊塗。」黃榕當她一路瞎編，遮掩自己忘事，沒應真計較。「阿裕天腳底去沉海，有條臍帶連着通氣，慭不死。他見過一條大龍躉，兩三百歲。那銅盔上有盞燈，海裡看什麼都分明。那魚乾隆年生的，皇帝袍甲，可沒牠這規模。那小子說，一個人讓鹽水鎮壓住，反輕鬆了。海床安靜，琢磨我會喜歡。有錢租一套輕便裝束，省得穿那副古董下去。」

福嬸拉雜說的照片，背面註了，那是一八一九年的德國裝備。頭戴的潛水鐘上方，兩側，各嵌玻璃小圓窗，鼻子前一扇稍大，揭開能餵食。盔頂防水燈，額外焊上去，電線連接背負的電池箱子。後腦勺那喉管，腰際繞出來，一條腸子般探上去，水面吸風飲露。橡膠大手套，油皮袖上鑲死，滴水難入。「海底啊，可不像咱們鎮上，抬頭有山有月，可以眷戀。」書信內文，偶有能順口溜的。黃裕說，繫繩要斷了，過幾年，就漚出珊瑚。想到他龍眼樹一樣，孤立水底，開的枝條，不知是紅是白，福嬸就悵然。

那幀黑白照，銅盔窗洞裡，一抹浮光，大嘴齜牙笑着。那笑淺淡，他用不褪色紅墨，沿嘴巴勾了個輪廓，彷彿一罐黃花魚撬開來，骨肉沒了，一副焦唇，清油裡盪着；一瓣離開了宿主的笑，笑得又詭譎，又淒涼。那些年戰亂，打撈頻繁，貼身的水肺常見；但訓練裝備，同事佔了正規的，剩下當擺設，展覽用的舊物，就裹了他，扔海裡找破綻，尋紕漏。打撈船開到九洲洋，他就讓縋下去。「天色好，他會上岸。遠遠見着，別急着過去招呼。他吃驚了，嘎嘎嘎走到堤上，跳回水裡就不好。」見黃榕走神了，福嬸說：「我懷疑潛水銅人，就你要找的阿裕。等你住下，安頓好，沒準就來敲門。」

一個濕漉漉銅人，掀了帘來認親認戚，沒準還連着一條臍帶，呼哧呼哧吸氣。這光景，讓黃榕頭大。暗忖：這是相中他黃門一戶，投胎來了？要不要找個執婆，鄭重去接生？兩人對「黃裕」的憶述，驢唇不對馬嘴，哪裡想到，箇中有不可思議的連繫？老黃榕耳聽八方，倒沒勘出兒子，壓根就在水底。他喜歡憑據，譬如，文字和數目。他乾脆給福嬸讀報：「當時飛機上，外籍機組人員四名，二十三位搭客，包括黃裕一夥十二個華人，十一名美、英、俄及葡萄牙等國籍的外國人，一個美國遊客家庭，全家四人罹難。任職德士古石油的駐港副經理史超域，曾經反抗。副機師麥都夫軍人出身，也有還擊。機長嘉拉馬配合，猛扭駕駛盤，飛機側傾。推測是趙日明向正副機長開槍，嘉拉馬中彈壓住駕駛盤，飛機，於是直插大海。」

讀完，做了簡評：「鴨婆機，朝哪方向翻滾，都有報紙載了，就一個黃裕怎麼死？誰要他死？說不清。」「他海底歇着。」福嬸有點不悅：「就你心黑，要咒死他。」這幾年，阿裕月下朝信箱投書，揭起鏽鐵皮，春夢秋雲，都可以核實。突然想起告訴黃榕，大街黃南成鋪子前，就見過黃裕。油糧雜貨擺開，日頭下，籐箕疊的片糖，黃而且糯。他掀開擋住嘴巴那小窗，乘人不察，撿起一塊黃糖逕往窗裡塞，沒嚼碎，又塞進去一塊。「吃威化餅一樣。」她說：別瞧那手套膠厚，抓片糖還行，塞個滿頭盔糖屑，就嘎嘎邁步，趄入鹹蝦巷。

「前幾天，源安利門首，那幾瓶汽水，還讓他磕得邊來邊去。」客商街，數這鋪子洋氣，門面敞闊，一地綠格子磚，空落落，就幾支可口可樂，憑空倒懸着。推想是經銷商，攢了瓶蓋，枋阿密去換過上肥下瘦，一隻原廠玻璃杯。可樂遠道而來，分外矜貴。為防久置，蓋掩漏汽，竟想到吊起來賣。瓶頸朝下，真氣逆行聚在瓶底，按理，經年不洩。「日頭曬，這氣憋着，沒想過會爆炸？」島上，銅人喝可樂最多，警告賣熱汽水的老闆。「那德性，分明是你外孫。」福嬸說。黃榕知道，張冠李戴了。枋阿密小時，翹課流連街巷，諸般劣行，竟歸到他家阿裕頭上，不禁笑她混搭；然而，不混搭，還叫老人癡呆？

寒來暑往，一九七五這年，店鋪和民居，有幾戶置了電視機：恩尼斯前地高架上，榆木箱裡那一台西門子，滄桑得早，總閉了門閤着。某夜，兩扇趟門開了。一屏的灰影，卻沒聲息。「連場大雪，有那麼好看？」福嬸記得清楚：潛水銅人，直挺挺杵着；仰頭，是橫飛的粉白。突然，停電了。他不高興，園外嘎嘎嘎……轉了三個圈。「頭頂那一盞燈，照見什麼，都白得磣人。」她說。然後，電池耗盡，黑得更磣人。「阿裕死了？死人會看電視？」諒黃榕理虧，答不上話，扭頭只望向前地那邊。

這天，電視架下聚了幾個人，大韶細景兄弟、賈崇榮都在，李大漢和余天筋攞穩長梯，大韶就爬上去開機，看看除了雪花，還有沒可觀的。「黑人半夜吃皮蛋，就這畫面。」大韶說。唯有搬下來，修理好，擱信義會播教育節目。這幾年來，香港政府把電視當教具，辦「ETV」。除了看許冠文用假鎚子敲老二，楊輝叔認為，這算是電視的正確用途。四人嘰咕着要再弄來一張梯子，騰挪西門子到地面，卻見黃榕搖着頭，一瘸一拐走過來。「電視不能拆啊。」他連聲勸止。原來福嬸說服他，台架沒了，電視讓人扛走，阿裕通宵不睡，就沒地方消遣。「你是他爹，得為他設想。」她說。

「以前還有鬼影，這會一屏的雪花。」「你敢說，他不就專愛看雪花。」福嬸一句話堵死他。黃榕混混噩噩，扶了屋牆站起，踉蹌走開。那背影和步調，讓她想起剃頭的跛榕，好久沒見了，店門口歇着，老鄰居該不怨嫌。無聊四顧，腳邊沒對齊的一摞書報，紙角伸出來，舌頭一般耷着。瞧着不順眼，扯出來，認得是一部《兒童樂園》。書頁裡夾了東西，再單薄些，封面小字「似水年華」，葡文印了 Macidade Que Passe，民國三十三年，十月號第九期。書名，她覺得耳熟。信手翻了翻，沒看頭，就擱在黃榕坐過的坎上。

前地那邊，黃榕抓着梯子，說好說歹不讓搬，大韶他們只得撒手，暫時不把電視撤走。「就當那是一隻眼，幾年來，看着你幾個，長高長膘，總不成有些昏花蔽翳，就剜了吧？剜了眼，留一個黑窟窿，做麻鷹竇？」他這道理，沒人敢辯駁。顫巍巍地，回到店門前覆命：「電視機會留着，你放心……」瞥眼間，黃榕拚老命要搜尋的《似水年華》，赫然晾在坎上！他撲過去按住，覺踏實了，才捧起檢視。「是我……記錯了。」雜誌，原來一九四四年秋天出版。新聞紙記的那黃裕，當時，還沒去劫鴨婆機；他老婆綺貞，還沒讓美國的戰鬥機炸死；他一隻右腳，也沒炸傷炸跛。

遇見《似水年華》那歲月，算不得太平安靖，但能夠回去，命途就會不一樣，他認為，一切就可以重來。「記錯了。」黃榕頹然坐倒。「記對了，還不一樣？」福嬸接過那疊故紙，搧起一陣生風。暮色掩至之前，她覺得還可以陪他坐坐。然後，望着自家門旁那一個鐵皮信箱，似乎想起什麼，告訴疲憊的黃榕：「你可能不相信，你家阿裕，不潛水的時候，會變一隻紅嘴信鴿。晚上，就睡在那箱子裡。」

Centro de Formação Juven
鮑思高青年村

第十九面：危崖上藍色三腳雞

阿憋頭一趟顯現，是那個遙遠的一九六九年夏天，蔚藍色無篷三腳雞在爬坡。山路傾仄，阿憋斜篏着，懸崖邊寸進。對頭車，是不愁損上的；畢竟路環島，有摩托的，就這一輛。仰望，瞧不出車斗載了什麼，但拉牛上樹一般吃重。「總覺得墩着一磚豬皮凍。」年稚，局限了枋阿密的想像。那會兒，他還不知道水晶肴肉；雖然煮豬皮，也搭八角、桂皮和薑蔥，用鎮江醋蘸着吃。回憶裡，滿車斗的豬皮凍，剔透得融入山色。俯仰之間，肉凍感應而鼓盪；三腳雞，越發的進退失據。他能眺見的右上角，路更陡了，慢鏡頭倒播似地，阿憋徐徐後退。若干年後，他想起這九澳山，竟有點像一座自鳴鐘，朝代崩塌了，進貢來的海外孤品，蔥蘢裡，繞山架一道軌，阿憋就咬住軌道轉悠。

蜿蜒而上，終站聖母村，村舍儼然。藍色小貨車泊七苦小堂耶穌像下，恰恰半個時辰。齒輪相交，四野噹噹響。痲風人受驚，門廊後探出頭來；出來一個，是一點鐘；三個，是三點；到濟濟一堂，再推舉出一個黑袍神父，晌午十二點整。歡樂時光，自鳴鐘機關，要運轉得周全，聖母會從屋頂彈出來，張開手，喤喤盤旋，像一隻大蜻蜓。這時候，阿憋卸下一車豬皮凍，神父遞上一疊聖母村鈔票，嘴裡，還噠噠噠吐出字條：「白露前，憑鈔換一樹蟬鳴。」夏季和藍色三腳雞，悄悄朝一點鐘的標杆開過去，痲風人攝回屋裡，那坨肉凍縮小了，神父憑空劃個十字，就瘦成一樹棕櫚。

三輪小貨車，稱三腳雞，意大利「Piaggio」旗下偉士牌，做得最多最拿手。偉士牌（Vespa），意為黃蜂；黃蜂生產 Piaggio Ape；Ape 卻是蜜蜂，音近阿憋。阿憋圓圓鈍鈍，前輪細巧，座艙前，一對頭燈，像凸着眼逢人問路。偉士牌鬃綿羊仔，鬃三腳雞，油漆，一個勁兒蔚藍。那天正午前，阿憋是藍出於青，脫落的時針一樣，山色裡穿插，一分一秒，扎出來都慘綠。過得這坎兒，止跌往上，到十一點路段，沒準有𠽤風人埋伏，擎牌子提場：「年日，如同影兒快快過去。」或者，嚇唬人：「耶和華啊……親自降臨，摸山，山就冒煙。」然而，煙霧未起，青山寂寂。或者，矮樹濾掉了，羊齒類嚼掉了聲音；又或者，四圍真的沒丁點滴滴和嗒嗒。

山路險陡，三腳雞爬坡，直如老漢攀崖，倒退一段，稍一停頓，再後滑一段。赫然，掉出了光陰的軌迹，讓一團肉凍墊住似地，輕輕磕上山壁，蓊鬱裡翻滾，慢慢地，一瓣蔚藍，慢慢地掉入綠蕪之中。「怎麼沒一點聲息？」獨個兒瞻仰的交通意外，出奇地安靜，纖塵不起。「這都是真的嗎？」阿憋墮崖，他杵在淺水裡看，該就是三聖廟外淺灘，山岬輕抱一灣靜水。離岸好遠，水還沒過膝。灘上，還有沒其他聖方濟各同學？他記得的事情，是一頁頁的，都是圖畫，卻沒線索穿連；頁與頁之間，荒涼廣漠，容或有幾點星光，但沒有人；過程，或者過場，給摘除了，圖畫的邊角，從不附註年月。

除了阿憋墮崖，他能記起的，是翌日清晨，夏令營一頁。營舍人稠，起居飲食講規矩；恰巧他什麼都守，就不守規矩。當時，老牆根下，露天青石水槽前漱洗，隨大流刷着牙，瞟着身旁斜坡，他心裡有了主意：「再熬兩天，決計不成。得逃，不逃沒活路。」白沫吐盡，即乘亂繞道下坡；夏令營大門，從來敞着。他從沒外頭度宿，九澳離水鴨街幾公里，天南地北進了這倉庫，滿眼是床鋪。「夏令營，竟這麼回事！」群體生活，真不是人過的。適百師生，投契的，沒一個隨來。賈崇榮臨集合退縮，家裡照相館，話說遇人尋釁，有夫婦偕小兒去拍合照，沖曬出來，那毛頭面目歪斜，掛不住像要化開。再拍，孩子他爸媽，鳥樣不改，小的卻兀自一臉虛浮，鼻子溶到嘴巴裡。

崇榮他爹捱了罵，賠了錢，祖宗還給操上半天，憋不住頂回去：「你寶貝兒子死了。死人，怎麼拍，都像羅拔臣。」羅拔臣，咖啡室剛有賣，就是果凍，沒豬皮凍、羊糕一類肉凍凝稠，容易化水。「舌頭，百體中最小，卻最難制伏。」崇榮他爹，就是制伏不了舌頭，讓三腳架敲了天靈蓋。「說那小鬼像大菜糕，沒準捱少點揍。」崇榮笑嘻嘻的，誆領隊修女：「我爸流血不止，得陪去看急診。」他借口脫逃，苦了枋阿密，陌路上，沒個照應。夏令營所在，就是後來的鮑斯高青年村；再早，是葡萄牙派人駐紮過的九澳兵房。當年，島上裝了四部電話分機，總督馬奎斯撥了個「2」字，接通的一台德律風，就在九澳兵房。他躺過那木板床附近，認真找一找，沒準還找得着脈絡。

六十年前，那條電話線另一頭，聽得見鐵丸落下的巨響；夏令營要是有一扇窗，面向遙遠過去，該也眺得見三聖灘頭的烽煙。也是那三聖灘，也是適宜辦夏令營的時光，一九一〇年七月十二號，馬奎斯命上尉阿吉阿爾帶了些陸軍，會合離島分隊登陸路環，戴闊邊圓帽的鬍子大兵，踢起水花，從枋阿密身邊過去，撲入九澳水邊岩叢，向海盜的影子開火。然後，澳門號炮艦開過來了，大炮射程，最遠能打到三腳雞滑坡的山壁，腳邊卵石堆裡，該還有些炮彈碎片，魚一樣游動。他隨便移步，都踩得着歷史轟出來的坑洼。昨夜，是怎麼過的？睡覺了？睡得着？擅自離營，師長沒搜尋他，估摸盥洗前，早跟梁童學說過要走，那廝事後報告去了。

發育期末屆，個小腿短，大門出去，回家要經過黑沙和竹灣，一路沒遇見人，半晝的跋涉，白熾熾日影扎眼。印象中，崖下水色撲人；柏油路，卻黏住他膠底的白飯魚，不讓提步。灘頭淺水裡遙見一架藍車，一塊自鳴鐘配件的飄落，他沒對老師同學說起。事實上，往後幾十年，阿懋掉崖，變一個秘密了；畢竟那徐緩，那火花不生，總不像一個豔陽天，會發生的禍事。「搞不好，就一場臆想。」他總犯嘀咕：車丟了沒人找，夠不合理。司機八成沒逃出來，怎麼一直沒親屬去尋問？這是誰開的車？所謂記憶，會不會只是遺忘路上，適時填補的幻景，或者意象？

然而，塵世沒這三腳雞，雜誌圖片上，怎麼會有他「見」過的，一樣的 Piaggio Ape ？三腳雞沒駛過這最陡一段，他逃出夏令營，直下聖母馬路，怎會發現幾處煞車，或者倒車的轍痕？粗黑線，時而三長，時而兩短，進退間，前輪是離地了，是一輛負重三輪貨車，輾過真實時光的佐證。一九一一年，第一輛福特計程車，在澳門羅神父街載客。但路環的第一輛車阿懋，就這樣墜落了？午後，枋阿密才走完竹灣馬路，回到水鴨街家裡。外婆如常在大眼猩魚鋪打麻將，外公電燈局馴他的銅皮獸，隆隆傳來的機器聲，定人心神。鞋子踢掉，腳底長水泡，卻忘了痛，床上一倒即睡得人事不知。除了見過車轍，後來還聽說，島上確有一輛藍色三輪小車，專為載東西到九澳的聖母村。村裡建院舍，修教堂，沒一輛車，建材和器械，光靠人挑擔太費事。再說路窄，開三腳雞也合宜。

回說崇榮家的月亮照相館，為小鬼拍照，拍出一副「啫喱臉」，枋阿密想起就來勁兒，盼着遇一團夠規模的，做不了伴兒，澆上可樂七喜，沒準兌出個新風味。他早聽說過，島上有些死者，用果凍的形式苟存。客商街忘記雜貨店，以前管店有三兄弟，據說時運不濟，凝看他仨頭臉，會看出疊影，灰蒼蒼的，仙草熬的一磚涼粉，盤子上篩得要塌，就這磣人樣子。剃頭的黃榕叔，提起過這邊的隔壁，住了個女人，住了幾十年；說的該是陳念。陳念十八九歲模樣，哪能佔住一間吉屋半世紀？除了一樹陰香，屋頂亭亭聳起，他也真沒見過果凍陳念，或者肉凍陳念，越窗撬門出入。陳念她爸舊時賣煙膏，也據說，活成一塊涼粉，某天溶得掛不住，躲進了痳風院。

胡子義神父東來，修建營舍，大夥日子安生了，陳念的涼粉老爸，卻坐在廊柱下，雨水一樣蒸發掉。那味士基打，一樣的凝膠狀人物，但那圓顱，那大眼，連一撥鮻魚尾鬍子，卻經年不化。「人不會真正死掉，都是在遺忘裡化掉的。」枋阿密心想：這廝沒化掉，是好多人還記得他。九澳逃回來幾個月，一九六九年秋後，路氹公路橋連上了，卻未正式通車，兩邊橋塊都是爛泥。這邊的田畔街，後來監獄圍牆外坡道，連綿的土疙瘩。他住氹仔的姨父墨西哥，還是置了一架本田（Honda）摩托車，興興頭頭開過來。那年，墨西哥約莫三十歲，本姓麥，乳名細個；細個，該指形狀。個子還細，他就讓一個葡萄牙男人，一個中國女了捨棄，住了孤兒院，由慈幼會修女提攜長大。

墨西哥吃葡菜，會講葡文，困頓而奮進，活得像一個時代縮影，卻手腳齊全；而且，溫文篤厚。不幸學會了搓麻將，枋阿密姨母家那三姑四嬸，纏磨着他雀戰，那光景，活像電視在播《生死關頭》，熒光屏爬出來一個羅渣摩亞，他不去對付劇中同性戀，揍扁黑人壞蛋，卻做了牌搭子，「碰，碰碰！」瞎嚷着，敲那五顏六色七筒八索；那份隨俗，夠讓人側目。墨西哥當了幾年治安警察，推想孝敬不力，給派了去守石礦場。石壁前，他穿制服的留影，枋阿密端詳過，四圍土崩瓦解，他是塵土不掩的文質。事實上，矽肺這毛病，當日還未浮面，玻璃屑一樣的矽塵吸進去，偶然輕咳薄喘，歲月不減清和。

偉士牌旗下 Piaggio Ape 不暢銷，但摩托車，那年賣出四百萬架，真的黃蜂一樣，在地球這大蜂窩上營營。澳門，滿街的膜翅目機車，憨厚肥圓，一看就是阿懲一家子的。墨西哥買本田，嫌偉士牌造的綿羊仔滑溜，是讓女人開的。但那本瘦田，車架擋泥板軍綠，機件外露，骨嶙嶙倒像史前動物嚼過的魚頭。他坐過後座，排氣喉燙腿，一輪噪響，鞋襪褲管都是油污。好在泥路崎嶇，幾回往復，那摩托就散架了。然後，路氹橋兩頭夯平了通車，墨西哥，買了一輛二手 Vespa 400。轎車的顏色，跟三聖灘頭，他仰望那三腳雞，是一樣的晴藍。從兩輪到四輪，廠家塗車，看來都用同一款油漆。

造三腳雞，造綿羊仔，當開牧場好了，不安分造了這四輪的 Vespa 400，圍觀的喊養眼，就是不付鈔，賣了三年，賣不到兩萬架，到一九六一年，慌忙停產。這偉士轎車，論年齡，該和枋阿密相若，都十二三，頂多癡長一兩歲。圓鈍如故，一雙眼瞪着，倒不像 Piaggio Ape 外露。防撞杆上捂一幅鬼面罩，不通氣，不露玄機。車門夠大，卻得一對，按倒前排椅背，後座勉強揳倆個子小的。「要去看痲風院？我開車。」墨西哥新學乍練，開了幾天四輪的，躍躍欲上九澳山，去那岌岌的險徑練膽。聖母村在路環東北角，過黑沙，地勢變陡，傍山再開一程，墨西哥控着汗濕方向盤，時疾時滯，碾上了峰迴路轉的絕境。

路氹橋通車頭一年，鎮上依舊寂寥，鮮見外客，更沒老遠驅車上山的。Vespa 400 多 Piaggio Ape 一個輪子，車身寬窄相近。這段路，該是後來的聖母馬路，車勉強能過；坐車的，心裡直發慌，怕山不轉路轉，轉出迎頭一輛車。不管對方貼山壁後退，或這邊挨陡坡倒行，稍一偏離，都是尋死。兩年前，青山寂寂，遠眺，阿憋時退時停，會不會真遇上另一台車？在山形自鳴鐘上，時空錯亂，Piaggio Ape 迎面撞見自己？或者，這一隻發條蜜蜂，分裂成正和反，順和逆的一對，突然狹路相逢？然後，墨西哥的 Vespa 400，覆轍上，同樣地進退維谷，越行越畏葸。同車的還有誰？回想，前座大概坐了枋阿密姨兒，身旁是小他五六歲的表妹。

馬力開盡，車廂內喤喤響，引擎熱氣傳進來，彷彿擠在一隻傳聲筒裡，一根線繫着，繃直了往崖上拽。「這叫命懸一線。」成語學得多，總搜到對景兒的。想到半里外，線那頭也連着個大聽筒，傳說中的「掃地神父」朝筒口喝問：「何方神聖，敢來犯我聖母村？不掉頭，痲風彈侍候！」他讓自己的幻想逗笑。墨西哥聽到他心聲，咕噥道：「回不了頭了。」這話，通過一條無影線上傳，繃斷之前，筒裡各人只瞪着眼，敢看左邊靠山，不敢眺右面煙海。最終，那條線扯他們進了村。「天主保佑。」墨西哥闔家信了教，天主偶然不靠害，就高興。聖母村地勢平曠，晌午，白花花一地樹影。「車窗攪上。」墨西哥小聲說。他旋上玻璃，車廂翳悶，氣氛更凝重了。

碾上沙礫的嘎喳響，聽着遙遠。痲風院，感覺就蓋在海床上，滄海乾枯，小教堂露出尖頂。五幢院舍，不遠不近佈着，廊柱牆垣，敷了鹽巴似地扎眼。海床上這密閉車廂，遲緩地，隔着幾十呎，也似乎隔着幾十年，駛過一幢院舍，枋阿密見廊前台階坐了人，粗衣褐布，兜帽的陰影遮了臉。疾病的氣息，預期的驚慄，退隱不見，天地無比靜謐。以前，大偈福伯體魄好，來過幾趟。走路累，倒沒開車危險。聖母村供電，靠神父意大利帶來發電機。幾個有能耐的男病人，搭起發電棚，機器開動，竟還有餘電，讓鄰近居民發光。但技術活，搞不好，會着火冒煙；於是，電線要接駁，機件出毛病，還是福伯老遠的去應對。「沒什麼，午飯都一起吃。」福伯說。他心腸好，海碗的桿菌，照樣消化了。

然而，大夥這天訪村，對這遺世獨存的時空，還是不敢相擾。繞過幾幢屋，要循來路出去，缺氧鐵皮箱外望，七苦堂前一個黑袍神父，華髮如蓋，長柄笤帚撣過礫石，沙沙如潮聲，響了千萬年。「村裡村外，都喊他掃地神父。」墨西哥說。掃地神父，就是慈幼會教士胡子義，一九六三年，自薦來到路環。那時，屋舍破陋，每天船來了，山腳渡頭卸下糧食，醫生偶然過訪，會派些藥品。陰霾下，住了九十九人；除了幾個病得蹊蹺，都是大陸捐棄的正宗病號；胡神父，可謂九九歸一，西西里來的異數。「就不怕感染？」有人問。「不怕。都是自己人，是朋友。他們於我，不是痲風病人。」神父宣佈：「以後，這裡叫聖母村。」他去籌錢，敲遍有錢人大門。他主持彌撒，跟病友一起祈禱，一起闢地種田，燒菜做飯。

枋阿密五歲那年，七苦聖母小堂竣工，主保是苦難聖母。門開十四道，瞎了瘸了，都方便摸進去。墨西哥沒察覺，他姨甥暗中搜視的，其實是一輛貨車，一架 Piaggio Ape。那車，曾經鎮日來去，負重上山下海。「興許，時間不對。」三腳雞沒村前泊着，是他早來了，或者來晚了。顯和隱，說不定真由山殼裡的發條主宰。「路環最早的一輛車，像黃榕叔那大椅子，都從碼頭上岸的吧？」他問。或者，藍色貨車冒着水氣，從入海的坡道噠噠噠開上來，開了些年月，那天，司機心無掛礙，一倒退，隨滿車斗的豬皮凍，在蔥蘢裡融化掉了。

聖母村五幢院舍，每幢住二十人。為了把病治好，神父去壓價，跟老家藥廠買藥。村裡闢大廚房，燒大鑊飯，病友吃飽睡足，精神就爽利。猛藥，止住侵蝕和惡化，但肢體壞了，容貌毀了，到底無法恢復舊觀。「要照顧好自己，要活得有尊嚴。」神父，讓歲月如常。肯幹活的，他敬奉花綠綠鈔票，那是印了聖母頭像的紙頭。附近，有教友開的糧油雜貨店，紙頭照收，攢起來還神父，能兌些真金白銀。「天主，就藏在細節裡。」枋阿密頗有感悟。神父專心掃地，沒察覺背後有汽車經過，那些枝葉坷垃，彷彿夾雜了奧陶紀的房角石，三葉蟲屍體，或者侏儸紀魚龍的骸骨，親近，卻又湮遠。笤帚拂起的煙嵐，在那一刻，也在悠長歲月裡，潤物無聲。

懷揣着獵奇和不安，以為會看到《賓虛》（Ben-Hur，1959）裡一幕。一九六二年初，平安戲院上的戲。臨行前，墨西哥繪影繪聲，做了鋪墊。「那麻風谷……」他顫聲說，那猶大母親和妹子，罹疾索居，親眷送糧，還得擱籃子裡縋下去。耶穌來了，是個神醫，猶大石窟裡找到家人，要帶出去求治。「lepers！」這詞兒，人叢裡喊起，頓時，雞飛狗逃。猶大鉢裡扔錢，問道於盲。那盲丐，銅鏰兒掉了不敢撿，瞪視虛空，嘴巴到電影重播那年，仍沒合攏。「原來，窮愁不可怕；最可怕，是想像的兜裡，有響噹噹一隻麻風菌，鑲了副金牙，要跳起來咬他。」枋阿密暗歎：恐懼，從來藏在着墨最輕的小處。苦路上，猶大舀回來一瓢水，回饋耶穌那會子，九澳山蓊蔚如前，掃地神父，也還沒蒼老。

聖母村院友，比窩在麻風谷的多，胡神父說：「我覺得他們 beautiful ，我要去服侍他們。」他不拯救，他服侍；這不喧囂，這面對疾苦的斂首低眉，最感染人。除了照顧村裡兄弟姐妹，殘障兒童，好多給遺棄，神父創辦了聖若瑟傷殘兒童院，去庇護，供書教學。後來，瑪利亞方濟各傳教會的修女協助，還成立了露濟亞中心，扶持精神病患者。路環出沒的味士基打，肯適時入院，適當治療，沒準那瘋癲，那鎮日要鋸海盜的傻勁，就能根除。「身教，就這意思吧？」一九七二年夏末，車窗流過的光影，讓人感悟深情，在螻蟻之中，在小草之中，在磚瓦之中。戲裡的骷髏地，三副十字架，圖騰般矗起；居中受刑者，用釘子釘；陪死兩個跑龍套，就胳臂綁橫木上。一秒鐘畫面，細節，烘染出這奉獻，千古艱難。

「裝出來的，不悠久。」枋阿密心想：扎手長釘子，耶穌生受了幾天；在胡子義神父手腕，卻卡住幾十年。耶穌在電影院上架那夜，閃電破空，大雨浸潤了痲風谷，窟窿前一窪積水，靈光一閃，倒影，竟是七苦小堂上，雕刻家麥善拿（Messina）送的耶穌苦像：起碼，是同款意大利製品。閃電一過，猶大他媽他老妹，頭臉的瘤疤沒了；頑疾，讓雨露洗走；神蹟，倒是比胡神父去買藥，落地還錢省事。「The End」陡現之前，羊羔們，雲朵一樣飄過曠野，像墨西哥這趟旅程的遠景。善舉，一落言筌就變味，也沒一種義行，是跟着鑼鼓隊的；胡神父不張揚，那綿遠一脈溫煦，卻感動一條村信了教。

時節如流，枋阿密最終沒下車，沒打聽三腳雞阿愗下落。「去補車胎。修好了，就開過來載我上天堂。」他怕神父這麼說。胡神父小時羸弱，沒一個西西里人當他回事。二十歲，東來傳教。九澳的霜風，卻把他磨練成病院廊簷下，瑩潤的一根椿柱。八十年扶貧救苦，一百零二歲那年，香港聖瑪利安老院，主懷安息。在枋阿密的敘述，或者說，這個故事邊界外的二〇一七年，同屬慈幼會的陳日君樞機，悼文提到：「當年胡神父，向院友攤派各人力所能及的任務。手腳殘缺的一位婆婆，負責一小塊草坪。在那塊打理得綠油油的草地旁邊，婆婆會用美麗的微笑，歡迎每一位訪客；雖然她一隻眼，早讓痲風病菌吃掉。」墨西哥驅車到聖母村那天，天地靜穆；人間，還沒讓四面浮彩，粉刷成一座聒噪遊樂場。陳樞機說的獨眼婆婆，那天，在未抽芽的草地忙活，沒餘暇含笑過來迎接。

教育工作的熱愛者——陳仿賢神父

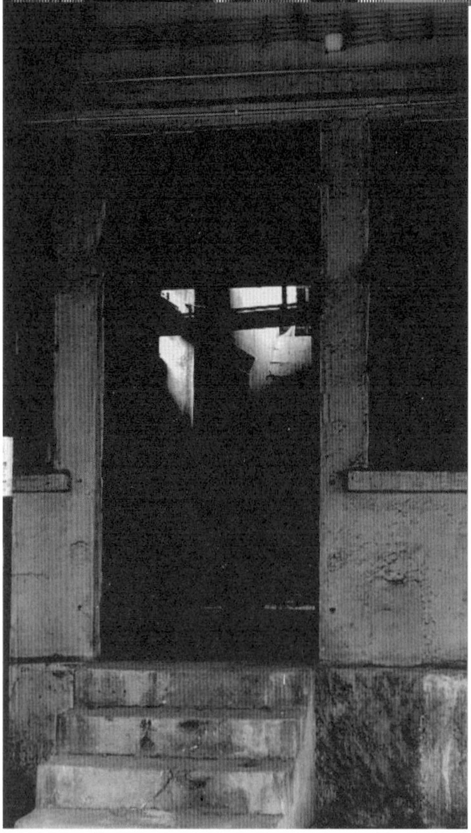

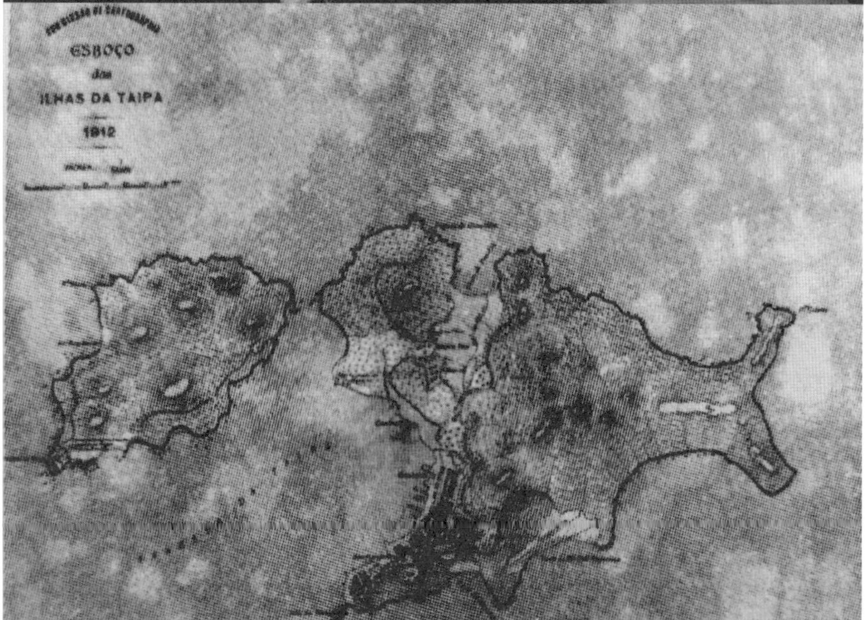

1912 年的氹仔地图，当时还是分开的两个岛

第二十面：停電夜藍色三腳雞

三腳雞阿懋第二次顯現，是一九七七年初冬，大偈福伯下世十幾天。無月的夜晚，水鴨街屋裡出去，沒走上恩尼斯前地，腳邊打鐵鴻鋪前弱火，不遠處，輝記和毗鄰咖啡室的微芒，還有警察局前，一蓬蓬昏黃的街燈，陡地熄滅了。無邊的寂靜。意識到是停電之前，有一瞬間，他覺得自己瞎了，徹頭徹尾的瞎了。定下神，記得身邊土地小廟後，有堵屋牆，就摸索着過去，碰到牆身就站住不動。這黑，黑得五指不見，六親不認。雖隔個幾十步，要退回出處，腳下如膠似漆，踩着心虛。他只能等，等漆黑散了；或者，鄰舍點了蠟燭，再家去。不早不晚出門，是幹什麼的？沒朝大街那邊走，拐左上斜路，那是摸黑回聖方濟各的勢頭。暗夜回校，只能是神父放電影。對校長陳仿賢神父，他印象模糊，平面，像校舍長廊盡頭掛的一幅白布。

「到底看什麼戲了？」努力追想，好像看過一齣，講海底探險，像《海底兩萬里》那情景，恍惚間，大烏賊黑板前游弋，幾個潛水銅人，扶着一副棺材，趁修女領讀《玫瑰經》，頂着暗流辦喪事。細想，犯迷糊了，那蠟亮的紅磚地盡頭，與許壓根沒什麼電影晚會，擱那兒的，從來就是一台電視機，一群黑白人物進出的門洞。回憶，總是以缺頁和脫線的情狀重現，但那夜，黑漆裡漚着，他記得那份焦灼，怕供電遲了恢復，有什麼好事，會讓發動機的失靈拖累，同歸於宇宙洪荒。這麼想着，街市矮牆後，竹灣馬路那邊，赫現一團光暈；然後，青白的兩個亮點，冥黑裡吐出來，過了輝記，迴環路上順時針滑行。「怎麼一樣沒聲音？」外露一對頭燈，燈距偏狹，他覺得眼熟。燈光掃過榕樹，返照車身，枋阿密看出來了，那是Piaggio Ape，是三腳雞阿懋。阿懋繞半圈趨近，白燄撲眼。的確是一輛藍車，車廂一側，有魚鰓一樣大車門。夜色，沒從車斗潑出來，身邊過去，漆黑如舊。阿懋化成兩顆紅點，沒駛向田畔街，沒原路退去，忽明忽昧的，仍舊繞過來。後來聽說，胡子義神父會開車，老司機了，得暇就噠噠噠，踩盡了油門，去替病人購物辦事。墨西哥也知道，找神父，不必老遠去聖母村，晨昏蹲在路氹橋頭，八成能遇上。同袍有守橋畔水塘的，偶見老人家闖禁區，琢磨是神的旨意，沒開罰單的。不巧就墨西哥一直沒見着，推敲不出神父代步用的，會是什麼東西。三輪小貨車再繞過來，枋阿密閃過一個念頭，一個善良願望，興許阿懋真沒掉到高坡下，那一幕，幻覺而已，是記憶誤綴上飄蕩的一瓣蔚藍色。事實上，胡神父過去幾年，直到這一刻，都駕着這三腳雞，上山下海，橫衝直撞。

瞪着眼，迎接阿懋第二趟駛近，但那寂靜，讓他心裡發毛。頭燈晃眼，車廂更見陰晦，別說神父，連有沒坐了人，也沒半點頭緒。Piaggio Ape 轉了彎，他看到紅移，看到它星子般遠去，卻離奇地，竟以園裡那龍眼樹為軸心，第三度兜轉。恍惚間，就像一項儀式，繞樹三匝，橢圓軌道上的往復，是有什麼不捨，有什麼要眷戀的？他踏前兩步，小心站到馬路邊上，停下覷望。「是神是鬼，總得讓我見見。」惱自己不發光，背後鈴鐺響，余天筋踩着腳踏車來了。後輪夾附了小發電機，踩得夠快，頭燈才稍亮，半路上遇停電，那是欲罷不能，踏慢了，燈枯了就撞牆。枋阿密攔下他，即有了主意：「你偷我車燈，有用途了。」「新買的。」他還要辯說，枋阿密已踹下支架，撐起後輪，要他死命踩那腳踏。

「亮一點！」他撥轉車把，把照明小燈往右探射，三腳雞忽近在目前。他避開一雙白眼，調動桿上小燈逐影。等阿懋經過腳踏車前頭，天筋發狂蹬車，後輪嗚嗚如鬼哭，電光照上三腳雞車門，剎那間，小窗裡駕駛座上，閃現一個人物。「見到了？」枋阿密問。「見什麼了？」天筋喘着氣，腳下一緩，黑暗，即反撲回來。「沙雞。」「沙雞不是觸電死了？」天筋說，想起刮颱風，沙雞修電纜出事，卻不明白：「死了，怎麼還開車？」三輪貨車，拐入竹灣馬路，一團暈白，聖母聖心學校老牆下，轉眼消散。「你『看見』沙雞，是盼他回來，好陪你打羽毛球。」近朱者赤，天筋受賈崇榮影響，天下事，都逃不過「科學」的解釋；而看見沙雞，是因為羽毛球。

粗略掐算，正值福伯三七，回魂夜，停一停電，可視為發電機，對離職的頭兒，沉默致敬。至於沙雞算準時辰，前地上兜風，要說是等魂回足了，好載老上司魂歸道山，話也在理。「不過，為什麼是這輛車？」枋阿密問完，自我開解：不知道自己變焦了的沙雞，開一架沒察覺自己墜崖了的三腳雞，雙雞合璧，去趕最晦氣一個任務，不是最恰當的事嗎？供電故障，哪時候修復？枋阿密有點茫然。感覺上，一街燈火再亮，卻有什麼不同了，終年不斷的隆隆響沒了；晚上，甚或白天，遇蟲不吟，蟬不噪，耳鳴就變明顯，彷彿兩隻蜜蜂，隔着顱骨在竊竊。

發電機的響聲在鎮上斷絕，追溯起來，檔案館有材料記載：「一九〇四年，澳門成立電燈公司，馬交石建發電廠，電力夠點亮一千盞燈。後來，英法和德國投資，業務拓展了，但政府不允電價波動。一九六七年，電燈公司出現虧損，經過協商，獲准加電費，才開始賺錢。一九七二年組董事會，改名澳門電力有限公司，算官民合營。一九七三年，路環島新增兩台兩萬千瓦蒸汽輪機組；然後，機器逐步轉移，到一九七八年，九澳發電廠投運。」這段簡述之後，屠房前地，大偈福伯照管的電燈局，就荒廢了，成了個空殼子；不散的，是旮旯裡的柴油味。對那座機房，枋阿密最後能記住的，是階前空場上，留守的一張帆布椅。帆布掛軸一樣舒展，他外公去了，黑色油迹子兀自佈着，一卷陰雨天的山水。

以前，福伯幹活累了，就躺椅上小歇。枋阿密着眼的，不過是「一九七三年，路環島新增兩台……」這句子裡，逗號兩頭的生息；他外公的經營、沙雞和三益等的勞累，不揚塵，不扎眼，不會成為史料。晚清同治十年，福伯的爹鄺蘭澤還沒出生，風順巷閘南行有位關老闆，競投到城裡二千三百零二盞油燈的專營權。但這盤發光發熱的生意，推想沒遠及離島路環。「你外公的爺爺，還得自己點燈，自己照路。」就是躺那帆布椅上，福伯侃侃說着，那無燈歲月，澳葡政府規定，月黑出門，要提個燈籠，以防小偷暗中扒竊，還勸住戶燈具掛屋門外，讓人進退有些依憑。街燈，曾經和課稅掛勾，一百年前，「葡人沿村設街燈，派綠衣（警察）託為保護之名，勒取街捐燈費，始而挨戶編釘號牌，久遂借地加收租鈔。」燈籠退下，燈柱掛起的，是油燈，是氣燈，最後才是電燈。

電器化之前，點燈人一盞盞去點，等燈花開到這島上，也開到荼蘼了。枋阿密他外公，也是一個點燈人，點得雖囂噪，但一下手，千家燈火。除了味士基打抱怨，沒一條美副將巷，路環人對牆頭有沒一個名目，毫不講究，「挨戶編釘號牌」，勒索燈費的事，也自然是沒有的。停電，燈籠倒派用場。三腳雞出現那夜，枋阿密和天筋，總算等到零星幾個燈籠，鮭紅，檸黃，天青，備着過中秋的，提早挑出來，照得人分了五色。福伯說，咸豐八年（一八五八），澳門某處着火，大炮台會鳴炮兩響，信號站要懸掛信號。白天，旗杆上掛氣球；晚上就掛燈籠。點算氣球數量，眺看燈籠掛在那一邊，可以推敲出失火地點。

同治七年（一八六八），火災頻仍，消防監督先拿・飛南第，建立二十名木匠組的斧頭隊，義工們衣帽上，所攜燈籠上，都有標誌。斧頭隊，一手提燈籠，一手抓斧頭，月黑風高，四方嘯聚，二十盞暈黃，浮浮盪盪，直舞向火紅紅那通明處；煙燄前，一輪踢踏，滴溜溜，陀螺轉裡，燈籠扔上半空，即昂首邁進，二十把明燦燦利斧，徐疾有致，劈向高門低戶；燒着的亭台，沒燒着的樓閣，斧頭下粉碎。挑燈救火，真個了不得的熱鬧。「一幫活寶。」枋阿密寫日記，聽到好情節，都攪和到字裡行間。福伯不多話，要言不煩，見聞在他外孫心田種了，後來對景兒，都綻了些筆花墨蕊。但枋阿密那年紀，還不知道寫作，是一門生計；他最早想到的活兒，是做警察。不僅目染了墨西哥的事迹，他鄰居梁童學，初中讀完，就嚷着報名當差。

「葡人治下做公務員，最有保障。」上國語課，命題作「我的志願」，他照搬人家志業，不忘添一個除暴安良。

那年頭，生路寥寥，尾隨梁童學，穿了制服，晃着一枝槍去安良，總比立志開番攤檔，賠了劫白鴿票鋪，得分要高。大概八歲那年，墨西哥帶他去過一處地方，舊渡船碼頭方向，一溜叫貧民屋老區旁邊。罩層三面合抱小屋，兜住一方操場。場外河塘，水光漠漠。記得那天黃昏，好多人在踢球。「好多都是『犯』。」墨西哥說。泰半違了法紀，要受拘留，卻都拘留在這氹仔，入黑知道回營就成。墨西哥沒下場拼搏，靜觀同袍踢犯，犯也踢他同袍；那個簡樸的人間，黑與白，正和反，追逐一個球的時刻，真可謂染淨皆忘。枋阿密心想，就不當差，做犯也好。

葡萄牙法例寬仁，聽聞有醫生殺了人，流放到果亞，種完地，行醫娶妻生子，過上熱帶的幸福生活。要去果亞，得痛下毒手。但該去殺誰？大家都熟。一八九四年，他外婆兩歲那年，史籍錄載，退休警隊總司令，前帝汶總督加西亞（Garcia）應老友請求，招募了兩個澳門人到亞速爾群島，種植了第一批茶葉。警察頭兒加西亞的識見，讓聖米格爾島（Sao Miguel）成為汪洋裡，生產茶葉的基地。這座島要失火了，一座大西洋，都飄散着茶香。時日再近一點，一九三〇年九月，警察廳廳長孔捷紹中尉，入紙申請，在幾個地點開設妓院。澳門歷史檔案館，民政管理檔，珍藏了他的鴻圖。一九三二年香港禁娼；澳門，那是百鳥齊鳴，遍設妓寨一百二十家，妓女一千五百餘，都守法奉公，領了牌照。孔捷紹廳長管完治安，餘勢未消，廣開妓寨，真是活出勃勃的生氣。黃榕叔亡妻綺貞，據說，就是不想煙花地裡貨腰，趁任職的客棧未改成妓院，趕船到了路環。

海外訂的一張理髮椅子，不想載來水靈靈一個妻子，這樣的因緣，彷彿線裝古籍裡夾的一朵馨香，不遲不早掉出來。但做剃頭匠，不見得都會讓那緣分的花梗敲中；澳門街，還是當差穩妥，沒太多拘囿，大家便宜行事，不拘泥。閒來接些副業，開展另一門行當，那是常情。葡京開了沒幾年，賭場要人守門。官家差事辦完，有餘力可以去當「folga 更」。「folga」葡文是休假；休假，或者下班了，制服不換，賭場門首站崗，商家按時另奉津貼。墨西哥沒當過「folga 更」，調守石礦場幾年，矽塵入肺，逼着提早退休，喘咳着吃長俸。病情隱忍未發，最後一次，開着那輛藍色 Vespa 400，過海來接枋阿密，那會兒，七十年代剩小半了，一瓣下弦月似地，林梢揳着。

嘉樂庇大橋接通澳門，氹仔島，沒預期的車如流水，也沒一匹馬似龍，晚上除了老城區處處燈影，飛能便度街到頭，車拐出去，入眼幾是荒煙蔓草。孝思墳場外圍，好多假菩提樹，長晝是蔽日，永夜裡，同氣連枝摒絕了月色。以前卓家村一帶，澳葡政府蓋了兵營和火藥庫，派葡兵駐守；黑兵白兵，後來都化灰了。林子裡，一條菜園路，入夜更顯陰森。青春期消退之前，這是第二次，墨西哥載他去探賾和索隱。第一次，是迂迴登山，去聖母村；第二次，兜兜轉轉，開進重重的榛莽，榕鬚一路拂打車篷。掩映間，擋風玻璃前，乍現兩層高的宅子。那屋，牆垣纏了綠燈泡，門窗懸了紅燈泡。小轎車鐵絲網外蝸行，看過去，儼如枯葉墊起的一艘畫舫，憑空而來，無根無柢。印象中，屋頂兩綑霓虹，擰出「綠苑」字樣，忽閃着，映得人青面藍牙。

「這就是『夜總會』？」他以為夜總會，總會有些看頭。「有假的？」這事兒，墨西哥心裡沒底。他自小信教，第六戒守得穩，但想到大眼猩，他鹹鮮鋪一地，蒼蠅不趕，就趕遠路過來，自然有道理在。「銷金窩，猩叔說的。」枋阿密提醒他：「咱倆別進去。」夜總會野地上冒起，會瘋魔人。大眼猩某回雀戰，「綠苑」兩字說漏嘴，露了行藏，牌搭子逮住潑油添醋，變島上笑談。枋阿密聽出趣味，要長見識，難得這姨父總聽他攛掇。墨西哥銷金窩外停了車，引擎卻開着。沒看到屋裡人，咿咿喔喔的唱腔，卻管不住傳出來，沒準就是長輩們追逐的時代曲。「跳舞地方。」墨西哥推斷：「八成有舞女。」林外，是冰聲裂方塘；林內這一室咿喔，也真應了個鄰雞私啼的光景。

對跳舞的女子，枋阿密沒成見，反有點兒神往；但礙於年稚，好奇和遐想，也就到一道重門而止。Vespa 400停靠片晌，一旁影影綽綽，滿窗的琥珀光，墨西哥生恐有人出來招攬，控着離合器悄聲去了。要做差人的念頭，究竟哪時淡退？早說不上來。有閒工夫，他伏案提筆，不外鶩，幾年過去，爬格子爬得順理，還成章，感覺枕着字典睡了，醒來，已在寫作這曲徑上。礫石硌腳，卻到底沒回頭，走墨西哥的老路。投稿，付梓，筆墨能換錢之前，所見所思，他都寫進日記簿。綠苑燈樓前缺席的大眼猩，他用想像補了一筆，算為那青蔥年月壓卷。於是，那夜大眼猩見了藍色偉士牌，酒杯一墩，踉蹌推門出來。「冰雪遮蓋着伏爾加河，冰河上跑……跑着三套車……」他醉眼看車伕，問：「搭個便車，回……回舊時路環，成不？」將心比己，枋阿密認為，猩叔要回的，也是停電夜之前的光陰。「油盡了，回不去了。」墨西哥說完，車頭燈熄了。

黝暗的一塊地，二十點紅光，赫然破土竄出來。「外公說的斧頭隊。」遇見塵封過百年的隊員，他覺得暖心，要去招呼，一眾紅點，卻朝大眼猩圍過去，同聲誦出：「一隻老蝠鼠，老蝠鼠！襠下着了火，要救火！」喊一句，斧頭齊向他虛劈一劈。「饒命！就跳個舞，跳個舞……」大眼猩受驚，抱了頭，原地亂轉。那身鬆垮垮黧黑莨綢，寬長袖，闊褲筒，窸窣抖着，真像一隻大蝙蝠要拍翼飛起來。「老蝠鼠，暗夜來狎小老婆。水澆不熄，土掩這燒人欲火。」紅暈，飄忽無定。隊員三步一吆喝，一揮斧。陡地，撂下燈籠，蹲身向垓心撥土，要把大眼猩掩埋。然而，他還是突破了重圍，振着莨綢大袖子，飛上最高那棵心葉榕的樹冠。一隻大蝙蝠，發出的，卻是夜鴞的怪叫。時日一樣如飛，到綠苑剩了一塊鏽蝕的招牌，大眼猩叔，卻似乎沒從樹冠下來。糗事，在枋阿窖回憶裡，奇葩似地開着，斧頭隊滅火時踢起的花粉，都是紅的，綠的；而星空，那樣的明淨。

——舞台版

變奏一

「我恨死這樣的霧。」女人說，她心好亂，好難受，霧，就要封住她咽喉。

「會散的，散了就好。」尾生安慰她。渡輪，才離開上角碼頭，荔

呼後應，一句句，是漫長而遙遠的嗚咽；然後，共鳴疊起，但四

悶響，無形，無色，無味，卻有重量，有厚度，伺機合

虛空，已經把他們堵死。

　　霧掩進來，抹掉廣利號前頭幾組

佈了些黑袍修女，當中，有

小瀾。女孩縮起頭

音符。

红旗
銀行红旗联总
毛主席万岁

鸡血疗法

第二十一面：白霧裡藍色三腳雞

三腳雞阿懋第三次顯現，想起來，簡直可說是顯靈。一九八九年暮春，距第一趟在聖母馬路出沒，差幾個月，整二十年。這天，黃昏風靜，中街，客商街，戴紳禮街，水鴨街，石街，田畔街，竹灣馬路，連身陷的打纜街，都茫然吐着白霧。小時，枋阿密幫閒做過輔祭，聖堂辦彌撒，他鏈子縋一個銀香爐亂盪，盪得神父那兩條腿，脫俗出塵。這會兒，八個路口，儼然每口雲集了幾十名輔祭，白袍黏搭，那剔透銀香爐，卻盪得鐘擺一般；無聲的鐘擺，個個七竅生煙；那煙，百爐千竅裡出來，就朝恩尼斯前地一株龍眼樹攏過去，樹梢一蓬鬱綠，轉眼剩了半蓬。打纜街郵政局門外，他杵了一炷香工夫；那炷香也不虛，繚繞着，蓾一般纏人。斜對面，聖母聖心下課鐘聲未聞，那牆白霧，卻串通了似的，遮蔽了校門。

「門都沒有！」這話，應景地響起，他更煎灼了幾分。學校周末放假，原本和安玉說好，明早去九澳營舍會她；但霧起，思念油生。過一會，決堤般，女生奪門出來，他佯裝寄完信，兩步趨前，椲頭，認準一個椲眼，就說：「沒罰留堂？不遲不早的，卡嚓接上了，緣分……」身邊枝節，一重霧勾銷了，從此，攜手同行。這幾年，澳門多難民遷過來，聖心學校幾十學生，暴增到三四百，下課那喧哄光景，可以想見。膽氣稍弱，還真不敢浪尖上，貿然迎迓。推演了幾回，自問這「等放學」，古已有之，舉措不算唐突。但這霧，稠得過了頭，再熬片晌，都變粥了。他呼吸重濁，覺得堵心。眼前混沌，難測的深淺，安玉裊裊婷婷來了，他見得到？

認得着人？忐忑着，左側不遠處，兩暈白燄，該是一輛車，竹灣馬路拐過來，似乎懾於霧重，路口停着，沒敢妄進。

那兩泡浮光漾着，再湊近點，枋阿密心想，就現成的聚光燈，為一幕偶遇照明。他往前挪，燈影倒退，輾過麻石地，輾綿絮一樣安靜。退到前地圓環，白霧塌出豁口，有一瞬間，露出那輛車幽藍的側影。「Piaggio Ape！」這脫節的賣相，瞟一眼，他就認得。這重氤氳，連時代背景屏蔽，阿愍揀這會兒現身，倒不覺突兀。十二年前停電夜，阿愍遁入無底的晦暗；再出來，卻是無邊的素淡。修短緩急，看來自成一脈，夜去晝來，黑白之間，人境見盡十二屬相。阿愍和他，與許同樣入迷，竟逆時針迴轉。輝記門前望去，三腳雞，忽從警察局舊址繞來。「這是逆駛！遇上守規矩的，相逢，豈不成了相撞？」想着，捏一把汗。到十步開外，阿愍過眼，即成了雲煙，他只見着車斗，還有隨車斗沒入空濛的人。

「海姑娘？」兩年前，他和黃榕去看還沒來的飛機，海芙蓮和神婆同行，後來，大家就沒碰面。聽說她身子不好，皮膚病，窩在神婆死人館，出門都戴面具。這戴了「海芙蓮臉」的人，真是他知道的她？這幾年，阿婷的銅臉玩偶落地生根，成果斐然，會不會劇社推新戲，巡迴做宣傳？趁大霧宣傳，算是劇情需要，但這一款偉士牌三輪老古董，澳門街早失蹤影，就像藍水，蒸騰回藍穹，做場務的李大漢，真有神通覓來這樣一台老車？正感迷惑，三腳雞再度轉過來，他杵着定睛看去，車斗上，坐着一樣的人，身段苗條，穿的像旗袍校服，也像越南的長襖，霧一樣素淨。但那銅臉，倏忽間換了。怎麼這一圈轉，卻換戴了另一張臉？他有點悵然。算起來，三載無音問，感情無風自散，書店裡認識的這女人，身居海外，她的臉，造面具的阿婷沒見過，怎麼會栩栩的浮現？

他追上去，女人朝他揮揮手，融入霧裡。那優雅的手勢，不知怎地，讓他感到錐心的悲哀。以為 Piaggio Ape 離開了，第三趟，仍舊背時地逆向駛來。他踏上馬路，要去擋車。「錯過了，但可以……」可以怎樣呢？他和開車的，打了個照面，一怔倒退兩步。扭頭看時，面具竟又換了。演變臉來着？兩分鐘一輪迴，這回，登場的卻是安玉。黃銅「安玉臉」的回望，同樣木然，隨阿懋融入來時的泡影裡。最後一回，掛安玉面貌，還有點靠譜。話說聖心校園裡，屋舍錯落，平曠土崗石徑能通路環監獄，就是聖方濟各小學遺址門前。安玉下課回九澳，那邊圍牆出去，要省些腳程。算她搭上便車，再順風，還是得下來掉頭歸山。但繞行三匝，駕駛座上，怎麼控盤的，卻是他自己？

那廝迎面來，還一副要輾平他的氣勢。是儆醒他，那個隱喻的車斗，負載的，是一個假象，一團虛影？霧擠壓人，白手伸出去，偏摳不着頭緒。慌惶間，連串的鈴響。「下課了？」他摸索着，聲音，越發尖銳，要摸進校門，逮住那座鐘，霧幃揭起，人就醒了。「就一場夢。」他信手按停了鬧鐘。昨天黃昏，那霧實在濃重。聖心校門口接了安玉，陪她客商街遛達半晌，置些日用品，趙回車站，就等公車返九澳營舍。街市矮牆下，他的確見到那 Piaggio Ape，若隱若現的鬱藍，在迴旋處轉悠。「這三腳雞，以前，常載東西到聖母村。」他說。「同一輛車？」安玉問。那車光鮮，不似歷過太多輾轉。「同一輛車，那時在暗，這會在明。」虛實，他說不清。來日難測，三輪的阿憋，卻總固執地，圈點記憶裡這一嶼淨土。

一九六七年一月，美國甘迺迪航天中心，三個太空人，困在太陽神一號指揮艙，艙裡五十公里長的鍍銀銅電線，偶然綻出火花；結果，太空人的皮肉，燒得和太空衣黏在一起。「Shit！」當救援隊撬開船頂艙門，探頭一熱鍋黑暗，東面一萬公里外的國度，成功，卻旭日一樣明目，讓人膽壯。這年，青海省的「八・一八郵電造反團」，編印了《雞血療法》這部書。枋阿密在爛鬼樓一家舊書店，乍見珍本，由衷地歡喜。造反團「前言」寫道：「這個反做的好，做的對，做的好極了，這是毛澤東思想的又一偉大勝利。……為雞血療法徹底翻案，是兩個階級，兩條路線，兩種思想的鬥爭。我團……戰鬥小組成立以來，就緊緊的抓住了這個大綱。」不僅研究雞血，還藉撥火般的行文，推銷雞血。

「對舊思想，即使那是合理，正確的思想，一概打倒鬥倒，就是這部老書的『大綱』。」枋阿密語帶欽羨，畢竟，當年抓住「大綱」，沉溺在鷄血裡的讀者，三魂笑盈盈，輕鬆飛出大氣層，卻豁免了太空艙內，讓一條美製電線勒死，烤熟。「那個時代的狂歡，不會只殘存在這部書裡。」他舉起那疊發霉黃紙，展示有一隻紅冠白公雞的封面；左下角，還有一支充血豎起的針筒。那大針筒，女學生們一見膽喪。安玉，兀自笑得嫣然，像見到自家院裡老母雞，下了隻復活蛋似的。書上那隻白毛雞，緊隨所有毛像章的面向。肯跟風，走對了路，幸福絕不會移位，總蹲在靠左一條胡同盡頭，在散發尿臊味的旮旯，等人認領。

這雞血療法，按書上說，就是抽取小公雞鮮血，注射入人體。每星期一次，每次幾十到一百毫升，經過推敲，得出：「以白公雞為佳。」專家認為：打雞血，可治療半身不遂、腦中風、不孕、牛皮癬、脫肛、痔瘡、腳氣、咳嗽，「還有……」觀乎場合，諸症，似不宜逐一臚列，但原文是圭臬，稍一遲疑，恭肅地往下宣讀：「還有，陰道瘙癢！」然後，是可怕的沉寂。三十幾個女學生，有竊笑，有搖頭乾笑；或接耳喁喁，作態嗔笑；更有聽了呲着牙，一個勁兒搔桌子，搥大腿的。右望，隔着前排兩三張桌椅，安玉朝他笑着；距離，不遠不近，恰到好處；而那笑清淺，漂着一絲苦澀。他闡述〈前言〉的時候，就發現她，目光在她眉梢眼角拋錨。

「有病治病，無病防病。」他收攝心神，賣力推演：「感冒了，一筒血注進去，連感覺都沒了。」高峰期，城區街道診所，農村診所門外，等扎針的革命群眾，連綿如一條大蟒。當然，雞血人，後來發高燒了，燒得如癲如狂，天天辦喜事一般。這樣爭相發熱，發瘋，事隔二十年，沉澱成「打雞血」這詞兒；這詞兒，明顯地，比打了雞血的人，活得長久。物換星移，安玉一直青眼看他；看得出，八成沒聽明白。但那笑，藥一樣回甘，緩解了他的虛怯。沒多久，他就發覺，自己光對着她說事，說一個時代，熱鬧地，卻病祛瘟；而追本溯源，這節課牽引出的，他們倆的一段悲歡，千里的雲霧之行，卻是在「腳氣」和「咳嗽」之後，那一個「陰道瘙癢」

開始的。

打雞血，除了醫痔瘡，治脫肛，主要功能，是便利「郵電造反團」對「城市衛生部老爺們」，對「資產階級反動路線」進行鬥爭；而且，增強對毛思想的崇拜和銘記。手邊奇書，快變古籍，人物或曝屍，或入土，他當小說解讀，自然傾向凸顯「銘記」這一藥效。打了雞血，能千人一面，萬眾一心，去戰勝遺忘，那多教人神往！「這正是人類對抗遺忘，而且，大獲全勝的紀錄。」他敲下棺材釘，嫌釘不牢，不透徹，再續上話：領袖和各種頭目，都當「記憶」是防腐劑，最終，他們成功了，渾身鼓起，成了一個球；把九竅，尤其屁眼堵住，更是一個不朽的球。這球，腳邊滾來滾去，「三更半夜，更有滾進床帳裡，尖着嗓門，教導人：『挑選白雞，要揪起來，看雞屁股。按辯證法，肛門情況，反映雞成熟程度；年輕，肛門窄一點；到盛年，肛門腫起來，油潤；老雞嘛，下過蛋，肛門可寬鬆了。』」枋阿密一臉鄭重，補了句：「公雞，倒沒肛門鬆的問題。」大夥瞪着眼，半信半疑。

回歸《雞血療法》，頭一篇，點出白雞的血，用來翻案，可當助燃劑；要供奉案上那一堆思想，就變鮮紅蠟油。總之，鼓勵雞血人，去做形而上的公雞，拍翼飛到檐頭上去報曉。「太陽出來了！喔喔！要記住某某恩情，記住黨喔。」記住喔，別遺忘喔！這就是重點，就是目的。題外話，後來，雞血人的子嗣講國語，句末都愛綴一個「喔」。但曹寅《不寐》「鄰雞私咿喔」的意境闕如，「腦袋進了雞血，只剩副作用。」他凝望安玉，舉了個不得體的例子：「譬如，『要記住我喜歡你喔。』這『喔——』就是副作用。」

記得「人類邁出一大步」的一九六九年，居民學校臨時革命隊，揮着紅寶書，操過他窗下那會子，白襯衫上紅寶章；那紅，就是雞血的紅。但閃起的，是這類產品的餘光了。他入手遲，到那年暮春，積木盒裡，才藏了百幾枚。「小說的高下，得看描摹世情的深淺。」而描摹，宜以小見大；紅毛章的具體而微，正好返照逝水上，一波波的雞血紅浪。「某天，我閣樓捧下來一盒……教材，」他告訴女生，積木盒子裡，品相壞的藏品，他撿出來擦鋥亮了，「就等楊細景來了，哄他換公仔紙。」楊細景，正是九澳營舍的營長，信義會骨幹，他和李大漢，還有莫慶恩、潘志明、胡子義等神父，對遠來的兄弟姊妹，一直盡心照顧。陳基慈神父，平日天主堂裡躺一塊木板，送了老鄰人，自己搬隻木箱就睡；睡不好，兀自惺忪着，牽教友去搭手。

他沒什麼講課經驗，琢磨女學生，對大針筒一類實物，有些知覺，毛像章沒講透，卻去推介公仔紙。公仔紙，不像楊細景的家喻戶曉，那是裁下小方塊的紙頭，雙方手掌心各覆一塊互擊，誰紙背着地誰輸，公仔紙就得賠出去。畫面也豐富，譬如，松樓畫托塔李天王、打虎武松，一幅六十款，裁下來，每一葉都滑稽好看。慧宬進了幾幅，細景捷足買去，要他勻出幾格，卻是不肯。「紙皮換銅皮。」他自小會做買賣。「我那是毛澤東。」枋阿密說。「我這幅有紅孩兒，有一格畫的八股佬，還提筆寫書。」攤開的小全張，人物狂笑悲哭，七情俱全。「一格，換一枚章。」估摸這虧，枋阿密吃得起。襟章，最便宜五毛錢一個，比花綠綠一整頁公仔紙貴。某天，魚餌一樣佈了幾枚，細景卻遲遲沒來。橫豎拐個彎，隔壁是趙明叔單車鋪，門不掩，就推了那鳳凰牌去補胎，盪着個馬蹄鎖回來，那積木盒子，連案桌上曬太陽的毛主席，竟都不見了。

從一九六七年春，到一九六九年炎夏，打雞血的高潮，也正是毛章風行的高潮。「可以說，高潮疊上高潮。」從固本的雞血，到外露的像章，靈與肉，裡應外合，來勢洶洶。隔着夾馬口一重煙水，對岸，除了黑五類，紅男綠女，黃童白叟，毛章不相贈，不互換，不往衣帽上多扣，那是落伍，是逆潮流。為了防止遺忘，確切說，防止遺忘比至親更親的領袖，像章，五年一萬種款式，出廠二十億枚，像白晝照樣發光的螢火蟲，滿坑洼嘎喳響。最可喜，是越做越大塊，護心鏡似的，一條綢帶掛脖上，頭都省了去抬。這規模空前，借助廉價金屬，對遺忘的反攻，山呼海應；不旋踵，就徹底勝利了。幾億人，死記一個人；雞血紅像章上那一顆頭，好多年後，還或軟或硬地，在億萬個衣袋、錢包，以至乞兒兜裡，散發着怡人的銅臭。

據說，早期用鋁去鑄章，這一來，要做飛機，沒材料了。毛主席大急，喊了句：「還我飛機！」管物資的，瞅瞅周總理眼色，屁顛屁顛的，追回來五千噸鋁材。這情節，枋阿密聞之扼腕，惱道：「怪不得能到手的，都是銅鐵。」像章的背景，是韶山井岡山，是延安是天安門，他不講究；就關心形狀。據傳有桃心，有五角星，他卻總遇上長的，方的，圓形也鮮見。鋁材做了軍需品，上天了。傳說的純銀、水晶石、塑料、玻璃和陶瓷，推想成本高，商店不進貨。以前，不知道原委，問美女巷華聖哥：「怎麼就沒一個鋁的？」「你長大了，不挑剔，多到堵死你。」華聖哥把鋁材的鋁，聽成女人的女，以為這小棒槌早熟，還熟得急。這「多到堵死你」他覆述完，掃視芸芸女生，會意的，一疊聲笑。

那一撥缺鋁的銅鎳副產品，他攢了兩年，渾噩地，參與了對一張左臉的傳播和掛繫。然後，一個多鐘頭宣講，要討論了，頓時滿座頹然，黑油油一室的鬢雲垂。這光景常見，不意外。倒是安玉舉了舉手，硬了頭皮，要解他窘迫：「想問那……那雞血，煮熟了吃，算反那個……革命不？」話編得急，怯生生笑着。他心頭發熱，連忙接茬：「用韭菜一起煮，就不算。」嚴肅課題，攙雜韭菜，搞得上家政堂似的。一鍋革命小吃，柴火上，竄着灼人油星子。兩人眉來眼去，也挑動幾個女生發問，有問哪裡買越式法包（bánh mì）？有問哪家賣的放養雞皮黃？會不會代宰放血？營舍有大廚房，每星期有白米配給，教會義工也來送糧，餓不着人。工廠向營友外判工作，她們做些零活，譬如，製絲絹花有津貼，攢了小錢，就想揪一隻大雞回去解饞。「這樣……像在過生活。」安玉鄰桌的女生說。兜兜轉轉，話題，總算從霧裡三腳雞，從獻血抗遺忘的白公雞，趄回到世俗的三黃雞；在五德之禽的窩邊，草草收結。

鐘鳴之前，他簡介自己捎帶來，要攤派的新書。香港出的小說《胡狼》，寫的，卻是氹仔嘉謨公園裡一個花王。那廝腰懸一把大剪刀，東裁西削，一個人，讓一座園秀潤。他在關猴子的籠屋起居，不覺孤苦。那滿園芳菲，他用心修剪，像修剪一部長篇，心神既有所寄，從來靜水無波，「直到有一天，他遇見一個女子……」他這話，照樣衝着安玉說。「好了，到頭了。」監課老師見縫插嘴，遏止事態發展，把那二十冊《胡狼》派給還肯讀的，長吁一口氣，憑空劃了十字，宣佈下課。接過書的二十個女生，一半笑嘻嘻去了；剩一半通情理的，過來要簽名。他逐一問名字，上下款寫得分明。安玉排了隊尾，壓陣，也壓卷地出眾。他欹斜着，抬眼偷覷了幾回，生怕她不舒心半途離隊，下筆就潦草，揭到第九本書扉頁，劃了道符掩卷，忽換了安玉的肚腹，逼在眉睫。「腰如束素，就這意思。」未及讚歎，那書兩翼攤開來，漂上灘頭一隻瘦鳥，等一副聽診器似的。

「什麼病……」他坐直了，仰起臉，訕訕笑着糾錯：「什麼名字？」就那一刻，他知道，也牢記住了。她的越南名字叫「ổn」，意思是「安」或者「安好」，音和義，都貼近粵語。她在胡志明市上過中學，學中文，會說一點國語。在路環上課，名安玉，方便人稱呼。玉，音同遇，圖個「安於境遇」而已。安字，他從來寫不好；玉，是形神俱散。簽完，下款署了筆名：阿密。安玉捧接，瞥見開頭一段：「『我恨死這樣的霧。』女人說，她心好亂，好難受，霧，就要封住她咽喉。『會散的，散了就好。』男人安慰她……」她一頭霧水，問這寫書的：「散了，真的好？」「咱倆，走着瞧。」他笑着站起來。課室空落落，就剩他二人。一樹苦楝開得早，粉撲子似地，撲得窗櫺一蓬紫一蓬白。「這霧，潤喉。」她說。氤氳留客，兩人還是信步出了校園；一路言笑晏晏，好像死生契闊，都一槌子敲定了似的；雖然那霧綿厚，敲上去啞喑。

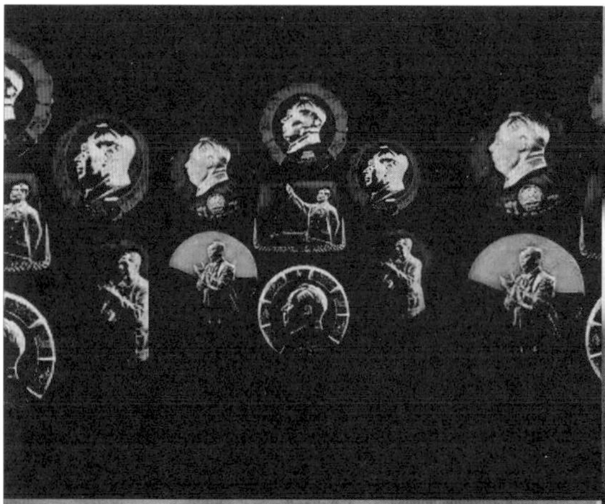

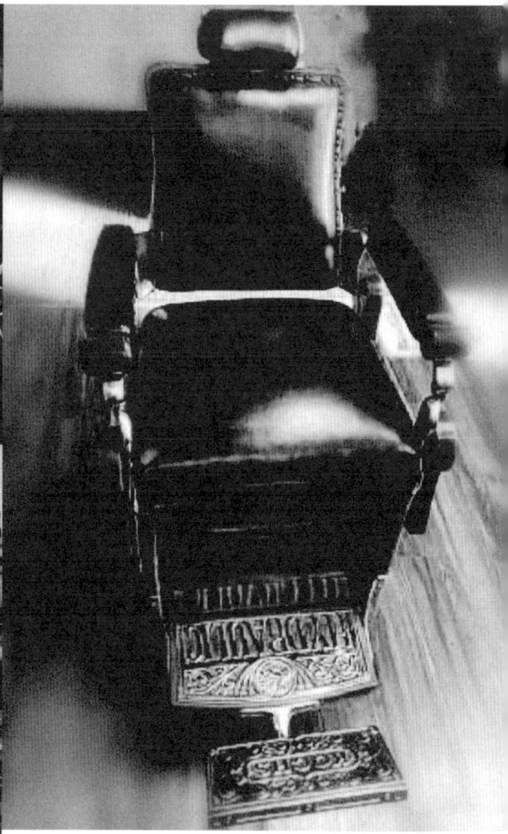

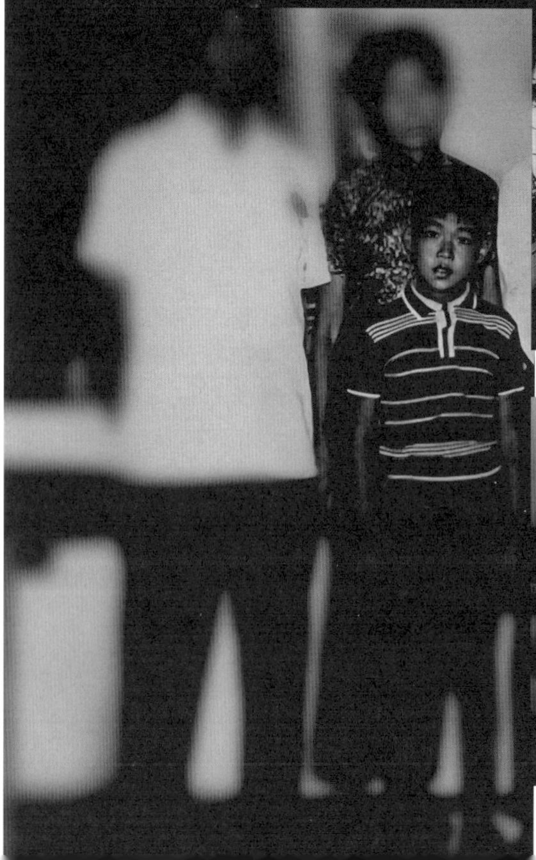

PONTE CAIS DE COLOANE

水 鴨 街
RUA DAS GAIVOTAS

第二十二面：馬奎斯的電椅時代

電燈局是哪天蓋起來的？馬奎斯想不起來了。彷彿一場暴風雨過後，大夥挪開擋道的殘枝斷梗，那幢平房，就鎮在屠房前地。奇在地台齊腰高，階石四五級，那兩座發電機，較大象沉，比門洞寬，是怎麼給塞進去的？沒人說得明白。大偈福伯來剃頭，馬奎斯也沒問。有些事情，謎團裡悶着最好；問了，人家訕笑。電燈局後門出去，迎面一個洋灰水池，池壁比人高，像挨着矮丘壘的大方盆。柴油發電機靠這降溫，水往復迴流，池裡積熱，那黑水還蒸騰起白霧。濕冷天兒，霧變綿密，搭纏着四壁覆下來，游到人腳邊，隨穿堂風出去，階前接住一團，枋阿密暗忖：綑在腳踏車後座，逕往碼頭載，沒準還趕得及寄船。有一趟，福伯架了梯子，讓他去看雲影。逢上個陰天，垂眼，就不見底的一個墨池。池裡似住了個墨魚，還竄起滾燙的，思考的浮漚。

「真傷腦筋。」他外公頭痛極了。馬力開足，機頭過熱，水繞一圈回來，沸湯能把人煮熟，這電，就是供不應求。「六點，開電掣去。」福伯從脅下捧起他，擱肩頭上借力，推舉他去扳電閥門的橫桿，去按那或紅或綠的按鈕。局裡另一台發電機，靠左側間隔牆後墩着。他喜歡「電掣」這說法，星流電掣，時光，像枯筆掃過留下的飛白。幾十年過去，他還記得，幫襯着添上這一街燈影。除了讓他扳閥門，學擔些責任，福伯還把着手，教他燒焊，讓他躲在面罩黑玻璃後，瞇了眼亂戳。蓄水池的煙氣，晝夜蒸騰，越蒸越渾厚。那灼人的，焊枝綻出的火星子，卻彷彿還在煙霧裡，飛迸不息。

馬奎斯記得那天無風，甫出店門，抬頭望去，電燈局竟不見了。那檸黃一幢廠房，整個兒讓一頂白紗罩籠着，蚊蠅進不去，大偈福伯，卻有法子剖開密織的迷障出來。他把馬奎斯推回鋪子裡，說這天兒黏膩，要把頭毛修得清爽。「我倆火計來了，才敢走開。」本勤那幾個頑童，有叫余天筋、李大漢的，籌謀帶隊從電燈局後山潛入，等蓄水池乏人看守，就噗通噗通跳進去泡澡，說冬天浸什麼温泉浴，皮膚好，疥瘡都長到人家褲襠裡。福伯那天煙館歇晌，聽隔壁窗下各人計議，惱自己沒一管煙槍伸出去，敲他們的頭。「淹這幫鬼頭不死，也要一鍋氽熟。」他來剪髮，還得吩咐三益沙雞多留神，防牆後風生水起。

福伯塊頭不小，腰板直，椅子上坐穩，見馬奎斯俯身軟墊下掏摸，圓墩墩的支柱，原來連着掌管起落一個攪盤，年深，輪齒滯澀，手柄皮破露半截銅骨，攪來攪去把人降下去幾格，自己卻臉色紫脹，額頭冒汗。「東西老了，性子倔。」馬奎斯說。「都一樣。」福伯閉了眼養神。一頭蕪穢除盡，鬍鬚也刮了，臉上熱毛巾一揭，已有了主意：「這椅子，我替你改電動的。」電車電船常聞，他卻未聽說過電椅，是個招徠噱頭，就擔心工程開銷大。「錢不用付。」福伯說：「搞好了通電，我坐得心安，省了看你勞累。」腹稿有了，沒幾天，電燈局忙完活，午後晴霽，他提了工具，沙雞推過來舊馬達和燒焊機，就着手重塑理髮椅底座。

「三扒兩撥，能不傷根本，出件頂呱呱製作最好。」按這思路，果斷鋸去調節升降的攪盤，換成齒輪；齒槽套上皮帶，縋下去勾搭上馬達。馬達底座焊死，大小齒輪一帶套牢，上下咬出一個互動格局；細項關節，不贅。敲打焊接了兩天，翌日黃昏，連着長電線一坨黑漆開關，馬達底下繞出，送到馬奎斯手上。他電線纏身，半驚半喜，坐上脫胎換骨的椅子。那開關，茶壺蓋一般，撳下壺鈕，椅柱子嗚嗚嗚反複升沉；覷準要停的高矮，再撳，即斷電絕緣而止。「就知道奏效。」福伯比他高興。荔枝碗那邊，船塢林立。造船，要有機械相輔，過兩年還有餘力，他打算去辦家機器廠，理髮店大小，專門修理電池，安裝船尾機，沒準再複製幾張這樣的椅子，格局小一點，升降幅度大一些，駕駛艙裡鑲着，矮子蹲上去，一舉到了艙頂去開船，真箇是海闊天空。

「要看得遠，得靠這一把電椅。」興頭上，福伯還給電掣配了一方黑檀木座，螺絲釘固定住。馬奎斯擱鏡架上，取用也便宜；但看上去，不像壺蓋了，像一虛一實兩座墳，暗夜裡相望。椅子升格了，馬奎斯沒門楣上掛串鞭炮通知人。實際上，馬達礙腳，常磕破趾頭。約莫一幅蕩刀皮用舊，枋阿密八歲了，第一次來理髮。他踩住馬達，斜簽着坐上墊子，看到扶手縋着的按鈕，陡地怔愣住，問出椅子僭建，警惕起來，着馬奎斯別調坐墊：「我電髮不好看。」西洋時興湯髮，澳門街叫電髮，原則上，是把頭髮湯鬈；福伯這裝置要出漏子，琢磨會把頭髮電直，搞不好還把黃人電黑，黑人電紫；別說危機四伏，隨時二百伏，三百伏。

他屋裡二樓洗澡間一隅，有個紅毛泥排水口貼牆墳起，為防活物出入，福伯在口子上造了銅閘，閘門拉起能疏水，閘後小鐵柵，卻阻蛇鼠壁虎進來。閘頂另連上銅線，入黑通電，來鑽縫的，八成烤得火星亂濺。「問題，是要摧毀的。」福伯沒準這麼說。某夜，福嬸如廁，銅閘前積水，踩上去人有點恍惚，不以為意。枋阿密卻以為腳趾頭讓蛇咬了，啪一響，痲痹半天。後來檢討，歸結是電壓太弱，直流電，要電死這兩婆孫，得另有措置。「我外公的發明，就這麼可怕。」他告誡這剃頭匠。

兩年後，理髮店裡，枋阿密讀完兩毛錢一冊，何日君的《銅頭俠》和《黑蝙蝠》，待黃皮蝠鼠揍扁了電蠄蟧，黃玉郎的《小流氓》越海來了。福伯看圖施工，鋸了老婆半截衣裳竹，裁下一段尼龍繩子，造了一副雙節棍。福嬸惱了片晌，聽說為的獎勵孫兒習字用心，只得吞聲。其實，王小虎初到香港，愛飛刀擲人腦袋，殺飛天豹等惡人。福伯八成看了連環圖，先製出不致命一件兵器，省得生果刀滿屋亂飛。棍花未落，一個晴天午後，味士基打奔水鴨街來了。彷佛鹹水海才爬上岸，帘一甩，撲進一股鹽滷味，不扭頭看，還以為來一桶壞了的板豆腐。

五十年代，水桶巷細雨裡，馬奎斯遇過他幾回，有一趟，奏完手鋸，說要來修鬍子。然後，前議事公局門外守水雷，驅搗蛋鬼；然後，夕照下挑戰炮艇。蟄伏了幾年，毛頭們抬大鐵丸，卻遇他赫然現身，攔路指嚇。推究起來，這不是特別經老一個老瘋癲，就是聚而不散一副魂骸；不僅不散，還注重儀容，遮住上唇那土鯪魚尾，一成不變搧着，划過時光的濁水，來找他馬奎斯梳理。「以為雉尾盔帽先送了過去，就不來要求『加冕』。」還在嘀咕，濕浞浞一個攝政王，已大剌剌撥轉椅子，回應他心聲：「禮帽，摺官邸了。事忙，總沒登門謝你。」他右腿不靈便，撐住兩邊扶手，借力上座。某年佛誕，這廝舞一對雉雞尾出巡，八方側目，他卻十分得瑟，着馬奎斯：「鬍子替我多參詳，怎麼剪無妨，氣勢可損不得。」

見他仰着下頷覷視，卻不作為，味士基打瞧出問題所在：「椅子降下去一點，又不是來修胸毛。」這之前，有街坊帶小孩來剃頭，座位是調高了，連忙撳下按鈕，沒等椅座沉降到底，電線搭上掛牛皮的銅鈎，轉身拿了小刷子，只管揩碟上肥皂，揩得刷頭起泡，聚成了皂球，還不知道消停。他有點心慌，那幅鬍子，不消也不長，式樣領了百年的風騷。他刀行草偃，把一副鮁魚尾，削成黃鱲鯧的八字鰭，河魚變了海產，尖鬍細髭成了定局，這廝不中意，他擔待得起？或者看膩了，回來討毛，他拔什麼去還他？沒琢磨出對策，就撥弄出一團糨糊，毛刷子還得攪下去。

半晌，盥洗間回望，簡直傻了眼，驚呆了。這時，門帘擋了日頭，陰影投上理髮椅，味士基打身上，火星子四濺，軍袍十幾排襟章，吱嘎響着，爭相爆出白燄，竟似有幾個隱形人，在那燒焊。腰帶繫的那鎖頭，磕上銅把手，還金光灼眼。最悚人，是褲管右腿彎處，有個破綻，露出一段鋸齒，正壓住馬達的電源線，剉出的豁口，一個勁兒閃着霹靂。雖然一室酸餿氣，沒攙雜烤肉的焦味，憑常識推斷，椅上這大人物，是觸電了！坐墊沉着不動，但馬達運轉，尖嘯着，冒出嗆鼻藍煙。明顯地，電流正沿那板鋸，沿椅上銅皮鐵骨，源源通過味士基打軀幹。他沒顫抖嘶叫，也沒傳聞般，眼球彈射到門外；但馬奎斯估計，他顱頂雖未着火，腦漿八成煮糊。指頭袍襟上亂啄，看來肌肉受電擊，抽搐了，停不了按電掣。馬奎斯鎮定下來，趕緊把牆根的插頭拔了。

「摳門。」耳邊響起味士基打聲音：「坐這一會，耗得你幾度電？」袍上流金迸濺，這廝沒烤糊，竟還笑嘻嘻，去擷那火花，像要逮住一幫逃出火場的跳蚤。興頭上，霎一聲斷電了，不覺嗒然。「真不能只當個瘋人看待。」相比燒成一塊炭，這般反應，更讓馬奎斯錯愕，硬着頭皮，去找牛角梳子，要爬順他那叢鬍子。「管用！你給我再通通電。」味士基打垂看袍上襟章，惱它們像疥癬隨身，卻沒隨他不朽。「一塊塊，變破銅爛鐵，損我功績。」那些頭像，那些赤旗紅星，他雖讀不懂，推想是奉承他的好話，卻不識趣地，一直氧化生鏽。聽聞海鹽，能除鏽。他睡醒就拿毛筆蘸濃鹽水，逐一塗這勳章，塗上七天，黏乎乎，那鏽反而密了，蒙住鐵皮上旗幟；好幾塊胖臉，更掛不住要糊。那茜草紅袍子，褪成廟門上舊紅紙的顏色，鹽巴附上去，是另添一重風霜。

這天，不管綠帽紅頭，一整幅章子，袍上摘下來，全泡鹽酸裡整治；然後，趁有日頭，披了鹹濕戎裝，出來曝曬，順道美個容。哪想到因緣成熟，坐上這電椅，電流由腿彎鋸齒上傳，衝擊全體，修鬍子，額外送一趟電解除鏽。章上濃鹽水通了電，陰陽兩極感應，鏽蝕所聚，氫氣泡沫油生；伴隨氣泡膨脹，破裂，鐵鏽即溶解剝離。鎳、錫等金屬，電解效果不彰；然而，泰半銅鐵底子的革命副產品，遭遇大偈福伯裝置的要命副作用，簡直煥然一新。「剩小半，還一副鳥樣。」味士基打命令：「再他媽給我電一下。」腰帶縋的銅鎖頭，幾十年前舊物，鎖上有船錨圖案，有海軍兩字，馬奎斯依稀見過。對面三楹屋，居中一間，以前就搭着這物事，卻不知怎地，勾連上這味士基打。方才，鎖身還包漿泛紅，鎖梁鏽得發黑；回頭一看，古董經這燒煉，也變光鮮了。不過，那些鏽迹沒除掉的襟章，材料不對，就電上三晝夜，也是白電。

「不試試，怎麼知道？」味士基打認定，小撮鐵頭沒變鋥亮，是電壓不夠。「漏電，燒這廝不黑，算他氣數未盡。」馬奎斯心想：自己明知道險惡，再去撳那電掣，豈不變劊子手了？前兒讀《澳門日報》報屁股的補白，發現他出生前兩年（一八九〇），美國，就有類似椅子。第一例椅上遭電擊的，叫凱姆勒，殺了女友沒逃掉，落愛迪生手上，坐上粗製的交流電刑具。「電壓到兩千伏，折騰半日，還沒讓電死，是分三趟烤熟的。」這麼說，沒嚇退味士基打；但把一個攝政王，電成一塊大炭，鄰里知道了，沒敢來剃頭，那是自絕了活路。惡話心裡鼓搗，盯住梳整齊的鬍子，到底擬出簡省方案：「再電，毛鬈了不好搞。我先撩出三條長的，剪了事。」聽他鼻子嗯了聲，馬奎斯凝神屏息，霎霎霎的，當剪掉麻袋上三根線頭。

三根鬍鬚，味士基打一根根撿起來，植入鈕門。湊近看，電解過，變清晰的圖像，馬奎斯覺得眼熟。兩三年前，枋阿密出示藏品，近兩百枚，堆積木盒裡。乍一見，珠光寶氣。他挑撥着，要尋個像樣的，卻讓別針扎了手。「一式一樣。」他說：「小屁孩的扎手東西，難得你也集全。」味士基打作賊心虛，兩腮鼓得更脹：「老督憲頒一個，我戴一個，有不全的？」當年，他率二十餘非洲黑煞星，攻拉塔山炮台，剿殺清兵，殺的就襟章這個數。「這事，你不知道？」他告訴馬奎斯，五大三粗一夥黑兄弟，助他蕩平罩紅笠的，擺平戴綠帽的，偶有部屬沒死透，或者，死而不化，流落到這島上，他都搭手保護。這幾十年，遇新調來，但凡烏眉灶眼，有個松花皮蛋模樣兒，他也親自去提拔。

「近來背運，有個守墳場黑兵，反過來關照我。別瞧他黑得透心，二十年前，為守住一條界線，出過死力。我擢升他做上尉，頒了他一個勳章。章上老臉蝕黑了，正巧搭配他。他黑毛會長長，那天來剃頭，你不要太摳，多給他通電，連人電鋥亮了，他高興。」為下屬璀璨的未來，費過心，他站起來，一袍子銅鐵箔，雷火煉過，篩得嘎喳響。裁三根鬍子，錢不好算，那老鎖頭盪上手背，還燙得馬奎斯連剪刀扔了。「不送。」他掀起門帘，放目對岸山頭，革命的蠟燄，風裡顫搖，是有些渙散；自家店門前，斜暉卻刺眼。那旗號，那舵手，形容回復飽滿，附着味士基打，挪出門坎，一踮一踮，踱向客商街，踱向一個新出爐的時代。經過慧宬商店那會子，林美麗和她手抱的頭一個女兒，都看見那戎裝上，喧紅鬧綠，傳續着帶鹽滷味的一百多個亮點。那商店二樓，以前是私塾，起過小火，書簿都燒了。光陰錯亂，彷彿還有些餘燼，風捲出去，落了這瘋子一身。

味士基打去後，馬奎斯凝睇光鮮了的扶手，銅柱座的鏽迹，竟似隨人而去，不覺暗暗稱奇。但椅了降了半程而輟，電線接續了，卻提舉不上來。無奈由得椅座卡着，取道中庸，來高人，來矮子，也好遷就。實在這時候，大偈福伯的體魄，遠不如前，病魔找上門，再無餘力修復這些故障。馬奎斯沒去相擾，借來扳手螺絲起子，逕自把那馬達，把能拆除的輪軸卸了，柱座補了泥灰漆油，一九五八年以來，十四載的電氣化，算告一段落。回想路環彈丸之地，出過這樣一座電椅，氣派不說，還沒愛迪生製作的疏陋，那是超英趕美的風光。倉卒間，洩出幾百伏電，作為刑具，是稍有不足，也有違福伯初衷；然而，論到用途多樣，老幼咸宜，卻不是烤糊凱姆勒，嚇壞觀刑者那一張破椅，能夠比擬的。

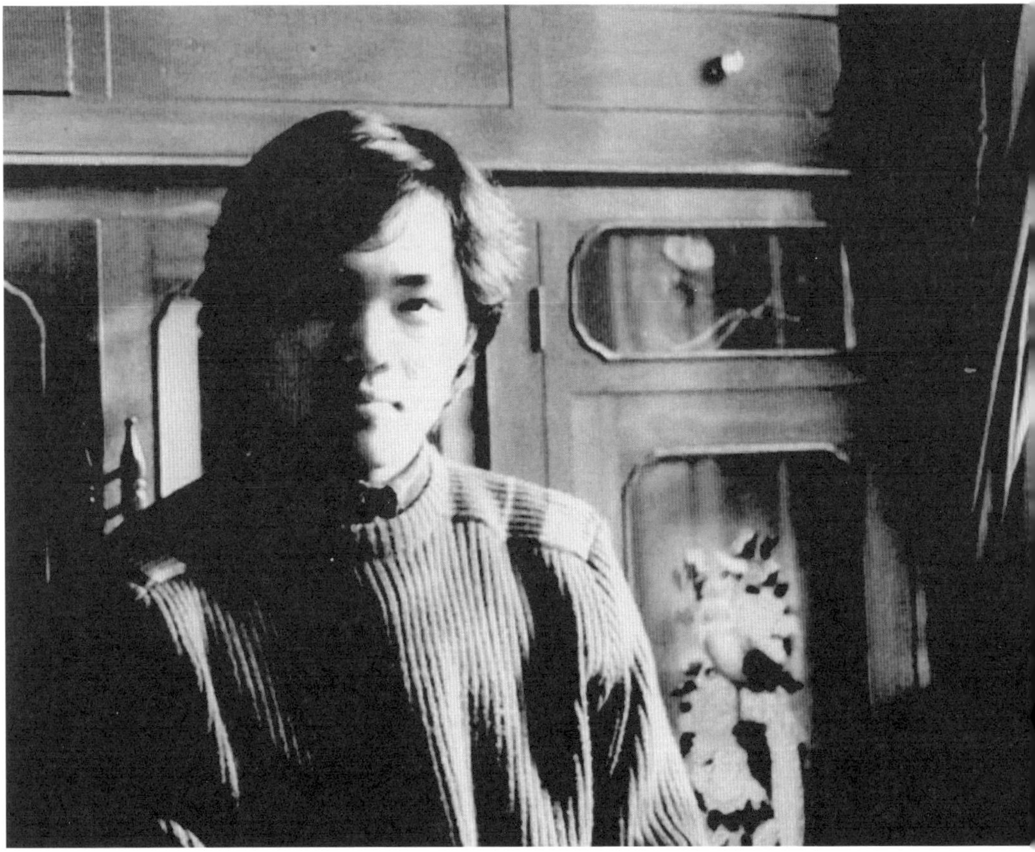

第二十三面：帽子雜憶

一節「雞血小說賞析」講完，聖母聖心的班主任，算五體投了地，像其他學校一樣，沒敢再邀枋阿密去講課。哪裡出漏子，他不關心；着眼的，從來是主題。「『遺忘』這一項，沒說透，讓你失望了。」他對安玉說。「沒事。」實在，來個沒規矩，沒老師範兒的，滿堂胡謅，大家高興。還以為作家都戴一頂氈帽，目陷唇枯，講幾句就喘，喘完咯血。「去年香港來一個，」她說：「長了吊死鬼的臉，帽子一摘，頭髮披散開，那邋遢勁兒……」「沒咯血？」枋阿密笑問。「沒咯。講沒幾句，就笑，就他一個人笑。」安玉想起細節：「不過，帽子是好看。」以前在越南，她戴過這種男裝的圓邊草帽；父親李百古，生前獨愛這款式，只材質不同。「帽檐上束條黑緞帶，就知道他去送殯。」課堂上，看着眼熟，卻哪裡知道，文苑蹩腳貨當道，結成的癟黨，怕人認不出，瞧不起，徒眾醉心短檐草帽上，綁條黑緞，連日奔喪的扮相。「我給你買一頂。」枋阿密牽了她，穿過郵政局院後巷弄，到了美女巷華聖哥的檔口。帆布篷的陰影，玻璃櫃子裡的文玩，五色彈珠，「為人民服務」琺瑯漱口盂，盂裡乾隆通寶和次貨襟章，滿目的琳瑯，全流散了。風過時，銅鐵盪出的一串叮咚，絕響了多年；檔主瘦小佝僂的身影，早杳然不見。八成是個孤苦人，生滅不動聲色。基於這段感情，或者劇情的需要，這天，攤檔過去挨靠的屋牆，豎了棚架，五顏六色，三四排帽子，還架上搭着。斜暉下，點了幾十個燈籠似的，透着猝不及防的喜氣。轉角計單奴街的炳記，賣雜貨，推想進了撥時髦物事，新舊不相容，就擺這邊來陳列。上排一頂，鴨舌上繡紅星的，他信手摘下遞過去。安玉一愣，臉上罩了陰霾，也不接，強自笑了笑，轉臉看一頂透明帽子。帽子塑膠的，圍了白緞，幾個雞眼鉚扣，開在帽冠通氣。「光合作用帽子，不想這邊也有賣。」她瞇縫了眼，迎着日頭端詳，嗒然說：「軟不拉耷，沒我爸戴的硬氣。」仍舊掛回去，用衣夾咬死。「不怕悶熱，款式還行。」他推薦。「坑禿子的。」安玉使勁搖頭。對她的反應，枋阿密甚是不解。背後情節，當時，她沒去分說，盯着面前土黃色報童帽，有點走神兒。這種帽子，以前西洋的派報童常戴，帽檐比鴨舌帽短，圓頂八塊布料湊成，上闊下窄，戴着臉蛋兒顯小。「好看不？」忽然，她帽子搭頭上，仰臉問他。那餳眼，那巧笑，他也是看得癡了。恍惚間，綻露的情態，挑釁，也挑逗，跟那飄零身世，容或不搭調，偏就是顧盼神飛，俏媚得讓人心碎。儼如綠皮雪廠消失之後，雪道上滑翔的冰塊，夕照下的晶瑩，還不時腦海浮現；短暫的，有時候，反而會長久地記住。枋阿密並不知道，那天，她仰臉看他的畫面，好多年過去，卻一直留存；甚至，到他有點遲暮了，安玉還戴着那頂帽子，含笑，亭亭立在目前，演着不老的那一段韶光。但當時，他是怎麼應答的呢？卻終究想不起來了。

CHỦ NGHĨA MÁC LÊ NINH MUỘN NĂM!
祝胡主席万岁

第二十四面：萬古嘔帽子那年

安玉她祖父姓李，叫萬古。一九一九年春盡前，還是越南的阮朝，老派人叫那地方做安南。約莫頭一批中國窮學生，要去法蘭西勤工儉學那月份，上海碼頭，還沒化身銅鐵製品的毛澤東，向赴法的日本郵船揮手，興許還扯着湘腔，尖喊：「每一個，要考得頂呱呱啊！」沒過幾天，美國麻省某大學的戈達德，發文預告搭火箭登月，有一天能成事。戈達德做了十年火箭實驗，一戰未終，他用模型向軍隊演示，去月球遛達，就簡單點個火。傳媒戲謔他，笑他月亮人這會子，阮朝的考試壓力，正痛擊安玉祖父李萬古；同時，那麻省的糖蜜，也出事了。龐大的蜜罐倒塌，爆炸，糖漿熱浪推火車出軌，貨卡給捲入波士頓港，街區無數人和馬，在甜死人的漩渦裡掙扎，就像李萬古，在安南考場某一個號棚裡，在人類最後一場科舉考試中掙扎。

儼然懸在頭頂，那捕蠅紙上的蒼蠅，他兩隻腳，手腕和筆硯，讓糖蜜一樣的東西粘糊住，眼睛餳澀，答不出試題。「沒準太熱了，我爺爺，那幾千年文化，一塊黏死在那兒。」安玉說。不用看榜帖，萬古美名，肯定跌出榜末，懸在一根蜘蛛絲裡。覓公職沒指望，萬古萬分嗒喪。本來早禿的他，三十不到，額角顱頂，漸見凋零。仕途堵了，毛囊相應閉塞，頭髮，簌簌落了不少。好在科舉去了，科學時代，駕着牛車鎮上來了。香蕉園旁一家老鋪，賣籐籃竹蓆，忽然順應世情，兼售美國來的帽子。新貨帽檐或寬或窄，門前棚架上，撲着十幾隻大皇蛾似的。居中一頂，小圓邊氈帽模樣，通體透明，像從一磚淡藍色冰塊鑿出來，摸上去，卻又暖又硬。

他沒見過這樣的材質，摘下來舉着迎向日照，午後春陽，冰碗裡盪着，美得人目盲。「這是光合作用帽子，治脫髮的。」老闆娘告訴他。為了生髮，萬古遵循古方，頭皮上塗過蘆薈，擦過老薑，敷過嗆鼻的草藥，顱頂要變一塊砧板了，頭毛卻半根沒長。他無奈宣告：「這是不治之症。」然而，這天黃昏，他看見了曙光。草皮，曬幾天蓬勃，這是化學，是物理；頭毛像草，讓透明篩子濾過的陽光照射，怎麼說，都比一味抹咖喱粉有根據。撣去鏡上塵土，硬帽子罩下一端詳，臉是乾瘦了，一頭蕭索，沒遮掩周全，難得換了個人似的，有個張冠李戴的氣象。

「多少錢？」李萬古問。索價，着實讓他吃驚。「這是賽璐珞。」老闆娘說。賽璐珞（Celluloid Nitrate）是新發明的合成樹脂，用樟腦和硝化纖維（Nitrocellulose），或稱硝化棉，增進可塑性，羼入染料製成。攝氏四十度一過，分解變快，內熱不疏導，憋到一百八十度，硝化纖維生氣了，就自燃。看似比硝化甘油穩定，搞不好，照樣會爆炸。這東西，一般做電影膠卷，做結他撥片，也有做眼鏡框，當玳瑁蒙人；鮮有這麼闊綽，製成盤子大的。「材料貴。」賣帽的，不知道細節，編話說：據傳出了一撥，沒人懂得好處，停產了；流落塵寰的，都是寶。

再昂貴，萬古篤定會要，戴上不肯摘下來。「就悶熱。」沒點完鈔票，汗掛了滿額。「悶着，血行得急。」行得急，才激得活毛管，老闆娘提點他，帽子最宜日出日落戴一下；晌午日頭毒，久曝，燥熱積聚，怕頭髮長得沒分寸。其實，上架那天，這頂賽璐珞掛向陽處，午後觸手火燙，帽檐軟耷耷要化掉，移到蔭下，蒲扇搧半日才硬了起來。「有療效的措施，不會舒服。焗出汗，再焗，就出頭毛了。」萬古心想：《莊子》說的「髮上指冠」，該不遠矣；而且，五內鬱結，發汗疏散了，人也爽利。他輕掐帽檐，稍一躬身，朝烤不出熔點的黃昏走去；從科舉到科學，算一蹴而至。

鎮上多法式房子，住民或食古，或洋化，信天主的，婚葬每行西禮。萬古酌情披搭，穿西服，襯這透明西帽，竟是十分得體。去送殯，去吊唁，他帽冠圍黑緞子飾帶；遇人嫁娶，擺壽酒，別針一扣，換一圈紅緞，晃着頭去致賀，也晃出個滿堂的吉慶。帽子宜吉宜凶，紅白二事通用，還防水防污，估摸不砸壞，不摜破，不過度捕捉光能，儘可以一輩子戴着，省了錢，也省事。當然，戴上帽子，不會就全換上省心日子。三千公里外，中國五四運動爆發，學生們揮着小白旗，喊着：「還我青島！」那會兒，萬古接到紅緋緋一通喜帖。鎮長女兒，他相中了，卻延宕未敢去納吉的對象，要嫁人了。

婚宴設在法國殖民時期一座會堂，堂內二十席；堂外河邊，大概是西貢河支流一旁草坪，擺起三十張圓桌。鎮上四五百人受邀，幾沒一人遺漏。萬古編在主家席前，離門口遠，椽上吊燈輝煌。赴宴他穿暗藍西服，襯上帽子，憂鬱連天接地。送葬的黑緞帶心情，卻不敢造次，時辰到了，頂上配酒紅色帽帶，像積了一頭瘀血，趁早入座。桌上擺的洋酒，有紅有白，他都沒見過。乾坐無聊，自斟自飲，紅白酒各盡了一盞。「真個苦水，越飲越渴。」天翳熱，沒人要來寒暄。他續上杯，只管獨酌。

為了解暑，平素出門，頭頂鋪一疊薄荷葉，再罩上帽子，乍看，像頂着一個覆轉的魚缸。這也有科學基礎，一百多年前，英國有個普里斯特利，發現植物，可以更新燒蠟燭，或者動物吐納，搞濁了的空氣。光的關鍵作用，他是忽略了，但實驗證明：老鼠密封在玻璃罩裡，容易窒息；塞進去一塊新鮮薄荷葉，老鼠就甦醒過來。「頭髮和老鼠，一樣需要薄荷葉。」萬古得出結論。這回，宴會隆重，薄荷葉不好內藏，他紅緞飾帶上，額外多揳了幾片，綠茸茸的養眼。那白酒微泛金黃，其實叫香檳。大盤燒豬肉上桌，萬古心血來潮，擷下帽檐葉子揉碎，酒裡攪和了喝，鮮爽解膩，煩惡稍去。

接連幾道葷腥，他埋頭牛飲海吃，突然，胃氣上騰，一腔灼熱衝到喉頭，連忙捂住闊嘴，遏了下去。毛厠在室外河邊，有些隔涉。暗忖：甜酒色白，不吉利，害人反胃，兌半瓶紅的落肚，沖沖喜就好。飲宴到半場，兩個平日種地，這夜換了軍閥裝束的孿生兄弟，舉着一對「肅靜」執事牌門外操入，操過酒席當中通道，路盡，即在主家席後方紅絨幕下，分左右呆立。萬古扭頭望去，迷糊間，見絨幕前有座矮台，新人和證婚的，早一字排開，準備祝酒。他連胃囊，似乎要吐出來，面色刷白，汗珠四邊掛下，看來覆轉的魚缸，這才漏水。村長女兒，驀地，分成兩個。有一瞬間，萬古覺得欣慰，一個給蹧蹋了，難得還有一個，等着他提親。

抹掉眼前冷汗，新娘回復一體。牽眾舉杯之前，會堂內外無聲，臨時邀來的神父，竟去徵引經文：「主啊！當我陷入萬念俱灰，生不如死的苦境，我不再懼怕。我知道自己正躺在你懷裡，你要用『炭燒的餅』『屬天的水』來餵養我。溫柔的安慰，再一次從幽谷中，把我……」萬古「噦！」了聲，實在撐不住了，推開碗筷，顫巍巍站起來。這骨節眼，人人恭聆聖訓，堂內安靜，他掩面鼓腮的，奪門奔出去，難免驚動四圍，甚至四十圍，讓人側目。「真要吐，要吐了！」他心中呼喊。那神父，偏偏短話長說，再續一則：「你只管去歡歡喜喜，吃你的飯，心中快樂喝你的酒，因為神已經……」可以說，已經推他到了聚光燈下，在筵席的中心。

過道上沒走出幾步，他喉頭，再響出一個「噦」！等煞住腳，俯身是更大的：「噦——」他「噦」斷了神的話茬。台上人受驚，瞪眼看過來，呆若披金戴銀的木雞。千鈞一髮，滿肚餿臭，要噴薄灑向地毯，要眾人一起倒胃之際，他急中生智，兩手抓住帽檐，一揭一兜，緊隨由「噦」變奏出的「嘔」，不偏不倚，兜住衝口而出的穢物。萬古長「嘔」了幾次，振聾發聵的爆響，一嘔比一嘔撼人；終於，吐肝露膽，載滿了一帽兜，才把酒肉嘔個乾淨。說起來，就好像透明帽子，是為這灘髒東西訂造似的，恰好滿而不瀉，兩邊還有把手，能讓人端着。他暈眩稍退，腦袋一片空白，管不得兩百雙眼，四面八方投來，端穩了，垂了頭只管往外走。

夾道幾十席，觥籌暫停了交錯。帽兜的藍，融匯了濁黃，調出來這一瓢慘綠，成了焦點。「人家討媳婦，他捧來綠帽，簡直亂套。」「這叫『吃不了，兜着走』。」不懂事的，喋喋議論。堂外食客，以為侍役趕上菜，食器，卻像個痰盂，筵席間穿行，還散發嗆人惡臭，無不頹然擲箸。挨着椅背，過了最後一席，到了河堤邊上，他也不找毛廁了。燈影裡，幾步下了石級，穩住腳，帽子一翻，嘔吐物都潑向一河黑水。待蹲下來，貼水洗那稠糊，抬眼，卻見磯石另有連接，彼端階上，一個穿洋裝女人坐着，在嗑瓜子兒呢。方才瓢潑的黃漿，月色溶溶，正攪旋着浮泛過去。「好噁心。明兒水邊洗衣服，衫褲要沾你大小腸味道。」女人皺了眉，朝他彈過去瓜子皮兒。「是吐的。」他辯解，沒察覺一開聊，即撂開客套，直入臟腑。

「嘿，還有這講究。」她心想：這醉鬼，不是拉了一缸屎，抱來餵魚就好。女人就是安玉的祖母，這夜獨坐堤畔，是好吃懶做的越南丈夫，絞腸痧死了。這場合，廢話喧天，卻沒一位鄉鄰，能分享她的欣幸。吃兩道菜飽了，出來臨風竊笑，哪想到一陣酸餿，送來個酒後糊塗的，稍後，更填補了她枕邊空缺。兩人沒回去飲宴的意思，胡扯到了深夜，等賓客散盡，才依依地，從堤磯下拾級上來。帽子裡嘔吐的糗事，萬古以為不提起，不經過事發的會堂，不造訪村長一家，過不久，大家就會淡忘。半年過去，他和「彈瓜子」悄悄成了親，還找到間私塾教書。為了讓「帽不離頭」這作派，顯得底蘊深厚，他課堂裡說了一樁近事：「你們師母，聽說巴黎，這世上最美，想去……」

旅費他負擔不來，以進為退，作狀出城摸上領事館一節，他略去了。集中描述館裡長凳枯坐，等辦證件。那天，清早到傍晚，人來人去，就沒管事的搭理他。頭頂一把大吊扇，螺旋槳一樣攪動，涼風，直錐他天靈蓋。他熱汗冒完，頭痛沁冷汗，沒當場暈厥，沒感染風邪，就歸功於這一頂遇冷而彌堅，鎮日罩住他的帽子。西洋人瞧不起他，甚至瞧不見他，萬古認為，是他膚色泛黃，是先輩源自中國。籠在頭上，這鍋蓋似的祖傳烏雲，他扯高嗓門，鄭重宣告：「就是中國人的帽子！」「不！」一個塾生指正他：「這是嘔吐用的帽子。」其餘生徒聞言，拍案大笑。對他會堂裡出醜，攪黃一場婚事的情節，看得出，比課文要熟。

「嘔帽子」這話，摧人心魂，塾生鬨笑之前，他不下十回，遭遇這同一句咒語。理應傳誦的鋪張盛宴，竟眾口一詞，變成「萬古嘔帽子那夜」，譬如「萬古嘔帽子那夜，我不幸認識了送嫁妹。」或者「萬古嘔帽子那夜，我小媳婦足十五歲。」更有體貼的問他：「萬古嘔帽子那夜，甜點未上，你怎麼就沒了影兒？」彷彿他自己，也是讓萬古的噦聲，嚇得落荒逃去似的。光陰荏苒，賽璐珞帽子，沒促使他多生頭髮，甚至沒減慢可悲的脫髮；然而，黃葛一類大樹，樹葉都是落盡了，再長新的；頭毛像草木，枯榮有序，光合作用廢弛，怕要功虧一簣。而且，那夜他不嘔帽子，嘔地毯，嘔桌布，嘔碗盤裡，難道就諸事圓滿？帽子摘了，笑謔，還不是疱疹一樣，從眾人嘴角出發，滿鎮子播這流毒？

過了兩年，萬古添丁，不好叫千古，每下愈況，取了個百古。李百古，就是安玉的爹。有些情景，萬古驚訝地發現，真可以經久不衰。辦婚宴的男女家，怨懟藏得深，唯一沒把他的攪局，用來紀年；對其他人，那場嘔吐，總不見消停，萬古長青。他受不了，要逃。彈瓜子一貫的體恤：「外頭掙了錢，再回來吐血。」她笑嘻嘻的，比丈夫通達：「那夜，要不是萬古嘔帽子，咱倆也不會磕碰上。」兒子未足歲，萬古攜了妻小，去堤岸謀事。他在華僑社區覓到教席，仍然頂着美國人製造的帽子，教舊中國的東西；而舉家這一遷住，竟住了五十年。

在堤岸頭一年，萬古就禿了頂。「看來，這邊的日頭不對。」他明白急不來，橫豎膠檐通透，戴着臉上有光，就不改這賣相。彈瓜子命薄，沒盼到做上婆婆，到一九四五年，竟得個急病走了。然後，印度支那共產黨發動八月革命，弄出一個「北越」統治北方，親近蘇聯和中共；南越政權，卻由西方陣營撐持；南北分裂，美國插手演成越戰，是後話了。其實，那幾年，舉世不安寧。萬古喪偶那會兒，千里外的澳門離島，復仇者戰機，四出「誤炸」。剃頭匠黃榕的老婆，那天採的雞矢藤，藤色正綠，卻遇上一顆炸彈飛臨。不論遠近和南北，「新時代」輾過來，生活頓時變得紙薄，隨風飄卷。

彈瓜子下世十載，百古三十三歲，娶了個水蔥兒似的越南女人。締婚時水蔥兒剛成年，卻不知怎地，年過三十，才懷上安玉。老蚌生珠，那年頭，真算不上美談。但女兒，就是一九六八年盛夏，在堤岸那蒸籠似的老宅誕生。據說出來的時候，還熱騰騰，冒着煙氣。安玉三歲，生日餅上該點起的三根洋燭，卻不偏不倚，插到她爺爺靈堂上。過去幾十年，萬古除了頭脹，溽暑天，腦袋像個熱水袋，就沒什麼病痛。添了孫女兒，愁悶也消減了。奇在開玩笑似地，對百古說了後事該怎樣操辦，半月不到，某天，窗前伏案，枕着胳臂打盹兒，迷糊裡喊了句：「我要出去！」竟就嚥了氣。賽璐珞帽子，正泊在他鼻頭前，西斜日頭照進去，像個燈罩，竟還罩住了一隻螳螂，燒着一般，綠燄不住撲擊透明的圍牆。

安玉喊爺爺不醒，沒多理會，自去揭起帽子，把老虎哥放了。那是一九七一年，螳螂一躍跳入的世途，越發險惡。一九七五年，北越統一全境；翌年，易名越南社會主義共和國。那年安玉八歲，堤岸待不下去了，百古無奈攜同妻女，避居老父縈懷的小鎮。過了半世紀，萬古住過的老宅，轉租了幾回，又荒置了些時日，百古尋到門前，迎人是雜花亂草。窗板縫窺進去，四壁猶在，修葺一下能住人，就向鄰居打聽，問屋主是誰，到哪能找着？「屋主是誰，我不知道。不過，」隔壁大叔告訴他：「萬古嘔帽子約莫三年，他就出城去了。租賃事宜，交我老母處置。」「那麼，請問令堂……」「我令堂在……在萬古嘔帽子十周年，半夜坐起，『哈哈』乾笑了兩聲，歸西了。」「令堂那是笑喪。」禮貌上，表達了遺憾，百古追問：「那租這老屋，我該去找誰？」

「這不是什麼老屋，這是嘔帽子萬古，他闔家住過的大屋。」隔壁大叔說着，見這廝戴的一頂硬膠帽子，跟傳說裡，幾摧毀大排筵席的透明冠冕相仿，心生敬畏，不敢再饒舌：「要租屋，找我就對。」百古沒想到這鎮上，他爹是一個舊年曆，串連着大小事件；而那一帽兜濁水，還在眾人屋前迴繞，從沒付諸東流。除了妻女，帶回到鎮上的，還有一罈骨灰。萬古囑托，人死了，灰要撒在他傾倒嘔吐物的河上。「就那河邊，我遇上你娘。」萬古說：是好是壞，終究留了念想。畢竟這沿河小鎮，是他李姓一脈的根柢，灑掃過，草草住下，老父從前提起的親舊，順道去走訪了；過半為鬼，剩小半都犯糊塗。

譬如，路遇一老頭，打量他半日，「萬古的兒子啊？」槐樹下，吐着煙霧扯淡：「你老子，樣子我沒記住，該戴你這樣的帽子，大嘔一場，逃出去了。」還說，他爹那些鄉里，鎮長和他女婿等，都進了公墓。鎮長女兒七十幾了，身子不好。「你別戴這帽子教她見着，讓她多活幾年。」老頭煙吐得厚，連人化進霧裡。然後，某天吉時，老屋裡，一家人叩別了萬古，骨灰罈由孝子捧到河沿。依循老父吩咐，百古找到那臨水階石，下去拿樁站穩，一飯勺一飯勺的，舀出骨灰撒了。舀乾淨，信手擯掉勺子。但載骨灰的青花瓷罈，素淡可喜，扔河裡可惜，也就揪着罈口，無情無緒遛向墓園。尋思老爹心願遂了，空罈子找塊地長埋，以後，立塊碑石奉祀，也算個兩全。

踏入塋地，天色轉陰，鎮長墳前石墩坐了個婦人。百古見了，摘帽子敬禮，想起這八成是鎮長女兒，心裡難免歉仄。「你回來了？」婦人有點錯愕，旋即臉現霽色，是錯認他是萬古了。「我是他兒子。」百古說。「怪不得不太顯老，我也是昏花了。」婦人自失地一笑：「那萬古他……」「前幾年下世了。」他把空罈子擱腳邊，挨婦人身旁坐下，款款地說：「我女兒認為，她爺爺變了隻螳螂，一彈一跳的，回這鎮上來了。」「就這德性。」墳塚上，清一色爭出頭的草堆，婦人瞅着，心思放遠：「都知道他萬古，貪那青綠。」

「還生家父的氣？」他問。「是惱過一陣子。到有些年紀，都變趣聞了。沒這麼一鬧，連喜事，也還記不住。都不怪他，或者，那晚上，他格外的憋屈，喝的悶酒。他圖什麼，我不是不知道。他不去跟我爸說，自己蹉跎，有什麼法子？誰在意他掉些頭毛了？偏生老戴着你這一款帽子，腦袋瓜悶糊了，鎮日神神叨叨的。」「不是這一款，是這一頂。」百古摘下帽子，覆膝頭上，婦人借了去捧住端詳。萬古化身綠蟲四年，他去撒灰，沒當辦喪事給帽檐配條黑緞，也不好圍條紅緞；事情，是無悲無喜，不紅不黑。婦人捧着無束縛的帽子，像捧着一個水藍的魚缸；魚都老了，也變剔透了。到了時間這一頭，什麼都淡了，連悲哀，都褪去了顏色。還可以苦笑的事，如果同樣記不住，那倏忽過去的日子，就更蒼白了。

「難為萬古他……要吐滿這帽兜，還真不容易。」婦人臉上堆歡。百古卻感覺到，她眼睛紅了，一顆眼淚，落到帽子裡頭。骨灰罈蓋子丟了，婦人以為他腳邊擺的，是個花瓶，看着歡喜，百古就留下來給她。心想，他爹最後的藏身處，能長些蘭蕙，也慰藉人。他承繼了萬古這一頂帽子，早確定頭皮和草皮，不能同樣對待；戴着，是當一個念想戴着；卻不知道，帽子本身，或者說，構成帽子的賽璐珞，就有記住這滄桑，重現這聚散的成份。早期製作膠卷，用來做「片基」的硝基纖維，也用了來做賽璐珞。這硝基纖維，負責保存影像，依附上紙張膠片，光照適當，春花秋月都凝聚在上頭。日照，沒催生毛髮，大概曝光過度，帽子也喪失膠卷功能，沒能把他爹那一場暴吃亂吐，不增不減，重投到天幕上；然而，其他人的零散記憶，還是定義了他，塑造了他；遺忘，在這鎮上沒如期降臨，不管願不願意，滿載一夜笑謔的帽子，遠比當事人存活得久。

百古安頓下來，百無聊賴，除了教書，也投入寫作。他訪問老人，筆錄無名小鎮的往昔。初稿草成，「共和國」的陰影，已蔓延到入鎮的岔口，白晝看過去，是一路的煤黑。「一九七七年歲杪，對老日子有一點緬懷的人，都不快活……」停電半月，入黑他點了蠟燭伏案。這夜，寫累了，帽子沒摘除，低頭，帽檐觸到了火舌。幾十年前，賣帽老闆娘對他爹漏說的凶險，硝化纖維藏掖的烈性子，霎時間發作。這頂帽子，比故紙易燃二十五倍，點着了，就一個火球！要說天不生仲尼，萬古如長夜，這一刻，簡直有一個兩百瓦的仲尼，在燭照千古；閣樓，無處不晃眼。但頭頂着火，到底悚人，百古驚起一手後撥，火球落向身側藤椅，一疊文稿墊着，轉瞬也燒起來。

屋裡潮濕，盥洗間的瓦缸貯了雨水，幾步搶過去舀水去潑。潑熄了，帽子竟徹底燒化了，消失了。妻女倆聞聲上樓，青煙裡，見他頭髮和眉毛沒了，一隻手有點灼傷，正扶着破椅，盯着一堆紙灰發愣，就都知道：「故事寫不下去了？」也多虧這場小火，那些對舊生活的記憶，僥倖地，沒淪為新時代的罪行和罪證。事實上，兩年前（一九七五）越共拖垮美軍，結束長二十年，死兩百萬人的越戰；往後，成千上萬越南人，包括像萬古一家這樣的華僑，爭相浮海，倉皇逃離國境。百姓不斷面對「社會主義共和國」的處決，再教育和囚禁；被指投靠美國政府，勾結西貢美方代理人，還得要拚死逃亡。黑暗鋪到了門前，美國製的這一頂易燃帽子，及時燒掉，總算讓百古一家可以苟延。「等明兒煙散了，我再看看有沒出路。」百古抬眼眺望月照下的河沿，恍惚間，那頂帽子正浮在黑水上，卻原來是一艘船，解纜去了。

越南難民在澳——陳永漢攝影展

越南難民在澳——陳永漢攝影展

第二十五面：越南難民在澳門背景

好多年後，翻閱港澳兩地諸多館藏資料，枋阿密讀到不少越南逃亡潮的記載；然而，內容多蕪雜，零碎，虛實難辨。臚列原始材料，拼貼成篇，是鄰埠書寫的新潮。這文字的難民潮，日漸勢大，就像爛船殼裡的濁水，漚出餵豬的鳳眼蓮；文字新潮，也漚出一撥腫大的作家。這種瞞天過海的「書寫」，他心生鄙夷，唯有費死工夫爬梳，虛實相濟，調弄出下述筆墨，權作一段漂泊往事的補遺。

（一九七五年，蘇共和中共支持的北越河內政權，攻陷由美國扶助的南越首府西貢。空前的直升機撤離行動過後，美國敗走越南，越戰結束；戰爭長二十年，二百萬人喪生；然後，為逃避執政的越南勞動黨（後稱「越南共產黨」），這個全國唯一執政黨的處決，監禁，再教育，浮海逃亡者，數以萬計。這第一次逃亡潮當中，包括曾為美國服務，涉嫌與美國政府，或西貢（後稱胡志明市）美方代理人勾結，恐防受清算的南越人民。一九五一年二月，越北的「印度支那共產黨」，在第二次代表大會，決定更名為「越南勞動黨」，通過了新黨綱、黨章和宣言。胡志明作《政治報告》說：「由於地理、歷史、經濟、文化等條件，使越南革命受到中國革命很大影響。而越南革命應該學，而且已經學到了中國革命的許多經驗。由於中國革命經驗，由於毛澤東思想，使我們更進一步地了解馬克思、恩格斯、列寧、斯大林主義。由此我們已取得許多勝利。」許多勝利之後，開始了排華。一九七七年，越共沒收人民的經濟資產，重新分配，掀起第二次逃亡潮；其中約七成，是華裔。）

那天在華聖哥檔口的遺址，帽子叢前，枋阿密遞上一頂繡紅星的鴨舌帽，安玉一愣，不接，還「臉上罩了陰霾」，正因為這些「勝利」，她舉家不得不隨大流逃難。猶有餘悸，是戴那種帽子的馬列好學生，最終到了鎮上；胡主席的人，戴着毛主席的紅星來了。

（然後，一百萬越南人以陸路逃至泰國、寮國；成功抵達聯合國難民營的，約五十萬人。一百五十萬越南人以水路投奔新加坡、馬來西亞、印尼、台灣及香港。其實，一九五一年，葡國簽署了國際公約，界定了難民、難民資格和權利，以及庇護難民國家應負的法律責任和義務。但一九七四年「四·二五革命」後，澳門不再被視為葡殖民地的「海外省」，葡國按照新政制的《澳門組織章程》規定，有關協約的施行，應先聽取澳門自身管理機關的意見，經《澳門政府公報》刊載，在澳門地區生效。攝影記者陳永漢，一九八一年工作期間，拍攝難民情況，辦過「越南難民在澳門」攝影展，透露當時不少難民在西灣上岸，在氹仔海邊聚集過活。「大海茫茫，見有光，就駛過來。到了西灣，船太爛，沒用了，就地上岸等車載走安置；船還可以，水警直接拖去氹仔。」初時環境差，沒衛生設備，有些人就在爛船舢舨上睡。日曬雨淋，後來才搭篷，搭廁所。陳永漢用鏡頭，紀錄了當時難民的簡陋生活，相中人每多神情呆滯。一九八四年，澳門政府拒絕成為越南難民的第一收容港。但自一九七八年，民間和官方投入極多。難民抵埗，社會工作局和聯合國難民署，首先提供衣物、食物、梳洗用品和基本廚具，再安排入住難民營。其間，澳門有難民收容所三處：天主教救助服務會管理的九澳越南難民營；二、白鴿巢仁愛會之家；三、澳門明愛管理的青洲難民營。另有數個臨時收容所，如氹仔澳門賽馬會附近的澳門童軍總會，就收容過三百多名難民。澳門理工學院婁勝華的文章提到，一九七八至一九八八這十年間，越南來澳門的難民，有8,608人，在澳門出生的越南人子女433人。而據聯合國統計，約7,100名越南難民，一九七五至一九九五這二十年內，抵達澳門，作為跳板轉移到美國、加拿大、瑞典、澳洲和英國等地；極少數留在澳門；人數與婁文所記，略有出入。路環的九澳難民營，較其他營舍要大，有六間長約十公尺鐵皮屋，屋裡雙層床排列整齊。一九七八年十二月到一九九一年七月，十三年間，九澳營舍收容的難民最多。營區雖有圍牆遮隔，但難民行動沒太多拘限。明愛總幹事潘志明神父說：「難民沒有被關起來，可以自由出入。在開放的環境學習新技能，甚至找到工作，融入社區。」九澳難民營的完善設施，在當時相當少見。難民有教育和醫療服務，歡迎參加各種娛樂和文教活動。營區有雜貨店、美容院、木工工作坊、兒童遊樂場所。除備有幾部共用的電視機，還不定期舉辦海灘遠足、游泳課、水球、足球、乒乓球、羽毛球、象棋和田徑比賽。難民還舉辦過結婚典禮、的士高派對、音樂之夜、越南文化之夜、聖誕節舞會等。各難民營的建設維修費，耗費約一千萬美元，資金來自聯合國、紅十字會、天主教救助服務會、不同宗教團體和澳葡政府。天主教澳門教區，主要提供醫療保健和教育。難民營注重各人健康和衛生，提供工作機會，讓其賺取薪水，輔以生活津貼，當時每人每日可獲澳門幣七元，夫妻則有澳門幣十三元。每星期配送白米，食堂也定時供應膳食。工廠會僱用難民在營區內做零工，婦女製作絲絹花，男性主要從事建築、工程或電子方面事務。偶有政府處理的獨立個案，尋求庇護者，每月得到澳門社會工作局發放，澳門幣四千多元的經濟援助，並安排住屋。不過，必須正式獲得難民身份，才能合法工作或就學。香港雖未簽署上述公約，但無論自願，或人口販運，尋求庇護者，大都選擇前赴香港，而非澳門。畢竟香港是大城，無數航班往返世界各地，設有聯合國難民署辦事處，有眾多外援和社群，合法或非法地，提供難民更多謀生機會。以難民黃有成為例，他父母在越南一個村莊長大，一九八〇年逃難抵達澳門，在九澳難民營成婚，誕下兒子有成。正如其他營友，同樣經歷了險阻，才抵達澳門。當日小船乘載另外五十人飄洋，過程漫長，飽受疾病煎熬，死亡威脅。聯合國難民署估計，越南難民投奔亞洲各國途中，約有二十到四十萬人，死於擠迫、海盜、疾病、飢餓、營養不良和風暴。黃有成的父母，也是先抵達香港，再給遣送往澳門。）

逃難過程，與正文所載，安玉一家的浮海遭遇相若。李百古在海船上病故，母女倆，歷盡艱辛漂洋到香港，滯留逾年，才輾轉遣送到澳門路環。

（黃有成一家在路環得到良好待遇，是意料之外，甚覺幸運。憶述雙親在營舍的生活，他說：「護士、工作人員和莫慶恩神父，對我們都非常好。難民在外面找工作，當地人都把他們當普通人看待……」儘管九澳難民營設施齊備，是各人的避風港，卻不是海灘渡假勝地，難民還是要跨越蹇阻，才能在七八十年代，最黑暗的年月生存下來，越南戰爭的慘痛後果，亞洲各地經濟及政治上的低潮，情況異常惡劣。有段時期，每天有數以百計的人上岸，每個難民營都有人滿之患，工作人員頭痛不已。「營裡各式各樣的人，有些家庭沒受過太多教育，有些遭受極大傷痛，但莫神父總是盡最大努力，滿足各人需求，確保溫飽，讓人擁有生活目標。」莫慶恩神父，出生於馬來西亞，七十年代末，庇護和照顧的越南難民，數以千計。）

官樣文章，多記載難民營早期情況，枋阿密筆下出現過，熱心投入服務的胡子義、陳基慈神父，楊細景、李大漢、信義會一眾義工、曾搭手相助的路環居民，鮮有見諸流通筆墨。

（教會和各方熱心人士，群策群力，為成千上萬失去家園的人，開闢了新的生存環境和希望。但黃有成感歎：人們找不到關於這段歷史的牌匾或紀念碑，許多曾在澳門支援和安置難民的人，都沒得到應有的讚許。「他們對澳門的貢獻，可能只有老一輩才清楚，幾乎就像一個被遺忘的回憶。」好多年後，他在長途電話的訪問中說。）

早移居海外的這難民後裔，所指「被遺忘的回憶」，實際上，就是遺忘。真實存在過的，都在荒煙野草間消失了。難民營消失了，難民營之前，枋阿密記憶裡的夏令營，夏令營之前，編年史上，照樣曇花一現的九澳兵房，同一個小山頭上，同一座營房的春風秋雨，都消失了。事實上，枋阿密刪繁削冗的時候，除了澳門的文獻資料，外頭茫茫字海，即使是鄰埠的難民專論，也幾乎看不到「澳門」的角色，更找不着「路環」的參與。

地方小，看來小得被忽視，被漠視了。滔滔濁潮上，「越南來澳門的難民 8,608 人」，「澳門出生的越南人子女 433 人」，就像一隻破舢舨掉出來的榫卯；榫卯沒成為歷史，十年的艱難接合，一開始，就讓世人忘記了。

攝影:陳永漢

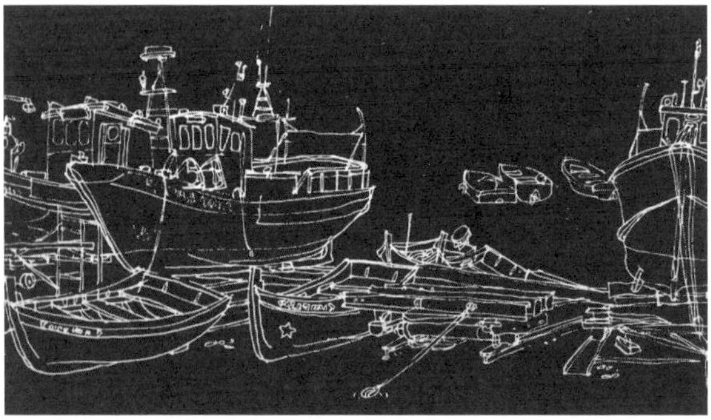

十月初五馬路
AVENIDA DE
CINCO DE OUTUBRO

第二十六面：尼莫點上遛一夜浮華

那夜，他告訴安玉，地球上最孤絕的地方，叫尼莫點（Point Nemo），或者稱「海洋難抵極」（Oceanic Pole of Inaccessibility）。尼莫點，離最近的陸塊2,688公里。小說《海底兩萬里》有個尼莫船長，拉丁語的「Nemo」直譯為「無人」；不但無人，也鮮有船舶航近。航天機構稱這「南太平洋無人居住區」（South Pacific Ocean Uninhabited Area），人造衛星、火箭等載具，不中用了，壞了報廢了，要掉回來，有點靈性的，為免殘骸傷及人畜，會耗盡最後一口氣，飛到那「難抵極」上頭，轟一聲落入大海；慘烈，卻也寂寞。濁海紅潮推送，安玉在這兒靠岸，就好像瑩潤一塊隕石，落在尼莫點上。

路環，儼如畸零人的尼莫點。枋阿密說，一百年前，葡萄牙就遣來罪犯；帝汶、果亞等殖民地的壞人，撂在這裡，眼不見，心不煩；大陸的痲瘋人，也安置到這兒，神父會去服侍，會高喊：「Beautiful！」西洋人眼中，天底下，最偏遠的絕境，就是澳門；澳門最偏遠的，是路環；到了路環，最偏遠，就是東北端的九澳，就是聖母村，就是村旁的難民營。「最多人流放來的年月，這後面，還是一塊鹽田。」他和她，相偎坐在譚公廟海濱石磯上。七十年前，傳說海姑娘為自己辦喪事，出殯路線，就是沿十月初五馬路，由神婆領着，摸黑遛到這裡來。十餘步外，長堤盡處，印象中，以前挨着個惜字塔，姑娘就在那兒燒化冥鏹。「還當那是個郵筒，給自己寄了封信。」那氤氳醉人，他覺得手伸出去，會接得住老日子的餘燼。

「沒準最早的空郵，就這兒寄出去的。」他外婆吳杏說過，一九六〇年，海姑娘仍舊水邊來了，認定老熨斗一樣的鐵船，是澳門號，炮打過九澳。船煙囪吐的煙霧，隨時光，隨情境而轉；冒紅煙那年，他們家隔壁，一棵陰香樹，從天井探出來。二十多年過去，那天，聖心學校門外，白霧淹漫四面樓房，就彷彿那虛妄戰船，等到對景兒，即現身夾馬口，五色褪盡，傾吐出最後一場空濛。「那年演面具戲，馬納男頭罩潛水鐘，一身的銅鐵，就那呆着。」他朝安玉身旁勾勾頭：「怕人認出來，躲衣服裡。」自從澳門號攻村，糊里糊塗，轟死一撥「海盜」，味士基打卻去追剿，去鋸他認為沒死透，要淪為果凍的潛影。安玉善感，想到潛水銅人，頂着一顆滿月，在沒革命侵蝕的尼莫點，卻四顧怵然，生恐一隻吊靴鬼來尋釁；追和躲，都害怕遺忘的無微不至，細思，難掩神傷。

這時候，三伯園墳場那邊，明月出岫，也是滿的，一面鑼，漫山敲着，卻沒半點聲息。「不回去成不？」他問得突兀。「就怕我媽擔心。」安玉說：她交上個寫文章的，母親知道了就哭。她爸癡迷翰墨，寫書帽子忘了摘，差一點燒了房子。「戴帽子寫東西，確是不對。」他站隊，站她媽的一邊。其實，出營遛達，她多半要言不煩，提腿就溜；一來省了母親絮聒，二來島上太平，都是寧日；除了露出馬腳，再露出狐狸尾巴的作家，沒好防範的。月前，他送安玉回九澳山，小時去度宿的夏令營，密佈了五六間鐵皮屋，稱難民營了。興替變遷，是常情。他的小學校園，不也壘起高牆，淪為「路環監獄」？海上明月共潮生；難民潮，也是潮；月亮牽線，把安玉送到這灘上，送到他身邊，能說這潮流不好？

「真的要走？」這說的走，是離開，是一去不返。以為隔不久問一問，會問出不一樣的結果。「我媽有些年紀了，她要走，我不好不陪着。」安玉告訴他：那些想去，能去美國的，去了八九；蹉跎到這會子，額滿見遺，唯有等法蘭西接收。法國好地方，大夥不願去，是政策傾向分散安置難民，不讓抵埗的，叢聚一地，怕糾眾生事，也融不入社會。「以前，法國人管治越南，據說，我奶奶想去巴黎，爺爺萬古腿軟，沒去成；要去成了，賴在那兒生下我爸，咱們一家人，早該在那塞什麼河，隔河觀火。」她說。「你爸在巴黎，未必會遇上你這個媽；另一個媽，要是像一條法國麵包，生的你，沒準是麵粉糰兒似的一個歪瓜，遠沒眼下的好看。」「也是的。」安玉歎了口氣：「西洋歪瓜，不滾到這尼……尼姑點，咱倆也不會磕碰上。」這命，算是認了。

終站落戶法國，同營舍滯留的，多不稱意，不情願。安玉她媽，反而樂得一撥法蘭東，一撥法蘭西，天南地北隔絕了，省了再逢上一幫鄉里糟心。枋阿密少出遠門，巴黎，卻最想去盤桓。埃菲爾塔第二層，有一家餐廳，鳥瞰戰神廣場和塞納河；河岸華屋，滿目琳琅。虛實之間，他心裡早訂了座，筵席擺開，對面已多了安玉這一個人。「沒騙你，以前那餐廳，還有個洋妞，鋼琴邊弄蝶。」他說得鞭辟入裡，連桌上燭燄，鞭得應聲竄起。安玉當笑話兒聽着，卻不知他對巴黎的印象，八成源自一九八五年夏天，那一齣《鐵金剛勇戰大狂魔》（A View to a Kill）。戲裡，羅渣摩亞邀某偵探共膳，要套套近乎，打聽大狂魔那匹馬，怎麼跑得飛快？「餵補藥了？」問話之際，暗隅一根釣竿甩過來。連着魚絲一對紙鳳蝶，蝶底藏鉤，倏一聲，竟把偵探滅了口。

《海底城》（The Spy Who Loved Me）雪山小屋裡，例牌的乾柴烈火，他記得更真切：那光景，柴薪必剝，羅渣腕上一塊電子表，臨床達達，滴滴，達達吐出一條膠帶：「007 TO REPORT HQ. IMMEDIATE M.」凸字壓印，字字醒目。這戲上畫，他還在青春期，這未來科技，比橫陳肉體，更讓他目瞪口呆。「假設我戴這樣一隻手表……」他借物抒懷，仍舊說塔上那餐廳，是時，燭光掩映，兩人窗畔對飲，心迹難表，就那腕表解意，表殼及時滴滴達達，達達滴滴，伸出應景一闋樂府：「上邪！我欲與君相知，長命無絕衰……天地合，乃敢與君絕。」他背誦完，她笑得花枝顫搖，一時間，沒察覺情節的鄭重，只問他：「滴滴達達，伸出來漫長一條瓜藤，纏手縛腳，還怎麼夾菜？」蜃樓裡的用餐問題，來日方長，他沒急着解決，只挨貼她，說另有一隻勞力士，更是奇技淫巧。

羅渣演《鐵金剛勇破黑魔黨》（Live and Let Die）那年，他十二歲，勞力士那旋鈕拉起來，會產生強磁力，強得能讓子彈轉向。「估摸打偏的，都吸引過去，打自己一個稀爛。」羅渣不知輕重，憑空亂攝，譬如，專向女人連衣裙的拉鏈下手。說着，他胳膊一提，指尖不經意在她項背一掃，即順背溝而下，滑過了腰眼。安玉真受了磁吸似的，渾身一陣酥麻，軟軟糯糯地，更黏附了他。「壞蛋。」她輕捏他手，有點心虛，覺得真有不規矩一脈長藤，達達響着，越撩越深入。她閉上眼，這樣的夜晚，連銀河也拉鏈一樣垂着，誘人去牽扯。兩人偎坐的亂岩後方，曾經是一片鹽田，再曾經，是玉石作坊，身畔有工匠琢磨石頭。那是五千年前的事了；五千年前，玉，就在這海隅揚名；溫潤，然後荒涼；然後，在月光潑染的時間點上，他覺得自己一直在等她。

「都說月亮善變，其實，它最死心眼了。」這時，三伯園那邊，一團銀白，掛得高了。千萬年，一成不變，照護這團水土，篤定在這上頭牽繫，一枚橢圓地球，才轉得順溜；潮汐，才守常起落。時即時離，或者，稍移到一邊去，害地軸有一點偏移，即使偏上幾度，對不準北極星，春夢秋雲，四時風物，就沒有了；兩百年，地球，合該滾成了雪球。再說，月亮就不遠颺，心灰了，再挪開幾分，路環，要抖得斷開，上角碼頭豎着插入灘塗；遠方死火山噴發，四鄰土崩海嘯不絕。「九澳，碎成九九八十一澳。到時候，咱倆骨頭震酥了，橫七豎八，勾搭在一塊兒，去和留，可省了煩心講究。」他兜來轉去，繞着圈子留人。「其實，一直在撤，只是每年幾公分，大家不察覺。」億萬年的縈牽，沒人領情，他說：也怪不得月亮離心。「幾公分，你都知道？」她將信將疑。「有專人去測度，錯不了。」想到安玉就要離開，比月亮離開地球，步調要快要遠，他就感傷。

月亮還知道走急了，出軌，地磁會變弱，這道屏障壞了，太陽風吹得氣散，地球發完冷，還要發燒。他告訴安玉，地核外圍，繞着燒心的鐵流；他心裡，也有苦水激盪。那天月亮遠去，鐵不流了，地球沒了磁場，「就像讓你撂開的我，沒了心跳，死翹翹在這晾一百年。」這夫子自道，有點曲折，身邊人無奈笑着：「法國，又沒月亮遠，你可以來看我。」他點了點頭，總覺得，月亮不亮了，消停了，也會掉到這夾馬口，掉到包攬人世種種煩愁的這尼莫點上。「什麼東西？」安玉抬眼，見數丈外一堆光點漂近，密密叢叢，像破提包上成排的珠片，沿路招搖。「怎麼挑這會子，暗流上現眼？」他心裡嘀咕。「這是……」安玉覷着眼看了片晌，看出是個鼓脹起來的物事，繡紅袍，綳得似要炸開。「是一件教具。」聖心學校課堂上，他說過這廝。

好多年前，他隔壁修車，屋裡無人，就給偷去一盒子藏品。「這教具，偷了教材，卻到這會兒，才來投案。」軍曹味士基打，根據史實，曾攀升到上校。他提議，把老賊簡化了，稱味上校。「聽着體面，像一個見證人。」她說。「見證什麼了？」他一腦子綺念。她笑盈盈的：「見證你誘拐了人，卻沒頭沒腦，儘說虛話。」眼前味上校，充了氣一般，戎裝濕漉漉黏搭着，才沒讓風吹起來。那顆頭，枕着塊大玻璃似的，逐逝水而下，看來死透了，是具浮屍。傳說的「潛影」，色暗身輕，靠咀嚼眾生的記憶依存；但懷想，再綿長，終歸有個盡頭；味上校是到頭了。一九九〇年春盡，島上沒人惦記他，或者逃避他；最後，在遺忘之海，五臟融化了，偏生皮囊厚韌，一團晦氣悶在裡頭，就鼓出這一個球樣。

「好像睡着了，做着一直活下去的夢。」對味上校，安玉反應淡然，真當落在界外一個皮球看待。離開越南之前，萬古鎮河裡，每天漂過鬥爭中，沒苟存下來的人，都千瘡百孔，沒這邊的上校炫眼。待搭上一隻破船浮海，她爸百古，航程上，心臟跳夠了，忽然不跳了。蛇頭不肯載死人，就給扔入了南海。要是百古皮厚，安玉推想，灌進些氫氣，順水漂近這迴瀾，沒準趁這月色，會傍住味上校，側了頭，看他女兒讓 個侃大山的擺弄，「這一看，肯定不能瞑目。」她憨憨笑着，總是用一種置身事外的諧謔，掩蓋該有的哀慟。「總覺得不實在。」他說。「我爸千里迢迢，漂這兒來盯緊你，還不夠實在？」「我不是這個意思。」對一個死人的續航能力，他沒去考究，仍舊着眼石磯外，洄流上打轉的味士基打，心裡喟歎：搞不好，這朗月清風，都是味上校夢出來的；這長堤，這連綿綠蔭，這檸黃鮭紅，連他和安玉，都在他長夢裡，片晌勾留。

枋阿密暗想：一座島，由此至終，沒人去凝睇，去記述，這座島，能說得上存在？是有情眾生，目光相接，接續去「看」一個地方，這地方，才真實不虛。可以說，白山黑水，出落成這模樣，是古往今來，無數照面的總和；是無數記憶，包括魚的記憶，鳥的記憶，構成了這千態萬象。微觀世界，粒子的狀態，會因為「被觀察」而改變：你盯着它看，它縫隙穿過去，安生是個粒子；你別過臉，它就平地興波，憑空一片漪瀾。路環島，也粒子組成，理論上，也會因為黃榕叔的觀察，拜神婆的觀察，福伯福嬸、楊輝叔、前地種龍眼樹的大漢祖母、陳念和綺貞等等，世世的觀察，代代的記憶，終於聚合，集結成當下這模樣。「萬法唯心。」枋阿密估摸，就有這意思。簡單說，千萬年來，靠近這水域的，如果都是石頭，無知無覺，這座島是黑白，是五色，是軟是硬，也就全沒意義，等同烏有。

味上校靠一張板鋸，用一排鋸齒，要人記住他，是不可取；卻到底，算一台攝影機，四出捕捉這百年的光景。這夜，他躺成一具木乃伊，裹纏他的，不是漫長的紗布，是電影的膠卷，緊湊得滴水不入。他的童年，那些失落片段，興許，就纏住味上校脖子，在領口等重映的一束光照。「每一個觀點的失去，都削弱一個人；每一個人，都由其他人的觀察構成，而且定義。」他想起安玉的爺爺萬古，那場帽子裡的嘔吐，讓人看到了記憶的柔韌，鳳眼蓮一樣，纏綿相續，漂洋到了這海嶼。「還以為這漂的，是戲裡那北佬。」安玉扯斷他的思緒。營舍辦電影晚會，推想看了齣《大軍閥》，覺得這浮水的，是許冠文。「都掛一身銅鐵。」她說。軍袍上，熠熠熒熒，像聚了群螢火蟲，螢火蟲長了顆胖頭，一律面左，朝灘岸瞧過來。每一隻，躍然如生，彷彿季夏之月，還要率腐草裡千點綠餤，反撲人間。

物換星移，這一撮毛像章，失而復返，枋阿密倒不太感欣幸。「找根長索套住扯岸邊來，沒準能擷幾枚罕品；剩下的，由着海裡忽閃，當憑弔一段無憂的韶光。」這麼想着，味上校脫離了漩渦，漂慢了。久坐無聊，也就磯石下來，伴隨他的浮移，不即不離，沿海堤踱步；過頭了，即停下來說話等候。過了船鋪前地，屍骸在對出水道，讓現實裡一簇鳳眼蓮擋住，褲筒有什麼勾搭花葉，漂得又慢了些兒。安玉拉了他手，乾脆坐到堤上。「都以為上校瘸腿，馬納男卻咬定，是褲管藏了一張鋸，鋸頭揳靴筒，走路才不靈便。」他伏擊人，得防人逮住報復，兵刃自不敢離身。這會兒，鉤住鳳眼蓮，八成是這凶器。「臨陣卸褲子，抽鋸子，成得了事？」這褲頭絆腳，陣前七顛八倒的狼狽相，讓安玉莞爾。「畢竟，馬納男消散之前，一直躲着這傢伙。」他扭轉身子，看堤畔淺水處的味士基打。

鳳眼蓮把一個人球簇擁着，莖纏葉繞，湊合算個大花圈，有點辦喪事的情調。兩人起來舒展一下，兀自隨着。日子過得活泛，閒人愛遛貓遛狗，也有遛烏龜，遛鴨子的。枋阿密小時，就遛一隻七星蟹，遛到這青石長街；然而，像眼下這樣，攜手去遛一個上校，在人海的尼莫點上，遛一具虛妄的浮屍，卻不得不說別開生面。「這樣一路走下去就好。」他說。中國話，就是奇怪，一路往下走，走到海底地心，才算個頭？「聽着消沉，沒指望。」安玉偎向他，要埋入他懷裡。「那咱倆就……走上去。」他貼住她後背，從胳肢下托起她，等她堤面踏穩，自己也跨了上去，居高臨下，看味上校簇錦攢花，漸浮漸遠。「過得太快了。」這說的，是搶在上校前頭的時光。他兜搭着她的腰，那麼細圓，緊緻，彷彿塵世清歡，都要從那弧線滑下去，捉不緊，也留不住。

對面山陰森森的，這年，燈樓沒矗起，連天接水一帘黑幕，就味上校幕前躺着，勳章閃爍。頭上那一顆月，忽然，縋成了按鈕，伸手能及，彷彿揿下去，味上校連那鳳眼圍邊，要一徑滑入黑帘，燒成朝暾。「還是再送一程。」事緩則圓，他寧願光陰，像這屍骸一樣，拖泥帶水。而且，月亮一路懸着，東海生不起爐火去化人，他和安玉，就可以把一具鼓脹上校，遛到天涯海角，綿綿無有盡期。停停歇歇，過了舊居民學校，過了船政廳，望出去，味上校已漂近戴紳禮街對出淺灘，泊向入海那斷磯盡頭。說是磯，其實是鎮上排污渠的延伸，近岸磯石挖有沙井，磯下還藏了渠道，暗通水流湍急處。同一地點，當年，味上校挑戰巡弋的炮艇；如今，他皮球一樣洩氣，枯癟了，花葉間坍塌；袍上襟章的點點螢光，連帶熄滅。

這團歷史，感覺上，從來靠一個氣泵維持。二十餘步外，趙明叔的單車鋪，早關張了，原址換了個賣西洋蛋撻的，叫安德魯，餅店開了半年，諒沒打氣筒外借，只好由得囫圇一個味上校，蔫成了一塊腥紅絨布。杭阿密躍下石灘，搭手攙安玉下來。水退得急，兩人踩着藤壺殼，走到磯上，盡頭處，纏死的蓮莖蓮葉，浪潮解了結；戎裝上校，卻不見了。「化水了，沒來過一般。」他這話觸動安玉，沒察覺她的沉默，仍舊扯上鄰居的榕叔，說味上校在蟻巷奏鋸琴，一張馬尾弓，拉起淒厲的風聲；兩年前，榕叔下世，也就記得一片風聲而已。風過後，島上仍舊沒一條美副將街，沒一條味士基打路。「到底趕得及看一眼遺容。」安玉說。但遛一團實物，遛一個虛影，就遛個百年，遛出千里，終須有個盡時。「時候不早，得回去了。」她說。

路氹橋通車二十年，夜深，居民偶有搭計程車回來，回頭車沒客人，多付點錢，總可以繞九澳山一匝，送安玉回去。他莽撞，一直學不會開車，道阻且長，徒呼奈何。趟回大街，輝記對面矮欄上坐待，遠近不聞車聲軋軋。月下，兀自邊逛邊等，沿打纜巷鱗片般石路，繞進船鋪前地幢幢榕影，卻回到了雪廠的遺址。沒看過這時辰的雪廠，拉了安玉破牆垣下張望，前塵影事，籠着一層暈光。他告訴她，過去，這就像一個計時器，綠色鐵皮雪道，隔十來分鐘，一陣轟隆響，大冰磚迴旋衝下來。有一回，冰磚裡，還藏了一隻小貓。貓沒長大，沒變老，他閣樓寫作，貓一般叼着個逗號，窗台上蹲着。然而，霧最濃重那天，聖心學校回來，貓卻遍尋不着。這才想起，那毵毵長毛，從來迷霧一樣顏色，竟也隨那一場霧散了。

「見漁船載來冰塊，還是會覺得，我家 Lucky，就鑲在那團雪白裡頭。」正說着，眼前頹垣，破銅廢鐵堆裡，似乎有一輛車，壓扁了，就露出連一塊藍皮的頭燈，枕着落葉瞪人。隆起的藍皮下，該是個小前輪，讓銲鐵鎮壓住了。「阿慜？」他心裡納罕。聖母村夏天燠熱，阿慜載冰磚上山，那是常情。沒準雪廠倒閉前，這三腳雞，噠噠噠噠來了，最後幾塊冰，像人世間的諸種結束一樣，沉重，濕冷，車拉不動，拋錨了，寒暑交侵的一條循環線，從此斷絕。但舊雪廠，要真是 Piaggio Ape 的歸宿，小時他三聖灘頭所見，豈不就一幕幻景？

壓根兒沒一輛貨車滑坡？沒一瓣晴藍飄墮？意外，他總覺得，是發生過的，殘骸鎖入了綠蕪，鏽成一色的青山碧水。說到底，他不可能想像出確實存在，卻還沒見過的三輪載具。

興許真有神推，或者鬼擁，某天，阿憋開回坡上去了，冰磚載完一塊又一塊；然後，油盡了，躺這兒靜觀一切變遷。但阿憋會一樣記得他麼？有些過從，是最後一趟了；有些繾綣，是最後一夜了；當時不察覺，回想，卻都是憾。「那天你來講課，我就不忍心不看你。」安玉怯生生說。他以為，是說他耐看，卻聽她接着解答：「每看一眼，我都當最後一眼；每回見面，我都當那是最後一面。」命途坎坷，她學會不奢望，尤其對看起來沒生望的。那臨終的氣氛，讓人沮喪。對面山的輪廓線，本有些起伏，彷彿長嗶一聲，繃直了；身旁蔭下，還隨時有個大夫竄出來，宣告緣盡：「要幹什麼，立馬幹去。」他搖搖頭，要安玉有心理準備：「三腳雞會認路，可惜……」可惜半埋廢鐵堆下，不中用了。

其實，萬一回不去，當營長的細景，素知他端正；對安玉起心動念，事前，也備了案。這夜月明，佳人不見了，只能是他拐帶去了。終究是初犯，沒有不睜一眼，閉一眼，玉成其事的。他告訴她，水鴨街老屋隔壁，一樹陰香天井冒出來，遮蔽了瓦頂。他家洗澡間望過去，有個開枝散葉的好景致。「相傳……」一個餅模子埋在鄰屋灶邊，結果長出高樹的情由，也簡略說了。安玉明白，半夜裡去看一棵樹，自然不會是什麼好事；而且，那還叫陰香，擺着的一個陽謀。不過，她倒是心裡嚮往着，甜着，總覺得陰香樹下，有一檔通宵賣雞矢藤餅的，在這一九九〇年春末，蒸騰起襲人的清芳。

1943 年全澳歌姬募捐合影

1943 年澳门的非洲部队在巡逻

第二十七面：黑牛皮蕩出來黑油油夜色

理髮椅在「Barbearia Marques」幾十年溜轉，椅背掛的一塊皮，過堂風裡盪着，卻總沒人留神兒瞅一眼。其實，那一面長旛，皮色由淺入深，最感應春秋的燥潤。頭一面，蟻巷一戶賣皮革的供貨，適逢一頭韌皮老牛壽終，又厚又實，紋理最通順一幅背脊皮，糅製好，裁出長三拃，綬帶寬的一塊；一頭綴了黃銅掛鉤，一頭還連着個銅把手。理髮椅到埗滿了月，臉皮生澀的馬奎斯，才凝重地，椅背坐墊旁小銅環上，掛起這蕩刀用的老牛皮。初時，真是白話說的，險過剃頭，如琢如磨好多回往復，刮鬍修臉，運刀才逐漸暢遂。蕩刀皮耐用，但磋磨上十年八載，熟了蔫了，還得另掛一面新裁的。牛背皮除下，景氣不好，改懸鬆垮垮，瘦牛肚邊皮糅的，將就着，日子到底能過。椅子，彷彿有自己的朝代，自己的旗幟，比人世間的國祚，更替得匆促。

這時候，塵封的理髮椅回溯過去，陰沉沉屋裡，幾乎就剩下這面最早，也最老的黑旗，牽掛着，依傍着它了。板門從外閂着，沒搭鎖頭，縫隙揳進來的光陰，削過一般，人削薄削沒了，削鏡子裡的浮塵脂澤。黃榕叔……還是叫馬奎斯吧，馬奎斯下世前幾年，兩牆書架，扳倒當老柴燒了；報刊冊籍，捐了新關的路環圖書館，也就是那幢原是老校舍，門廊外擺過水雷，味士基打鎮守過幾年的葡式平房。這會兒，四壁蕭條，就椅背所向一面屋牆，仍掛着一框《雜聞篇》首頁；黃紙，老成了濕土顏色；黑字，本就模糊難認，這時一個個退入故紙裡，消隱了。另一幅開業不久，就裁下裱好的《海盜臨刑圖》，人面字迹，是漫漶得幾不可見。為避開夕照，束諸高閣的兩框老圖，倒是垂暮了，他才釘回去補壁。

總之，一九一二年瘟疫才過，盂蘭節那天，椅子載了綺貞一塊渡海而來，墩在水鴨街這鋪子裡，底座就生了根一般盤着，把馬奎斯和鎮上人物，尤其頭毛叢生的，暗中盤結在一起。最早蕩剃刀的這一塊牛背皮，用舊了，馬奎斯沒扔掉，保存在閣樓。畢竟，第一面旗張掛那十幾年，是這生手剃頭匠的歡樂時光。店門掩上，他和綺貞就膩在椅子上，天旋地轉，蕩出來一鏡子春色。有一回，綺貞讓他擾得輕狂，信手竟摘下那牛背皮帶，交疊了抽他。抽重了，臀上火燒火燎，他失聲怪叫，着實驚動了四鄰。兩人嬉笑廝奪，半夜霹靂啪啦響，一朵朵嫣紅奼紫，膚肉上開遍。幾十年過去，馬奎斯椅上撫今追昔，摸着自己屁股，還覺着那塊蕩刀皮抽出來的燙熱，或者說暖意，半點沒肯消退。

最後的日子，他九十五歲（一九八七）那年，農曆年初七，隨神婆等人，去看里斯本來的飛機。撲空回來，歇完了，他用尚存一息爬上樓梯，撿視床下舊物。麻布裹好的這牛背皮，早黑得像一塊老阿膠了。破木床上睡穩，綺貞卻在樓下喊他，要他找個餅模子出來，下去幫手做雞矢藤餅。他虛應道：「你也睡睡再做。」藤餅的甜味蒸上來，那甜沁心，他瞿然醒了。攥了那過氣蕩刀皮下來，以後沒再拾級上樓，起居都在鋪面。藍斜布他當門帘掛着，椅背頭枕往後調低，不論晨昏，累了迷糊了就上面躺。連人帶椅子，藍調裡浸漚的這十年，沒人來剃頭，高閣的一張陳皮，掛回椅墊一側邊着，臨風不僅像一面黑幡，還是強韌的一截磁帶，載錄歲月留下的聲影。

世相紛紜，這一節，既圍繞理髮椅子說事，牛皮靠墊，牛皮附件的色澤，取捨間，也算個依歸，且從黧黃，從烏亮說起。某年，一個黑人鬍鬚刮淨，呲着白牙，對如同己出的皮墊子說：「我愛死這一張 Sexy 的椅子！」馬奎斯不知道 Sexy 是什麼，綺貞倒想起有個洋鬼子，以前就這樣說過她，推測這「食屎」，是個好名頭，誇這椅子骨架子好，支承得人舒坦。獨苗兒黃裕才十歲，見黑人撩帘子進來，大個頭擋住日照，屋裡倏地暗了，嚇得瞪眼結舌，躲他爸背後。黑人認祖歸宗似地，見椅就坐，兩隻手指髮叢上霎霎夾幾下，估摸是要剃頭。馬奎斯見他頭毛一坨坨佈着，像煤球上擺了田螺陣，不知該撬起哪一坨下剪；推子劃進去纏死了，怕推不動，出不來。「我找個行家，琢磨出方案，再給你剪。」推搪着，只肯刮那絡腮鬍子，塗了他一嘴肥皂，蕩了剃刀，顫巍巍的，就犁那黑臉皮。

其實，鬍鬚一樣虬結，不容易刨根刮柢。刮乾淨，五官尋得着了，白森森一副牙，對着鏡裡的馬奎斯笑。「我過幾天來。」白話他會說簡單的，一起身，撞上跨過門坎進來，見鬼般嘩叫的綺貞，還知道補了一句：「太正斗了。過幾天沒了腿，我爬過來。」黑人再來，已是一九二五年，初春。農曆年前，半鎮子趕剃的頭剃完了，理髮椅抹了油，蕩刀皮藏起了，等換掛新的。傍晚，掩了半爿門，打算到廚房揉麵，幫着做些年糕，回身，卻見探進來一蓬黑椰菜。「來晚了？」黑人問。「貴頭，只能刮光。」馬奎斯擬好對策，除了根除，一絲不留，沒別的樣式。「我想剪個花旗裝。」黑人告訴他：「我老頂席爾瓦，就剪了花旗裝，哨所裡死了還一頭蠟亮。體面。」「你這鬈毛抹了頭蠟，要招……」馬奎斯想說他招蒼蠅，怕冒犯，改口說：「招人妒忌。」

「花旗裝，我會剪。」綺貞聞言，一根擀麵杖沒撂下就出來，上回見着，沒摸着，不知道黑人什麼質地，心裡直癢。「花旗，就是美國。我找一夥『美利堅』你瞅瞅，愛剪哪一款，你下面戳一下。」說着翻書架，找歐美電影雜誌。「別鬧了。黃糖不夠，看哪家沒收爐，趕緊多買些回來。」他遣走綺貞，省得黑人真去戳她。那黑手指，海參一般粗長，戳一下，有活得成的？耽延到這會，黑人才來，原來去年，也就是一九一四年的十二月十三號，六個黃皮膚的，不知在哪兒犯了事，照例「流放」路環，罰去鋪石子路，鋪一段日子，就遣回老家。偏生六個黃皮人，嫌棄這一塊僻壤，鐵了心要逃。他們突襲監工的兩個非洲黑兵，奪了槍棒，再毆傷打殘，包括沉迷頭蠟的這黑人。黃皮人陰狠，持械回九澳村哨所，大概九澳兵房附近，殺死上士席爾瓦（Manuel Ferreira da Silva）。坐鎮九澳村這葡人，哪想到有人為逃離一座靜美島嶼，為擺脫 6.379 平方公里的過路灣，竟遽下毒手。

前一天，澳門還張燈結綵，慶祝葡萄牙航海家華士古·達迦馬（Vasco da Gama）死了四百年，這邊哨所門外，三兩空酒瓶，仍冒着喜氣，詎料一宵過去，就連同棍棒，敲破了這烏黑頭額？歷史上，達迦馬最早從歐洲遠航到印度，打從一四九八年，腳不踏實地，繞地中海沿岸，逐洋流季風而行。耗上四個月，從里斯本到好望角，補給了再顛簸到印度古里，航程比沿赤道環繞地球，還要遙遠。這連場奔波，為後來葡國的殖民擴張，攪出可以依循的水紋。沒這達迦馬，就沒那麼多的葡屬領地，譬如，沒一個葡屬帝汶，會遣人到路環；反過來說，《島夷志略》的這「古里地悶」，沒由葡人接管，澳門一隻隻壞蛋，也不會老遠送過去孵化。當然，古里地悶，也不真悶。福伯剛做電燈局頭兒那會子，澳門有一個醫生殺了人，就給流放到那地方；據傳，蕉風椰雨裡，娶妻生子，活得有滋有味。

里斯本的官員們，肯定認為，古里地悶等殖民地之中，澳門，是最迢遙，連達迦馬，都要望洋興歎的遠方；而澳門的路環，路環的九澳，簡直就是蠻荒。蠻荒，沒熙來攘往的。一九一〇年，馬奎斯做總督，澳門住人 74,866；路氹倆海島，合計 8,367；連船上蜑民也點算了，是 1,921。路環，最鼎盛年月，不過兩三千人。馬奎斯總督退下，到剃頭匠馬奎斯登場，理髮椅和綺貞駐了店，這一脈情節，才抽芽長葉。再往前推演，馬奎斯他爸經營打鐵鋪的一九〇八年，六個華工大橫琴島瓦崗寨鑿石，不肯向澳門繳稅，就拘押在路環。抗稅的，未必是十六年後，打傷黑兵，砸死席爾瓦同一夥人；但「流放」源遠流長，可見一斑。到理髮店開張，大串鞭炮燒過，鋪門前一街紅屑未掃，一九一二年一月十九號，葡萄牙駐上海領事，正好判處葡人馬查多（Joao Maria Machado）到澳門服刑；當然，又是流放到路環。

馬查多心境蒼涼，頭髮卻管不住的蓬勃，見了葡文「Barbearia Marques」牌匾，鄉愁和頭毛，更長得又急又亂。

聽到牛背皮上，霍霍的磨刀聲，他掀帘直入，劈頭一句竟是：「我回來了。」湖海遠涉，白話黑話，他同樣說得出色。蚊蠅嗡嗡繞膝，還知道用上海話，笑嚷嚷的，要馬奎斯遞過鏡前一疊《鐵城報》，讓他搧撥驅趕。馬查多算個通天曉，人家新討的老婆愛看戲，他就說美國剛拍了一齣《蚊子怎麼生活》（How a Mosquito Operates），無聲短片，講畫出來一隻大蚊子，戴黑禮帽，提行李箱，氣窗裡鑽入屋，磨利口器，要吸乾睡夢中的男人。「血吸多了，篷！自己爆炸。」順着話題，馬查多拍向腿肚上一個黑點，接着說：「戴那款高帽子的，我認識不少，吃十盅人血，肚子不脹一分。電影，誆小孩的。」

馬奎斯剃刀磨快，抵住他咽喉，卻阻不斷他傾吐：「一路過來，處處火藥味。歐洲那邊，早晚要幹上一仗。英國，意大利，咱葡萄牙一樣，按蚊子模樣，造好多雙翼螺旋槳戰鬥機。邪風吹起，飛出去叮人，沒癢半天就消腫的。」蚊子，看來是路環的和善。過兩三年，歐洲大陸烽煙四起，馬查多九澳蠻荒種田，隔一兩月，天色好就來，理髮椅上說舊事新聞，倒避過了戰地裡逃竄的厄運。綺貞生了小黃裕，孩子能爬上椅墊嬉鬧；報刊上，歐戰的報道，大塊成了小塊；某天，馬查多來剃頭，卻叮囑馬奎斯，要用推子剗平，說是防什麼艙位的蝨子白住。事後，他晃着齊刷刷一顆腦袋去了，就沒再來。過了好久，靠背皮革縫裡，還揳着馬查多的白鬚黑髮，晝夜一樣，纏繞這張大椅子。

馬查多不見了，但犯人陸續有來。黑人遇襲前幾個月，一九二四年六月七日，路環奉旨成為「流放犯殖民地」

（Colonia Penal），專門收留帝汶，就是古里地悶，這些葡萄牙殖民地罪犯；或者，法院判了兩年以上流刑的人。表現良好，總督提供物資和耕地，壞蛋老實種莊稼，路環就變綠油油一個墾殖區。除了九澳，三伯園那邊，當年該有荒田可以開墾，土埂上垛稻稈，莊稼人往大木桶打稻穗，蕩刀皮前身在嚼草的光景，興許常見。事實上，偶有山麓茅舍裡住的外客，來剃頭修臉，治理完，藍斜擋布抖落滿椅子的禾稈糠秕。當然，攤派了去築堤修路，由黑兵監督幹粗重活兒，幹出惱火也是有的。怨積得深，要逃不讓逃，就出亂子。

這又到吃一塹，長一腫包的黑人說話了：「別瞧我塊頭大，後腦勺可不經打。昏迷半日，回營才知道，咱們頭兒席爾瓦給砸糊了。殘忍呢。還是澳門調人過來，滿島上搜捕，開槍打死了五個，抓了一個押走。」他也是嚇壞了，皮黑不見瘀青，但渾身痠痛。躺夠了，惦記起這椅子溫存：「挨着個 amigo 一樣。」他輕拍着坐墊。綺貞去買黃糖，半晌未回。鏡子裡一顆黑頭，卻鬈毛紛墜，談笑間，慢慢變成一顆椰子。他有點沮喪，閉了眼養神。黑人借口傷重，休假期間，平安夜那天，正值廣州商團叛亂，難民蜂擁而至。根據記錄，澳門人口，暴增到 190,306 人。從一九一〇年的 85,154 人起計，到十四年後這聖誕，帳面上多了 105,155；然而，除非犯了事，照舊沒一撥一撮，攤分到路環來。

「這叫辰光永延，靜好不改。」壯年馬奎斯心想。他喜歡收集這些史料，當然，上架的時候，那叫新聞。書報上，有零頭的數目，像鋪子裡按時點算的損益，讓人覺得踏實。禍福都給認真編印下來，後來，黃裕去劫鴨婆機了，他甚至發現連「澳門小姐」受驚失控，在一九四八年夏天那絢美的黃昏，軀殼向左翻滾，還是向右旋動，同樣細錄無遺。雖然理髮椅，一城接一城的，逐浪而來，不脫漂泊況味，馬奎斯和他的同業，他戲稱為髮官的歷任前輩，卻沒一個認為，或自覺活在鳥不下蛋的流放之地。這座草蛇灰線，都有迹可尋的島嶼，上百年歲月，自然各色人物和人種齊集，理髮椅上沁汗，或者留痕。「那廝流的汗，肯定也是黑的。」黑人挨坐過的墊子，綺貞總覺得，顏色更深潤，竟想到這汗用墨盒盛了，可以給議事公局上小學的黃裕習字。

「橫豎一樣臭烘烘。」她笑着想到，那黑肉裁一塊下來磨細，寫的春聯夠貼滿鎮上人家。「再來，讓你拿去榨汁。」他趕緊掃地，年夜飯，頭毛當髮菜吃了糾結。開業初年，馬查多打蚊子用的那份《鐵城報》，二月三號，正巧報道了澳門調來約五百葡兵；諢稱紅毛鬼的土生人，不過百餘，其餘都是非洲黑人。官方宣稱：「這支軍隊為葡國革命軍，能征慣戰。黑人則最矯捷，上山如飛，下水如獺。」獺，就是水獺，粵音擦。馬奎斯查明：「水獺是水棲食肉哺乳動物……」特徵是：「有兩層短而密，密度達到『1000條／平方公釐』的絨毛。背深褐，有光澤，肚腹顏色較淡。身體流綫型，多有利爪。」可謂形神俱似，尤其絨毛密度「1000條／平方公釐」這一項，他算個人證。

決定用推子，應對馬查多，推究出那款陸軍頭的歲暮，理髮椅換掛上簇新牛皮，黃糖年糕一樣皮色，要匹配黑人膚肉，得磨礪一段時日。那一九一二年，澳門連離島，按推算，煤炭色水獺狀非洲籍葡國革命軍，近四百名。席爾瓦麾下那黑人，該是攤分到路環的一員，也是膽氣最弱的一員。好多年前，味士基打率一撥三十六個膽生毛的，攻上炮台，對家四百餘清兵，死了近半，慌惶退守前山寨。老味這一隊，僅傷一卒，就沒過人之長，肯定有過人之黑。史書有載，這老蕩刀皮一樣的烏亮，清兵沒見過，乍一見，嚇得連忙摺開槍炮，夾尾遁逃。「上山如飛」實地驗證過，那是字字不假。黑人「下水如獺」，有水獺般光澤，有利爪能傷人，另有明文誌記。理髮椅上，人物有去有來；時光，卻像單向的磨刀手勢，順溜過去，就沒回頭路。

倏忽到了一九五二年，五月廿一號這天，中國中南軍區官兵，向闖境的漁船開火；結果，又跟澳門水警稽查隊槓上，雙方炮來彈往。葡萄牙在澳門駐軍一千五百，黑人雇傭兵居多。關閘兩邊，各佈置了軍兵，四五個崗哨，隔着幾十公尺，劃出一條緩衝帶，彼此不能逾越。緩衝帶，暗地裡綳着，到七月十五號，一個黑人葡兵內急，急得邁入草莽，籓籬外小解。哪想到褲帶鬆開，要水落石出了，嘩哈嘿！嘩哈哈哈！嘲笑聲，忽從緩衝區另一頭傳來。朝代嬗替，新中國官兵的服飾儀表，自是勝清兵一籌；而且，就覺得好奇，卻沒當年白沙嶺守軍的震慄。這橫空一條非洲雞巴，興許沒傳說的冗長，沒準還比一眾黃皮鳥兒短小。雖眾口悠悠，推想評斷，仍不損含蓄和得體。然而，敵營的雀躍，刺痛了這黑人，沒等一膀胱黑水滋射完，他抖着那陽物，史籍說：「葡兵破口大罵，其後開槍。中國軍人向空曠區投手榴彈，以示警告。」一泡尿，發酵出連場的禍事。過了十日，黑人葡兵又踏入警戒線。「小個便，你扔過來手雷；我去出恭，你狗日的，有種出迫擊炮。」到底沒敢蹲下，也沒掏出陽物，四圍顯擺；觀花賞石，盤桓半個時辰，退了回去。黃昏，再有黑兵走到緩衝帶上，把木頭拒馬推到對面，「Comer merda！吃屎吧你！」大概這麼罵着，向對方吐黑痰。然後，班長宋有增去警告，葡兵提槍跨過去刺他胳膊，去解救的遭槍擊，兩邊又開火。八點鐘，澳門炮轟拱北，轟了幾十炮。中國軍兵還擊，炮彈飛過來，葡兵狡猾，一陣砰嘭響，把周圍路燈全射熄了。熄燈後的非洲黑人，就一對對白眼珠子，在異鄉的暗夜，鬼祟地閃爍。轟完，一個莫三鼻給黑人死了，也有葡人軍官和非洲兵受傷。黑人越界小便這樁事，越鬧越大，翌日，澳葡政府實施宵禁，關閉關閘大門，謝絕食物進口，於是，糧油價漲。

路環雖聽不見炮響，好多人卻察覺到，糴米要多付錢。偏遠的流放地，也躲不過黑皮人撒尿，或者紅毛鬼「蠶食邊界」的牽連。葡萄牙去遊說，得英美等國撐持，過了兩日，赴台演習幾艘花旗軍艦，折回香港，要圍剿珠江口的中國護衛艇。這一來，膽氣大壯，七月二十八號黃昏，中國那邊升旗，葡兵打斷了旗繩，炮擊了兩個扯旗的。二十九號再衝突，連打兩天，數字出現了：葡中雙方，互射共八次，各類炮彈射了490發，子彈20,000多枚；中方還擊炮彈109發，子彈8,820枚。葡方兩死七傷；中方兩死傷三十，這死的，一個是拱北農民，一個是新明星號商船上，誤中流彈的女遊客。紅毛鬼「蠶食邊界」，罪在七年前（一九四五），把原有的關閘，向大陸那邊推過去三十三公尺，還設了崗亭，佈下幾枚黑子。白棋方的錙銖計較，黑棋方的寸土爭逐，雙方下子頻繁，那樣的確鑿。

馬奎斯喜歡這連串的數字，夜靜耳鳴，煤油燈下，細讀忽明忽昧的流水帳，讀完再讀，然後眼餳了，鬱結解不了到底化開了。人世的不幸，成了謄錄在案的定數；生活變故紙堆裡，長埋的一個零頭。那「炮彈 109 發，子彈 8,820 枚」，彷彿轟完了，都有專門撿彈殼的，硝煙裡，拾掇得一顆不漏；對不上數，就漆黑野地四下尋覓；然後，死者也一暈暈遠遠綠着，為方便記帳，燃點自己骨頭上的磷。黑人小便這事兒，到後來，受制於關閘封鎖，澳門唯恐物資匱缺，向中國低頭。羅保代澳督遞了道歉書，原警戒線，後撤五十公尺，再賠九位數一筆人民幣。綺貞就是這黑白棋局，開局的一九四五年死的。灰濛濛這一個大局，澳葡政府估算，當日，路環遇上美國的空襲，損失七萬餘元。這「七萬餘元」，馬奎斯卻不知道妻子的遇害，該佔多少。「也就一個零頭吧？」那餘響不絕的悲哀，卷帙裡藏着掖着，也等一個人霧裡挑燈，撿那些扎手的彈殼。

蕩刀皮換掛了幾面，一九五七年三月，珠海豎碑紀念烈士；當日葡兵隊伍裡，黑人摧殘過的眾生，墓木也有旗杆粗長。這時，馬奎斯早過了花甲之年，開店前僦居的水鴨街對面老屋，荒廢了好長歲月，才遷進去大偈福伯夫婦。福伯大他兩歲，頭頂疏曠，三面圍了蘆花白，也長得急，十天半月總端坐這椅上，半推半剪，來個修齊治平。福伯搬家，為的就近到街尾上班，卻開玩笑說，是衝着這理髮椅來落戶，慕其骨架奇偉，方圓百里千里，沒一墩一凳，能望其項背。「連中街開煙館的，都說這椅子，把他那鴉片煙床給比下去了。」福伯說。傍晚六點鐘，電燈局的轟隆響，變得重濁。理髮椅兩邊銅扶手，照例生出共震，傳遞第二台發電機的律動。萬物互有牽連，遙相呼應；那聲浪，卻儼然有個邊界，到了某一幢屋，某一個路口，即波瀾不起；界線外，從來幽寂。

即使過了很久，電燈局關閉了，這些述說，將近終卷的時候，某個晌午，一隊香港文藝家來了，枋阿密領他們遊譚公廟。那會兒，天主堂藏的方濟各臂骨，給移走了，大夥轉去看老廟裡擱着，長幾十倍的鯨魚肋骨。突然，廟前沙地上，有位查先生發現了什麼，駭然大呼：「這地方，靜得要人耳鳴！」藍天麗日下，萬籟，到此為止。煤油燈，早油盡了，退入昏黃的記憶去了。然後，大偈福伯也走了。喪事辦完，約莫過了半月，用一張黑嘴，響亮地，吻別過福伯的那個黑人，陰雨天，來到店前，挪開攔門一輛綠白色單車，牽起帘子，覷看裡頭光景。理髮椅旁，擺了杌子，馬奎斯按住扶手，面對着椅背說話。濕冷日子，黑人棲身處的禾草房頂，水滴下來，直滴到顱骨，滴到眼眶裡；酒瓶，漱口盂，都浮浮漾漾，載着雨聲。頭毛黏搭着，要把人黏死，才想到下山來求援。

「有客？我一會再來。」黑人說。馬奎斯扭頭看，認出是見過的：「這雨，幾天不消停，鬼來剃頭？」杌子挪開，椅子嘎吱轉過來，請他上座。果然是個虛位，黑人也不納罕。他見過人對墓碑演說，跟晾着的睡衣聊天；甚至，有一板一眼，訓導一把鋸子的。理髮匠摸着椅墊子，說長道短，那是人情之常。「我就有個靶子，可以說話。」黑人心想：自己看管的墓園，大偈福伯暫葬的山崗一隅，相思樹陰影外，一座練靶場草長過腰，據說，以前有人練靶，鐵絲網搭一面紅旗作警告，興許出意外了，自此不聞槍響。也有傳說，壓根沒什麼旗號，是紅衫紅裙一個女子，霧裡雨裡在那兒流連，好多年前，她母親葬那靶場旁邊，是去上墳的；父親是一個海盜，最後卻離奇地，痲風院裡變成一堆透明肉凍，消失得乾淨。

最紅潤的，新描的碑文，他沒一個認得；隔不遠那荒草盡頭，平整一面泥牆上，紅漆塗的一個人形槍靶子，倒是宜男宜女的親切。雨後去看，到底身首俱存，除了胸口彈孔，腹下那些剝落，都是時光的齗損。靶子，就像他的影子。花陰裡，有一個紅影子候着，黑人覺得稱意。「不管靶子，椅子，有個伴兒，肯聽你咕唧就好。」黑人體貼勸勉。牛皮上蕩了刀，馬奎斯盯着一段黑脖子，暗忖：靶子啥東西，好得過妻子？問他：「對面屋出殯，見你來過。福伯你認識？」那天，自己樓上幫襯打點，黑人嘎吱嘎吱踩着木級上來，到樓梯口，即兩步逼近停靈的窗邊。福伯腳朝天井躺着，門框換掛的輓幛，隔斷日影的牽扯。黑人扶住福伯瘦癟的兩頰，一躬身，朝額頭咂一聲親了下去。動作利落，屋裡人傻了眼，沒知道反應的。黑人垂眼凝看了片晌，二話不說，轉身下了樓。

「要回去了，親友扭轉臉別看。」仵工着人迴避，跌跌撞撞去搬那遺體。樓梯沒動靜，馬奎斯隨人下來。福伯棺材裡揳穩，奔喪的，按例檢視一顆福頭，有沒擺正。黑人街角覷着，棺材蓋上，他卻也變個黑影，揳入某一個旮旯去了。「電燈先生是個好人。」黑人說。原來他表面壯碩，看起來水獺一樣防曬防雨，似乎還防雷劈，不想卻一味的怕凍。「咱老家地皮，燙過你這邊的熨斗。哪有北風一刮，腳趾頭要冷得縮入褲筒的？」

六十年代，冬天苦長，他裹了棉被，照樣徹夜哆嗦，像篩子上一粒烏豆，總篩不到爐邊焙火。海島市政廳有個老上憲關照，發薪那天，附送他一台舊電暖爐。那爐烤箱笨重，通體赤彤，四條石英燈管，鐵箔兜着豎起來。威力他見識過，點起來，四根小柱子發紅，一廳賓客，滿臉紫脹。僱車覓船，一團黑，扛一團紅的，扛回屋裡，才察覺暖爐不通電，光擱着，冷得黏手。

「雪廠拽一塊冰回來，更省事。」他習慣了摸黑，燈不點無礙，水沒了去挑，灶頭堆了柴薪，能燒些熟食。沒來一副暖爐，還真不覺得要一個電掣。盯着暖爐活活凍死，不是個道理。沒電掣，田壟旁卻有電線杆，電線扯一條下來帶進屋裡，接駁上電插座，一個插頭塞進去，按理說，就暖洋洋一室皆春。結果，四根暖管，霓虹一樣，紅得他心裡發毛，驀地，啪一響，爐縮入黑暗，窗外月色溶溶。兩棵假菩提樹之間望過去，一溜老宅子，全變了黑盒子。他這偷電取暖，害四鄰停了電。停電，大偈福伯得管。他順藤摸瓜，循那電線走向，摸到黑人藏身地方，破窗窺進去，那紅暖爐，黑了一小塊，另一大塊瑟縮床邊，已診斷出：「規矩裝個電錶，煩難。」三益沙雞一來，七手八腳，把電線理順。黑人觸電，焦了，是不顯眼，變壓器還得裝，省得電線着火釀禍，順帶修好暖爐，等他像住了個暖閣，大夥才腳步鉛重，提着工具箱離開。

圍爐用電要付費，付不起，沒錢付，大偈福伯把電線，拖入人家屋裡。電燈公司，進帳自然少了。但這電，福伯認為：「橫豎攢不起來，不像回鍋肉能翻炒，當晚全盤送出去，豈不更好？」解救黑人，不是「電燈先生」

第一趟權宜行事，馬奎斯總算明白，怪不得福伯出殯，來了滿海濱的人，記憶裡的十月初五馬路，就那天白幡白影，相續不絕。椅墊上牛皮，用舊了變黑；黑人，皮色卻隨年月變淡，變淺。絡腮鬍子和短髮，也褪成灰蒼。這讓馬奎斯不解：「生病，臉色不轉白？」「不轉。」黑人笑着搖頭：「但死了，骨頭一色的白。」他說，不管什麼國族，哪個人種，埋到土裡，總沒一根骨頭發紅，變一橛火棒的。他管墳場，味士基打頒過他勳章。章上那半邊臉，他不認得，鎳箔霉了，黑了，破毛衣領口下別着，倒像戴了孝。喪家體會他用心，卻是格外的感戴。

事實上，那天他來送殯，這襟前掛黑，還真讓人搔破了頭，琢磨不出福伯，怎會有這一款顏色的孝子？「非洲有些地方，喪葬，用大紅大紫。」黑人說，起初不了解，還以為這兒一年到頭，都辦喪事。他喜歡喪事。「不回老家了？」馬奎斯暗想：沒準在路環，這算最後一個黑人。他黑口黑面，流落這島上，就有遠親，幾十年睽隔，早該草木般凋零。「回去，就找到老屋，等在門前，恐怕是一條眼鏡蛇。」他告訴馬奎斯，莫三鼻給的眼鏡蛇會噴毒，射程遠，皮肉射爛了還好，擊中眼睛要盲。關閘事件平息，他退役沒回老家，輾轉謀到這管墳墓的差事，還高興地發現，島上的青竹蛇，不怎麼咬黑人。一九二四年冬，馬奎斯遇上第一個黑人，就是那個腦袋給砸壞，來剪花旗頭的傢伙，那以後，黑人遍佈這島嶼周圍。

一九二五年，祖國號，澳門號炮艇裁員，裁出來的炊事員、麵包師等，全是莫三鼻給土著。一九五二年，這夥黑透了的莫三鼻，小不忍，一泡尿釀了個大禍。再一眨眼，到了一九七五年，馬奎斯卻問出來，白話講得帶四邑味，眼前這一黑，源遠流長，祖籍，同樣是三鼻子出氣的東非。二十年前，英美和葡國勢力，集結關閘那邊跟大陸對陣，互撼了幾天。馬奎斯想起來問他：「據說，你老鄉生事，過界去撒尿。那行尿水，簡直一條導火線，第三次世界大戰，差一點點，就給尿出來。可有這事？」這黑人，現場當兵，緩衝區鐵絲網上，烏鴉一樣蹲着，兩顆黑瞳，堪比一對紀實的鏡頭。這會他身陷理髮椅，不順便打撈一兩塊歷史磚瓦，那叫走寶。「我……我那鄉里膀胱小，尿一急，是有點出格。這不能都怪我……我鄉里。」黑人咕噥着，說那話兒，首要任務，不就是射尿嗎？

射尿，犯得着伸出來八吋？短一點，那天朝大兵小覷，何必圍上來哄笑？就沒想過這笑，槍彈一樣傷人？他垂眼望着臍下：「氣盛，好爭一日長短，自然不對；但一邊嘲人雞巴小，一邊散布黑人陽具長，那不是靠害嗎？」一隻食肉大鳥，住褲襠裡，妞兒靜夜思量，能不變色？就敢結交他……他鄉里，要承受多少白眼？他在墳場邊上，孤身過活，就是心灰了，認為：「女人陪我說句話，都怕結個黑胎，出來一隻皮蛋。」控訴，竟成了訴苦。馬奎斯這才意會到，「蛋短流長」四字，對這黑人，恰恰是一個劫數。至於推一個「鄉里」去頂罪，馬奎斯也不說破；話茬，跟髮茬一樣，留了幾分：「好在就小解，沒大便；臨陣出個恭，澳門街，恐怕早變天了。」說到底，當局者迷，他「老鄉」掏出來的一隻黑鳥，鳥瞰不了全局，哪曉得拒馬和鐵絲網外，建政了才三年的共和國，還是頭一遭，腥臊裡，面對邊界衝突。

「味士基打說，他拔擢了一個黑皮上尉，八成是這人物。」馬奎斯暗想。白鬚刮淨，灰髮推短，黑人摸摸貼耳一對感歎號，稱心了，卻沒離座的意思，笑說：「軟墊子會留人。」天暗無客，實在也宜磕牙。他一輩子剃頭，艱困歲月，草木不生，這活，還是沒讓他捱餓。理髮椅上，零散的人脈線索，一絲一毫，他都繫心；日長，卻總也嘀咕：「為什麼就人類的鬚髮，會不斷生長？」頭毛，如果知道適可而止，像陳念，像味士基打，像傳聞裡，五十年不剪髮的馬納男三兄弟，他這營生，還幹得下去？換做黑猩猩族群，要是出一個理髮師，猩猩毛，會不會長得失控？人類，會不會有一個階段，煩惱絲，不讓人煩惱？譬如，常遭虎噬，要逃命，絆腳長髮，會知道停止茁長？髮型規矩，明顯有利生存；不規矩，除了有利理髮師生存，他實在想不出，還惠及哪門類，哪綱目的生存？

宇宙洪荒，二十萬年前，在黑人非洲老家附近，某一支靈長目冒出冗長頭毛之前，一張理髮椅，率先在曠野矗起，那是個什麼樣的光景？什麼樣的概念？一輩子的困惑，怎麼沒見專書和鴻文探討？萬物隨人老去，唯有椅子喑啞了的嘎吱，回應他的提問。這天黃昏，難得有一個人，對他和他的行業當一回事。「福伯有個外孫，叫枋阿密。」馬奎斯告訴黑人，阿密除了每月來理髮，每天總一兩回，那鋥亮的鳳凰牌，貼他牆根靠泊，小半邊前輪伸入門框。停車玩兒去，他就幫眼看着。店裡望出去，像擺了半架時鐘，卻看不出時間；光陰，讓太多分針分割着，割着割着，福伯就走了。「然後，到你這黑叔來了。」馬奎斯說。那年，枋阿密人沒坐穩，鏡子前，擱了隨身揹帶的收音機。登月新聞，瘋魔了幾天，他還是覺得那小玩意，會透露一點額外，或者天外的消息。

嘎嘶嘎嘶吵了半晌，見馬奎斯兩眉擰成一股，才關了機，提意見：「這活你不幹了，椅子，就捐給造火箭的。」去月球，單程飛四天，椅子能當床睡；到埗卸下來，那像黑人頭殼蹲一個金甲蟲，暗裡放光。火星人路過見着，只能驚喊：「地球，椅子都這麼先進；桌子來了，咱們還有生路？」肯定都給嚇得縮回家去。「忒重，搬得動？」馬奎斯調好椅背，修理他。「東西到了月亮，要輕了六倍。你不知道？」枋阿密問。這事，他沒聽聞，但軟墊上歪着，漫天星斗隨人漫轉，確是身心舒爽。後來，他真做了一夢：椅子新簇簇在月球上，不僅升降自如，自轉也順溜。綺貞就椅背挨着，那張蕩刀牛皮，手上撻得霹啪響。「我惱了，你褲子扒了，過來讓我抽抽。」巧笑盈盈，還是六十年前，雨中路環登岸，那嫵媚情狀。

真空裡，聲音傳揚不開；那笑語，卻篤定是在邀他。他趨前兩步，抓住一頭盪過來的牛皮。黑黝黝一張皮，月亮上舒卷，游得像條帶魚。魚身反白字，印着「1894-1945」，是綺貞的生卒。要掏出一把剪刀，兩個年分之間鉸斷，中止這定數。但手套太寬綽，拈不起鉸剪，更別說伸指頭進去施為。「唱哪齣的行頭？頂個大銅盔，天曉得你是誰？全扒光了，抬屁股我瞅瞅。」綺貞興致高，一個勁兒調笑。這厚重裝束，不是太空衣嗎？一個蛹似的，能掙脫得？蛹中舒展不開，他隔着頭盔濾鏡，凝視綺貞，然後哼起歌來：「I was strolling on the moon one day, in the merry, merry month of May……」歌聲，只在頭盔裡悶響。他喜歡歌詞，枋阿密說，阿波羅十七號，前兒載人去唱了這段，他就一直記着。

「月亮上，就灰塵不缺。」他困在一個太空蛹裡，看着綺貞，看着理髮椅下沉。灰塵好厚，椅子沉得好慢。綺貞渾沒當回事，瞧他手套褪不掉，褲子自然扯不脫：「算了。變一隻大燈蛾，再出來吧。」抬眼，虛空裡，地球藍燈籠似地掛着。她想起一個段子，對他說：「從前，有一位剃頭匠黃榕，虛耗多了，眼濛，水裡漾着個燈籠，他卻問那光影：『你頭上白一團，青一塊，剃得沒個章法。誰下的毒手？』那燈籠，面色轉藍，現出斗大『壽』字。黃榕倒退兩步，瞪着屋前一窪黑水，他說……」綺貞瞟他一眼，笑意慢慢淡退：「他說，有眼不識壽頭，那馬奎斯……他門上燈籠，怎麼漂這兒來了？」倏地，那藍燈籠燒着了，亮堂堂，照出灰蒼蒼的月海。想起燈籠，是他為綺貞掛的，就悲哀地醒了。

「時間過得好快。」黑人撐起身，拍了拍理髮椅扶手，有點不捨。「再見。雨下完，有個靶子在盼我呢。」他對癟了的椅墊嘀咕，像告別褪下的皮。其實，太空人唱完「Merry month of May」，連青春唱走了，興盡，邁回登月艙，也說了黑人撂下的話。「綺貞在上頭，時間，總該沒人世的匆促。」馬奎斯心想：因為沒有風，月球車的車轍，五百年後，肯定還深刻在月亮上，像相望的兩條疤痕。但黑人去了，藍斜擋布一抖，回頭，卻發現門邊那鳳凰牌不見了。看來不是黑人踩走，該是說閒話的時候，枋阿密，或者其他人把車推開，彷彿把一架時辰鐘，推入失去了時辰的夜。馬奎斯坐回椅上，天涼，拉了那幅藍斜布蓋腿。「最後，就剩下你了。」

他對理髮椅說，好像他早就離開了似的。

攝影：陳永漢

這是路環唯一的醫療中心，同學們都在這裡接種牛痘

第二十八面：炸井和毛頭們的日常

路環從來乾淨土，鼠患，就天和酒廠一隅小鬧。枋阿密有記憶開始，商客街和計單奴街樺接處，早見這半壁傾圮。有老輩人說，祖屋樓頭，霧雨天崩了，泥牆挖出來，就是天和的酒瓶。「瓶塞拔了，附耳，聽得見當時人，講怎麼釀酒。」瓶子留聲，誆小孩的，卻足見歲月綿長，酒廠門前，有過熙攘；不像如今，青苔碧瓦堆裡，唯有鼠輩們沉醉。果子狸的鬍鬚，最讓蟋蟀抓狂，果子狸不好逮，余天筋一夥，退一步，去打搞老鼠。鬥蟋蟀，枋阿密覺得無聊；無聊的事，大家卻做得最起勁。一九二〇年，葉漢十六歲，投到澳門的鬥蟋蟀專利經營權。「捏住一個賭權，好過捏住十個卵袋。」天筋要效法鬼王葉，萬丈高樓，從拔第一根老鼠鬚開始。

磚瓦上塗「老鼠膠」，耗子着了道兒，沒肯安生待着，「結果，只黏到半截尾巴，或者一條腿。」天筋說。為了脫身，連腿都不要了？枋阿密咋舌。拔了鬚，回歸正題，綢繆去找勇猛的棺材蟀。這種蟋蟀刁鑽，多在荒墳野塚，枯骨堆裡藏身。白天去遇不着，天黑了去，得有手電筒照路，尋蟋蟀的窩。那年頭，東西鮮有現成的。要大號電池，天筋找來六七個舊殼子掏空了，鑽了孔，塞入棉絮和鹽。沒白電油，去電燈局門前流連，找大偈福伯，等騰出幾滴能用的。電池填飽，封嚴，破開竹竿夾穩，接駁了電線要裝上燈泡；小燈泡一通電即燒壞，點一顆，燒一顆。他鳳凰牌那盞頭燈，不大不小，還高雅。天筋一見，眼饞饞車把前賴着。「你休想！」枋阿密攆他。天筋唯唯諾諾，聽話滾遠。

不承想沒幾天，腳踏車家門前泊一會，頭燈還是給拆了。「借來用用。」天筋說：搜到蟋蟀王，車燈就裝回去。長柄手電筒做好，月黑風高，天筋領頭，四五個年紀小的，銜尾到了三伯園墳場。一燈破暗，半壁荒山，忽然熱鬧起來。天筋一路呼燙，走幾步，長電筒就換手拿捏，後來直罵娘，遞到後面要人接：接棒的，不旋踵又喊着：「你媽好燙！」山野間，一暈明滅竄動，好像是崇榮接掌了片晌，要送過來，聽聞製作過程，他外公黑手染指過，國語課也有教：「福兮禍所伏。」就是福伯，專把禍伏。連忙擺手，着崇榮回傳與大韶：「他手皮厚，火棒能抓住。」榛莽裡，人影晃成幢幢的魅影。

仗着勢眾，天筋膽壯了，見墳坑邊擱了個金塔，棺材蟀，最多匿藏屍骨堆裡。「照過來這邊。」他欠身去揭那甕蓋，細景閉了眼躲他背後，重甸甸一根發熱管，只舉着瞎照。「有怪莫怪……」天筋話未完，撲眼一個骷髏頭骨，生和死，打了個照面：倏地，燈光旁落，甕中驟黑，竟似飛出來百點磷綠。他「哇」地發一聲喊，憑空趕那流光，正懷疑自己目眩，耳際忽爆出火花，啪一響，祖宗輩的黑，剎那間合圍。頓時，都彷彿掉入封嚴的金斗甕裡。沒了光照，人心虛怯，蛐蛐兒沒的變大了，大得黑嘴一張，就囫圇吞他們進黑肚。「電筒炸了！」「手腳沒了！」「幹你娘，我整個兒焦了！」「路環沒了！」黑嘴黑舌，一疊聲瞎嚷，好確定自己的存在。

怎樣摸索着，尋路退出荒山，對某天會遽然，甚至溘然而至的黑暗，是一場預演：但那些經歷，是怎樣消失了的？記憶生出漏洞，會不會是靈魂破了，沒及時縫綴補丁？當然，黑暗襲來那一刻，島上第一架名牌腳踏車，原廠頭燈，是報廢了；鳳凰，連帶失明。幾乎是原班人馬，山裡吃一塹，一轉頭，卻抬了個鐵彈，那夜色沉澱成的一丸漆黑，到梁童學家去炸井。他家大廳空落，綠白夾雜小格子磚。廳心一口井，蓋屋之前就在，留着省了門前去挑水。井口才洗臉盆大小，四面貼瓷片，桌板一蓋，就一張矮几。屋裡，舒爽的過堂風。井上擺開棋局，鬥獸棋，規矩多，總隨興玩波子棋；一盤六色，都喜那圓溜晶瑩。

好多個章節前，提到某天午後，黑丸，黃榕叔門首着地，十條腿，沒一條不疲軟。那年，理髮店招牌，還辨得出「Barbearia Marques」字樣；雖然，早沒人喊他這葡文名字。抖着藍斜布上髮碴兒，他認出鐵丸來頭。「玩波子棋，撬個彈珠將就用。」楊大韶說。打海盜紀念碑前，倒生一嘟嚕黑葡萄，摘掉一顆，彷彿會悄悄長回去。不像焊死，卻沉得人無處着手。天筋借了撬杆，車胎網兜墊住；這一撬，還是磕出了個坑兒。再說那口井，黑沉沉的不見底。童學好奇心起，某天，幾丈長的繩子，縛了塊石頭縋下去，竟沒個盡處。這事蹊蹺，大家聚面商議，拆解了一張舊魚網，續起過百尺尼龍繩子，再綁上一個大秤砣投水；結果，繩子一路給吸進去，一張黑嘴，啜掉十層樓高的一條幼麵似的。到後來，長繩末梢沒抓牢，童學他爹秤豬肉的傢什，遇上磁鐵般，吸沒了。

「這是一個屁眼。」賈崇榮推測：從這「屁眼」進去，一條腸，直通到地球肚子；地肚子住的魚，伶牙利齒，一條條漆黑裡游上來；游了幾千年，終有一天，或者，就是明後天，會游到這屋下面，鑿子般的尖牙，會咬着井壁爬上來。哪天桌板沒蓋牢，半夜裡，怪魚，像大蛔蟲長了牙，磕碰着上了樓，大嘴呆張，他盯着梁童學，鄭重說：「咔嚓一下，你雞雞就歸牠了。」唇亡齒寒，這魚離水能活，挪着肉鰭溜過來，他枋阿密的雞雞，能保得住？除了天筋，其餘四個毛頭，年齒未長，對那話兒，其實不怎麼看重；但一條，或者一隊怪魚，在床邊嗑牙，不講好故事，卻要銜走雞巴，到底不好。鬱結了半月，不得已，借來這歷史鉛球，投入炸井。

農曆新年前，水鴨街幾戶人家，常備大批火藥，轟天炮、五龍吐珠、鞭炮、火箭……尤其連長簽的火箭，枋阿密藏得最多，睡房窗下滿一瓦通紙箱。到年初一，火箭搭窗格子，瞄準對面一溜老牆灰瓦，龍吐珠五響十響，連珠彈發，呼嘯往還。一場仗下來，滿天青煙，遍地紅屑，熱鬧呢；於是，未到秋後，都盼着開打。一箱大號爆竹，他率先捐出來，連新款火箭，拆出好些硫黃硝石細末，一大堆，錫紙裹住，就連上一長段火藥捻子。「這是炮彈攜帶的炸彈。」天筋一說，字面已透露出威力。

「炸彈」貼附上大鐵丸，外頭套了漆黑塑料袋，搬上井欄穩住，即囑咐各人：「小梁點了藥引，我封住袋口，就推下去。」估計急墜幾百尺，總該到底，捻子膠袋裡燒盡，按理會炸出一泡火花。「炸一下，辟邪。」細景說。邪祟，勢難爬到輝記那邊，啃他小鳥；但井下水道，可能互通，他家咖啡室後面，中街就有一口井，是個隱患，炸了堵了去路，大家心安。「別磨蹭了，省得我爸回來，說咱們在毀這屋根基。」炮彈，隨學童的催促落下，巨響挾帶水花濺上來，五人一驚，仰天躺倒。嘿嘿笑了半晌，才想起圍過去，看那井給餵下一顆有餡黑丸，是個怎麼反應。「怎麼沒見爆炸？」枋阿密嘀咕。「到底就爆，成條街，一起爆。」天筋信心滿滿的。

光 KUONG KONG 廣
T556M

泰記
泰記

第二十九面：神婆和六個安德魯蛋撻

丁卯年（一九八七）的正月初八，神婆隨黃榕等人，去看沙利士號小飛機，看了個一頭雲霧，石排灣回來，元氣似乎耗盡了，除了購糧買水，三年來，鮮有踏出死人館門檻。客廳後，有個間隔讓她挺屍。瓦頂變高了，屋椽子兩側，一對小天窗；黑了，白了，那是她的日曆；不去撕，一頁頁，照樣落床頭上。總睡覺，一天兩三個時辰，惺忪着，洗漱吃喝，照拂廳裡供的遺照；死人死物，也夢境一樣，黑白無色。罐裡上了香，煙氣一蒸熏，又催人昏睡。夢與醒，生和死，當中要是有條界線，該早變一條虛線了；漸漸的，有幾分活着，有幾分化了灰，自己也犯迷糊了。館門常閉，就陳念有時過來，篳旁陪她說些閒話。屋裡她不戴面具，那張臉，捧掌心的果凍一樣浮漾，凝聚不了。神婆只擔心自己走了，她乏人惦記，留在塵世的形影，更暗淡了，館裡供的遺容，也沒人揩拭。

「都有個開頭，有個盡頭。」陳念察知她心意，要開解她：「等到頭了，這輩子的牽纏沒了；執念，也煙散了。」還打了個比喻：「就像一隻欅子，鬆綁了，離開欅葉，掉到一灘白砂糖裡。細一琢磨，渾身甜爽。」「你這一說，我還真怕死得慢了。」神婆笑得直喘。最後一趟，樂呵呵的打牙犯嘴。但這日，屋裡煙氣重，一對光柱子搜人沒搜着，黑雲就捂了天窗。「你要先走，放心走，我趕得上。」陳念有俗務未了，過幾個月，阿婷銅臉玩偶有一齣短劇要演。以前的九澳兵房，秋後辦惜別會，營房裡暫寄的，通統要散了；從此遠去，不會回頭。臨行，笙歌管絃，辦得鋪張點；過後，心頭好多留些光影。劇中她負責伴奏，演一個躲在面具後面，舞會上，為離人彈琴的閒角色。「能撐到那天，彈完了，我去會你。」陳念說。

眼前是虛，是實，神婆漸漸辨不出，也不分辨。不旋踵，又睡去了，兀自做着黑白的夢。另一個夢裡，大海那頭，她在安得神墓前流連。歲月不饒人，也不饒鬼，相鄰墳塚，牙齒一樣脫落了，留了些空白。好些年沒想起他了，打個盹兒，那死鬼，卻蹬開墳頭石板出來，兀自嘻皮笑臉的。「老惦着你。怎麼這會子才來？」安得神一拍前額：「是我不對，寄照片，忘了給你揳張船票。」說着，忽然湊過來，扒她衣服。神婆僵住了，搞不懂是驚駭，還是激動，就給壓上石板，仰着不能動彈。夢中人，是比現世的鮮嫩。但一輩了，總計九十六載的清白，朦朧中，遭這一趟破局，竟還破在這孤墳背上，是劫是渡，她也是認了。「會有些兒麻癢，一咬牙就過去。」安得神着她躺平，好均霑一背脊的油潤。

鬼壓床，她經歷過；有安得神在，分外驚心；唯有緊閉了眼，由他左擠右碾的，前後擺弄。半日扶起，原來麻石面上鏤的幾行陽文，掃了淡墨，安得神當她膚肉是宣紙，做拓片了。「沒給你留東西，將就着，也算一幅證書，死活有個牽連。」他說。神婆覺得他在摸她背脊，該有字沒拓好，在補筆；勾捺得人舒泰，就由着他染指。三十年前，去跑馬地找墓，找到了膽下墓石戲文。一篇凸字，當床蓆墊了背，有點深刻；但壓痕，到底易散，算不上血肉相連；哪想到，纏綿床蓆了，才夢中遂了願。醒來，背上汗濕，蹣跚去盥洗。心血來潮，扯起薄衫扭身照影，鏡裡腰背一片烏黑，不似瘀傷，竟蛇行蟲蜷的像印了些洋文。她筋骨僵硬，轉動不靈，左右扭頭察視，背上小字，橫着五六行，刺青一般。讀不懂內容，卻有些眼熟，認得謄到紙上的墓誌銘，就有相似字樣。

難不成去刺了一背脊雞腸，自己犯迷糊，忘記了?她怕痛，再迷糊，諒不會去紋身。反手摸那墨迹，還沒乾透，果真像在夢裡拓的。沒準那死鬼顯靈，或者作祟，乘她白晝館裡挺屍，來作踐她了。「費老大勁兒，就後面做工夫？」神婆怪他偏頗，腹背一併着墨，搞出個英漢對照，豈不相宜?背上一篇拓文，隨這場夢褪色了，沒個憑據，也是可惜。再一想，趁早去拍照留影實在。但一副老皮老骨，到影樓去掀衣袒露，就不丟人，也夠悚人。迷迷惘惘的，到了街上，穿過橫向窄巷，巷口一拐彎，卻見那月亮照相館，館門關得嚴實，也不知是歇晌，是停業。當下鬆了口氣，朝大街走去，倒沒在意一路店肆人物，日照下，是幢幢的灰影。出了客商街，榕蔭下，抬眼，趙明叔單車鋪門前，聚滿了人，七嘴八舌，遮篷下，一疊聲呱噪。因為褪了顏色，都大烏鴉一樣晃着。

「趙明佬出事了?」長年安於清靜，耳根不適應。趨近看，單車鋪的營生家什撤了，門旁新掛了招牌，露出一角，寫的是「Lord Stow's Bakery」。洋文她不認得，要埋進人堆裡去，看葫蘆裡賣什麼藥，腳下踉蹌，卻來了個米篩攙扶她。米篩，就是水鴨街「王道生」的喃嘸先生。「賣『葡撻』的，鬼佬蛋撻。」米篩說：「來了個英國佬，在那賣西餅。蛋撻做得死甜，他叫那做安……安德魯蛋撻。」街坊覺新奇，嘗一兩塊，還是吃輝記出品。這門前擾攘，都是香港，澳門街來的客。「安德魯？這就對了……」神婆沒聽見下文，生了鏽的心弦，一個勁兒顫動：死鬼叫老餅安得神，這是西餅安德魯，光聽讀音，鐵定是一脈的，自己再糊塗，都推敲出箇中關係。「好歹留了種。」想到她得神，有一盞香燈續燃，還具體得燃成了烤爐，烘出西餅，老懷不無安慰，嘀咕着提步。

米篩不知道因緣，千里來龍，舊單車鋪結穴，只勸開攔門嗷嗷的，讓老婆子插隊。補筆說這「葡撻」，歷史上第一枚，據傳，由葡萄牙里斯本，貝倫區熱羅尼莫斯修道院（Mosteiro dos Jerònimos）炮製。十九世紀初，葡國修女用蛋白漿洗衣物，剩大桶蛋黃，不好浪費，竟想到攙入奶油、麵粉和糖，調製出酥甜的蛋撻。一八二〇年，自由革命爆發，修道院好多倒閉，修女賣蛋撻討活，一八三七年把製撻配方，售與一家甘蔗煉油廠。廠商賣撻賣得好，開了最早的葡國蛋撻店，店名「Pastel de Belem」，順帶成了蛋撻的葡文名稱。去年秋分前開的安德魯餅店，初時賣西式麵包糕餅，生意平淡。估摸是追摹，或者，追逐上世紀葡國修女的灶頭餘香，稍作改動，或減糖，或換用英式奶黃餡，酥皮焦脆，做得山環水繞的層疊。四月開賣，做傳播的，幫着打鑼敲邊鼓，到了這一九九〇年夏末，慕名貪鮮的，都應聲圍了過來。

餅店裡，悶熱昏暗。一個洋漢子，約莫三四十歲，難得的天庭飽滿，地閣方圓，隆準油光泛起，一身廚子行頭，還蒸騰着蛋氣。「年庚對得上，長相，七分像他爹。」神婆覷着眼瞧他。玻璃櫥邊杌子上，擱了出爐一盤葡撻，店員接手裝盒子，這安德魯，見黑衫黑褲一個瘦小老嫗擋路，要去打發，卻聽她問：「有沒去看你爹？」以為來了遠親，安德魯囁嚅道：「看……是看過。」「老餅他寂寞，別等清明，逢年過節，多去陪他磕牙。」神婆暗忖：當年，陰陽契合，沒準我就是你娘。當然，孩子生出來，未必長這模樣，會叫安德尊，叫安德厚；要不賣餅，開一家安德生紙紮鋪，八成像米篩一樣，做喃嘸佬。「總夢見你爹。」逝水東流，她不無感歎：「那死鬼，就是不肯消停。我老背上一塊青，一塊白，讓他作踐得夠嗆。」安德魯聽着，也是懵了，瞪着眼不知應對。

老輩們水火相煎，後生避開去，不求甚解為好。紛紜雜沓裡，信手往盒子填入半打出爐熱撻，訕訕笑着遞上：「代家父送的一點心意。這會人多……再說。」話未完，退入了裡間。神婆捧住一個白盒子出來，米篩還杵在對面榕樹下。「大偈福伯、打鐵鴻、老黃榕，都走了，你還在啊？」她問米篩：「什麼年月了？」「庚午白露，過幾日中秋。」「比命長，都要輸你。」神婆瞧他矍鑠，有點慶幸：「我趕緊走，還有你來唸經。」語畢，恍惚間，推開一道門；身後，暮色沒了明暗，走過的路，彷彿曝光過度的軟片，黑了，倏一聲，隨她捲縮入死人館裡。時間，是怎麼過的？不就一個「不知不覺」？不知不覺的，人就累了。靠牆高腳几上，她擱了安德魯送的蛋撻。線香燒完，一層灰墊住那白紙盒。盒邊，屈臣氏疳積散罐子，罐上明黃，長年鏽蝕塵封，不知不覺，也暗沉了，看不出盛過花塔餅。

她拉過一把椅子，背靠幾十框遺像，傍那高腳几坐了。感覺上，灰溜溜一牆死人，都垂了眼，等她揭那盒蓋。那六盞葡撻，到這會，才向日葵一樣綻放着油黃，黑白裡滃染出黦色。盒子深，看來能再鋪一層餅食。沒怪送撻的摳門，擱掌心，卻覺得涼了。「怎沒趁燙熱吃掉？」神婆有些悵然。館門沒掩，檻外陰森。一個潛水銅人，步履遲緩，鉛鞋磕上門前麻石路，那橐橐，彷彿打更的敲着梆子。「時辰到了？」推想這銅人，就是來報時的。陳念說過，以前那經營「忘記」雜貨的，「住」一襲潛水服裡；後來，是融化了。剩這油布衣服，興許沒好生超度，天黑了，氣鼓鼓的，鎮上徘徊，要找一塊肉餡兒，填那空洞。鉛鞋的橐橐不去，兀自屋牆下敲着，似乎門檻旁原地踏步。

「我算你是歲月，奉旨催人。儘管敲，敲碎這條街，看誰着緊？這盒子凍撻沒吃完，閻王老兒來請，我都不隨他去。」隔着門框，眼前屋牆，一邊掛了她和水雷的合影，安得神拍的；一幅市牢外，黃裕浴血的剪報，右下角入鏡一隻尖頭皮鞋，後來考證，也是死鬼穿的。相遇之前三年，他的皮鞋照，就由陳念裱好捎帶來。蠶豆大一隻鞋，幾十年，隨一頁報紙枯槁，早離不開相架。「兒子做餅出息，九泉下，可以含笑了。」蛋撻她嚼了口，滿嘴黃漿，不忘扭頭，對那一隻鞋子說：「酥香，膩了點。我替你多吃兩坨。」距離遠，尖頭皮鞋，瘦成了個小黑點，卻通人性一般顫着，要飛過來變撻上焦糖似的。吃着，外頭的橐橐響，是輕細了，潛水銅人挨屋牆坐倒，換了慢板，用手套砸她門框。

有那麼一刻，神婆頭腦清明，忽記起安德魯餅店出來，米篩擋了路，她沒逕自回館，卻繞道到了海邊。夕陽迎照，十月初五馬路石堤上，坐了福伯的外孫枋阿密，身邊一個女人，剪出來似的黑身影，苗條婉孌。好多年前，她年輕，黑衫黑褲在那端坐，就那形影。驀地，撲頭撲臉來了蜜蜂，一輪莽撞，繞着圈兒去擾那女的。也是不敢去搧，笑嘻嘻的，晃得花枝顫搖。一邊躲避，一邊嘴裡塞完半個葡撻。蜜蜂嚐不到甜頭，覷準盒蓋敞開，一溜轉，輕盈過了酥皮叢，落在蛋黃花心採蜜。擱在兩人中間的白盒子，神婆也捧住一個，夕照下，真像等燒化的棺材。聽新派人說，紙皮造的靈柩，燒起來容易，不傷林木。她十八歲那年，瘟疫鬧了數月，人死得急，棺材能買上，也是紙薄。紙製四塊半，復古而已。她身前蕭條，後事從簡從略，本來無妨；但這觸景，到底觸礁一樣扎心。

兩人垂了眼，由着那蜜蜂盒子裡採食，也不驅趕，怕趕急了奮起螫人。於是，就這樣耗着，僵持着。因為一隻蜜蜂，陷在甜蜜裡，時間靜止了。神婆挨女人坐定，奇怪枋阿密這一對，渾沒見着她一般。是情濃得障眼，一無所見?是自己衣裳暗啞，迴光沒反照出來？「在越南，是吃過蛋餅，沒甜得招蜜蜂的。」那女的說。「以前，去九澳那三輪車，也叫蜜蜂。」他說：偉士牌出的 Piaggio Ape，Ape 意為蜜蜂。遇上她那天，大霧裡，蜜蜂阿憋來了，載了幾個貌似她的人；感覺上，霧起之前，她就住在他心裡。癡言妄語，女人怎生回應，神婆沒記住。蜜蜂沒動，時間凝固了。「翻下盒蓋，就是甜蜜的墳。」枋阿密說，現成的一個陷阱，但這一來，餘下蛋撻，就不能吃了。

越南女人，叫安玉，改日要遠遷。這安德魯不遲不早，出爐了香噴噴一掌燙熱，正宜餞行。「多吃兩個。」蜜蜂不見了，聽枋阿密攛掇，神婆再挨過去一點，疊上安玉身影。她倆輪廓相近，手邊餅盒，蛋撻同樣剩了三塊；神婆撿起一塊，嚼了口，滿襟的碎屑，不忘透露餅店的濫觴：「那安什麼佬，他爸來過路環。」瞟一眼船政廳那邊，接着說：「眼下這圖書館，以前，門口擺了大水雷，別瞧它生滿鐵鏽，那是炸船的！他爸安得神，卻擺佈我，要我抓住水雷那……那棍頭拍照。真炸起來，我提早化灰還好，老餅要給轟散了，沒留種，這洋蛋撻，可就沒着落了。」簡單說，沒安得神的餘蔭，大家即使照舊坐這堤上，吃的，卻會是豆腐花，是鳳仙雪條，或者，椰子酸薑；回想，味道自不一樣。蛋撻的酥甜，為這一幕定了調。惝恍間，神婆又吃了一塊，氣逆平伏，扭頭看，枋阿密倏地老了，乾脆換成了安得神，坐身邊陪吃。

「剩這一對，也嚥了吧。」安得神把餅盒推近她。「想撐死我？」她嗔笑着，怪他來得晚。天黑齊了，天幕上，還懸了好多框遺照。吃着，抬眼望，自己那一幀，也掛在壁燈似的月亮下。「遺像，怎麼都年輕？沒個死相。」神婆找話問他。「我記住的你，就那個樣子。」他說：他心裡，她永遠長那樣一張臉，落落寡合，一成不變。「我一直不知道你名字。」安得神顯得嗒喪。「橫豎沒人問，慢慢的，自己也忘了。就繼續姓拜，叫神婆吧。」她撿起最後一塊蛋撻，笑說：「撻皮這窩，壓根是一個酒盞。」館裡，四面老牆回來了，潛水銅人敲的橐橐盈耳。「我去着那廝安靜。」安得神起身，邁過門檻。不旋踵，頭上卻罩一座銅盔回返，盔上小閘門開闔，就像舞進來採青一隻獅子。「這一趟，非要叼你回老巢不可。」銅盔傳出聲音。這滑稽，這洋溢的喜氣，逗得神婆大樂。「我隨你去，隨你去……」她笑着，不防半盞焦黃卡在喉頭，勉強嚥下，卻沒心思再去吸氣。

線香燒完，門外槖槖催得緊，這個老日子的看守者，偎傍着故人，尋聲出去了。終年九十六歲。

黃南成雜貨

泰記
泰記

廣源號

合和祥油米百貨
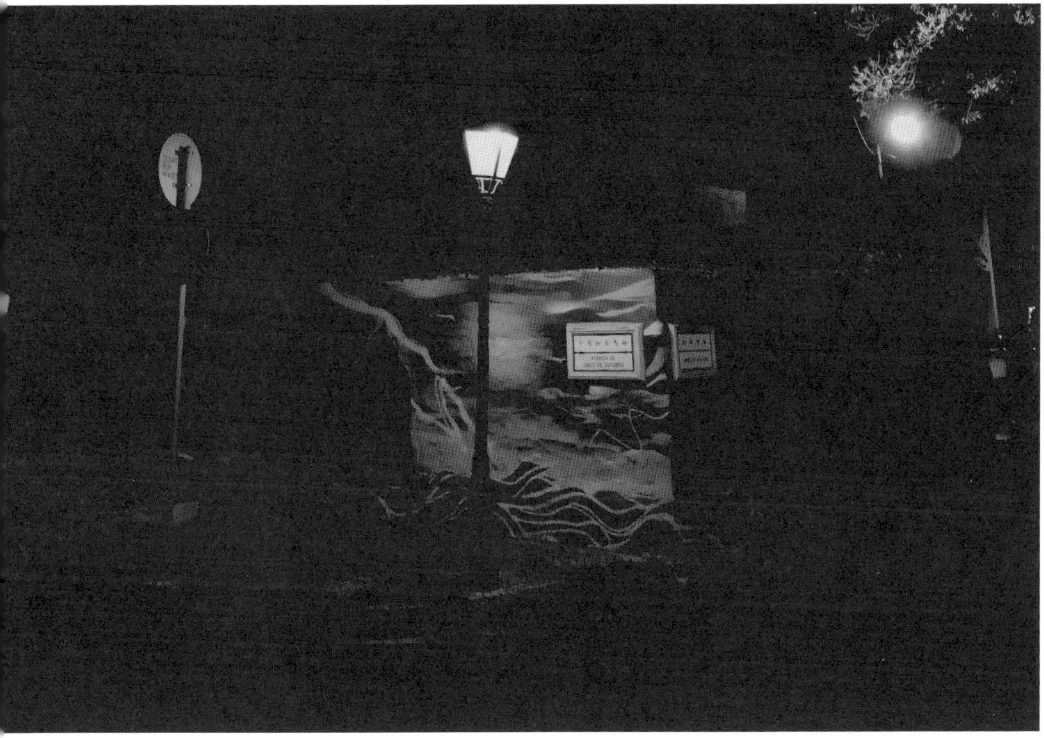

第三十面：一百年的始終

敘述會有盡頭；故事，都有終結。連綴百年的筆花墨蕊，到一九九九己卯冬至，合該索然而止。《月照》情節，或者說，那些枝節的發端，始於一八九九年。澳門的師爺們，秋後埋頭算着總帳。據金國平等編著的《澳門編年史》第四卷，這年，政府歲入 433,575,360 厘士（合當時 677,461.5 元），幾全來自彩票專營、番攤、煮賣鴉片、闈姓合同等進帳。同卷記載：歲末，不纏足會的總辦，英國人阿綺波德（Archibald Little）來了，稱許澳門反對纏腳，邁了大步。「一位維新派領袖、一位醫生推動下，澳門婦女放棄了裹腳。澳門幾座最好的歐式住宅，住的都是中國人。一幢連陽台欄杆鍍金的房子裡，我高興極了，這家所有女孩，都沒有裹腳。」她寫道。

在一趟基督徒聚會，率先入不纏足會的，是某翻譯的小腳妻子，她一邊捐錢，一邊笑說：「拿着，帶去我不再纏腳的諾言。」阿綺波德《穿藍色長袍的國度》所載，反映一八九九年，澳門開風氣之先，雖然冗長的紮腳布，有幾條，還在不纏足會發起人的窗外晾着，黏搭着。煮賣鴉片的嗆味，幢旛一樣的纏腳布陰影，牆身新糊的漲租通告……世界，就要煥然霧除，霍然雲消；而正牌的維新派人物，在附近開會；開的，還是茶會。二月，康有為幾個弟子，東亞同盟會員田野橘次，早發起了鏡湖茶談社，立茶規十二條。「此乃合康有為派、基督派及張壽波派，三者而成立也，其勢力在廣東省實力最著。」組織形式鬆散，會費每月十五錢，朔望兩次集會。

會員社中講演，講了《天才論》，講了《老屋說》。這《老屋說》，以老屋喻清朝，鼓吹徹底拆了改建。雜沓，瑣細的情節，枋阿密最喜歡了，那彷彿不是什麼歷史故事，是生活退潮之後，曝露在礫石灘的記憶。鏡湖茶談社的茶客，茶杯一墩，隔水望遠，那年，中國山東的西北，大夥卻忙着練神拳。有叫朱紅燈的，耍的「義和拳」，拳風虎虎；他從「大刀會」借來金鐘罩，確保刀槍不入；聽見有個趙三多，嚷着「扶清滅洋」，也挪過來口號，喊得山響。然後，自覺有東西附體，就興興頭頭，去攻使館區，燒翰林院；據說，藏書太多了，焚化經卷的焦煙壓地。他總想像，一蓬蓬的黃蝴蝶，穿透那重灰燼，穿透宣紙良墨的屍骸，在黑魆魆的北平上空飛舞。

普雷斯頓（Diana Preston）《義和團》記載，歲杪，華北乾旱，鬧饑荒，有傳教士在市場見擺攤的賣人肉。餓得不成，投身義和團，起碼搶來了東西，可以飽腹。澳門茶談社講的「老屋」，是清室，是普雷斯敦身陷的北平。在人類集體倒行的腳跡上，枋阿密一直認為，筆墨的魂魄，有時會化為光豔的蝴蝶。北平老屋逃逸，飛到焦煙上的一群，儼然荒誕劇場絨幕上黏附，西風沒刮去的戲票存根。《月照》故事起始的這一八九九年，義和團在劇場外貼海報，大書：「掃平洋人，自然得雨。」還宣告：天旱，是洋人蹲在屋頂，出死力把雲搧走了。這光景，讓寫小說的他神馳。櫛比鱗次老屋房頂上，紅鬚綠眼人，呱啦呱啦，喊着鬼話；搖蒲扇的，揮書頁布帛的，頭上來了黑雲，就踮着腳，使勁趕，竟真趕走老百姓渴望的甘露，招來曬得瘠土千里一九毒日頭。

倏忽過了一百年。同樣是歲杪，一九九九年澳門一溜老宅子門庭，還有陽台、屋頂，也聚了洋人；都是葡萄牙人。四百幾年，外夷華北的「老屋」，裝點得榮貴，逼遷是沒有的，但一排排葡萄牙，吃着凜凜朔風，能不齒冷倉皇告退？屋頂搧雲趕雨，然後，屋頂揮手辭別；一搧一撥，一百年。這樣編排，是讓故事有個始終，有個囫圇樣子。歷史這真材實料一面磚牆，能拾掇的，唯陰影裡的竊竊私語。枋阿密記的是生活，是生活的翠綠淘盡以後，留下的通透脈絡；他心目中，寧願把同年九月，一九九九那一場颱風，確切說，是颱風約克，刮倒恩尼斯前地龍眼樹的一幕，作為故事尾聲；或者說，一切記述的盡頭。九月十七號，午後，十號風球。龍眼木質脆，遇這突來摧折，攔腰斷下。樹冠飽蘸雨水，變了一蓬海棉，滾出去把一圈黑路，刷成半個綠環。

路環，百年內遇過的，同樣撼人心的瓢潑，推想是一九一三年。上溯八十六年，一場瘟疫過後，馬奎斯迎來了他雄奇的理髮椅子，還有隨椅子到臨的陳姓椅精。閒來牛皮墊上廝纏，翌年八月，也是十七號，颱風攻陷磨刀門，四圍撲打，荔枝碗水滿，海盜聞風竄逃。這場橫暴裡，椅精懷上一個娃兒，後來，這娃兒涉嫌劫了一架鴨婆機。黃昏風靜，馬奎斯閣樓下來，發現理髮椅的支柱，像從茫漠裡長出來，漂到椅墊上一隻大肚玻璃瓶子，窩藏了黑色一隻三桅帆船。那場暴風過後，李大漢年輕的太婆，心血來潮，雜草坪上插了樹苗。以為龍眼能吃，等結實了，年年酸苦，就枝葉蔭人。枋阿密小時，那樹，早像個蓬鬆大粉撲，撲得周圍染綠。夏末，樹上住的一隻白頭翁，總飛到水鴨街他家窗台，不像來索食，盯着人，說一篇鳥話就去。某天，叼來一枚襯衣鈕扣，珍珠色，投水盂裡似浮一滿月；一個翻新了的古老意象，算鳥兒回的禮；禮數盡了，就沒再來。

老樹，庇護過白頭翁；龍眼，陪毛頭們瞪視過塔上西門子；根柢默默試探，也貯存着前塵；記憶的線索，船纜一樣，繫住濕潤的往事。惡風約克，卻把這七十年的鬱蒼，砉然中斷。龍眼樹坍塌，圍護主幹那一框鮭紅水磨石墩，隨而拆毀。風雨裡，老日子標杆的傾圮，對枋阿密來說，遠比二十世紀告終，葡萄牙人在臨時鋪的紅氍毹上偃旗，息鼓，在荒腔的驪歌聲中退場，更讓人傷感，而且悵惘。事情，總有個始終；始終會留了遐想：興許一八九九年北平老屋趕雲的紅毛鬼，一九九九年歲末，會換上味士基打常穿的戎裝，在路環低矮的房頂，為他的長篇創作，豎起一圈圈螢光管造的句號。傍晚，電燈局，再度響起發電機的轟鳴。他就杵在龍眼樹下，抬眼看每一楹屋，看輝記咖啡室、打鐵鴻、趙明叔單車鋪，還有，看馬奎斯理髮店檐瓦上的光環，就像看日食時候，偶然顯現的日冕。

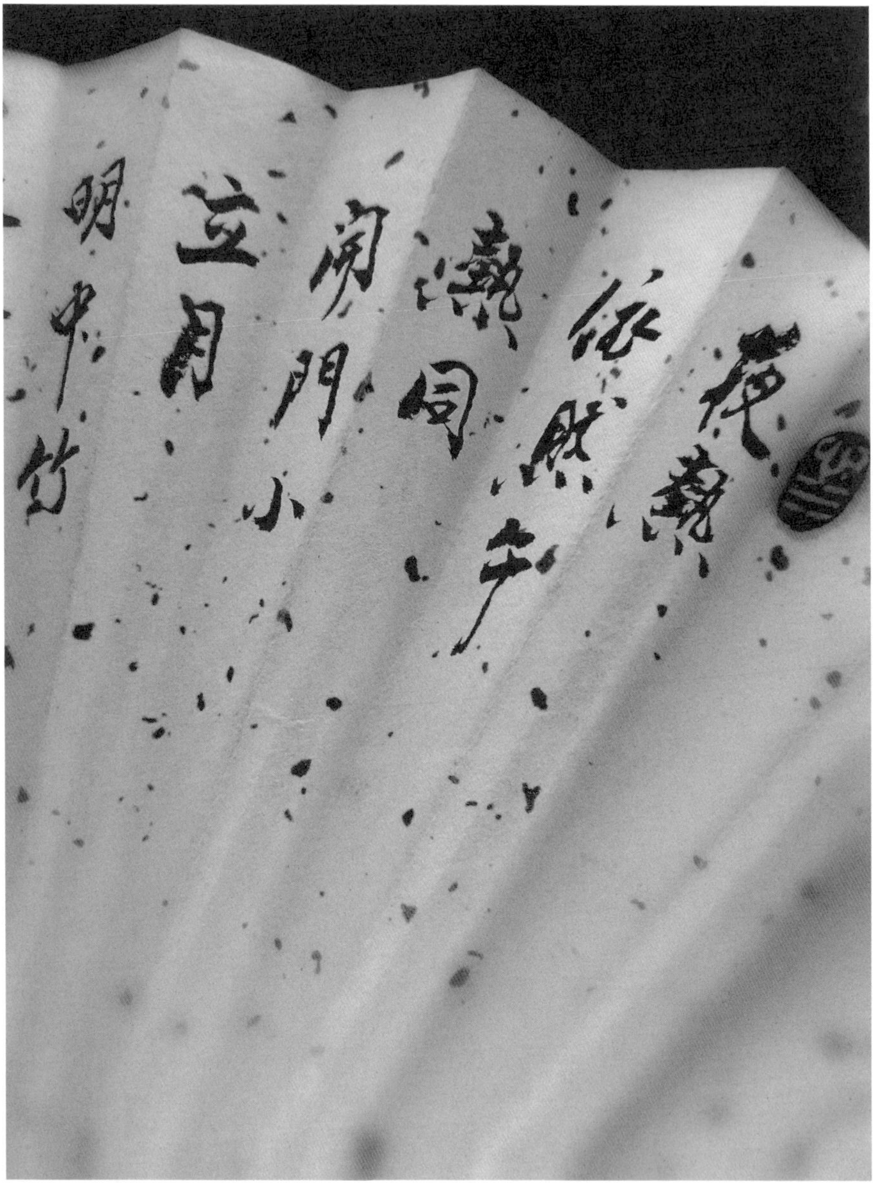
夜熱
依然午
熱同
開門小
立月
明中竹

第三十一面：時間河床上孤聳的標杆

他是讓蓆上脫序的一截藤皮扎醒的。腳踝皮薄，戳了刺，那痛錐心。寫睏了打個盹兒，睜眼，日影橫斜，洗澡間門框，縋了兩條捕蠅紙，黃油油盪着。推想是新掛的，蒼蠅沒誘到，卻逮着一隻蝴蝶。黑白襯底，繡紅黃一隻豔粉蝶，一瓣薄翅黏死了，開闔之間，再一瓣給糊住；蝴蝶，於是開成了花，顫搖着，融入靠右一瀑流光裡。「真的就一場意外？」他起身，要去解救，卻犯躊躇：「哪來的一對捕蠅紙？」以前，窗邊條桌擺了電爐，外婆福嬸去雀戰，他舀出冷飯，蝦醬下鍋炒。童年這一項消遣，專招蟲蟻，連蒼蠅來了，是福伯去掛的捕蠅紙。但一個下世多年，一個去香港住穩了華富邨，誰會回來恢復老屋的舊觀？要說是刻意的懸宕，是緬懷那一季的營營，但這舊物，大街慧宬商店、廣福祥雜貨、源安利，遠至炳記，早不見有賣，他哪裡去找這兩舌油黃，舔弄一框夕照？

那天，秋陽入戶，餘熱未退。「這東西，以前萬古鎮，人家庭院裡見過。」安玉說：到後來，糖膠紙筒，沒人買得起；好在蒼蠅，也餓得飛不起。不像搞革命的，鎮日追着瘦肉轉悠。「怎麼是瘦肉？」枋阿密問。「越南人，你見過有長膘的？」她說。一對捕蠅紙，懸在這屋裡，是他還滯留夢境，壓根沒脫身出來？恍惚間，挨床頭坐直。馬辰蓆摸着順溜，廝磨得軟熟了，一幅魚皮似的，黃昏裡，粼粼的泛着微紅。「是有些日子了。」那天，安玉榻上輾轉，蓆子還生澀硌手。這藤皮，印尼馬辰火山的沃壤栽培，細編密織。小時睡過那一領舊蓆，幾十年不霉壞。福嬸去香港，換過一回。不覆上床單，碾壓平順，硬出頭的毛刺沒捲去，貼臉看，真是滿眼蓬蒿的蕭索。

新蓆沒鋪幾天，秋分後，枕簟微涼。那下午，捏麵人閣樓窗下擺了檔。搓成一團紅粉，一陣吆喝；揉好一坨綠麵，再一輪吆喝；唱戲一般，孫大聖來坐鎮了，豬爺爺要登台了。唐僧肉做老，細皮摻水，去捏純情村姑，邊捏邊喊着：「嬌滴滴，一隻白骨精，要和你黏上了……」隔不久，那絮絮隨風過了書房，傳到板壁後這寬木榻。稍一走神，那蒼老腔調，就亂了他節拍。他半邊身子壓安玉背上，手繞過胳肢窩去墊她的臉，右耳搗嚴了，親她左耳；舌頭竄進去一輪滋擾，攪得她瞇了眼，張了嘴喘氣。他人家耳窩裡添堵，以為摒絕得了喧聲。安玉汗津津的，媚眼如絲，連髮絲黏在頰上，乘隙輕噬他膀子告饒：「耳朵裡打雷……」雷打過，都心知雲雨要來。那情態，他看得癡迷，床頭板壁後，忽傳來孫大聖一句科白：「她是個妖精，是來騙你的。」捏麵人的聲線，就勢撩過來，線頭勒得他充血。

虛實之間，竟也有一根金箍棒，象徵主義的，勃然而起。他按住蓆上白骨精，白骨精附身的村女，覷準要害，棍頭硬生生，就要去搗擂。「痛。」安玉顫聲說。「沒進去就痛？」他點到而止。「你讓那攮一下，有不痛的？」咕噥着，說皮都挑破了，膝頭往外挪了挪，稍微掙脫出來。那會子，洗澡間一對大瓦缸，接了餘暉，波光漾漾投進屋來；粉牆，枕蓆，舞起些鍍了金的蝴蝶；瑣瑣屑屑，幾隻撲落她腰眼，人變瀲灩了，還炫目。

影畫戲裡，這般撩人體態，也是稀罕。那一隻豔粉蝶，還在捕蠅紙上掙扎？他揉了揉眼，見蓆子渥了一重油汗。為逃避刮肉的痛，安玉右腿屈曲，身子貼住蓆面稍一攲斜，不防臀溝失守，反開了個偏門揖盜。他陰惻惻笑着，聽說挑破了皮，一顆賊膽先癟了，尋思：腹下金箍棒，莫非還在鏽花針階段，忘了變粗變大？

連忙碾上她腰臀，再擠壓得縝密些兒。「就知道折騰人。」安玉帖服了，洞察他的刁頑，暗忖：好戲在不在後頭，難料；好痛在後頭，卻篤定難免。「你悠着點兒。」她認了命，還是哼哼唧唧訴說：承受不了，要撐壞的。問他：「以前有做過……」他搖頭，下頷擦她頸背。禍事臨門，心念電轉。對他，她從不說不，曲直都隨了他；她知道，他會記住她；以後，他找不到，也不會有一個女人，像她一般馴順，麵糰兒一樣，由他搓弄，聽任他捏塑。這些年，她就像從大王蓮的圓盤葉上醒來，四面環水，轉眼遷到另一床葉上，濁浪裡，總冒出一臉臉的猥穢；幾千年，沒進化好的族類，支離腐朽，攀住蓮葉漂浮，仍不忘伸長手去掏摸，去摳挖。要活下去，遺忘，是必須的。她不想念這樣的浮生，生命過重，會掉到葉緣外沉淪。然後，泊到這島上，一樣的四面環水；然而，她遇上他，有一個人眷戀她，連最隱晦的微末，他都記牢。

「烙個印上去，烙你喜歡的。」橫豎給挑撥得把臊都丟了，她下身聳了聳，竟有點迎合他。推想一咬牙就事了，鼓搗完，沒出破綻，該還有個囫圇樣子。「就想烙一段：『我會記住這最……最那個的時光。』怕句長了，沒的毀了緊湊一個屁股。」長這歪心，事後，他是招認了。其實，「時光」也是他的。這楹屋，是他感情的標本箱，給釘死在這一蓆嶙峋，她樂意；定海一記如意棒捱過，皮囊壞了，她出竅的靈魂，千里外流離，還是會回味這熾熱，這短暫的相濡相呴。陰差陽錯，因為這一場進犯，回望，反有個焦點，像一堆營火，好多年後，仍在遠山亮着餘燄；而她，就這一趟，半點不介懷燄上烤過的，是她的肉。迷迷惘惘的，脫身出來。斜暉脈脈，一榻的水色。記憶裡，床蓆竟似漂到了書閣窗畔。櫺外，捏麵人還在，左側一隻烏木箱子，插了些古裝人物，衫裙紅黃橘綠，各自不同。

「七個，都是蜘蛛精。」他說。箱頂覆了塊紅帕，袖珍舞台一般，七隻妖精早登場，水靈靈的，帕上弄姿顧影。毗連一隻箱子，擺了幾坨着色麵粉，老頭坐箱後杌子上摶弄，抽一段奼紫，拈一脈嫣紅，儘往一根厚竹篾上盤纏，再搓圓撳扁，牽扯出手腳。麵粉團前，豎的村姑衣袂素淡；一旁那大聖猴爺，卻袍甲鮮明，手擎赤身長棍，斜指他家牖戶。「猥瑣。」他笑罵那潑猴。猴頭盔冠上，舞兩條雉尾，倒不知演的哪一齣。光影抽上捏麵人臉額，越發催人老，他抬眼看見框裡枋阿密，似乎說：「二十年沒擺檔，今日，特來吆喝助興，盼小哥幫襯則個。」說完，趕麵粉變硬前，仍舊去捏那天篷元帥，耷耳肥頭，已活現一副豬相。粉膘白肉，同樣一根竹篾串着；賢愚美醜，都依傍這主心骨成形。

「七個妖精，佔了濯垢泉，成日價洗澡，一天三回，洗得臍縫兒、腿溝兒不納垢。這不礙了誰，偏生那猴王，說要除害，化身老鷹，先叼走人家衣服；那豬八戒，更離譜了……」他朝捏麵人勾勾頭，着安玉看捏塑，這會兒，深褐麵皮做了袍子，豬披上，變得神氣。「這廝見一池的嫩肉，立刻變條鮎魚，滑了過去，遇縫兒就擠，見眼兒就鑽，一個勁兒竄擾；擾完，道理還在豬這一邊。」他沒閒着，騰了手輕捋她腰上油汗，指頭順應題旨，也鮎魚一樣不安分。「這豬，你一會去要了來，我……我宰了吃了。」安玉氣息粗重，光身子偎貼他，對蜘蛛精的遭遇，感同身受。調笑着，一瞥箱頂紅氈毹，七個妖嬈女子，夕陽照映，錯錯落落待着。那扁長的，撐持麵粉團的竹篾，留神看，竟都像瞄準了，從屁股眼兒戳進去，戳得好深；不深入，支不起來挺着。

「要修成人身，遇這長物一攮，真氣豈不洩盡？」安玉尋思：這麵團姐妹倘若有靈，門前生變，肚腸捱頂受撞幾天，方得斷氣；那痛，可謂冠絕古今；自己經歷的一點研磨，忽然，都不好意思說了。「就是不耐放，北風起，要皸裂。」他說，老頭以前來擺過檔，也擺在理髮店牆前；那年，黃榕叔還在，他外公剛為理髮椅通電，毛頭們剪完髮，要沒觸電，等搓捏的山精水怪，大概也黏附成形，門首候着。他買過一個女人，眉目細巧，貼身一把芭蕉扇。老頭吹噓：「搧一下滅火，再搧起風，搧第三回，失魂暴雨，潑得你沒地方躲。」聽着，以為雲雨，都握手上；不知道蓋一條絹子渥潤，沒擱上兩天，綠鬢紅袖，即露了破綻，連那杏眼櫻唇，也掌不住乾了碎了。

「就成了精，顏色一樣不持久。」那分悵然，是來得偏早。捏麵人聽見投訴，箱子上穩住八戒，抬起頭辯白：「調麵粉的方子，花大錢，這才到手。新做一撥，擔保陪你十年八載；人發霉了，這妖，還摸着軟綿綿，嗅着香噴噴。」安玉瞅着這捏麵的，聽完，沒頭沒腦對枋阿密說：「這人，像老了的你。當然，那是好多年以後的事了。到時，你會坐在那牆根下，把我搓弄出來，緩解你的思念；或者，填塞你的寂寞。」他眼眶一熱，那個未來的，也是現在的，回憶折磨人的圖景，讓他神傷。「我怕痛，到時，你別仗着那簽兒硬，把我撐直了就好。」她擠出笑容，算是安撫。理髮店老牆垣，敷上一帖流金。世界入暮前，陋屋破檐招聚的迴光，把蜘蛛精的身姿，成排投到牆上，一個個婀娜，輕盈，舞得起興。罅隙貫進去的長簽，那些檀香棒一樣，擠壓腸子的刑具，沒映照上一壁陸離。

不過，從那花枝顫搖看來，影子們，是歡快的，欲仙欲死，憑空領受着難以言宣的生趣；然後，綠鬢翠袖的陰影，退入半壁青苔，他從一牆黛色裡回頭，安玉，早卻不在了。眼下，蓆子摸上去沁涼，藤皮熟了順了；光陰，把蓆面推磨得滑溜，泛着麥黃。那根扎醒他的刺兒，兀自昂着，穎上鏽紅未褪。那天，她榻上輾轉，沒進去就呼痛，這痛來得早，卻原來膝頭皮肉，讓一根藤刺螫出了血。不虞的一場纏綿，床蓆，沒及時撫平熨貼；事後，他卻一直沒剗去這坎坷，沒裁掉這三四毫米的崢嶸。說到底，那是安玉存在過的憑證，是現實裡歡娛的印記。門框上縋的，那一對捕蠅紙，卷縮入漸濃的暮色。再一次，他貼臉蓆上，彷彿躺上熱帶的河床，放眼遼闊廣漠。附耳，乾土下，一條肺魚在窸窸；而那一截脫序的撩人藤皮，儼然河床上孤聳的標杆；杆梢鏽紅高潮線，也有一隻豔粉蝶伏着，戀戀不去。

四十四次日落

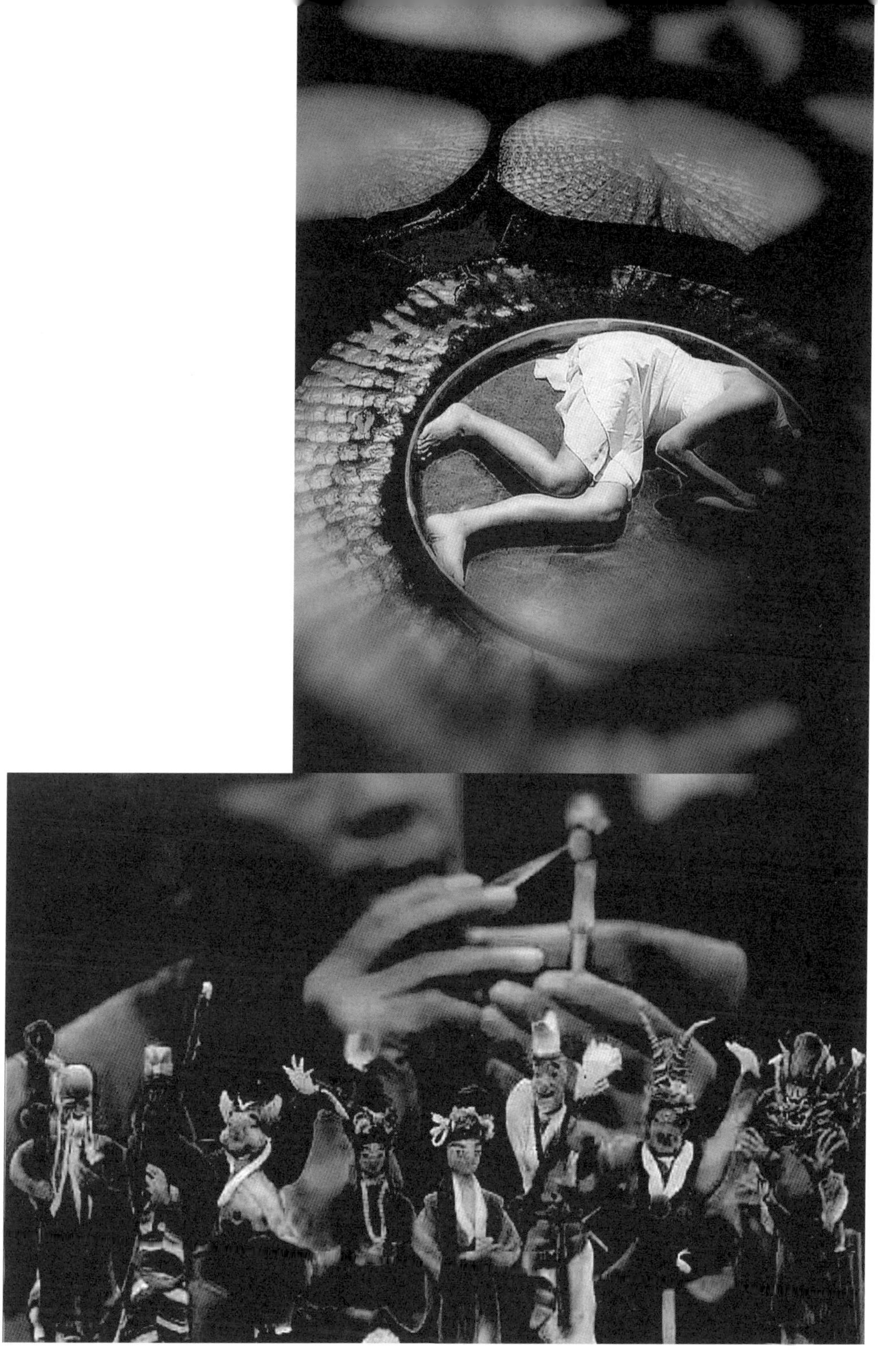

第三十二面：紙帽子上的墨迹

華聖哥一個瘦小駝子，還有歌謠流播，毛頭們琅琅傳唱着：「華聖哥，吹波囉；吹得大，攞老婆。老婆飛上天，捉到老婆惜啖蓮。」蓮（lin1），就是乳房。華聖哥會飛，活得押韻，明顯是一個人物。詞意奇譎，枋阿密記住了，沒準也濡染了自己筆墨。球吹大了討老婆，老婆騰雲去，逮住只管親奶子；轉折，毫不落俗。胡扯到這韻事，為解說明白，安玉乳頭上，補上一吻；算順着文理，做了引申。「以後我飛上天，你真會來逮我？」她問。他點點頭，表現篤定：「到時，可不能『惜啖蓮』就饒你。」「我這命苦。」遙想那飽受狎虐的未來，她帶哭腔地笑了。

場景，仍舊是那床馬辰蓆上。榻畔柚木椅子，椅背搭了衣服，半埋的一疊稿子，幾十頁，露面是個標題：〈驪歌：生者與死者的團聚〉，該是小說一個回目。安玉騰出手，取過來翻閱。分明是難民營關閉前夕，有心人籌辦的一個歡送會，或者說，惜別會。沒揭幾頁，燈影喧聲裡，自己的名字，已躍然紙上。「戲份，似乎不少。」安玉暗忖。但暗藏其中，為一段時光伴奏的，卻是一個女人，叫陳念。他提起過，這念，是念念不忘的念。醋意才生起，卻又覺得，這都是杜撰的，揣摩不出虛實。

「寫作上，算我的繆思。」他說。繆思是誰？是那陳念諢號？兩人關係深淺？有沒勾搭？安玉不好意思問，埋頭翻新一頁。「過幾天，你就要走。」他歎了口氣。營舍結束，他說，大夥會辦個晚會，營長細景主催，大韶他們老爺車樂隊，會去表演，彈奏英文歌；阿婷的面具劇團，要偕陳念演個獨幕；林美麗一貫的，唱她首本曲，那叫《往事只能回味》；的確，也只能回味了；與其說助興，不如說助悲。這說的，都是現實的安排；因為不想那天到臨，他用筆墨，用這疊薄紙，提早構築了一片樓台，一個月色掩護下，自己能面對的結尾，或者終局。安玉明白，那是他緩解哀傷的方式。

有一天，腦袋載不住東西，頭顱裡，什麼海馬體，海綿體，一古腦兒蔫了，這些自造的幻景，就會填補進去，像藤壺黏附船殼；而筆墨裡，這個過路的她，也會在他頭殼黏附着，變得確鑿。記憶，凝煉成長短句，或許仍藤壺一樣硌手，佈着鹽粒，卻沒真實交往的冥頑，不可移易。實在，枋阿密外婆老來忘事，不認得舊人，就靠臆想，靠虛構，去堵塞心頭空洞。「記憶，塑造一個人；丟失了，就像一邊走，一邊淌血；到後來，生命瘦成了白紙，瘺成了荒漠。」他背了段內文，對吃人的遺忘，做些註解。她趴在蓆子上閱讀，一字一句，雲煙般過眼；稿紙成排的灰格子窗後，也有一個「安玉」，惘然看她。

虛實之間，她的緊緻，那亂人心的婉變，難以捉摸；他一雙手，倒不肯安生閒着。初冬午後，撲進來的斜暉，把兩人的影子按在蓆上，按得服服貼貼。那時，他還沒意識到，以後回望，那雙影子還是會抱擁着，拒絕脫離，就像遇上龐貝城的劫火，蠕動和喘息，都死死的，定格在熱灰堆裡。安玉一貫的包藏他，覺得那份充盈，以至痛楚，可以捎帶到世界另一頭，在什麼紅磨坊、白教堂牆根下，哺養着，私密地培育着；等這感覺熟透了，長出嘴巴，沒準還會安慰她，說這漫長漂泊裡，這檻屋，這床蓆，這個人，是她停靠過的，最水清有魚的避風港；雖然，那都是八爪魚，黑水裡，總有些觸手伸上來摳她。

實在給擾得不成，她夾緊兩腿，瞇縫了眼問他：「以前，有人這樣讀你的書？」重點是「這樣」，是一邊讀着，靈魂攝走不算，竟連肉體，一併遭了作者毒手。「那場『團聚』，你是主角，是個發光的句號。」他岔開話茬，講標點。忽然頂着個螢光句號，安玉想起聖像畫裡那些死人，來不及摘掉，他已埋下頭，吻她耳朵。他說過，她有一對撩人的耳朵，細巧，柔而易攻，像蝴蝶的翅膀，明明是成對的，卻天各一方，隔着一雙望眼；就算近在眉睫，終究不得相見，沒交接的因緣。「瞅着讓人感傷。」道理既在，他分外的憐惜她。有一晌，她眼前發黑，稿子上的微言沒見着，連大義，也腮邊墊得皺了。

「你繼續折騰，我就讀不到頭。」她心裡嘀咕：沒準結局不好，他壓根不想她讀到頭；再瞟那稿紙，有幾個字暈開，也不知是眼淚，是涎沫濡染了，對失態有點慚赧。他膽稿愛用那種洋蔥紙，五百格，輕薄了些，但藍墨寫的行楷秀潤。好容易耳窩裡的風雷消停，萬籟無聲，扭頭卻不見了他。原來挨床頭坐久了，臀部壓印上馬辰蓆的紋路，幾千個「人」字，勾搭，交纏，儼如大潮要來，都擠成兩撥，分據圓鼓鼓山頭；排了方陣，光腚上防澇呢。他停了攻勢，跪她小腿旁觀摩，順紋理深入，似乎真探究出個旨趣。

安玉俯臥着，讓他盯得不自在，老走神兒，不讀了。乾脆五六頁紙鋪開，利落地接續起來，左披右搭，摺了一頂覆甌似的小帽，支起身，輕手輕腳的跪着戴了。帽子一戴，不赤裸了，舉止顯得寧定，款款地，說起她父親百古在越南，在一樣的閣樓寫故事。那鎮上人物，她爺爺萬古嘔帽子始末，那些簞食和瓢飲的痕迹，生活存在過的紋理，如實轉達了。「可惜，稿子遇上一頂易燃的帽子，焚化了。」她說：款式，就巷子裡見着的一樣；相傳那種塑膠帽子，戴了曬曬日頭，毛髮暴生，繁茂如麻。

那天，華聖哥擺檔的地方，擺了架帽子。其中一頂報童帽，她戴一下搭回架上，談笑間，兩人不覺去遠；回頭他要去買，滿巷子的黃葉必剝；事情一過，霎時間，境也遷了。「我去澳門街找頂一樣的送你。」他好像這麼說過。枕邊散放的稿紙，有幾頁，摺了頂帽子；所記，就是他想像中，要來的夜晚。結束，卻似個序幕。荒廢的聖方濟各，翠竹合圍的校園掛了燈。臨時會場裡，黑白電視，播着一齣劇集的結局：男主角飯館出來，遇連珠彈發，渾身噴出紅霧倒地，還拚了一口氣說：「我要去法國！」遺言，竟也是枋阿密心裡話。

他總覺得她這一去，音信就斷；水鴨街「1」號門上，那紅信箱，再一次，空洞得碜人。好多年過去，他回憶起這一幕，那時候，他真到了法國，艾菲爾鐵塔第二層，瞭望台上的餐廳，沒占士邦電影裡的佈局，沒紙蝴蝶撲殺人；但窗邊下瞰，戰神廣場，賽納河兩岸，那音樂匣一樣的房子併攏着，琤琤琮琮，奏着一樣的老調，一樣的輝煌。他知道，他永遠不會再遇見她，對她說，他是那樣的惦記她；而她，就隱沒在這些華屋，這一片遼闊的灰影裡，戴着那頂紙摺的帽子，那散佚的一段情節，倉促來去，儼然黑濕橋洞下，不斷回漩的一瓣白花。

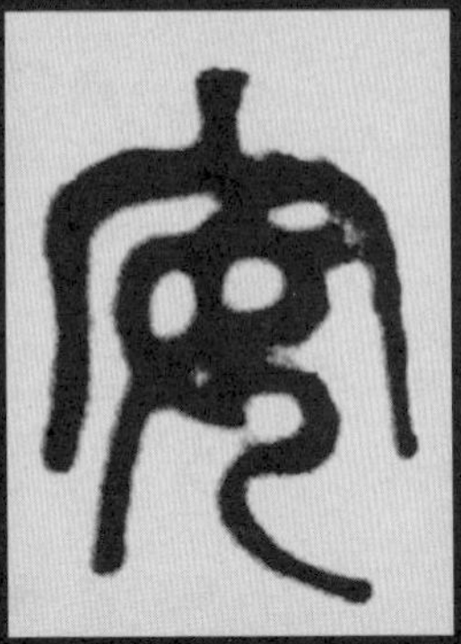

圖一

圖二

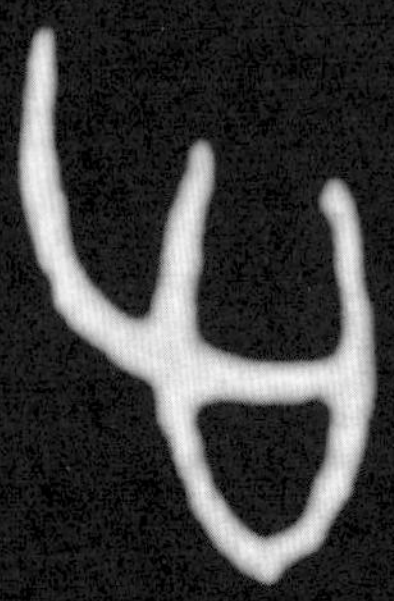

圖三

oca-Cola

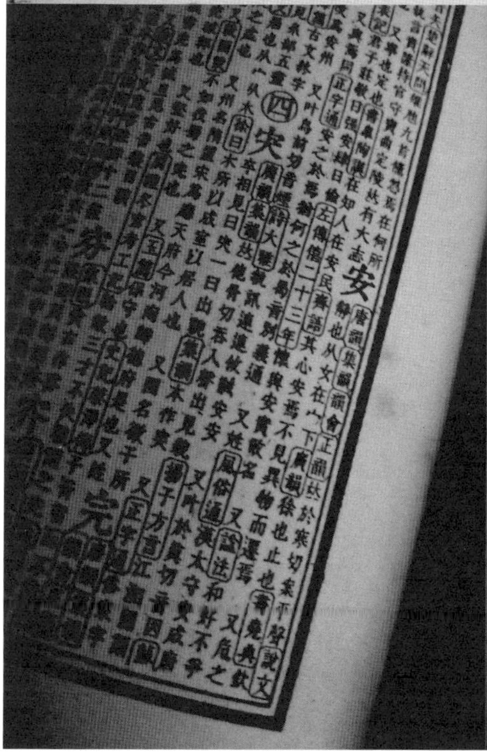

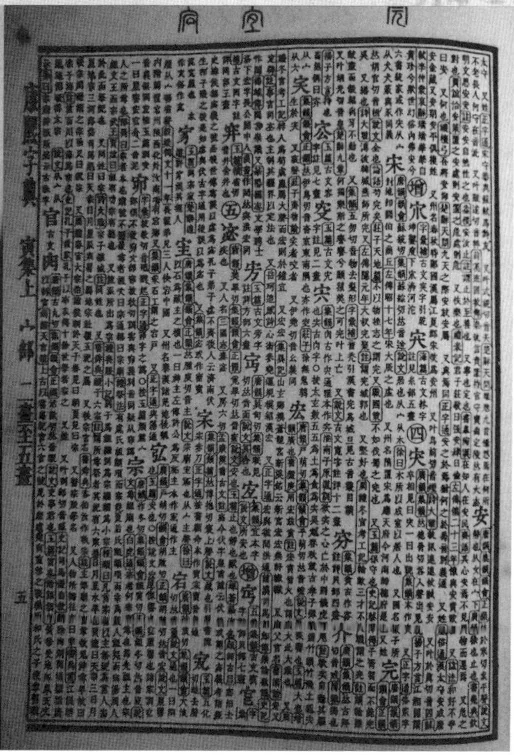
康熙字典
寅集上 宀部 一畫至五畫
五

第三十三面：「安」這一個字

「歷史重複彈着舊調，譬如，每隔一百幾十年，就有一蓬蓬燒化蝴蝶的煙火，在廢墟的磚瓦上捲起；文明的灰燼，同樣是白的；用來造紙，宜載一場空茫；或者記一個人，嗆鼻的積雪裡寫字。」這篇話，枋阿密覺得可以。但寫得慢，小說耽延，推究是浮世廢墟上，煙繚霧繞；寫作，儼然兵燹過後，去爬梳沒燒壞的一堆字。（當中這兵燹的「燹」，兩「豕」不耐烤，死了。）一個字救出來，撲熄了，還得去尋覓，去撮合門當戶對的下一個字。照顧文墨，照顧蝴蝶，都是瑣細活兒，能不磨蹭？敢不盡心？這也不光是一個比喻，回想，他的確和幾個單字，結了不解緣。這篇摘要說一個「安」字，確切說，是倒敘這個字，連結的幾十年光陰。

故事將近結束，葡萄牙人偃旗告退的前夜，暮色裡，枋阿密坐在小書閣窗前。昨天和今日，縫在紗簾上晃亂了。沒來由地，他又想到「安」，想知道「安」字篆文的模樣。殿版《康熙字典》鎮在書架底層，一摞雜書屏擋住。記得十幾歲時添置，檢索不便，注解小字雙行密植，字小難認，查閱過一兩回，荒廢不用。這樣一擱二十餘年，也沒搬出來曝日頭。屏息輕放案頭，撣去灰塵，就着窗畔微光，信手一揭，只隨便把字書攤開，等霉味淡退。要找字，按規矩，該先揭前頭檢字表，墨海裡，尋出六劃的「安」，確定隸屬「宀」部，再循序翻過子丑兩集，到了「寅集上」，「宀」下芸芸黔首中，自有一「女」百年不易，倚在東南隅。

然而，標明「增訂篆字」這文淵閣藏本，一千七百多頁，四萬七千餘字，按地支編為十二集，各集分上中下卷。黑壓壓，也密匝匝的蠅頭之間，食指上下求索。這「宀」要索解，意為古代一種四面有牆，上有覆蓋，內有堂有室的深屋。《說文解字》：「宀，交覆深屋也。」但每一頁，不是千頭攢動，是兩千多頭攢動，一行一踟躕，哪個時辰「深屋」裡得見女子？道個安好，到底心茫然。那會兒，天色昏暗，沒打算費神去檢索；實在繁瑣章程，忘了八九，也就沒點燈，擇日再去探究；不承想隨手一揭，卻不偏不倚，揭到了印着「寅集上」「宀部」「二劃至五劃」的一頁，左側線框外幾組大字，是勉強能見着。當下心頭一顫，暗忖：恰巧是宀部，三劃的「安」，難不成就在附近？

凝神再看，靠內框右側，最逼近眼皮的暗處，「安」赫然就在。生怕他尋不着，是自己迎出來了。「安……案平聲。《說文》：靜也，從女在宀下。」無數寒暑，困守框中東南隅，「安」有感而應，省了他嫌煩卻步。右上角框頂，還擱着他要瞻仰的篆文（**見圖一**）。一個句子，一個詞，一個字的縈迴，對於他，是尋常不過；尤其眼前這「安」，更可謂纏綿至今。纏綿，可解作「糾結纏繞，無法擺脫」；這裡承接的，是張載《七哀詩》「丘隴日已遠，纏綿彌思深」遺意。不期而遇上「安」，他覺親近，多於突然。枝節紛繁，且從一九六一年說起。那年一月，枋阿密在廣華醫院出生。他爸是海員，行船，得在九龍上落船。母親去「大港」找丈夫，興許耽延久了，就地誕下他。滿三個月，襁褓裡的他，在德星輪停靠的十八號碼頭上岸，母親揹着，在新馬路轉悠。該是要買些衣物，再到媽閣廟前水濱，搭渡船回氹仔島。

那天，是四月二十一號，滿街上流傳新口岸有水機要飛天。後來查實，那是意大利製，比蘭奥公司的 Piaggio P-136L 型鴨婆機。坐三輪車，過了銅馬像，一路水光漠漠。那鴨婆鬆的一身紅白，早泊在埠頭，蠢蠢欲動。機體不大，載四個客人。據母親追述，當時，好容易擠近海邊石欄，人潮裡捧他出頭，讓他直面那喤喤響，鑲了幾把可怕大風扇的物事。大風扇，吹皺外港黃泥水，皺紋會一直蔓延，會散向遙遠的啟德機場。那樣的畫面，得靠想像還原。母親不知道，娃兒兩歲半之前，是沒記憶的。那兩年半，彷彿鎖進了一個地窖。人長大了，不會鑽回去，掏挖用過的奶嘴尿布，看過的浮光掠影。即使記不起，眾生諸相，卻藏在那裡，還偶然會夢見。夢，就是鑰匙，讓人重開地窖的暗門，點了燈進去，瞥看某一隅的某一幅牆畫。

最早的記憶，給壓在意識最底層，不是他的創見，佛洛伊德《夢的解析》有相似論調；如果記錯了，那才是他的發明。夢境，是「地窖歲月」的投影，以後重提「安」字，再詳細舉證；總之，那天檸黃海堤下，彈塗魚們躥騰，就等鴨婆機一對鐵翼，搧過來新的潮流。他讓母親扛着，一台攝影機似的，眼觀四面，納八方風景。這般擺弄，要說枉費心機，也不盡然。按佛洛伊德說法，還有他後來體會，黃浪裡 Piaggio 鮮明的紅與白，沒準在他腦海，多少留了些顏色；而且，地窖裡藏不深的，一朝對景兒，就沁出來，染紅漂白他的筆觸，替未來每一個回目，每一段悲歡，提早做了襯底。

八歲那年，初夏，杭思朗踩上月球前幾天，他爬到隔壁瓦頂，天窗窺望，手電筒聚照下，一閣樓浮塵，書案煤油燈旁，有一件雙翼螺旋槳載具，筷子造的，他還以為，是生平第一隻入腦的兩棲飛機。記憶欺騙了他。但話說回來，那天，如果沒去看鴨婆機首航；新馬路，卻有一幢酒店失火；煙燄裡，來了火燭車。那車，車頭碩大，血一樣紅，搭着的窄長梯子，幾可通天。救火員敲的鈴鐺，還替代了一海喤喤。情景換了，同一章同一張書案，一九六九年，空屋塵灰裡，會不會改泊一輛救火車？甚至，把黃裕的癡迷，在雲梯昂起前，順勢澆熄？景物入眼，記得住輪廓，已是一九六四年，水機停飛了，船渡能多載客，信德第一艘水翼船，就叫「路環」號。

西蒙．賀伯賴（Simon Holberton）《賭博業構建起來的帝國》載：「四月，何鴻燊通過汽艇『路環』號，幫助澳門政府，用機器和設備，跟日本人成功交換回一批大米、食糖和大豆，取得了他早期商業的成功。」這說的是一九四四年。相隔二十年，汽艇和水翼船，船家都取名「路環」。自己一直在路環這條船上？枋阿密覺得是這樣。那三十個月的記憶盲點，母親火藥堆裡謀生，在氹仔益隆炮竹廠鑿炮，孩子交曾祖母照顧。當年，賃居的官也街十八號老屋二樓，臨街窗扉特大，槁木框住了流光。沒窗格子，木框摸上去粗澀，蒼涼。他總憑靠着，探頭看燕子掠地，總是劃過斜對面廣元堂藥行門楣，滴溜溜傍路面滑翔，倏起，已從窗前過去；街上寂寥，就燕子往復；飛近了，伸手沒攖着；一轉眼春盡，燕雀也去了。

對那楹屋，這是唯一的記憶；記憶裡，沒嗅着隔兩三戶，晃記烤鹹切酥的香味；莫義記的理叔，該研製出用橙汁汽水泡大菜糕，但街犄角，擋隔了那一碗瑩潤。幾十年，燕子們織出的窗景，不改鮮明。人間諸相，過了三周歲，入眼，是存下來了，卻似乎讓什麼淘洗過，篩濾掉時序，抹走事情的來龍去脈；記得住，不時浮現的，全省略成一幅幅圖像，或者短暫的一組組畫面。「過去」的顯現形式，其他人，也像他一樣？也一貫的，見樹不見林？生怕是自身缺陷，他沒敢去深究；畢竟，那樹，總虛空裡懸着，前不著村，後不著店。好比生命的樂曲連綿，晝夜相續，他能擷取的，卻只有寥寥的樂句。然後，他懷揣着那一個樂句，一框他以為僅有的記憶，一組燕子綴成的音符，路環去了。

曾祖母怎樣鎮日操心，怎樣撂他窗台看街景，怎樣欹斜了老骨頭挨窗邊，差一點沒抓住讓曾外孫墮樓。百般照護，這娃兒，偏是愛鬧。「不哭，燕子要回來了，太婆着燕子回來了……」母親追述，或者說，臆想的情節，還有某天太婆背着啼哭的他，負手彎腰，滿屋裡轉悠，裝牛扮馬一下晝繞圈兒，顛頓得目眩了，力盡了，床板上擺好他，自己一旁倒下就咽了氣。母親渾身火藥味回來，上樓見孩子嚎得起勁，再看他太婆，一副掉下擂台的樣子，是累死的。回憶裡留存的另一幕，他九歲。聖方濟各小學，一屏竹牆迴護；校舍就一層，牖寬牆厚，像麻石砌的長方匣子，感覺上，積木一樣能拆下來；砌反了，上課得從鴨池那邊進屋。校園朝竹灣馬路一面，有座墳起的土墩，細草茸茸，記得豎了尊聖母像；土墩旁，種了幾簇簕杜鵑、七里香、軟枝黃蟬一類灌木。

一叢黃花，不高，他以為能跳越，卻撲地摔脫了左邊肘臼。接下來一個多月，每星期一兩趟，搭船去板樟堂那邊，看跌打換藥。幾年的課堂光景，就胳臂擱桌上，一動不動，忍痛上完要理課這一節，他沒忘記。情節，為什麼這樣貧乏？是海馬體沒發育好？是「地窖歲月」一過，直接開始少年癡呆？憶述的時候，校舍和相配設施，早就蕩然；樸拙，澹雅的情調，永遠消失了。夙昔卵石路旁的竹影，換上高牆和「路環監獄」楷體大黑字。為了不讓這教會學校掉入忘川，他不避瑣細，用筆墨描出舊觀。校園後側，是養鴨池，圍了鐵絲網，大雨過後，一方塘的黃水。他沒見過池裡有鴨子，或者校舍蓋起之前，池子就在，盈滿，水色翠綠。

他浮想不斷，好多年後，還寫了一部書，原樣複製的養鴨池，安置在幼兒園。某天，池子注滿兌水白醋，用來防腐，泡浸屍骸。屍骸肚皮上，都有藍墨水寫的編號。靛青透明雨篷，日頭下，染藍池中酸醋，死者浮在藍調裡。赤膊守鴨池的，篷下等人認了親，就伸長竿去勾搭。幹這撈屍活的，照樣敷一身澄藍，萬物蒙着哀傷。即使離開雨篷陰影，身上藍色不淡退，也洗不掉。小說裡，生人們去認領的，其實是往事，是喪失的時光。回憶的底色映襯下，養鴨池過去幾十步，是磚塊框出來一座沙池。池邊課室牆根下，有個水泥場子，圍了欄杆，是踩雪屐的地方；但雪屐，那年頭，稀罕。圍欄外操場平曠，黃土鋪到小山崗前。山崗鎮壓在那兒千萬年，推想修操場的時候，才把一面削平整了，看上去，就像鋸齒草的綠浪後，一溜貧民屋的鋪墊。

師生不滿百人的學校，也不是人人會來上課，校園總顯得開闊，也冷清。走近沙池邊界，枋阿密照例放緩腳步。沙池上有個鞦韆架，鞦韆本來成對，右邊的消失了，就左側一架縋着一枕枯木，彷彿有個古人，在橫杆搭了長繩上吊，骨肉化沙子了，臨去踢開的小板凳，五百年，沒覆下來磕地；死活不響一聲，不驚動後人，那墊腳，一直在時間裡懸着。新世代靈長類的喧噪，那年，還沒嚙食一嶼靜好。他一腳虛，一腳實的，要過去踹那縋着的橫木。盪得夠高，他知道，能見着竹屏後的山影。「小息鐘聲響過，怎麼還沒見人？」迷糊裡，嘎啦一聲，似乎踩了些枝椏，一條腿隨沙土陷落，撲了個滿嘴泥沙。

踉蹌抽身站穩了，啐了沙粒，指掉眼皮上塵土，鞦韆架後竹篁裡，卻竄出來三個年年讀二年級的，塊頭年紀都比他大，只瞪着眼指罵：「這是你踹的嗎？不長眼。」竟是怪責他誤闖，着了道兒。「刨了坑，還要規定誰可以掉坑裡？有這道理？」他憋屈，氣惱；但能用來反擊的惡話，卻短缺；脫口噴出，自覺最教人喪膽的詛咒，竟就一句：「你——黑棺材！」罵着，睨視左右，各奉上同款色兩副壽板。留級生沒讓嚇退，反而跳入沙池，學着他黑棺材！黑棺材的，一疊聲嘲謔，還繞着他鬧一句，食指憑空撩一回，畫符施法一般。「家裡都做喃嘸？連耍弄人，都像演練過。」他覺得難堪。好在那領頭的，也踩了個陷阱，仰面倒得難看，才肯消停。

後來，總算想起，頑童學舌，複述黑棺材咒語時，手勢一致，原來是他一邊開罵，一邊手上不停指點。原來眼前人，壓根沒有面目，沒留下形相；三張臉，讓一個字，該說一個字的三種寫法，屏擋住了；那光景，就像倉頡把字，造在他們仨脖子上，要人見了臨摹。身陷窘境，他就想着寫字：寫的，正是個「安」字；心神，全凝聚於筆劃走勢。有兩三年，每逢腦海一片空茫，他一條胳臂，總不閒着，食指不由自主，在桌上，磚上坡璃上畫，對着山色月影也畫。「安」字「宀」高「女」低，頭重腳輕，一頂大紗罩籠住一個少艾，怎麼裝嵌，怎麼擺佈，就是不稱意；不管人前人後，一旦走神兒，就是或行或草比劃着。

他沒察覺異常，直到這天遇留級生欺侮，怪行傳開，沒幾天，除了賈崇榮、楊細景幾個，同學見了他，沒有不念念有詞，手指亂繚，鼻頭前不住打圈的。最可惡是，臨急搬出來那黑棺材，竟還長出了輪子，嗚嗚響着，載回來一個諢名，一個烏雲一樣，堵住他去路的諢名：棺材仔。這三個字，轉眼喊開，壽木壓在頭頂，他更不愛上學了。一眾毛頭哪會知道，哪能想到，他罵人的時候，同時在寫字！那「安」字難寫，他不分場合練習，練忘形了，連帶讓一個象徵死亡的圖景，凝在半空。對那一池黃沙，回想，他不帶怨念，覺得是渾成一座教具。具體而微的一座沙漠，深淺難測，銜接千里外，地雷和尖樁的惡土；凶險，教人步步為營，心生警惕。

這沙池，他和崇榮刨過，不像壞心眼的，會埋進去牛糞一類穢物，只擱上交錯枝條，鋪了破蓆，再撒些泥沙遮掩了事。但這袖珍沙漠，有一個「空洞」窩藏，再去看，就有那麼一點不同，有一團黑濕醞釀着；如果一直沒塌陷，等師生們消失了，這「空洞」沒準一直擴大，沒有形迹，卻擠壓着一切。到時候，廣利號上角碼頭靠岸，會讓摸不着的一層薄膜推開；即使漲潮，渡輪還是排斥在外。裹在膜裡的售票亭，會一直封存。水手們會扔開制服，在最後一班船上，跟昔日的剪票員，還有鎮上響噹噹的人物，在模糊的記憶裡重逢。齠年的枋阿密，當然沒意識到，沙池裡種的「空洞」，本質上，和「遺忘」沒什麼不同。那一阱濕黑，最終擴展開來，散發着藥草的氣味，籠蓋有過的靜美時光。

枋阿密出生不久，父母親鬧彆扭，行船的爸越行越遠；到了路環，他隨了母親姓鄺；同儕怎稱呼他，早忘得乾淨，就記住「棺材仔」這諢名。他聽過一個故事，有位老和尚怕死，怕得生不如死。實在沒法子了，竟想到禪房裡掛一個墨瀋飽潤，斗大的「死」字。晝夜坐臥，張眼就盯着，直盯得麻木了，那「死」似乎也怯了，龜縮了；望過去，壁上黑楷，不過臭屁蟲大小，慢慢的，不那麼恐怖了。為了擺脫嚇人的念頭，直視，甚至反撲，把來犯的搗糊搥扁，看來管用。但學那和尚，一幅大楷「黑棺材」屋裡高懸，外公外婆見了大駭，怕饒不得他。若干年後，才想到，不如另取個名號，求其詞意相近，一聽，就知道凶多吉少。終於，他搜出一個「枋」，古書上說的一種樹。《說文》謂：「可作車，從木，方聲。」枋，木而方柱形；枋子，也指棺材。

「意為棺材，卻一點不棺材，這詞兒好。」他暗暗喝彩，添足續上「阿密」，敲定以後為文，署名「枋阿密」。枋子蓋得密，惡鬼化水了，也休想滲出來；這樣自損三千，對一場「校園欺凌」，算曲折地抵抗。為什麼是「黑棺材」？為什麼寫的，是「安」？追本溯源，得從五歲那年，他一個噩夢說起。夢中，煙氣迷漫，就一框方窗進光，照得半楹屋發藍。藍煙裡，一座棺材，黑魆魆窗下泊着，圓鈍沉滯，儼然一錠墨，一錠龐然的大墨。

對面陰影裡，幾個人跪着，白麻黑綬，縞素蓋了頭，不見顏色。他嗅得出墨汁腐朽的味道。煙氣泡浸久了，人物開始泛青。大概給鎮在黑棺材前沿，角度偏低，他一雙眼，像嵌在老樓板上，仰視着最初始，也最厚重的陰森。

這黑暗容器，負載，或者封嚴了什麼？畫面沒交代。載具，本身就瘮人。簟上大驚醒來，炎夏午後，渾身的冷汗。夢中場景，那一幢老宅，不似眼前所見。水鴨街這戶，東南三隻方窗，朝西向洗澡間開一扇門，長晝敞亮，遠沒夢境的陰翳。往後年月，他沒對人透露過這一幕，多說，怕心頭的恐怖，要多添幾分。甚至好多年後，在鏡湖馬路一帶路過長生店，他都不敢抬眼內望；有一家，門前壽材高疊，遠見，更是慌惶繞道。以為時間的苔綠，可以把泊了黑盒的噩夢，或者載住噩夢的黑盒，緊密封存。直到一九六九年某一天，惱怒之下，這「黑棺材」脫口，乘隙重現人世；不僅沙池上崛起，還要像一架失控靈柩車，旱天裡，嗚嗚嗚晃着雨刷子，橫衝直撞。

記憶和夢，有一點明顯不同：記憶，是眼見了，六根感知了，記住了的東西。好比顱骨鑲了一個鏡頭，境隨人轉，入鏡是沿途風物，卻拍不到你這個人夕照下的剪影。夢，當然也有主觀的視角；但記憶，只能有單一的觀點。譬如，他榕樹的樹冠上滑翔，垂眼望去，連綿的蓊鬱，如果只看到一雙腳，還縋着降落傘的繩子，沒準那是記憶；要是某天，他飛在自己上方，望其項背，赫見刺有「精忠報國」大字，那就只能是做夢了。

鍾士（Ernest Jones）《佛洛伊德的一生》有篇〈關於夢的解析〉，載了佛說的話：「依我看來，就生物學的觀點，夢完全是從史前時代（一至三歲）的廢墟中出發。這個地方，也正是下意識的發源地，亦即是精神神經病病原的唯一出處。而這一時期往往是正常人毫無記憶的部分……」間接讀到，讀了心中瞭然。原來他長期恐懼的，壓根不是無意識的夢；是睡迷糊了，一幕真實的過去，囫圇地重播。

《夢的解析》書裡，佛洛依德認為，失去的記憶，多數是痛苦的，被壓抑的，隱藏在潛意識裡；而夢的內涵，既是這些遺失記憶的復現，也滿足了受壓抑，現實裡難實現的願望。對於夢，佛氏有諸多剖析，但「通常會和被壓抑的童年記憶……有關」一項，枋阿密腦海浮的一座靈柩，分明是確鑿的佐證。「史前時代廢墟」，就是他曾經潛入的記憶地窖。到這會他才醒悟，曾祖母的喪事場面，就藏在窖裡：某天，忽然包裝成一個夢，捧出來，壓在枕邊。太婆約莫一九六一年末，他滿一周歲前下世。場景，讓一個極低的角度觀察，而且記錄，是襁褓期間，他讓人擺在樓板上了。停靈的官也街老屋，棺木後那大方窗，兩年後，正是他看燕子迴飛的所在。

在那之前，萬化在潛意識的地窖蘊藏；黑棺材，只是偶然橫生到記憶表層的一枝木笛，粗如樹幹，還奏着悲聲。看來是水落石出了，但那場葬禮重播之後，一個「安」字，卻控制了他右手食指，箇中有什麼牽連？有什麼喻示？難不成曾祖母沒變成一隻鬼，變成一個字？或者變鬼了，那隻鬼跟「安」字一個長相？要作祟，就不能變隻筆劃順一點，書寫便捷的？譬如變隻「鴨」，裝起來就順當。「太婆不投胎了，化隻『鴨』，陪曾孫兒玩兒。」聽着，豈不暖心？雖然，那天校園裡遇仨頑童，廝鬧之際，寫「安」寫「鴨」，淪為「棺材仔」，那是定局；但太婆魂歸十六劃的「鴨」，到底比較具體。好在「安」從來是陪伴，多於作弄。那天「夢」中醒來，水鴨街老屋床頭板壁上，還供着曾祖父母肖像，兩個烏木框相併，高得幾頂着椽子。

那是福伯的爹媽，照例的不苟言笑。黑白照偏旁有字，寫的籍貫姓名，男叫鄺蘭澤。蘭澤多芳草，他記得。右側一框該也有個款識，那是太婆名字。但姓甚名誰？他偏想不起來。那兩幀照片，不知寅時卯時給移走了；某天抬頭，板壁上，空留兩帖綠影。曾祖母的萬兒，會不會就嵌了個「安」？是真正的人死留名？虛的實的，光陰裡懸宕着，總沒分明的眉目。沙池上吃了一塹，他警惕了，壓抑着不去寫「安」；過不久，卻去繚一筆連成的草書「好」字。好，是「女」和「子」相合，纏結着他的青春期；為免多生枝節，這裡不贅。倏忽二十餘年過去，某日，爛鬼樓一家舊書店裡，信手翻看印譜，一個甲骨文「安」字入眼（**見圖二**），屋椽下，一女跪地，身前右下兩三筆，學究推敲，是「止」，指腳，腳入室內，則安；但逕看那圖像，分明是襁褓嬰兒；擺個嬰兒，在情在理。他心頭一震，要描繪太婆的喪禮，沒有比這帖甲骨文，更簡煉的筆墨了。

偌大黑棺材，怎麼會在那幢屋的二樓？樓梯狹窄，難道吊到半空，從窗戶移入？他一直抱着謎團，臨摹那幕記憶。「安」寫得不稱意，興許，沒勾勒出字的前身，沒連結上三千年前舊貌；興許，字造出來，謄錄了，靈性就依附，都有魂；人們去親炙，懷揣敬畏，自會相契合，生出感應。然後，過了幾年，回到開頭說的，小書閣的黃昏，他攤開《康熙字典》，看到迎出來篆文的「安」。夙緣難解，這個字，最終這樣相見，他沒感到愕然。那些比蠅頭小的字，真像八歲那年，他屋頂放眼看的繁星。字典隨便一頁拍下來，製成負片，密麻麻的注解，不就一叢叢反白的星子？都顫動着，活躍得要跳下來叮人；而「安」，而「宓」，而「宕」，另外好多失掉含義的字，散佈夜幕，儼如星雲。一個人，自反而縮，縮成一顆原子核，「寅集上」這一塊，就銀河一樣浩瀚。天老了，隨人長大了，無復童年的清澈；但垂首，字書某頁右上角的暗夜，這一章起始的篆文，耀眼如故；就「宀」下女子膝旁，那襁褓（**見圖三**）不見了。

第三十四面：洗澡

那天深夜，安玉隨他綠皮雪廠外盤桓，憑吊完瓦礫下一隻三腳雞，毫不意外地，沒遇上能回九澳營舍的車。「都怪我，四輪的不會開；鳳凰牌就在，過了聖方濟各，沒載人也爬不上坡。」他心虛，絮絮說往事；過客商街天和故址，說天筋等人酒廠裡捉耗子，拔鬚為撩蛐蛐兒；到望見水鴨街家門，還岔開去，講當年大夥抬了鐵丸，蠡測鄰居水井的深淺。「故事，編個沒完，骨節眼上打住。這是覷準我要聽你分解，一夜一夜，心軟留你活命？」她歎了口氣，仰臉看他：「實在，一夜一夜的，身邊有個人扯蛋，也解悶兒。」她知道《一千零一夜》梗概，怕他把悲歡聚散說破了，說壞了，看不到下一輪日出，寧願偎着他，像墓園的芒草一樣，一起白頭。

其實，她也從沒排拒他。她進過不同的屋，遇過不同的人，他是最讓她安心的；本來就想與了他，遂了他意。炎夏早過，但夜路迂迴，汗還是沾身。到屋裡要洗澡，樓上半露天這「浴室」，昊天為篷，四面方牆下，三個水缸，泊一把長柄木杓子。安玉是一見如故，沉浸在越南老家的水光月影。枋阿密見她愣着，有點犯迷糊，忙解畫說，水壓積弱，龍頭出水慢，無事三缸水滿貯着；用第二缸，第一缸得開始接。「總好過去挑水。」二十年前，他外婆住這邊屋，身子骨還成，天天挑幾桶水提上樓。一個黑瓦缸，忘了哪時起，就住了一條黑摩利魚，小指頭大，等長到拇指粗幼；當然，那是一隻黑拇指；然後，某天沒見着，沒想起，魚就消隱了。

黑摩利，也叫黑瑪麗，祖先在墨西哥的江湖游過泳，論淵源，還是比他姨父墨西哥，墨西哥多了。黑瑪麗不勞他餵飼，瓦缸長青苔，魚吃青苔；缸壁長綠，井水常清，也不煩人更替。隆冬，偶然揭起蓋板看視，魚虛懸在澄明裡，那黑，不增不減。「是哪會兒溜掉的？」她垂了眼，看挨牆身那半滿瓦缸，怕是哪天舀水，把魚舀走了。記憶裡一隻黑拇指，連指紋沒留下；所謂的念想，也是這樣嗎？對她，會一樣的善忘？細想，不覺悵然。沒坐上青花瓷墩，已見他提了隻大銅壺身邊候着。「我給你燒水。」他說。這份殷勤感動她。她幹活，侍候人，是胎裡帶來的想法；這個男人，卻近乎卑屈地，要拿開水燙她，要她變熱乎；她一顆心，霎時溫軟了。

即使一樣心懷不軌，一樣要摧殘她，一樣要把她撲倒騎死；但發作之前，伸出魔爪，鼓動長倒刺的舌頭之前，一直憋着，遮掩着，規矩得笨拙。安玉心裡暗笑，幾乎要憐憫他了。「一起洗。」她小聲說，習慣了冷水浴，以為他一樣耐寒。沒預見她的開豁，他怔愣一下回應：「我替你洗。」說着，摺開銅壺，毛手毛腳的，卸了她單衣薄裳。陰香樹枝葉，沒盛夏的扶疏，月光尋隙淹進來，玉體瑩然，像罩了一層保鮮膜。他就要窒息，彷彿那月光，擇要地，封了他咽喉。這邊安玉一個翹臀甫坐下，卻「唷」了聲，攏着腿呼哧喘息：「凍壞了。」「我就說要燒水。」他又去找那銅壺。「不礙事，就『mông』壞了。」情急，她話裡總攙些越南詞兒。「『夢』壞了，還說不礙事？」他惶恐不已。卻原來「mông」，是屁股。「屁股壞了，更是不好。」他確定。

「沒坐過這麼冰的凳子。」瓷墩她孵暖了，笑問他：「沒替女人洗過澡？」「沒有。不過……」待要編些情節，好填補空白，卻聽她說：「水缸我搆不着，你舀了潑上來。」扭頭慵倦地一笑：「澆花還知道吧。」往她肩頭上，他聽話斟了兩瓢水。安玉暗笑：「這是奠酒來了？」倒有心情調戲他，腰板一挺，反手傳他海棉團，吩咐：「替我刷刷背。」他蘸了肥皂，肩膀抹一回，膽氣壯了，忽然急轉直下，循背溝到了腰眼。眼花蹲不穩，終究跪倒了，抱住她，吃命門聚的皂沫。按這命門穴，位處臍後腰背正中。古籍有載：「脊骨內，高溫高壓陰性水液，循這穴，外輸體表督脈，維繫氣血暢行，為人類生命之本。」安玉不知就裡，但她的魂，她的生命之本，讓一個男人吸住，要啜出來吃掉似的，暗覺不妥；趁清醒，找話發問，好調開他嘴巴：「黑瑪麗走了，你沒去尋她？不想她？」

再癡迷，他還知道，這是借物抒懷，連說朝思，不忘暮想，想得斷腸。「如果魚還在，一準鑽進你身子，替我陪你。」他一嘴泡沫，話就滑溜。看來，是要變一條黑魚作踐她，攪擾她肚腸。這澡，洗了不知幾回寒暑；浴後，她頭髮濕涅涅搭着，不好就寢，要喝點什麼提神。窗邊舊木桌上，有個爐子，光酥餅似的一塊陶泥板，壕溝盤結，溝裡彈簧線連綿。乍一看，以為是迷宮一類玩意，有個百轉千迴佈局。「我外公的電爐，當個擺設留着，燒壺水沖咖啡還成。」他拉開抽屜，取出一袋捷成咖啡粉，看那包裝日期，已擺了幾年。「怕不能喝了。」說着，珍重地原封歸位。「沒事。過一百年都能喝。」安玉想起問他：「不會也是一件擺設吧？」推測他性喜睹物思人，萬物依附着縷縷的念想。「外婆以前愛喝。」這謊他撒得急，一袋咖啡，能稱陳年了。

安玉沒瞧出破綻，電爐秋夜裡紅着，暖氣熏人，竟都有些醉意。

等銅壺墩上去，她說：「月色好，睡了可惜。」笑着補了句：也怕睡着了，不知道要讓他怎麼凌虐。水開了，幾勺子黑末，調出一盞濃湯，她也不放糖，自顧呷了兩口。「真不喝？」她問。他搖搖頭，有些觸動，怎麼都喝一樣的黑咖啡？前一位喝完，頭不回葡萄牙去了；賞味期過了，捨不得甩開：這夜，算澤及一個後起之秀。正百般滋味，不想安玉勾着他脖子，一仰臉封了他嘴。沒反應過來，一股熱流滑入喉頭，卻原來給餵了一口齋啡；他有點迷惘，只摟緊她，要吃她唇舌解苦。嬉鬧間，清白月影，葉障下滲了進來，門坎兒像濕了一角，等漫到腳邊，她不自覺的退了半步。咖啡淡下來，枋阿密告訴她，這樹影有個來歷，以前，對面黃榕叔那老婆，叫綺貞；聽起來，就是椅精，是隨大理髮椅漂洋來的妖怪。一九四五年，周圍打日本鬼子，美國人的飛機，卻飛過來把她炸死了。椅精會做雞矢藤餅，賣得街知巷聞，苦日子，飄着甜香。

椅精死了，做餅的陰香木模具，埋到隔壁樓下灶邊，那木頭竟抽芽長葉，空屋天井裡一直茁長。他小時候，樹冠從屋頂出來，枝葉如篷；到這夜，遮沒大片的星空。他外婆認定這樹，早晚要把屋壓塌，還會長出些有吸盤的果實，以後晾衣服，連紐扣褲帶，也會讓吸走。阿茲海默，那會子，就悄悄擺佈她，人越發的偏執，忽然嚷着要遷走。好在隔着「樹屋」，另一壁長年空置，地面一層敞闊，省了她爬樓梯吃力；住下了，他挪幾步去照看也便宜。這單邊一幢，他賃居至今，是貪圖多了兩扇南窗，撲窗三棵假菩提，接上檐頭一樹陰香，真的蔥蘢如蓋。這夜，葉子落到瓷墩上，落到水缸裡，有三兩片，細細薄薄的，揩到身上沁寒，卻到底沒垂下老人家說的異果，幫着這男人吸她脂血。天亮之前，那重敷在身上的月色，安玉總覺得，會一直黏住她，黏得死死的；但她心裡高興，樂意耽溺在那一晌的辰光清永，細水長流。

然後，卻說到幾個頑童，在酒廠磚瓦上，塗了凝膠逮耗子。「多像塗在檐頭，抹不走的月光。」他說。興許亡靈們，也會在這片皎潔裡踟躕，脫不了身。「其實，逮耗子，就為的一撮鼠鬚。」他告訴她，讓這鬚撩過，特別能鬥。「蟋蟀自己不就長了長鬚？」她問。「對啊。但把對方撩惱了，豈不平白捱揍？」「那撩自己好了。」她語氣鄭重：「以後，我留你幾條頭髮，你撩什麼都順遂，就想起我的好。」「頭髮不成。」他說。安玉瞧他目光下流，臊得耳根發熱，訕訕笑着，慢慢有點不支，退到床沿坐了。她身上浴巾塌下來，天就濛濛亮。不知怎地，成了廢墟的綠皮雪廠，那時，記憶的雪道上，竟有些冰磚迴翔。他和安玉，就躺在圍網外，看朝暾下的晶凝，短暫，卻也持久；有一塊，彷彿把一夜清輝嵌在裡頭，一直沒再溶解。

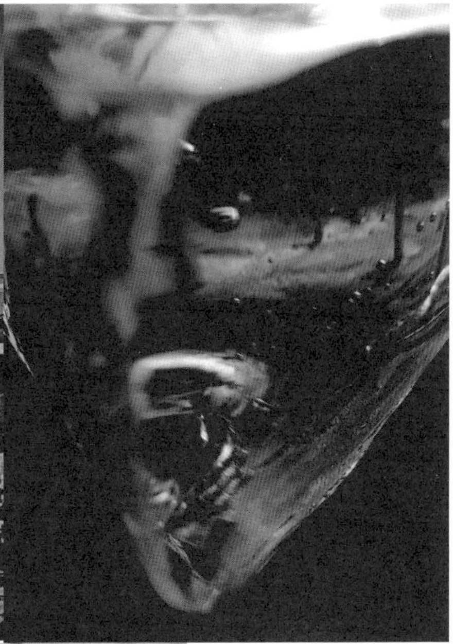

我要去法國

第三十五面：〈驪歌：生者與死者的團聚〉

畢竟，在相續的訣別裡，這是一場訣別的預演；是對卒逝的當下，提早的憑弔；是向寂滅借來的，一趟團聚；是眼淚長河上，掬起的一瞬清歡……惜別會選址，枋阿密覺得，只能是「記憶」裡一塊濕土。濕土上，有一座聖方濟各小學。他對安玉說，學校，七十年代中關閉；竹牆，頹然換成了鐵壁。「路環監獄」橫匾，大字肥潤；門內桃李，一律給墜下的濃墨漬死；上下課鐘聲，讀書聲，黑板與白字，紛紛掉入遺忘。「澳門街，搜羅圖文，保存材料的，素來熱心，怎會由得二十年的春風化雨，給屏蔽得這麼嚴密？抹殺得這樣徹底？」不尋常，不正常得教人髮指。

後來，還是楊大韶打聽到，他們的陳仿賢校長，聖母村做看護，上得山多，自己染恙，去香港醫治了。教會馬虎，隨便派個神父接掌校務。這廝進了課堂，對九成空椅子講要理，十分無趣，「學生，還沒鳥多。」塾子沒坐暖，毀校念頭遽生。衰草斜陽，那天進得校門，迎過來，已是養鴨池裡，橡皮艇般，一對麻風桿菌。「好大兩條菌！」生恐大菌，扯他入醬黑漩渦，抱了頭，直竄到校舍廊下。聖誕，門內一隅佈了馬槽，藤籃子不擺賽璐珞聖嬰，卻換了一隻菌躺着。這菌有些虛胖，雖沒見啼哭，就怕忽長出手腳，要人抱抱。

再看旁邊跪的聖徒，一個個光溜溜脹起。「怎麼全變桿菌了？」說是桿，卻圓墩墩，繃着藍皮，隨時要炸開來，濺他一身酸水。「我要進天堂，不是醫院。」他不要像陳仿賢校長，他不想學胡子義神父；他的專長，是震慄，是叼着袍角，滿園子竄逃。「好磣人一座痲瘋窩。」他襠間濕冷，掩面逕奔教務室，找來口罩捂着，才敢喘息。但門掩了，桿菌縮小，縫隙裡進來，禍生眉睫，還不是個死？「你有教無類，我有殺無赦。」一邊怨人撂下頑疾，一邊把粉筆粉刷，黑板白板，挪到操場曝日。菌沒曬死，人先曬焦，心裡倍感悻悻。

「除菌不除根，睡覺睡不穩。」於是，他奮起騰清大小書櫥，翻箱倒櫳，搜抽屜，把書簿教材、學校文件、歷屆師生資料、課餘活動紀錄、節慶聚會圖文、畢業集體照、冬夏季旅行寫真，連等蓋紅豬，鈐藍兔的手冊，堆壘起來，澆上酒精，黃昏裡，點出鼎盛一場篝火。焦煙散去，嗆鼻的消毒水氣味裡，他戴着白手套，黑布蒙臉，坐在圍抱着一棵冷杉的圓墩上；那樹給熏黑了，像一團早熄滅了，只烙印在老照片上的火。他就墩在那裡，讓出無菌的聖方濟各，等一個新時代，等新時代的壞蛋，從澳門街的牢房遷來。

教會算棵大樹，樹大有枯枝；伸過來的這一條，學長們沒問出名字，也不知履歷，長相；但其作為，他懼怕枝頭長出疙瘩，對人情，對風物的戕害，具體地，詮釋了時間漂洗以外，人為製造的遺忘。莘莘學子，年年的和風細雨；起碼，風雨的憑證，在沒指紋的這魔掌下，化成了灰。「唯有在記憶的灰堆裡，種入情節。」他試着解釋：枯枝神父，算不上個人物，卻是貼題的一橛象徵物；他燒燬一切，讓歲月的餘溫散佚；然後，在冷杉的黑毯下，陪着黯滅。

「我這傢什，沒準把『過去』的蛛絲照出來。」他手持竹管，竹頭嵌了車燈，照上路邊大發達，旋即熄滅。「長亮燙手。就照重點，骨節眼上晃一晃。」這手電筒，某年三伯園逮蛐蛐兒，天筋偷他鳳凰牌車燈粗製。當時炸壞了，窩藏一筒黑暗，不想這夜復明。燈滅，馬路旁矮坡，聖心園裡一幢麻石屋，卻亮起一格子暈黃。「領藥品的窗口。」小時，他下課都裝咳嗽，去索咳糖。「甜得夠戧。」這說的，彷彿是一段時光。「來咳三兩聲，領一粒『小月亮』。」值日看護，戴上知更鳥頭套，探出圓顱喊話。糖色，如舊檸黃，圓扁扁一顆，銅錢大，白紗囊載着。趨近一框暖黃，乾咳幾聲，連安玉那份領了。

漆黑裡，真像各拈住輕雲裡一盞淡月。「算惜別會的入場證。」路暗，他挽了她手，要提步，不早不晚，三腳雞阿懋的頭燈，身後亮起。「他九澳載我過來。」安玉指的「他」，是另一隻雞，是沙雞；颱風天，沙雞雨中修電線，原來沒觸電，線頭打個蝴蝶結，就爬下電線杆，抖落毛髮水滴，兀自隨福伯幹活；活到這會，還義務載客，發光發熱。翠竹屏障，照出一個豁口，循光影進園，眼前冷杉的墨燄，像縮進水磨石燈座，石墩迴護的，換成四呎見方一塊巨冰，鎮在那裡，融得沒了棱角。

「雪廠重開，提早載來的。再大，車斗容不下。」安玉說：運過冰塊的三腳雞，又濕又冷，自己像藏在電冰箱給送過來。為了最後一夜陪他，她就咽了氣，也鰨沙魚一樣，保持新鮮。這話晦氣，讓他哭笑不得。進了校園，空闊地，十幾個光點顫動。「夏季過了，怎麼來一幫螢火蟲？」她問。適應了黑暗，見前頭椅子，四五十張，擺了個方陣，隱約坐了人。推想也裝咳領了「小月亮」，早他倆進場，扭身回望，紗囊搖曳，螢火都憑空繚繞。驀地，嘎沙嘎沙響，椅陣前一屏灰影，看着眼熟，高踞恩尼斯前地的西門子，竟挪到這兒來了。

「……我要去法國。」屏幕黑白纏混，突然，透出這一句，畫面中斷。滯留的這撥越南人，見周潤發尋死覓活，硬是要去法國，雖然費解，心裡倒也踏實，暗忖：「沒準比美國，還要好。」「篤定要去，沒留的餘地了。」安玉哽咽。「你一去，我肯定也黑白無色，一邊噴血，一邊嚷着要去法國。」戲文感染人，一九八〇年，他看過劇集，這是一九九〇年八月錄的重播。錄影機是出現了，但電源依舊短絀，一公里外，三益受到感應，電燈局裡，開了第二台機；而這夜「播帶」的，不是別人，卻是戴罪的枯枝神父，知道電來了，連忙着手去調「增鑊器」。

以前電力弱，攀不上220V；「V」就是Volt，聽着像鑊。電烤爐、電冰箱、電視等玩意，「跌鑊」用不了，得拉桿提鑊，100鑊，120鑊，180鑊……鑊鑊艱辛，到220鑊，執中持平，以為能安枕，發電機卻 路轟鳴，一發難止，250……300鑊，節節上爬，看不牢，鑊數下調慢了，電器短路，就炸壞燒燬。「我要去法國。」這對白，連結局變黑，是枯枝搶過去，沒及時把330鑊遏下，電視承受不了，戲也倏地沒了。「先去賭一把，《上海灘》回頭播！」增鑊器底下傳出聲音。「學校開賭？」擎電筒照向西門子一側，余天筋早在，傍着一叢黃蟬，四張凳子擱一扇大門板，要說是個賭局，更像擺了攤賣白果；但白果，就八枚，一字排開，有些零落。天筋以前說過，他用白果的殼，細磨出六個小孔，掏乾淨果肉，前面一孔，揳入或紅或黑火柴頭，分出倆陣營，就去逮蒼蠅。「捉烏蠅幹嗎？」他問。「賽車沒車手，得一堆跑車，比個鳥？」原來去逮蒼蠅，等如募集賽車手，找出駕白果，無懼風阻，能駕出秒速半厘米的。當然，以體壯腿長為宜，去翼後，逐一細心塞入白果後洞。賽車手進到殼裡，四隻腳一撐，伸出兩側小孔，就開始盲衝。天筋和大韶幾個毛頭，據說，是賽過一場白果。但過程繁瑣，不似真會舉行。不想這會復辦，為防夜暗難認，白果嵌的，全是紅火柴頭。門板上一根紅繩橫着，算起跑線，白果殼都編了號，從「1」到「8」，紅墨濡潤，一枚枚原地打轉。

「買定離手！」天筋喊話。等人選定號碼，就撤去繩障，看哪一隻盲頭烏蠅，先走完七呎門板，那遍地木刺的平川。「住『1』號屋，押『1』號果，輸不了。」枋阿密說。「1」號白果，靠賽道最左側，容易墮崖；但蠅足舒展，洞眼外上下求索，是奪魁的料。「放膽押，一賠二十。」天筋攛掇他。以為賭的現鈔，枋阿密掏出兩百塊，打算連安玉那份押了：「賠死你。」「這兒不賭錢，賭光陰。」天筋解釋：臨場押的，是壽緣；押個一年，贏了，即增壽二十歲；輸了，折損三百六十天。「『增壽二十歲』，有這隨街跳的大蛤乸？」他半信半疑。「還有假的？」天筋保證：「不管誰的紅頭白果龜勝出，終點一過，七千三百日，半日不減，立馬增壽。」

「那我押個『8』。」安玉款款說：「有頭有尾。」其實，這「8」，遠處右側最外圍，天各一方。漆黑裡，黃點晃動，料是營友過來揀號碼，拉了男人走開，面前細草上，驀地，橫着一個黃銅「8」字。「這『8』，會纏人。」她說。「黃榕家的門牌。」枋阿密認出來。「怪不得像哪裡見過。」那天雲雨過後，閣樓小窗外望，這斗大銅鑄「8」字，斜暉下，像會烙人。但門號摘下來，躺倒了，卻不似門號了。他這才發現，壓根兒那是數學的符號「∞」；他書閣對面釘死的，從來是這個「∞」。「∞」是無窮，無限大，源自拉丁文「infinitas」，即「沒有邊界」；也有說，「∞」是銜住尾巴的一條蛇，沒頭沒尾，尋不着起點，望不到終站。

但光線聚照，銅製銜尾蛇，忽變了一副車軌；確切說，是嵌了兩條軌的車道。水鴨街老宅蓋樓梯的門板，盡頭牆櫃裡，就藏了這玩具，十幾段賽道拼接了，躺倒一個灰黑「8」字，紅白小車，轉瞬輪迴，無有始終。他一個人躲着玩，勝負不執着；可惱是設計粗蠢，能快不能慢，兩梭虛影，幾回過眼，電箱即灼熱如燒。紅的一輛，竄突了半天，拋錨不動；白車獨行無趣，仍舊瓦解了，深藏暗角。小毛病，福伯自能修理，但買車，他偷挪了外婆家用，作賊心虛，哪敢聲張？好多年過去，軌上白車猶在，幾步外，紅影閃動，卻是福伯坐杌子上，捏着螺絲起子在忙活。「天黑。能看見？」他問。「不用看。東西出毛病，自己會說。」福伯把修好的紅車還他。

車底新焊了塊鐵皮，能榫接路軌。兩車就位，去按操控器，不見動靜。他正犯糊塗，檢視紅車依循的凹槽，槽邊幽晦，竟是換鋪了柏油的竹灣馬路。這校園，這晚會，壓根在墨色的「∞」上頭明滅；人在其中，不自覺而已。原來他外公，是在「∞」裡，修理同款的「∞」車道。時間和腦筋，一樣鬆弛了，福伯記不起這軌道車由來，也沒去責備他。「沒通電。」福伯發現癥結。黑路外側，以前，確有電線連住個貯電匣子。「土炮也成。」福伯說。好在因果不空，幾個章節前，黃裕九洲洋沉海，那古董頭盔，焊了一盞燈，燈連接了電池；那電池箱子，潮起潮落，一直貼緊黃裕背心，任務未完，敘述未到終卷，按理說，還不敢漏電。

這麼想着，耳邊橐橐響，鉛鞋厚盔一個潛水人，竟爾到了面前。看那裝束，不似銅臉劇社租借的道具，潛水盔上，蠔殼，藤壺雜處，分明百年浸漚，這才給撈出滄海。「流濁，不辨晨昏。今朝浮頭，水色全換。多承兄台掌底生光，引什麼入勝，讓我知道塵緣所寄，鄉親故里，在這廢到離譜的廢園幽會。」綠藻，蒙了銅盔窗眼，難辨說話人嘴臉；但門面話，文白夾纏，饒有屍氣，更確定是件原裝貨，是黃榕叔失散的兒子無疑。「都以為你去當海盜，搞壞『澳門小姐』。你這鉛鞋，橐橐橐催人命。趕緊踢掉了，原路回家，找你爹說明白。他什麼不含，就含冤，含個幾十年，沒的鬱結。還有——」枋阿密說回重點：「生鏽電池箱留下。有用。」

這邊銅人解下鐵箱，交福伯處置；那邊冷杉遺址前，枯枝神父喊話，為記念這場告別，他着與會者，玉成一樁美事。圓墩上，早預備的一塊冰，是綠皮雪廠能做出的，最大一塊冰。「哪兒欠順，哪兒敲一下，湊合就一滿月。」枯枝說。冰塊圓融，稍事琢磨，就現成作品。雪水泡着冰錐，黃暈們，忽閃着攏來，卻沒見動手。

「就當一幫螢火蟲，陪咱倆弄月。」他對安玉說。回望，潛水黃裕又來了，肩上還托着東西。「我爸總嘮叨，說剃頭活，門前沒個旋轉燈筒，不像話。那邊養鴨池浮了一具，沒準有人當條魚放生，我撈了，回去扶上牆頭，好遂了他意。」卻咕嚕咕嚕的，有些顧慮：「燈筒，得紅白兩色，不常見，就怕沖撞了不好。」

「這是歐洲款式。」他解說：美國理髮店懸的，是多一截天藍，但不合這通篇情調。「而且，紅和白攪起來，門楣粉緋緋。你爸一見，以為要續絃，為你娶個後媽，要樂呵呵，誇你孝順的。」那燈筒一直滴水，濺上冰月，一點點玫紅，枋阿密只拿話支開他。「聽說陳念會來，我和她說句話再去。」黃裕死賴着。電流平穩了，《上海灘》結局復現。九澳營舍八月播劇集，沒看的，赴會能順便補看。西門子配了錄影機，隨機黑匣子，那卷磁帶像一綑鹹水草，緊湊地，把最後一集，把半句鐘的悲歡，纏勒得肥圓欲滴。陡地，砰砰砰一片響，不似電視櫃給扔進鞭炮，是周潤發中槍了。

百樂門喝完咖啡出來，法租界的江山，他嫌硬，不坐了，只想漂洋去找馮程程。「思念的盡頭，是子彈。」編劇擺弄下，許文強，也就是周潤發，身中幾十槍，渾身噴出黑色粉末，手舞足蹈，仰倒在血泊裡。好費勁死了大半，問撲上來的丁力：「阿力，你知不知道，我想去哪兒？」阿力茫然，潤發唯有自答：「我要去法國。」這壓卷一句「我要去法國」，是骨節眼；但骨節眼上，錄影磁帶，卡住了。愛和恨，往復拉扯，扯回砰砰砰，潤發噴黑霧那一刻，倒地說了「要去法國」，磁帶兀自倒回去，輪迴不息。約莫對着椅子方陣，說了十次「我要去法國」，難民，或者螢火蟲，就算無知無覺，也憋不住要去法國了。

「那馮程程去法國，沒搭飛機，搭船。還帶了部小說，說海上呆得夠長，好忘記過去。我們船民，船是坐怕了。小說要捎帶，在情在理，都該是你手筆；不過，就怕書厚實，長的磨人，心肝裡擠磨出老繭。」生離死別，焦點落在篇幅上，夠讓人沮喪。說着，黑暗裡一隻小手揪他衣角，問他：「有沒見到我哥？」「你哥誰啊？」他盯着來人。「賈崇榮，年年讀三年級。沒聽說？」看這小毛頭，有些眼熟，卻沒聽說崇榮有個兒子。「我是他弟，賈崇華。」崇華也沒認出，眼前大牛龜，是小同學。「你爸，你哥，敲鑼打鼓，在尋你呢。」他終於想起崇華失蹤前，就這模樣。

「撿一把錠子，摸黑過來，什麼都不對勁。」崇華說。學校旁過去有小賣店，賣汽水零食；再過去，是廢置的一座紡織工場。大夥課餘去戲耍，紡紗機床上撿錠子。錠子，是一根小鋼杆，頂有凹槽，瘦長如別針，牽帶錠翼迴轉。某天，崇華自個兒去撿，撿着撿着，一床紡針，暗中扣連成串；時間靜止了，漫山蟬鳴，密封在工場外，水泥大可樂裡。「一賽車，我有個同學，就去找我爸買跑車照。前陣子——」崇華瞟一眼軌道上，交織的紅影白影，接着說：「他嚷着要去板樟堂，買一套『8』字車。你賣他這二手貨，他負擔得了，就犯不着偷家裡錢。」「他偷錢，你知道？」枋阿密心虛。

「誰不知道？」崇華反問。「再多說，妨礙你發育。」着他天亮前回照相館。「嘮嘮叨叨，這又誰啊？」他發現一層膜封住的枯枝，不似校長陳仿賢。「來結束學校的。」枋阿密告訴他，那廝受驚，罩自己在膜裡；保護膜，到底比菌壁厚，他吐納不暢，字詞出來，擠到鼻翼和嘴角，鼓成了疙瘩；話冗句長，整個兒，於是像裹在一段羊腸裡，頭額遍是浮凸，膨脹得猥瑣；而且，透着病態的藍光。「不知名字，你喊他『枯枝』就是。」枋阿密說。「哪像枯枝了？分明一條粉腸。」崇華嘀咕。

「痲風菌，確實沒這『粉腸』寒磣。」名正了，言順。他說：「去看有沒躲旮旯兒的。」兜着安玉纖腰，走出幾步，回望，崇華暗淡了，課室麻石牆根下，痲風桿菌，三三兩兩，卻蘑菇似地排着；幾百顆，佈了熒然一條虛線，貼着牖高垣厚的校舍，描出一框暗藍。「以後回想，總算有個輪廓。」安玉說。光線的邊界外，沒有聚散，沒有記憶；但即使羈留在永夜，她告訴他，她還是會記住他的壞，他的好。

逆時針繞了一圈，踅回到原地，石墩上那滿月，寒氣沁人。潛水銅人還在，身旁藍燄竄冒，竟是搭上了味上校，圍爐看打鐵鴻燒一堆襟章。「過百枚，都是我藏品。他味老兒牽了去，這會子，纏上鴻叔，卻不知要打出件什麼物事。」枋阿密說。「你那賽車軌醒目，按那造型，把爛鐵皮熔了，夠鑄一個大『8』。」打鐵鴻聞言回應；然後，朝黃裕勾勾頭：「他爸理髮店開張，送個門牌實際。」時光，不都走直線；鐵匠鑄造的，竟似過去的一段補遺；而紅紅熔爐上，鍍色像章，膠成了一股，沒一塊金面朝左，或者向右。「陳念會來彈琴，我憋了話，要和她說。」黃裕辯白自己的冤魂不散。

舉手電筒照去，冰月玲瓏，折射出一座琴，熏熟的黃楊木，佈着一排琴鍵。彷彿趁潮退，泥灘拉過來，四隻腳，還附着藤壺殼。陳念，或者說，戴了陳念銅面具的女人，已琴凳上安坐。黃裕鼓其餘勇，扛着紅白燈筒，橐橐橐挪過去，卻騰不出手，揭開頭盔窗洞表白。味士基打趨光搶在前頭，琴凳旁杌子一墩，即鬆開褲帶，往褲筒裡抽鋸子。情景可驚，黃裕稍一遲疑，上校把那鋸柄，膝頭上架穩了，西風般嗚嗚，拉落一地枯葉。陳念臉朝黃裕，食指點上銅唇，示意他安靜。「這不是我們的時光，節拍不對……」小聲說完，鍵琴上擺了拍子機，調到最慢板。

「這事，慢不得。」黃裕大急，話不挑明，他不瞑目：「你眼饞我媽，我知道，這沒妨礙……」水裡泡久了，人豁出去了，他要她知道，他喜歡她，惦記她；思念綿長，遠比排氣管強韌。銅盔搭着水藻，蒙着苔蘚，聲音從窗縫透出來，有些混濁，但心迹透露了，聲線不重要。「這一曲完了，我都依你。」陳念答應。味士基打架好琴弓，她輕歎一聲，開始彈她的首本曲子。《一條魚游過聖堂的窗口》，這夜，這魚是千噚海下的水滴魚，也叫哀傷魚。離開深淵，離開音符，就潰不成形。那條魚，和她一起，艱難地游着；一邊游，一邊融化，漸漸沒了魚的形狀；最後一個樂句奏完，所有音符，都化為水滴。

琴音琤琮。他告訴安玉，做過的夢裡有一個女人，她給綁在一樣的老鍵琴上，退潮時，滯留在水邊。女人蒼白，赤裸，但臉沒泡壞，一眼閉着，一眼圓睜，好奇地瞪着人看。叢聚的眾生，沒見過這樣眼神的屍體，彷彿眸子，是一顆攝錄鏡頭，脫離了母體，喪失電源，卻固執地，記錄着一切。人們議論着，但能拆解的，唯有一綑繩索；繩結解開，漆黑淡化了，倒不見什麼生人，或者死者，那隻圓睜獨眼，壓根兒，是靜水浮的一顆白月。「記住這變遷的，是月亮。」枋阿密說：人們沒法子塗抹，或者埋葬月亮。「月亮，會記住這個夜晚？」安玉感到惘然。

興許，心念，沒有間隔；沒有過去，沒有未來；他燈下描摹的，是一片遼闊的現在。「現在，看賽果去。」她說。賽場，陡然晃亮，平鋪的門板旁，粉腸神父，竟在燒錄影帶。一個玻璃大魚缸，火光熾盛。周潤發中彈，反複噴的黑霧，連一句句「我要去法國」，圓缸裡燒化，燒成一盞燈。盲頭烏蠅分駕的「白果龜」，寸步慢移，逼近終點。「『8』『8』！」「『1』號……」最先過紅線，是安玉押的「8」；側面看，就是「∞」；勝出的，是無限的時間。「我女人贏了。」他押的「1」在路上，安玉佔鰲頭，他更歡喜，領着她，靠近磁帶的迴光，等莊家落實送獎。

「如數付了。」天筋那頭顱，讓好大一個白果殼罩住，洞眼透出怪腔：「『龜頭』伸過終點，就派彩。」枋阿密聞言，回頭凝睇。轉瞬間，安玉憔悴了，臉上添了風霜；形容，清瘦得急了，美得有些秋意，有些蒼涼。

「增壽二十歲。沒誆你吧？」「哪有『增』在前頭的？」他抗議。「光陰，從來沒什麼前頭，後頭。」白果天筋提醒他。細想，是自己想當然了。歲月不居，二十年後再見，安玉，會不會就這模樣？現實裡，茫茫不可再遇；這夜，到尾聲了，卻預演了這一幕重逢，終究福緣不淺。

「人在外頭，回想，總覺得這島上，雨點是四方形的，有八隻角。那天，碼頭廊簷下避雨，我就說過，咱倆一起，雨下得光彩。卻哪裡知道，這琉璃五色，早扎進皮肉，心眼裡硌着，研磨着；就一場短雨，夠讓人長痛。」她的婉轉，撼動他。他看着她，淚眼迷糊，但心裡的安慰，蓋過悲哀。「能再見就好，再見就好。」

年復一年，他渴望親近她，再一次抱緊她，說他愛她；在這回憶的棄園，他一直等她。然後，琴韻盡了，石墩上，團圓一顆冰月，融成燈罩大小；湊近看，隱約有光，還映照出一隻蝴蝶，一隻豔粉蝶；蝶翅，黑白底子繡紅黃，開闔之間，展現出安玉的臉，生者與死者的臉；有一張，臉上蝕進了銅綠，瞧不出哭笑。

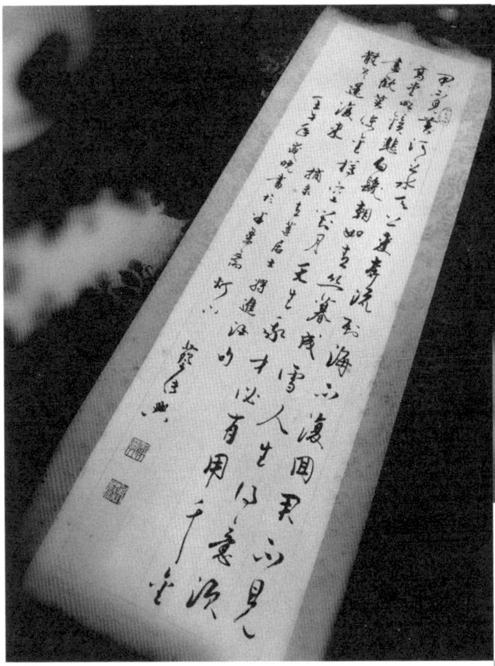

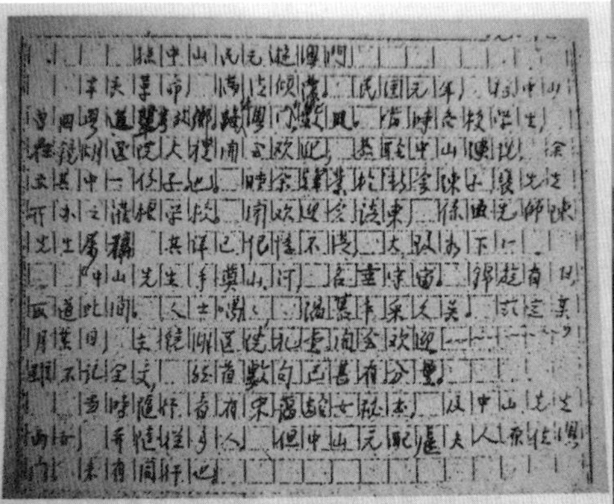
孙中山民元游澳门

冼玉清手稿《孙中山民元游澳门》

路環天主堂之前地

假日的

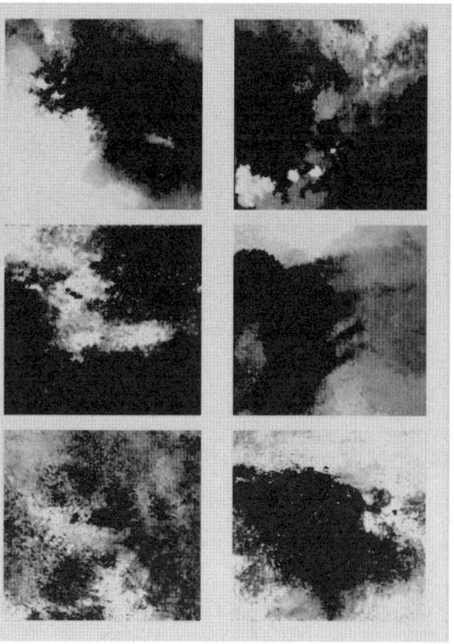

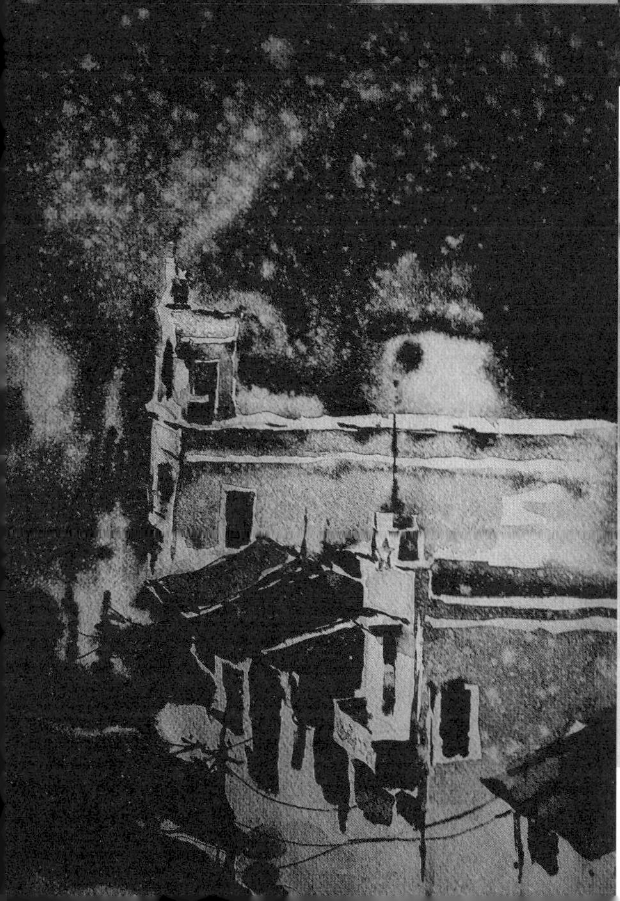

《月照》後記

原本想寫的《月照》故事，枝葉不繁，輕易能舞台上搬演，像《雪狼湖》，像《花渡》。《花渡》沒演成，是紅館租上了，白肺卻來了；那是二〇二〇年元月，紅白嬗遞，清濁丕變之始；有始，可惜未見有終。小說我寫得細，寫得迤邐，不急就。「寫個兩年，能成。」這就去找素材，訪舊。六七十年代路環，我有印象；五十年代那一脈垂暮的過去，多得信義會楊景開會長，我學兄楊韶開，老街坊林秀麗，余添根、甄桂芳等親故憶述，梳順了老日子的幢幢樹影；再湮遠那一段空茫，澳門街充棟的是掌故，是史籍。「偏生講『路環』的鮮見。」正犯愁，詩人席地家藏重十八斤，廣東人民出版社《澳門編年史》慨然相讓。大書一篋，細微處，不遺漏葡人「開島」那會兒，石面盆山撒種，種黑桉樹，種白桉樹；黑和白，共撒了三斤籽。那一九一〇年，馬奎斯做總督，播種之前，三炮艦碾壓九澳灘頭，葡兵追剿海盜光景，晝夜相逐，也恍如種黑白樹，如斑馬過隙。

《百年孤寂》的馬貢多，有個布恩蒂亞，他跟吉卜賽人買磁鐵、買放大鏡、買望遠鏡。那廝對科學，對未知的窺探，總讓我想起屠場前地，電燈局裡當頭兒的外公，他用破銅爛鐵，也炮製過一些成功，但沒用途的東西。有一回，閉門造車，鐵頭扔機房門前階上，黑魆魆一橛，我扶那石級，手腕竟讓鐵頭黏住。焦黑裡，原來內心紅熱。五十年後，左腕還烙着一幅地圖，靜脈旁是水鴨街，瘢痕的邊界，船鋪前地那綠皮雪廠，棚架上怦然吐露一磚冰。馬貢多的奧雷連諾上校，他面向行刑隊，憶起的，是某個下午，他爸帶他去看冰塊。「好看，還消暑。」我可以擔保；不然，我不會天天翹課去看。

遠景變蒼茫了，吉卜賽人卻惠下葡萄牙航海圖，一堆航海儀器。葡人七海縱橫的能耐，名聲在外，布恩蒂亞他們，倒是不知道，葡萄牙的祖國號、澳門號，還遠航到了過路灣，三聖灘頭遺下一摞鐵丸。澳督府電話機旁，話筒裡，遙聽大炮響的馬奎斯，恰恰還跟好多年後，哥倫比亞那寫書的，同一個中文名。「過路灣的枯榮，不如從一九〇〇說起。」相續百年，人物要貫串始終，宜高壽；就死了，不能死透。再一檢視，這邊土生味士基打，一隻紅毛鬼，原來比馬貢多的上校們，活得詭奇。為了綴合橫生枝節，為小說的虛實佈置，出點死力，從「舊城區亞婆井街一號水井裡，他自我膨脹，脹得像一隻大花豬似地浮了起來」，更伺機匿藏在澳門號，隨一顆炮彈，落向九澳。

若干年過去，楊輝叔在山野遊逛，替路遇的，或像龍爪，或似猿人的大石頭命名。他不會踩着味上校的腳迹，那都是些虛線，像用電影紀年的陳念，像馬納男兄弟仨，像黃裕和同樣頭罩潛水鐘的角色，他們在鎮上沒留下形影；鉛鞋在衢巷敲出來的橐橐，相續連綿的橐橐，其實，就是時間；虛線上那一脈脈虛情，為的照映出實事。譬如，現實裡，楊輝叔去做麵包，開咖啡室。「鄉里有困頓的，吃東西掏不出錢，買麵包要賒賬，楊輝叔還怕人家開口難堪，牆上掛一塊黑板，也不聞問，欠款自己寫上；有餘裕，肯還了，自去刷掉數目字樣。」舊時歲月，那一塊黑板，比眼下的觸屏，來得體貼。萬化萬緣，不離正反虛實。《月照》的虛實，在骨子以至句子裡，藏掖得深，沒《花渡》的外揚，「主調」和「變奏」更迭，明目張膽。《花渡》主場景，是路環和澳門半島；《雪狼湖》多寫氹仔，聚焦月亮臨照的鱟背灣。

《月照》行文虛實相雜，還相纏相繞；但死人，就活蹦亂跳，孜孜矻矻營生，做的事，勢難成真事；這些虛角兒，他們不變老，不長痤瘡，卻會變黑白，會渙散，就像膠卷裁下來一段負片，遇上光照，投影向塵寰。馬納男客商街開「忘記雜貨店」，店似有還無，賣的生米，煮不成熟飯；晦氣的誤吃，按理說，頂多屙一橛白蠟燭，伸長夜裡破暗。生與死，涇渭兩條河，就扭成一股，細看都是活結，老嫗能解。「一九七〇年秋，某天，在恩尼斯前地，陳念見到一個葡人，領着三個工匠搭一座木架……那時，路環早有人聽說過電視機……」這是虛角色陳述的實事。西門子，輝記門外西側矗起，彷彿憑空一個窗眼，世間的奇貨，異象，似乎會一框框，由許冠文，或者吉卜賽人，背負着爬出來；大概來處清寒，那灰屏，抖起都是雪花。

到底盡了心，楊家韶開等人，躥高伏低，崖上捕風捉影，讓榕蔭裡淺寐的路環鎮，嶄露第一眶灰瞳；這一玻璃屏的明暗聚合，從無到有，是破天荒的。就像這一百年，枝節上，劃過的飛艇和雙翼機，塊頭不大，形單影隻，歷史的亂流上，幾乎來去無迹，卻針線一樣，刺探，串連島嶼外的茫漠。《月照》裡的歷史，着眼的，是歷史的小處；着墨的，是細節。逝水三千，我只取一瓢清漪。一九一二年五月，孫文鏡湖醫院演說，陳子褒擬請柬云：「中山先生手奠山河，名垂宇宙，錦遊有日，取道此間。人士喁喁，渴慕丰采久矣。茲定某月……」冼玉清《孫中山民元遊澳門》記老師潑的這歷史濃墨，儼如寒夜街角，油條檔沸騰的千年油，濺起來燙嘴。

「一九一九年，澳門進口兩架柯蒂斯（Curtis）水翼飛機，時人稱鴨婆機，大炮打軍閥，要空軍，盧廉若又捐九千港幣，買了大的一隻送他。」孫文手奠完山河，轉頭再來，空軍就有了，第一隻大鴨婆三灶島飛出去，小說，卻把倥傯地，竄上藍穹的烽燧省略。轉眼二十六年，美國的復仇者飛過來落炸彈，炸瘸了我水鴨街對面「8」號屋的榕叔，長翅膀的凶器，才再由實入虛，接續上原來的脈絡。小時去剃頭，聽鄰人喊他跛榕，卻到五十年後，這傷患由來，才借題撥入二戰的戰損。除了榕叔，拜神婆、米篩、三益、沙雞等，都確有其人；但人與事，模糊漫漶，要塑出一個囫圇樣子，虛實，除了要相濟，還得提煉；提煉講火候，是門細活；過火焦了，親故們為藝術犧牲了常見，我酌情改一改名字，抵賴過去。

《澳門編年史》那頁「宇宙錦遊」手稿背面，有一幀老照片，盧園春草堂門首，橫排十個人，黑衣孫文居中，頭面人物，眉目沒一個分明；歷史，疊入鏤花雕續的窗影。等看到《歷史的跨越》圖集，一九一二年，這同一框黑白，臨時大總統右邊肩頭，竟多了一隻小手。那手纖纖，卻按得人死死；這一個細節，照片小一點，迷濛一點，就消隱不見，沒人會留意到搭手的女子，那樣出色出眾；她斜睨着大總統，她撳扁他；一百年，這甩不開的勾搭，對照鏡頭前九男子的凝重，還真出格得十分出彩。以為大總統臨時情動，移易之餘，又慕少艾了。讀蠅頭附註，才知道是他長女孫娫。十八歲，春草堂合照完，去美國讀書；沒讀幾天，腎壞了，回澳門病故；老爹是神醫，她活了十九年。

快門逮到的道貌，是虛的；小說，寧取真實的嫵媚，寧願拾掇歷史暗隅這一瓣心香，這無聲的花開花落。孫娫留的這一按，傳遞深情；即使舉世忽視，視而不見，那嬌嬈，那短暫，在錦心和繡口藻飾的長夜，總讓我想起隨波而來，逐流而去的安玉，想起某年某一場白霧蘊育的溫存。《雪狼湖》我寫得匆促，一九九六年春，張學友先生鎮日傳真機那頭候着，小說寫小半，傳過去小半，攤派了各自去譜曲去填詞，去分場，去造佈景道具去演練。寫了幾個月，人家都遷就通融；幾個月，幾萬字哪能寫不成？我手拙，就是慢；慢工不擔保出細貨，不慢工，壓根出不了貨。時節如流，想重頭去增潤，卻一直蹉跎。寫作，臨事要從容，看來得提早綢繆，囤糧般囤字。

《花渡》斷續寫了五年，成書十載，囤的字，中看還中用，沒風蝕蟲蛀；二〇一七年，吉日，做大製作的緬懷靜雪與胡狼故事，來要情節。「情節早備着。」我說。改編權一賣，兩不耽延；自覺慮得遠，料事周全。「差一點，路環人尾生，就當上音樂劇主角。」我告訴韶開。人瘟鬧不完，吉即是凶，到頭來沒戲。《月照》仍舊埋頭寫，兩年過去再兩年，四年集成三十五篇，每篇是一個「面」，是一段時光切片，影射出榮枯和盈缺。就做不到面面俱圓，全書力求首尾相應；以後，把人情事理，脈絡互有牽連的幾個「面」，拼接黏合，場面好看，就宜大小舞台。《花渡》要開鑼，遇上瘟瘴；《月照》是來瘟瘴了，瘴中煮字，去消這昏昧長晝。溷世，瘴癘多有，有聚成人形，有長出獠面；但再囂惡，終究是瘴癘；等煙散了，天色晴好，討故事的就來了。

從《雪狼湖》到《花渡》到《月照》，一函「雪花月」，相續二十八載，計六十萬言。這不是什麼三部曲，是暈染以墨，我的澳門三疊紀。文學的過路灣，或者馬貢多，不能憑一幅車船路線圖去尋覓。我少年時，半島鬧市有「21a」敞篷雙層巴士，直達路環黑沙。樓上放目，雲低天闊。但就再搭上那輛車，你卻回不了那車站；畢竟「黑沙」是一段時光，不是一個地點。車門打開，你看不到某一場颱風過後，庭前連枝的那一行玉樹；見不着灘頭，你和某人的相濡相擁；而月亮，自古以來，數那一夜圓滿。「『三疊紀』所紀，就那敞篷公車，千迴百轉，卻總錯過了的時光。」我這樣歸結。

《月照》寫成，我搜來舊照，修整了，算為小說的虛筆，配襯上現實的圖景。我敬仰的澳門書畫家，蔡傳興、陸昌、陸曦、蔡樹榮、陳亞正等師友，筆下滃染的筆花墨彩，能為老城，為新書增色，我不問自取了。封面水彩畫，是黎鷹先生畫的路環天主堂。路環不降雪，畫上白雪紛飛，是二十幾年前，畫家在聖堂左側，計單奴街某楹屋曬台上寫生，寫着寫着，雲聚了，雨來了，雨點點點在畫紙上；天與人，水溶溶地契合。後來，有緣夜訪「鷹巢」得見佳作。「喜歡拿去，就一張紙。」鷹先生未酒醒，我趁機捲走，深藏二十年；前兒尋出攤開來曝光，等彩圖褪成黑白，才發現畫中那雨屑，那霜花，歲月悠悠，竟暗中釀成了一場星夜；洶湧銀河，再一次，在童年的夢土閃爍。

二〇二三年．除夕

鳴謝：

《月照》部分圖文來源：維基百科、Cheng-Kong Lei 、陳永漢、楊維邦、黃斯仁、周勍臉書、澳門日報、澳門記憶、澳門歷史檔案館、澳門懷舊收藏學會、舊澳門拼圖 Group、老餅話當年網頁、珠海歷史記憶、澳廣視新聞等。

翻拍圖片及參考：《澳門編年史》五卷（金國平、吳志良、湯開建編）、林玉鳳《中國近代報業的起點》、陸曦速寫素描畫集《黑白門》、陸昌水彩畫作、陳曉暉《情繫路環》、李鵬翥《澳門古今》、黎鴻健《氹仔情懷》《氹仔炮竹業》、《歷史的跨越》圖片集、張惠生篆印等。

另外，路環信義會、楊景開、楊韶開、林秀麗、余天根等提供舊照，謹此致謝。

月照

作　者：鍾偉民

統　　籌：人間世文化

出版 / 製作：真源有限公司

地　　址：香港柴灣豐業街 12 號啟力工業中心 A 座 19 樓 9 室

電　　話：（八五二）三六二零 三一一六

發　　行：一代匯集

地　　址：香港九龍大角咀塘尾道 64 號龍駒企業大廈 10 字樓 B 及 D 室

電　　話：（八五二）二七八三 八一零二

印　　刷：美雅印刷製本有限公司

初　　版：二零二四年二月

初版一刷

如有破損或裝訂錯誤，請寄回本社更換。

PRINTED IN HONG KONG

ISBN：978-988-76535-9-2